KB155139

Scarlet
스칼렛

www.bbulmedia.com

차
올
라

숨
이

숨 　차
이 　올
　　라

1판 1쇄 찍음 2018년 2월 19일
1판 1쇄 펴냄 2018년 2월 26일

지은이 | 해 우
펴낸이 | 정 필
펴낸곳 | (주)뿔미디어

기획 · 편집 | 박경희
표지 디자인 | 김슬아

출판등록 | 2002년 9월 11일 (제1081-1-132호)
주소 | 경기도 부천시 원미구 소향로 17, 303(두성프라자)
전화 | 032)651-6513 / 팩스 032)651-6094
E-mail | scarlets2012@hanmail.net
블로그 | http://blog.naver.com/dahyangs
비북스 | http://b-books.co.kr

값 9,000원

ISBN 979-11-315-8813-0 03810

breath

숨이 차올라

해우 장편 소설

lessly

SCARLET ROMANCE STORY

Contents

prologue

지루한 겨울이 지나고 봄이 오려는지, 겨우내 창가를 지키던 제라늄이 숨죽인 분홍색 꽃망울을 터트렸다. '무슨 좋은 일이라도 있으려나.' 홀린 듯 제라늄 꽃을 응시하고 있을 때 요란하게 휴대 전화가 울렸다. 침대에서 몸을 일으킨 서린이 두툼한 갈색 가운을 걸쳐 입었다. 날이 약간 풀리긴 했지만, 볕이 잘 드는 창가를 제외하고는 실내 공기가 제법 차가웠다.

틈틈이 하는 서빙 아르바이트로는 매달 내는 집세조차 빠듯했다. 더구나 중앙난방이 아니라, 값비싼 전기 난방식이라, 겨울에는 난방기를 트는 대신 두꺼운 옷을 입으려고 노력했다. 서린이 털 실내화까지 찾아 신고 소리 나는 쪽으로 걸어갔다.

'주말 아침에 걸려 올 전화가 없을 텐데.'

1년 전, 파리에서 아를로 거처를 옮긴 후, 파리에서 사귄 몇 안 되는 친구들의 소식도 차츰 뜸해졌다.

'혹시 윤우의 전화가 아닐까.'

갑작스럽게 떠오른 생각에 그녀의 미간이 살며시 찌푸려졌다.

윤우와 파리에서 꽤 오랫동안 함께 살았다. 그러나 아를로 오기 훨씬 전부터, 이미 그와는 자연스럽게 사이가 멀어진 상태였다. 그다지 유쾌한 이별은 아니었지만, 헤어지고도 여전히 가까운 친구로 지낼 수 있는 것은 이곳이 한국이 아니라, 의지할 곳 없는 타국이기 때문이리라.

아를에 정착한 뒤로 부쩍 잦아진 그의 전화가 점점 부담스럽게 느껴졌다. 늦은 밤, 술 취한 목소리로 함께했던 시간 운운하며 과거를 떠올리게 할 때마다, 난감한 기분이 들어서 서둘러 전화를 끊고는 했다.

평화로운 주말 아침을 깨우는 소리가 그의 전화가 아니기를 바라며, 서린이 가방 속에 있는 휴대 전화를 꺼내 들었다.

발신인을 보니, 한국에서 걸려 온 정연의 전화였다. 비록 말없이 한국을 떠나왔지만, 먼 타국에서 살다 보니, 한국에 계신 부모님 소식이 늘 궁금했다. 어머니의 곁을 지키는 비서, 정연은 부모님 소식을 접할 수 있는 유일한 소통 창구였다. 3개월 만에 걸려 온 전화가 반가운 동시에, '혹시 좋지 않은 소식인가.' 하는 막연한 불안감이 들었다.

— 서린이니?

다정하게 묻는 말에 저도 모르게 목이 막혀 왔다.

"네. 저예요."

— 한국은 오후인데, 그곳은 아직 이른 시각이지?

서린이 벽시계를 올려다보았다. 아침 7시, 평일이라면 서둘러 씻고 나가야 할 시간이었다.

"이미 한참 전에 일어나 있었어요. 그보다……."

서린이 부모님의 안부를 물으려다가 그만두었다. 묻는 것조차 면목이 없었기 때문이다.

"혹시 무슨 일 있어요?"

— 일은 무슨, 그냥 어떻게 지내나 궁금해서 전화했어.

서린은 누구에게도 알리지 않고 야반도주하듯 윤우와 함께 한국을 떠나왔다. 그리고 프랑스에 도착한 뒤 한국과의 연락을 모두 끊었다. 다만, 정연 혼자만 알고 있겠다는 약속을 받고 그녀에게만 사는 곳과 연락처를 알렸다. 당시엔 이것이 서린이 할 수 있는 최선이었고 지금도 그 선택을 후회하진 않았다.

"잘 지내고 있어요. 축제 기간이라, 요즘은 서빙 아르바이트로 정신없지만, 틈틈이 그림도 그리고 있어요."

— 윤우와는 가끔 연락하고 지내?

"한국에 있을 때부터 죽이 잘 맞는 친구였잖아요. 가끔 연락하고 지내요."

— 차라리 파리에 있지, 왜 낯선 도시에서 터를 잡아. 의지할 사람 하나 없을 텐데…….

"한국을 떠나온 지, 벌써 5년이 지났잖아요. 처음에는 견디기 힘들었는데, 이제는 혼자가 익숙해요."

사실이었다. 혼자보다는 함께 있으므로 더욱 외로울 수 있다는 것을 이곳에 와서야 깨달았다. 두 번째 사랑마저 실패로 끝났을 때, 결국 삶은 혼자 감내해야 하는 아픔이라는 것을 뼈저리게 느꼈다.

전화선 너머에서 깊은 한숨 소리가 흘러나왔다.

— 하여튼. 고집은.

오랜만에 듣는 정연의 목소리가 반가웠지만, 소소한 대화를 나누기에는 전화비가 신경 쓰였다. 외로움과 함께, 아끼는 습관이 몸에 밴 탓인지, 엉뚱한 게 다 신경 쓰였다. 부유한 집안에서 남부럽지 않게 자란 그녀에게 상상조차 할 수 없던 새로운 변화였다.

겨우내 움츠린 자연처럼, 인내의 시간을 견뎌 내니, 따스한 봄바람처럼 내면의 평화가 찾아왔다. 남과 어울리는 즐거움보다는 오롯한 혼자만의 시간이 좋았다. 느리게 가는 시간과 소박한 음식, 때가 되면 꽃을 피우는 계절의 변화에 감동했다. 그리고 비로소 현재의 자신을 사랑하게 되었다. 다만 한 가지, 한국에 있는 부모님이 생각날 때마다, 이따금 잠을 설치고는 하지만.

"엄마, 아빠는 좀 어떠세요. 별일 없죠?"

결국, 참지 못하고 서린이 물었다. 묻는 말에 매번 괜찮다고 대답하던 정연이 오늘따라 대답이 느렸다.

— ⋯⋯그게. 회장님 건강이 예전 같지 않으셔. 최근 회사에 좋지 않은 일이 있어서, 수습하느라, 애먹었거든.

"어디가 어떻게 안 좋으신데요?"

그녀의 아버지, 하 회장은 한 기업을 책임지는 경영자라는 타이틀에 맞게 강한 정신력과 남다른 체력을 지닌 사람이었다. 지난 5년간 마음이 흔들릴까 봐 애써 한국 소식을 피했는데, 갑작스럽게 이런 소식을 들으니 심장이 조여 왔다.

— 심각한 건 아니니까, 너무 걱정하지 마. 최근 건강 때문에 일선에서 잠시 물러나 요양하시는 중이야. 근데 나이 탓인지, 요즘

들어 부쩍 네 이야기를 하셔. 믿고 기다리자는 말씀을 입버릇처럼 하시지만, 그래도 네가 오기를 은근히 기다리시는 눈치야.

잠깐이라도 한국을 다녀올까. 하지만 무슨 면목으로 부모님 얼굴을 뵐 수 있단 말인가.

— 회장님 건강도 건강이지만, 그보다…….

무언가 할 말이 있는 듯, 망설이는 목소리를 들으니 정연이 전화한 이유는 따로 있는 모양이었다. 짧은 침묵을 참지 못하고 서린이 재촉하며 말했다.

"괜찮으니까, 말씀하세요."

— 지금 회사 사정이 안팎으로 좋지 않아. 강태인 실장 덕분에 위기는 모면했지만, 작전 세력까지 붙어서 여간 힘든 게 아닌가 봐.

태인의 이름을 듣자, 저도 모르게 다리에 힘이 풀렸다.

"사시에 합격했다는 소식은 들었는데, 태인 오빠가 그동안 아빠 밑에 있었어요?"

— 아, 내가 말하지 않았나? 연수원 마치고 법무팀으로 들어와서 지금껏 회장님을 도왔어.

그녀가 사라진 빈자리를 그가 채웠다고 생각하니, 갑자기 복잡한 생각이 엉켜 왔다.

"몰랐어요."

— 그동안 담쌓고 지냈으니, 모를 만도 하지.

태인과 서린의 관계를 알 리 없는 정연이 대수롭지 않다는 듯 대답했다.

"근데, 위기를 모면하다니, 그간 무슨 일이라도 있었어요?"

— 몇 년 전부터 건설 경기가 좋지 않았잖아. 게다가 지난해부터 이런저런 사고가 터지면서 해외 수주 건 줄줄이 취소되었어. 사고 처리에 자금난까지 겹쳐서 법정 관리까지 갈 뻔했는데, 강 실장이 선후배 인맥 총동원해서 막았어. 사고 건도 피해자 가족 일일이 만나서 합의 끌어내느라 정말 애먹었고.

서린의 조부가 맨손으로 일군 혜성 그룹은 여러 계열사가 있지만, 건설에 중점을 둔 기업이었다. 조부에게 혜성 그룹을 물려받은 서린의 아버지, 하 회장은 오래전부터 좁은 국내 시장보다는 해외 수주에 중점을 두고 사업을 확장해 갔다. 국내 1, 2위를 다툴 만큼 규모가 크고 그 못지않게 내실 있는 기업으로 알려졌는데, 최근 건설 경기가 악화되면서 많은 어려움을 겪고 있다는 소식을 언론을 통해 간간이 접해 왔었다.

"위기를 모면했다면서 작전 세력은 또 뭐예요?"

— 사실 간신히 고비를 넘겼지만, 진짜 싸움은 이제부터거든. 회장님께서 가진 지분을 일부 넘기는 조건으로 다른 계열사의 도움을 받았고 그 일로 그룹 내의 입지가 많이 흔들렸어. 이번 일을 계기로 회장님은 아예 차기 대표를 강 실장으로 점찍으신 거 같아. 사실 지금으로서는 혜성 건설과 회장님을 지킬 수 있는 유일한 사람이 강 실장밖에 없으니까.

태인은 혜성 그룹의 장학생 출신으로 서린의 부친인 하 회장이 아들처럼 의지하고 아꼈던 사람이었다. 자세한 내부 사정을 알 수 없지만, 막상 일이 이렇게 되고 보니, 당연한 귀결처럼 느껴졌다.

"그래서 뭐가 문제인데요?"

— 이사회를 앞두고 회장님께서 고민이 많으신 거 같아. 강 실장

을 차기 대표로 밀어야 하는데, 뿌리 자체가 혈연으로 이루어진 회사이다 보니, 주변 반발이 만만치 않아. 게다가 은밀한 소식통에 의하면 하 이사가 외부 세력까지 끌어들여서 장난질하는 거 같아.

서린의 숙부인 하 이사는 사려 깊고 통찰력 있는 부친과는 달리, 과하다 싶을 만큼 욕심이 많은 인물이었다. 일부 계열사를 물려받고도 그룹 일에 사사건건 관여한다고 어머니가 푸념하는 소리를 자주 들은 기억이 있다.

"그래서 제가 뭘 도와드리면 돼요?"

서린이 거두절미하고 물었다. 평소 말을 아끼는 정연이 이렇게 긴 이야기를 늘어놓은 것을 보면 자신의 도움이 필요한 것이 분명했다.

— 어제 강 실장이 네가 있는 아를로 출발했어.

느닷없는 말에 서린의 말문이 막혔다.

— 그간 잘 몰랐는데, 강 실장이 잠적한 너를 찾으려고 그동안 백방으로 수소문하고 다녔던 모양이야. 우리가 연락한다는 것을 어디서 들었는지, 며칠 전 찾아와서 네 주소를 묻더라. 약속을 지키지 못해서 정말 미안하다. 다른 건 몰라도 회장님 일이 걸려 있으니, 차마 거절을 못 했어.

"미안하긴요. 제가 무슨 낯으로 그런 사과를 받아요. 아무리 제 생활이 중요해도, 가족인데 함께 도와야죠. 그동안 도움이 되지 못해서 정말 죄송해요."

회사 경영은커녕 경제지조차 읽지 않는 서린이었다. 그런 그녀이기에 이런 어려운 시기에 별 도움이 되지 못할 테지만, 적어도 사람 된 도리는 하고 싶었다. 하지만 태인을 다시 만난다고 하니, 겁이 덜컥 났다.

"비행기 시간을 알려 주세요."

— 정확한 시간은 잘 몰라. 어제 출발했으니, 아마 지금쯤 도착하지 않았을까? 전화 끊고 강 실장 전화번호를 찍어 줄 테니, 직접 통화해 봐.

"네, 그럴게요. 그리고 대충이라도 제가 도울 일이 있으면 알려 주세요."

— 강 실장은 네가 가진 지분이 필요할 거야. 그리고······.

정연이 또다시 말을 흐렸다.

— 아니다. 이건 내가 할 이야기가 아니니까, 일단 강 실장을 만나 봐. 아무리 상황이 어려워도 결국, 네가 선택해야 할 문제이니까.

정연이 '나중에 다시 연락할게.' 라는 인사를 끝으로 전화를 끊었다.

앉지도 서지도 못하고 주방 앞을 서성이던 서린이 거실 곳곳에 놓여 있는 캔버스와 여기저기 흩어져 있는 화구를 바라보았다. 작업실과 주거를 겸한 공간이지만, 시간과 함께 미술 도구며 그림이 쌓이다 보니, 집이 아니라 작업실에 더 가까워졌다. 그림 작업에 몰입하다 보면, 끼니를 거르는 일이 허다하니, 주거 공간이라는 표현 자체가 무색하긴 했다.

태인이 이곳으로 온다니, 온갖 생각이 뒤엉켜서 도무지 마음이 잡히지 않았다. 그렇다고 이렇게 넋 놓고 있을 수는 없었다. 우선 샤워부터 하고 작업실을 정리한 뒤에 그가 오면 차분하게 상황을 들어 보는 게 좋을 거 같았다.

욕실로 들어간 서린이 샤워를 마치고 세탁해 놓은 티셔츠와 청바지로 갈아입었다. 긴 머리를 하나로 묶고 거울을 보니, 어딘가 까칠해 보이는 안색이 마음에 쓰였다. 가벼운 화장이라도 할까 하다가, 새삼스럽다 싶어서 연한 핑크색 립글로스만 가볍게 바르고 말았다. 어질러져 있는 화구를 치우고 정연이 알려 준 번호로 전화를 걸었지만, 어쩐지 연결이 되지 않았다.

오랜만에 느끼는 낯선 긴장감에 목이 타들어 갔다. 평소 주말이면 이민자들이 많이 찾는 아침 시장에서 간단하게 장을 보고 오는 길에 카페에 들러 차를 마셨다. 오가는 사람들을 보며 한가로운 주말의 여유를 즐기고는 했는데, 오늘은 소소한 즐거움 대신에 집에서 진한 에스프레소로 마음의 위안 삼아야 할 거 같았다.

커피를 내리는 동안, 서린이 치울 것이 없나 집 안을 둘러보았다. 대충 치우기는 했는데, 비좁은 공간에 쌓아 둔 그림이 많다 보니, 아무리 정리를 해도 어수선한 것은 어쩔 수가 없었다.

그녀가 사는 곳은 아파트식 구조의 3층 건물이었다. 열댓 평 크기의 원룸으로 지은 지 오래되어 시설은 노화되었지만, 저렴한 임대료와 아침저녁으로 산책할 수 있는 공원이 가까워서 이곳을 선택했다.

얼마나 시간이 흘렀을까. 해가 드는 창가에 앉아 식어 가는 커피 잔을 만지작거리고 있을 때, 문밖에서 개 짖는 소리가 들렸다. 1층에 사는 노인이 키우는 개인데, 낯선 사람을 유달리 싫어해서 인기척만 나도 득달같이 짖곤 했다.

개 짖는 소리와 함께 휴대 전화가 울리자, 서린이 커피 잔을 내려놓고 창밖을 내려다보았다. 1층 공동 출입문 앞을 서성이는 검은 트렌치코트의 남자가 보였다. 얼굴을 확인할 수 없지만, 자연스러운 반곱슬머리의 두상이 눈에 익었다. 서두르는 기색 없이 우아하게 이어지는 동작 역시 마찬가지였다. 따로 확인하지 않아도 태인이라는 것을 한눈에 알 수 있었다.

서린이 잠시 호흡을 가다듬었다. 한국의 아파트와 마찬가지로 비밀번호를 모르면 외부인이 들어올 수 없는 구조의 건물이라, 직접 내려가는 편이 좋을 거 같았다. 그녀가 휴대 전화를 받는 대신, 1층으로 이어진 계단을 내려갔다.

1층 로비가 있는 마지막 계단을 내려온 순간, 유리문 밖을 서성이던 태인과 정면으로 시선이 마주쳤다. 빈틈없어 보이는 외모와 잘생긴 이목구비는 그대로이지만, 시간과 함께 무르익어 더욱 깊어진 검은 눈동자를 마주한 순간, 마음을 배반한 몸이 먼저 반응했다. 등줄기를 훑고 지나는 뜨거운 전율과 아랫배의 조임까지. 순간, 저도 모르게 쓴웃음이 나왔다. 과거의 씁쓸한 기억 때문일까. 차라리 자신이 열광했던 대상이 허상이길 바랐다. 하지만 흘러간 시간을 비웃듯, 차곡차곡 쌓아 놓은 과거의 이미지가 조금도 손상되지 않은 채, 근사한 모습으로 나타난 그를 보니 돌연 허탈한 기분에 사로잡혔다.

출입문으로 다가간 서린이 버튼 누르자, 자동문이 스르르 열렸다.

"……오랜만이에요."

흘러간 시간만큼이나 어색한 인사에 짙은 색의 동공이 요동치듯 일렁였다.

"아무리 찾아도 흔적조차 발견할 수 없더니, 고작 이런 곳에서 숨어 지낸 거니?"

'숨어 지내다니,' 마치 그를 피해 도망이라도 온 것처럼, 질책하는 말투가 귀에 거슬렸다. 그에게 한마디 쏘아붙이려다 그만두었다. 이른 아침부터 언성을 높이다가 가까운 이웃의 눈에 띄기라도 한다면 쓸데없는 오해를 불러올 수도 있었다.

"일단 안으로 들어오세요."

서린이 그의 시선을 피하며 2층에 있는 그녀의 집으로 안내했다. 집 현관문을 열자마자, 그가 성큼성큼 안으로 들어갔다.

"커피를 마시고 있었는데, 차 한잔 드릴까요?"

마치 누군가의 흔적을 찾기라도 하듯, 작업실을 둘러보는 그의 눈동자가 베일 듯 날카로웠다.

"이곳에서 언제부터 살았지?"

"파리에서 살다가, 이사 온 지, 1년 정도 되었어요."

"차윤우는?"

"파리에 있어요."

윤우와 헤어졌다고 말하려다가 그만두었다. 유쾌한 화제도 아니고 그에게 일일이 보고할 의무도 없기 때문이다. 짧은 대답 후에 나올 말을 기대하는지, 그가 물끄러미 서린을 응시했다. 결국, 침묵을 견디지 못한 것은 서린이었다.

"윤우와는 헤어졌어요. 예전처럼 친구로 지내기로 했고 가끔 연락하며 지내요."

완고해 보이는 눈동자가 약간 느슨해졌다.

처음 들어섰을 때와 달리 그의 예리한 시선이 서린 주변에 있는 것을 느린 시선으로 훑었다. 혼자 쓰기에 적당한 싱글 침대와 작은 소파, 일자 구조의 주방과 아일랜드 식탁, 한곳에 정리한 화구와 겹겹이 세워 놓은 크고 작은 크기의 캔버스까지.

마치 오래전 그의 손에 이끌려 들어갔던 허름한 식당과 단칸방, 그가 살았던 흔적을 하나라도 놓칠세라 둘러보던 그녀의 세심한 시선처럼.

마지막으로 그의 시선이 멈춘 곳은 벽 한쪽 구석에 놓인 50호 크기의 그림이었다. 완성하지 못하고 작업을 중단했지만, 미련을 버리지 못해서 덮개도 씌우지 않고 그대로 놓아두었다.

"또 다른 남자라도 있는 모양이지?"

그가 그림에서 시선을 떼지 않고 물었다. 남자의 인체가 그려진 그림은 얼핏 보면 인물화처럼 보이지만, 사실은 인물화가 아닌, 추상화였다.

1년 전, 긴 슬럼프를 겪다가 훌쩍 유럽 배낭여행 길에 올랐다. 그리고 마지막 경유지인 북극해에서 처음으로 오로라를 목격했다. 검은 하늘을 수놓은 신비로운 푸른빛에 숨이 막히고 정신이 아득해졌다. 그때 처음으로 느꼈다. 신은 어딘가에 존재한다고, 눈앞에 보이는 광경은 신이 깃든 영혼일 것이라고, 그렇지 않다면 저토록 아름다운 장관이 눈앞에 펼쳐질 리 없을 거라고.

짧은 영감은 긴 여운으로 남았다. 눈부셨던 오로라 색채의 한 부분만이라도 표현할 수 있기를 바랐다. 새하얀 여백의 공간에 자신이 목격했던 감동을 스케치했다. 인간의 형상 위에 신의 색을 입히고 색 위에 형상을 겹쳤다. 마치 잡힐 듯이 눈앞에 형상이 아른거렸지만, 아쉽게도 결정적인 순간에 매번 그리다가 실패하고 말았다.

"당신과는 상관없는 일이에요."

서린이 무심하게 대꾸했다. 여전히 그림에 미련을 버리지 못한 탓인지, 퉁명스러운 대답이 되고 말았다.

"나와 상관있으니까 묻는 거야."

말의 의미가 궁금하지만, 묻기가 꺼려졌다.

서린이 커피 머신이 있는 쪽으로 다가갔다. 문득 그가 커피를 그다지 좋아하지 않는다는 사실이 떠올랐지만, 넉넉하지 않은 형편 때문에 커피 외에 대접할 만한 차가 별로 없었다. 어떤 차를 내갈지 고민하다 보니, 골목 끝에 작은 카페가 떠올랐다.

"집 앞에 있는 골목길을 빠져나가면 분위기 좋은 카페가 있어요. 집 안은 답답하니, 나가서 이야기해요."

서린의 대답에 그의 한쪽 눈썹이 비스듬히 올라갔다. 아마도 그녀의 무심한 반응을 곡해서 받아들인 모양이다.

"여기서 이야기해. 그림 속의 남자가 갑자기 들이닥쳐도 놀라지 않을 테니까."

그에게 이런 고압적인 면이 있었나. 오늘 그를 처음 만나면서부터 지금까지 계속 날카롭게 반응하는 태도가 그녀의 머릿속에 간직한 기억을 무색하게 했다. 게다가 앉지도 서지도 못한 채, 초조하게 서성이는 모습이 쫓기는 사람처럼 불안해 보이기까지 했다. 기억 속의 그는 매사 침착하고 조용한 성품을 지닌 사람이었다. 그가 따스한 시선으로 다정하게 말을 붙여 오면 아무리 언짢은 일이 있어도 거짓말처럼 기분이 나아지고는 했다.

문득 정연과의 통화 내용이 떠올랐다. 온갖 어려움을 딛고 그가 회사를 살려 냈다고 했다. 노쇠한 아버지를 지킬 수 있는 유일한 사람이라고 했다. 그리고 이제는 아버지, 하 회장의 뒤를 잇는 기업 후계자로 정상 가까운 곳에 우뚝 섰다고 들었다. 설령 그것이 어려운 환경에서 벗어나려는 그의 야심 찬 몸부림일지라도 노력한 결과라면 마땅히 인정받아야 한다고 생각한다. 시간이 비껴가듯 그녀가 정체한 시간을 보내는 동안, 그는 삶의 한복판에서 치열하게 회사와 아버지를 지켜 냈다. 다른 측면에서 보면 그에게 무거운 멍에를 씌운 것일 수도 있었다.

"먼 곳에서 왔는데, 커피 외에는 대접할 만한 차가 없어서 그래요."

서린이 가만히 한숨을 내쉬자, 그가 식어 가는 그녀의 에스프레소 잔을 스치듯 바라보았다.

"유난히 커피를 좋아하더니, 여전하구나."

그녀는 카페인 중독에 가까울 만큼 커피를 좋아했다. 그런 서린 때문에 커피가 싫어졌다며 농담처럼 말하던 과거의 그가 떠오르자, 저도 모르게 씁쓸한 기분이 들었다.

"그럼 그럴 때, 커피보다 좋은 친구가 없으니까요."

내내 서성이던 그가 고개를 돌려서 서린을 정면으로 응시했다. 방 안을 살피던 날카로운 눈동자가 자신에게로 돌아오자, 긴장한 서린이 속눈썹을 내리며 시선을 피했다. 하지만 집요할 정도로 달라붙는 눈동자는 노골적인 탐색을 멈추지 않았다.

화장기 없이 투명한 피부와 갸름한 얼굴선, 가는 목덜미를 지나서 여성스러운 선을 그리는 가느다란 허리까지. 하얀 셔츠와 데님 바지의 단순한 디자인이 그녀의 가냘픈 몸매를 더욱 도드라지게 만들었다.

"……얼굴이 많이 여위었어. 길에서 봤으면 모르고 지나쳤을 거야."

프랑스로 오기 전, 스물한 살의 그녀는 큰 키 때문인지, 스타일 좋다는 칭찬을 간혹 듣고는 했지만, 마른 체격은 아니었다. 그러나 생활 패턴이 바뀌고 힘든 시간을 겪어 오면서 자연스럽게 체중이 줄었다.

따라붙는 시선을 피하려고 서린이 소파에 다가가 앉았다. 좁은 작업실에 키가 크고 체격이 좋은 그가 서성이고 있으니, 어쩐지 더 비좁아 보였다. 본격적인 이야기는 시작도 하지 않았는데, 바라보는 시선에 신경이 곤두서고 갑작스러운 피로감까지 몰려왔다.

"그렇게 서 있지만 말고 좀 앉아요."

그가 마지못한 듯 자리에 앉자, 그제야 비로소 안도의 한숨이 나왔다.

"조금 전에 정연 언니와 통화했어요. 사시 합격 소식까지는 들었는데, 당신이 회사 일을 돕고 있는지는 몰랐어요."

"네가 그렇게 종적을 감추고 회장님께서 많이 힘들어하셨어. 사모님은 두말할 것도 없고."

부모님 이야기가 나오자, 고개를 들 수 없었다. 당시는 어렸고 철이 없었다. 그러나 그녀 나름대로는 사방이 꽉 막힌 듯 절박한 시기였다.

"당시는 어쩔 수 없었어요. 부모님의 허락을 받을 자신이 없었고 그렇다고 윤우를 혼자 보낼 수는 없었어요."

"……그리고 놀라울 정도로 꼭꼭 숨었지. 마치 너라는 존재가 어디론가 순식간에 증발한 것처럼."

마치 억눌린 듯이 그가 한 음절씩 끊어 가며 말했다. 번뜩이는 눈동자가 예리한 유리 조각을 박아 놓은 듯 위험해 보였다.

"딱히 숨어 다닌 건 아니에요. 1년을 정착하지 못하고 여러 나라를 떠돌다가, 윤우가 파리를 좋아해서 그곳에 정착했어요."

"네가 떠나고 미친놈처럼 너를 찾아다녔어. 그리고 윤우와 함께 사라졌다는 것을 알았을 때는 화가 나다 못해, 허탈한 웃음밖에 나오지 않더라."

어려서 무모했지만, 그때의 일을 후회하진 않았다. 그렇게 떠나오지 않았다면 지금도 그를 미워하고 원망하며 제게 등 돌려 걸어가는 뒷모습을 보며 혼자 애태웠을 테니까.

"혼자 힘들었을 텐데, 도움이 되지 못해서 죄송해요."

화제를 피하려고 서린이 자리에서 일어났다. 그를 마주하고 있으니 또다시 습관처럼 커피 생각이 났기 때문이다. 하지만 그는 여전히 남은 이야기가 있는지, 무언가를 망설이는 모습이었다.

"이제 과거 이야기는 그만해요, 그보다 제가 지금 도울 수 있는 게, 뭔지부터 말해 주세요."

묻는 말에도 그는 무슨 생각을 하는지, 입을 굳게 다문 채였다. 자신의 몫으로 에스프레소 한 잔과 그를 위해 커피를 한 잔 내렸다. 우유와 시럽을 약간 섞어서 그에게 건네자, 그가 물끄러미 커피 잔을 응시했다.

"주식이 필요하다면 헐값에 넘겨드릴게요. 그렇지 않아도 돈이 좀 필요했어요. 좀 더 넓은 곳으로 작업실을 옮기고 당분간 그림에만 집중하고 싶었거든요."

그녀의 아버지, 하 회장은 검소하고 합리적인 성격을 지닌 사람으로 서린이 평범하게 자라도록 배려를 아끼지 않았다. 하지만 무 남독녀 외동딸이다 보니, 그 자신이 일구어 온 회사에도 애착과 관 심을 두길 바랐다. 그래서일까, 그녀가 스무 살 성인이 되던 해, 아 버지는 보유한 일부 주식을 그녀에게 양도했고 그녀가 가진 주식을 아무리 헐값으로 판다 해도 평생 걱정 없이 살 수 있는 금액이라는 것 정도는 알고 있었다.

하지만 주식 판 돈으로 작업실을 구할 생각도 호화롭게 살 생각 도 없었다. 그저 지금처럼 좋아하는 그림을 그리며 소소하게 누리 는 행복에 만족하고 싶었다. 하지만 그녀가 가진 주식을 필요로 하 는 그로서는 말을 꺼내기가 약간 껄끄러울 수도 있었다. 워낙 자존 감이 강한 사람이니, 부탁하는 일에 익숙하지 않을 테니까.

"네가 가진 주식은 필요 없어. 이미 필요한 만큼, 확보해 두었으 니까."

예상과는 다른 대답에 서린이 의아한 얼굴로 그를 바라보았다. 연락도 없이 이 먼 곳까지 찾아온 이유가 주식 때문이 아니라면.

"지금으로서는 다른 선택의 여지가 없다."

"……."

"나와 결혼하자."

느닷없는 말에 하마터면 들고 있던 커피 잔까지 놓칠 뻔했다. 서 린이 잔을 테이블에 내려놓았다. 그리고 떨리는 손을 진정시키기 위해 양손을 마주 잡았다.

"미쳤어요?"

"다행히 지금은 멀쩡해. 5년 전에 눈이 뒤집힐 만큼 돌아 버린 경험이 있긴 하지만."

고저 없는 담담한 말과는 달리, 번들거리는 눈동자가 그의 말대로 위험한 빛을 뿜어냈다.

"지금 저를 놀리는 거죠?"

"농담처럼 들리겠지만, 회장님을 살리고 회사를 살릴 수 있는 가장 빠른 방법이야."

"그게 무슨 뜻이죠?"

"휘청이는 회사를 정상으로 돌리려면 강력한 리더십이 필요해. 내 입으로 말하기 뭐하지만, 회사 안팎의 문제점을 훤히 꿰뚫고 있는 내가 실권을 쥐어야 모든 일이 쉽게 해결될 수 있어."

어마어마한 자신감을 가진 태인은 마치 다른 사람처럼 보였다.

"하지만, 내가 하씨 집안과 아무 연관 없다는 이유로 매번 난관에 부딪히고 있어. 그래서 명분이 필요해. 가족이라는 명분."

간단한 설명만으로 일순간에 이 모든 일이 이해가 되었다. 그의 말에 서린이 지그시 입술을 깨물었다.

이미 5년이라는 시간이 흘렀다. 몸살을 앓듯이 한 사람을 사랑했고 그 사랑으로부터 자유로워지기 위해 또 다른 사랑을 선택했다. 하지만 흘려보낸 시간이 무색하게 같은 사람과 같은 시험대에 놓이고 말았다.

"……다른 방법은 없어요?"

"다음 주가 고비야. 아쉽게도 다른 방법은 없어."

겨우 안정을 찾았다. 하지만 자식 된 도리로서 부모의 어려움을 나 몰라라 할 수 없는 노릇이었다.

"고비를 넘기고 회사가 정상적으로 돌아갈 때까지 시간이 얼마나 걸릴까요?"

서린의 생각을 읽기라도 한 듯, 그가 싸늘하게 냉소했다.

"여전히 너는 이기적이야. 막다른 곳에 몰리면, 늘 혼자 빠져나갈 곳을 마련해 놓으려 하지."

그가 뭐라고 말해도 상관없다. 일정 부분 그의 말이 옳았지만, 여기에 오기까지 서린 역시 쉽지 않은 선택과 수많은 난관을 겪었고 이제야 겨우 마음의 안정을 찾았다. 지금의 평화로운 생활을 포기할 수 없었다.

"1년의 시간을 줄게요. 당신은 회사를 살리고 그토록 원하던 자리에 앉으세요. 그 후, 저는 이곳으로 다시 돌아와서 지금처럼 지낼 테니까. 그 이상은 저도 절대 양보 못 해요."

창에서 흘러들어 온 아침 햇살 때문일까. 빛을 받은 검은 눈동자가 빨려 들 듯이 강렬하다.

"좋아. 대신 최대한 빨리 짐을 챙겨. 네가 숨어 있던 이 끔찍한 땅에서, 한시도 허비하고 싶지 않으니까."

출국 절차를 마치고 비행기 탑승구 앞에 선, 서린이 곁에 서 있는 태인을 올려다보았다. 키가 크고 체격이 건장한 서양인 틈에 끼어 있어도 전혀 손색없는 완벽한 외모였지만, 다급하게 재촉하던 지난 이틀간의 일을 떠올리면 밉살스러워 얼굴조차 마주치고 싶지 않았다.

탑승을 알리는 방송이 나오고 사람들이 하나둘씩 게이트 안으로 들어갔다. 걸음을 옮기려던 서린이 뒤를 돌아보았다. 시간과 함께 익숙해지고 정이 든 곳이라 그런지, 좀처럼 발길이 떨어지지 않았다.

문득 이곳 프랑스에 도착하던 날의 기억이 머릿속을 스치고 지나갔다. 떠도는 공기마저 생경하게 느껴지던 낯선 땅, 그리고 낯모르는 사람들의 시선. 오로지 의지할 것이라곤 마주 잡은 윤우의 따스한 손밖에 없었다. 연민이 사랑으로 변하기까지, 그리 긴 시간이 걸리지는 않았다. 떠올리는 것만으로도 심장이 죄어 오던, 뜨겁게 몸이 달아오르던 사랑은 아니었지만, 그래도 사랑이라 믿고 싶었다.

"어서 들어가자."

태인이 그녀의 손을 잡으며 다시 재촉했다.

"……윤우에게 간다는 연락을 못 했어요."

"내가 직접 연락할 테니까, 앞으로 차윤우라는 이름은 입에 담지도 마."

"매사 이렇게 강압적이에요? 마치 제가 기억하는 사람이 아닌 거 같아요."

"만약 내가 다른 사람처럼 보인다면 그건 다른 누구도 아닌 너 때문일 거야. 너를 찾느라 5년을 헤매었어. 네 소식을 듣자마자, 모든 걸 다 제쳐 두고 정신없이 비행기를 탔다고. 이런 내 앞에서 차윤우를 걱정해? 걸음조차 떼지 못하는 너를 언제까지 이렇게 지켜봐야 하느냐고!"

"왜 이렇게 발끈해요. 내 말은……."

이렇게까지 화를 내다니, 예전의 태인 같으면 상상조차 할 수 없는 일이었다. 주변의 시선이 모이자, 서린이 서둘러 걸음을 옮겼다.

비행기에 탑승한 후, 그가 일등석으로 그녀를 안내했다. 이륙을 알리는 방송이 나오고 비행기가 천천히 활주로를 향해 선회했다.

마침내 비행기가 미끄러지듯 하늘로 날아오르자, 비로소 한국으로 간다는 사실이 실감 나는 현실로 다가왔다.

"긴 비행 시간에 지루할 거야. 잠시 좀 눈이라도 붙여."

비행기가 활주로를 벗어났다. 승객의 안전을 위한 안내 방송과 기내 서비스가 이어졌다. 그리고 얼마나 시간이 흘렀을까. 기내를 밝히던 밝은 조명이 꺼졌다. 곁에 앉은 태인이 담요를 꺼내서 그녀의 무릎에 덮어 주었다. 어딘가 안도한 듯 편안해 보이는 표정을 보니, 내내 날카롭게 곤두서 있던 신경이 차츰 누그러졌다.

"어쩐지 잠이 오지 않을 거 같아요."

"와인이라도 좀 달라 할까?"

오랜만에 들어 보는 다정한 목소리에 서린이 고개를 끄덕이자, 그가 지나가는 승무원을 불러서 와인과 간단한 안주를 주문했다.

잠시 후, 서린이 그가 따라 준 와인을 홀짝이며 시야에서 점점 멀어져 가는 마르세유의 밤을 내려다보았다. 온갖 속박에서 벗어나고 싶었다. 자유를 찾아 이 낯선 땅에 발을 들여놓았던 그때처럼, 1년 후, 다시 이 땅을 밟을 수 있을까. 막연한 두려움이 몰려와서 자신도 모르게 잠시 몸을 움츠렸던 모양이다. 그가 여분의 담요까지 꺼내어 어깨에 덮어 주고 의자 손잡이 위에 놓인 그녀의 손을 끌어다가 모양 좋은 입술에 입을 맞추었다.

"……이제야 겨우 잡았어."

태인이 멀어지는 육지의 밤을 응시하며 독백처럼 중얼거렸다. 또 다시 불안감이 엄습했다. 초조한 감정을 다스리기 위해 서린이 떨리는 손으로 와인 잔을 집어 들었다.

"1년 후에 다시 돌아올 거예요."

얼음장처럼 차가운 시선이 돌아왔다. 서린 역시 시선을 피하지 않고 응시했다. 그녀를 안심시키려는 듯, 그가 입술 끝을 말아 올렸지만, 차가운 눈동자엔 조금의 웃음기도 묻어나지 않았다.

잠시 후, 그가 서린을 향해 잔을 들어 올렸다.

"자, 건배하자."

달각하며 잔 부딪치는 소리가 고요한 기내를 울렸다. 그가 와인 잔을 입술에 가져다 댄 채로 서린을 지그시 바라보았다. 느리게 넘어가는 액체만큼이나 나른한 눈빛이 빨려 들 듯 강렬하다.

"삶은 우리를 위해 늘 뜻밖의 선물을 준비하고는 하지. 그것이 불행이든, 행복이든……."

내리뜬 눈꺼풀이 만든 그림자가 흐린 조명 불빛을 받아서 잘게 요동쳤다. 캔버스를 휘젓는 붓처럼 서린의 눈동자가 남자다운 얼굴 선을 천천히 따라갔다.

"함께하면 불행하고 떨어져서야 행복하다면, 나는 차라리 함께 하는 불행을 선택할 거야. 하지만 너는 나와 다른 선택을 하겠지?"

"……아마 그럴 테죠."

습관보다 무서운 것이 있을까. 탐욕스러운 눈은 아름다움에 열광한다. 객관을 주관화시키고 금지된 것을 욕망하게 한다. 눈에 보이는 대상은 저마다 제 고유의 이미지와 색채를 지니고 있다. 사람 역시 마찬가지였다. 회화를 전공한 서린은 대상 특유의 이미지와 개성을 끌어내기 위해 노력했다. 관찰자의 시선으로 본 태인은 잡 것이 섞이지 않는 순수한 흑색이며, 칠흑처럼 어두운 밤이며, 야생의 재규어이며, 맹렬하게 이글대는 태양이었다.

북극해에서 보았던 오로라의 강렬한 색채를 캔버스에 담고 싶어

했듯이, 한때는 그의 존재가 주는 이미지를 색채로 담고 싶었던 시절이 있었다. 그래서일까, 그를 떠올리면 까닭도 없이 늘 숨이 차올랐다. 하지만 신열처럼 올라오던 감정에 몸 달아 하던 앳된 소녀는 이제 세상을 아는 어른이 되어 버렸다. 그리고 더는 달콤한 동화를 믿지 않았다.

와인을 연거푸 마신 탓인지, 갑자기 졸음이 몰려왔다.

서린이 지그시 눈을 감았다. 눈을 뜨지 않아도 따갑게 느껴지는 시선 때문일까, 그를 처음 만났던 과거의 기억이 떠올랐다.

세상은 그녀에게 관대했다. 그리고 그런 그녀를 부러워했다. 미완으로 남은 캔버스의 빛깔처럼 짙푸르고 찬란한 세상. 그것이 그녀가 아는 세상이고 삶이었다. 그녀의 세상은 지나칠 만큼 순탄하고 활기찼으며 또한 눈부시게 빛났다. 강태인. 그를 만나기 전까지는……

열여덟의 하서린 스물셋의 강태인

"전국 수석에 K대를 다니는 수재라도 영 내키지 않아. 홀어머니 밑에서 자란 것이나, 시장통에서 식당 한다는 것도 마음에 걸리고……."

서린이 발소리를 한껏 죽이며 아래층으로 내려갔다. 그러나 어머니 박 여사의 목소리를 듣는 순간, 흠칫 놀라 벽에 몸을 기대었다.

"회장님께서 사람 보는 눈이 대단하시잖아요. 재단 장학생 중에서 가장 특출하다고 입에 침이 마르도록 칭찬하시던데요."

비서 정연이 박 여사 앞에 찻잔을 내려놓으며 말했다. 역시나 눈치 빠른 그녀답게, 계단 벽에 껌딱지처럼 붙어 있는 서린을 발견하고 어서 방으로 돌아가라는 듯 눈짓을 보내 왔다. 그러나 모처럼 주말인데, 방에 처박혀 따분한 공부만 할 수 없는 노릇이었다.

"아무리 그래도 근본이 어디 가겠니. 사람을 집으로 들이는 일인데 신중해야지. 그리고 서린이 성격이 좀 극성맞아야지. 베테랑 선생들도 한 달을 못 견디고 발길을 끊는데, 과외 경험도 없는 학생이 그 애를 어떻게 감당하겠어."

서린이 속으로 코웃음을 쳤다. 과외 선생이 못 견디고 발길을 끊는 건, 자신 때문이 아니라, 까탈스러운 성미를 지닌 어머니, 박 여사 때문이었다. 과외 선생님이 공부만 잘 가르치면 되지, 홀어머니 밑에서 자라고 식당을 운영하는 게 무슨 흠이 되겠는가.

"일단 시간을 두고 지켜보세요. 혹시 알아요. 좋은 선생을 만나 서린이 성적이 쑥쑥 오를는지."

"하긴, 하는 데까지 해 봐야지 어쩌겠어."

박 여사가 한숨을 푹 내쉬는 것과 동시에 서린의 손에 들린 휴대 전화가 요란하게 울렸다. 약속 시각을 삼십여 분이나 넘긴 탓에 친구들이 참지 못하고 전화를 한 모양이다.

휴대 전화를 틀어쥔 서린이 계단을 후다닥 뛰어 내려갔다. 어머니의 잔소리가 두렵기는 하지만, 그보다는 학수고대하던 대니얼 콘서트에 늦을까 마음이 급해졌기 때문이다.

"하서린!"

날카로운 하이 톤의 목소리에 소름이 돋았다.

"죄송! 용무가 몹시 급해서요!"

현관으로 냅다 뛰어나간 그녀가 정원을 가로질러 돌계단을 내려갔다. 마당을 뛰어놀던 강아지, 한솔이가 놀라서 집 안으로 뛰어들자, 흙먼지를 못 참아 하는 박 여사가 질색하며 현관문 옆으로 비켜섰다.

"정연아! 쟤 좀 잡아."

박 여사의 히스테릭한 반응에 정연이 한숨을 내쉬었다. 하루가 멀다고 신경전을 벌이는 모녀의 싸움에 지친 탓이었다.

"놔두세요. 밤새워서 겨우 산 암표래요."

서린이 뒤도 돌아보지 않고 대문을 열어젖혔다. 순간, 대문 밖을 서성이던 누군가와 몸이 세게 부딪쳤다.

"아야!"

낯설지만, 단단한 손이 앞으로 고꾸라지려는 몸을 붙잡았다. 겨우 몸을 추스른 서린이 위를 올려다보자, 검은 눈동자가 그녀를 물끄러미 응시했다. 장신의 키에 보기 드물 정도로 훤칠한 미남이지만, 입고 있는 차림은 유행이 지난 허름한 인상을 주는 옷이었다. 비록 낡긴 했지만, 붉은색과 녹색이 어우러진 체크 남방에서 그 빛깔에 어울리는 푸릇한 풀 냄새가 나는 것 같았다. 어색해하는 표정이나 허름한 차림을 보니, 전단을 돌리는 알바생으로 보였다.

"대문 앞에 전단 붙이면 큰일 나요. 이 집 아줌마가 워낙 성미가 지랄맞아서 회사까지 찾아서 항의한다니까요."

매번 전단을 붙이고 달아나는 아르바이트와 박 여사의 신경전은 대단했다. 혹시라도 전단 알바가 수난을 치를까, 볼 때마다 전단을 떼지만, 모처럼 얼굴을 보았으니 돌아가는 상황까지는 알려야 했다.

"아르바이트 때문에 왔지만, 전단 아르바이트는 아닙니다."

깍듯한 말투와 깊고 낮은 음성이 인상적이다. 어울리는 또래 남자 친구와는 다른 느낌. 겉멋이 든 녀석들에 비하면 레벨 차이가 확실했다. 그러나 서린이 최근 열성적으로 쫓아다니는 아이돌, 대니얼보다는……. 품평하듯 아래위로 그를 훑던 서린이 엄지를 척하고 들어 올렸다. 차림새는 그렇지만 생김새만은 대니얼 이상이었다. 사실 대니얼은 거의 성형발이니까.

"혹시 전국 수석의 K대생?"

잠시 머뭇거리던 그가 고개를 끄덕였다. 새로운 과외 선생님을 전단 알바로 착각하다니, 태도가 돌변한 서린이 그의 팔에 매달리며 특유의 눈웃음을 지었다.

"쌤, 제가 저 골목길 끝으로 사라지면 그때 벨을 누르세요. 그 전에 누르시면 절대 안 돼요."

어딘가 혼란스러워 보이는 그의 팔을 내려놓은 그녀가 천천히 뒷걸음쳤다. 후미진 곳, 모퉁이 담벼락에 바짝 붙어서 서린을 향해 손짓하는 친구들을 발견하자, 서린이 한걸음에 그들에게로 달려갔다. 떠들썩하게 서린을 맞이하며 친구들이 한마디씩 거들었다.

"왜 이제 나와. 한참 기다렸잖아."

"나오다가 딱 걸렸어."

"빨리 가자."

친구들의 손에 이끌려서 큰길로 나가려던 서린이 문득 뒤를 돌아보았다.

당부를 잊지 않고 벨을 누르지 않은 채, 끝까지 기다려 준 그가 고마워서일까, 대문 앞에 우두커니 서 있는 그를 보고 있으니, 까닭도 없이 안타까운 기분이 들었다.

서린이 우뚝 선 채로 두 손을 머리 위로 모아 크게 하트를 그려 보였다.

"쌤! 고마워요. 그리고 사랑해요!"

골목이 떠내려가라 크게 소리치자, 그가 당황한 기색으로 시선을 피했다.

'차라리 집으로 돌아가서 과외를 받을까.' 문득 자신답지 않은 망상에 사로잡혔지만, 이내 친구들의 성화에 못 이겨 발걸음을 돌렸다.

"제대하고 복학했다고 들었는데, 올해 나이가?"

마치 박제한 동물을 관찰하듯 태인을 요모조모 살피던 박 여사의 물음에 태인이 차분한 어조로 대답했다.

"올해 스물셋입니다."

흠잡을 곳 없는 외모만큼이나, 차분한 말투와 품위 있는 품새가 처음 가졌던 편견을 무색하게 했다. 겉모습으로 사람을 판단할 수는 없지만, 남편이 서린의 과외 선생으로 그를 추천한 이유를 이제야 알 것 같았다.

"대학 공부에 사시까지 준비한다면서, 과외까지 할 시간이 있겠어요?"

"공부는 틈틈이 하고 있습니다. 회장님께 신세를 져서 어떻게든 보답하고 싶습니다."

박 여사가 흡족한 얼굴로 그의 앞에 과일 접시를 밀어 놓았다. 감정 기복이 심하지만, 그 못지않게 상황 파악이 빠르고 처세가 능한 그녀였다.

"우리 서린이가 무남독녀로 떠받들 듯 자라서 좀 철이 없어요.

사실 유학을 보내고 싶지만, 회장님이 극구 반대하시니 어떻게 할 도리가 있어야지. 그래서 말인데……."

말을 끊은 박 여사가 곁에 선 정연을 올려다보았다. 그리고 무언가를 가져오라는 듯 눈짓을 했다.

과외 선생이 오면 당연하게 겪는 통과 의례, 정연이 준비해 둔 무언가를 꺼내서 태인 앞에 내밀었다. 하나는 딱 봐도 두둑해 보이는 돈 봉투였다. 그리고 또 다른 하나는.

"일단 좀 살펴봐요."

태인이 테이블에 놓인 클리어 파일을 넘겼다. 무언가를 분석한 듯 꼼꼼하게 정리된 데이터 자료와 중간중간 끼어 있는 학업 성적표, 모의고사 자료까지.

'이름이 하서린, 2학년 3반이었구나.' 라고 태인이 속으로 되뇌었다. 일 때문에 왔으면서 정작 성적보다는 다른 것이 눈에 들어오는 자신이 이해되지 않았다. 본분을 잊고 엉뚱한 생각을 하는 저 자신을 꾸짖으며 그가 성적표와 모의고사 자료를 차분히 살펴보았다. 한숨이 나올 만큼 형편없는 성적이지만, 커다란 하트를 그리며 천진하게 웃던, 그리고 철부지 아이처럼 종종걸음으로 사라지던 소녀를 떠올리니, 저도 모르게 미소가 지어졌다.

태인의 미소를 오해한 듯, 박 여사의 미간이 살며시 찌푸려졌다. 처음 성적표를 보는 선생 대부분이 비슷한 반응을 보이지만, 이토록 노골적으로 웃는 사람은 없었기 때문이다.

"우리 서린이가 성적은 좀 그래도, 나 닮아서 성격은 좋아요."

박 여사의 말에 곁에 선 정연이 슬그머니 미소를 지었다. 서린이 성격 좋은 건 맞지만, 엄마를 닮지는 않았는데.

그래도 오랫동안 이곳을 드나든 정연은 인간적인 면모를 잃지 않은 하 회장의 일가가 존경스러웠다. 하 회장은 배경보다는 사람 됨됨이와 능력을 중시하는 사람이었다. 통찰력이 있고 검소하며 허례허식을 좋아하지 않았다. 그의 아내, 박 여사 역시 풍족한 집안에서 자란 탓에 이기적인 면이 없지 않지만, 원래 성품 자체는 밝고 순수한 사람이었다. 둘을 반반 섞은 듯한 그들의 딸, 서린 역시 마찬가지였다. 부유한 집안에서 남부럽지 않은 사랑을 받고 자란 탓에 사랑을 베푸는 데 인색함이 없고 세상을 보는 시각이 건전하고 밝았다.

"내 다른 건 바라지 않을 테니, 서린이가 수능 볼 때까지 책상 앞에만 좀 앉혀 줘요."

박 여사의 말에 태인이 들고 있던 클리어 파일을 내려놓았다.

"최선을 다하겠습니다."

확신에 찬 목소리에 박 여사의 눈동자가 마치 구세주라도 만난 것처럼 반짝 빛났다.

"대학 근처에서 자취한다고 들었는데, 당분간 이곳에서 지내는 게 어떨까요?"

특별한 경우가 아니면 사람 들이기를 꺼리는 박 여사였다. 뜻하지 않은 제안까지 하는 걸 보면 어지간히 그가 마음에 든 모양이다. 태인이 대답도 하지 않았는데, 박 여사가 자리에서 일어났다.

"정연아. 네가 강 선생 지낼 곳 좀 안내해 드려. 별채에 김 선생이 쓰던 방 있지? 짐은 천천히 옮겨도 되니, 일단 지낼 곳부터 둘러보세요."

박 여사가 사라지자, 정연이 우두커니 서 있는 태인에게 웃어 보였다.

"기분이 늘 오락가락하지만, 같이 지내자는 걸 보면 강 선생님이 꽤 마음에 드셨나 봐요. 일방적인 제안인데, 지내기 괜찮겠어요?"

"어디에서 지내든 상관없지만, 좀 갑작스러운 일이라."

태인이 어색하게 웃었다. 하는 행동이나 말투가 나이답지 않게 어른스럽다고 생각했는데, 풋내 나는 웃음을 보니, 그제야 제 나이로 보이는 듯했다.

"다행이네요. 나는 이정연이라고 해요. 사모님의 일을 돕고 있는데, 이 비서라고 불러도 되고, 그도 아니면 누나라고 불러도 상관없어요."

정연의 말에 태인이 희미하게 웃었다.

"이 비서님이라고 부르겠습니다."

서른을 바라보는 나이, 막냇동생뻘의 태인이 어딘가 남 같지 않았다. 그녀 역시 그와 동병상련의 처지였다. 하 회장의 도움으로 무사히 대학을 졸업했고 병으로 몸져누운 어머니의 수술비에 동생들의 학비까지, 헤아릴 수 없이 많은 도움을 받았다. 대학 졸업 후, 자연스럽게 혜성 그룹에 입사했고 박 여사의 눈에 들어 하 회장 일가의 집안 대소사를 챙기고 있었다.

아마도 태인 역시 마찬가지일 것이다. 한번 눈에 든 사람을 놓치는 법이 없는 하 회장이니 그에 상응하는 충분한 대가를 받으며 탄탄대로의 길을 걸어갈 것이다.

"그럼 안내할게요. 따라와요."

혼자 쓰기에는 지나치게 넓은 방이었다. 현재 지내는 자취방의 몇 배 크기가 되는 방에는 고급스러운 가구와 푹신해 보이는 침대가 놓여 있었다.

"예전 과외 선생님이 사용하던 방이에요. 회장님 성격 잘 알죠? 위아래 차별 두는 것을 싫어하셔서 어느 방이나 크기도 비슷하고 놓인 가구도 별 차이가 없어요."

하 회장의 사람 됨됨이는 이미 경험을 통해서 알고 있다.

사람의 발길이 끊긴 좁은 시장 골목의 국밥집, 하루 벌어서 하루 먹기도 힘든 그곳에 풍채 좋고 위엄 있어 보이는 생김새의 사내가 들어왔을 때, 태인은 어린 눈에도 그가 범상치 않은 인물이라는 것을 직감했다.

아버지도 없이 홀로 고생하는 어머니를 보면 책상도 새 책도 사 달라고 졸라 댈 수 없었다. 식당 빈 테이블의 한 귀퉁이, 도서관에서 빌린 책을 읽고 있는 태인이 기특한지, 사내가 태인의 동그란 뒤통수를 커다란 손으로 어루만지며 말을 붙여 왔다. '나이가 몇 살이냐?' 라는 물음에 '여덟 살이에요.' 라고 대답했다. 1년 전 공사판에서 사고로 목숨을 잃은 아버지의 낮은 음성이 떠올라서 목이 약간 잠겼던 것도 같다. '여덟 살인데, 이렇게 어려운 책을 다 읽는구나.' 라며 그가 흡족한 미소를 지었다.

국밥을 먹음직스럽게 먹은 사내가 계산을 치르며 어머니에게 명함 한 장을 건넸다. 아이가 똑똑하니, 공부는 꼭 시키라며 혹시 도움이 필요하면 연락하라는 당부를 잊지 않았다.

그렇게 하 회장과 끊을 수 없는 인연이 시작되었다.

태인이 생각에 잠겨 있을 때, 정연이 불쑥 물었다.

"강태인 씨. 혹시 여동생 있어요?"

"가족은 어머니와 저 둘뿐입니다."

태인의 대답에 정연이 아쉬운 듯 가볍게 웃었다.

"서린이가 솔직하고 붙임성이 좋기는 한데, 의외로 차가운 면이 있어요. 뭐랄까, 아니다 싶으면 뒤도 돌아보지 않는 스타일이랄까. 게다가 그 나이 특유의 새침함이나, 예민한 면이 있는데, 지내다 보면 좀 당황스러울 때가 있을 거예요."

해맑게 웃으며 골목길을 빠져나가던 서린을 떠올리니, 정연의 말이 곧이들리지 않았다. 여동생은 물론, 남동생도 없으니 그녀의 말이 머리로는 이해되는데, 경험이 없어서 딱히 할 말이 없었다.

"그리고 특별한 일이 없으면 짐을 바로 옮기고 과외 일정을 짜는 게 좋을 거 같아요. 모의고사가 코앞인데, 서린이가 저러고 다니니 사모님이 영 불안하신가 봐요."

"오전 중으로 짐을 옮기고 과외는 내일부터 시작하겠습니다."

"그래요. 그럼."

정연이 고개를 끄덕였다. 눈치가 빠르고 결단력이나 추진력은 그보다 더 빠른 것 같아서 어쩐지 안심이 되었다. 밝고 꾸밈없지만, 고집 또한 만만치 않은 서린을 상대하려면 여간한 상대가 아니고는 곤란한 상황이기 때문이다.

늦은 밤, 택시에서 내린 서린이 높다랗게 솟은 석재 담장을 올려다보았다. 약속한 통금 시간을 넘기진 않았지만, 도망치듯 허락 없이 나온 터라 걱정되는 것은 어쩔 수가 없었다. 대문 앞을 서성이던 그녀가 휴대 전화를 꺼내 들었다. 그리고 익숙한 단축키를 찾아 눌렀다.

"나야. 정연 언니."

— 지금 어디야?

차분한 정연의 목소리를 들으니 어쩐지 안심이 되었다.

"대문 앞, 아빠는 오셨어?"

— 그럼. 잔뜩 벼르고 계셔.

"거짓말."

다른 사람은 몰라도 아버지만큼은 늘 서린의 편이었다. 하지만 엄마가 문제였다. 고대하던 대니얼의 콘서트를 다녀온 날, 한껏 업된 기분으로 잠들고 싶은데 히스테릭한 잔소리를 들을 생각하니 듣기도 전에 기분이 가라앉았다.

— 빨리 들어와. 소개해 줄 사람이 있어.

"소개해 줄 사람? 이 시간에 누가 왔어?"

— 대문 열어 줄 테니, 얼른 들어와.

휴대 전화를 끊은 서린이 나올 때와는 달리, 발소리를 죽이며 안으로 들어갔다. 엄마가 이미 잠들어 있기를 바라는 간절한 염원을 걸음에 실었지만, 아쉽게도 현관 입구에 들어서자마자 그녀의 바람은 산산이 부서지고 말았다.

"하서린!"

팔짱을 끼고 노려보는 박 여사의 모습에 흠칫 놀란 서린이 뒤도 돌아보지 않고 서재로 달려갔다. 서린이 서재 안락의자에 앉아 있는 하 회장을 보고 한걸음에 달려가서 그의 목에 매달렸다.

"아빠. 다녀왔습니다."

"그래. 서린이 왔구나."

언제 다가왔는지, 박 여사가 서재 문 앞에 서서 두 사람을 향해 눈을 흘겼다. 서린의 손에 들린 야광봉과 플래카드를 잡아먹을 듯 노려보던 그녀가 하 회장에게 핀잔하는 투로 말했다.

"당신이 늘 오냐오냐하니까, 애가 저렇게 천방지축이잖아요."

"이 녀석, 이렇게 늦은 시간까지 어디서 뭐 하다 온 게야."

하 회장이 서린의 등을 토닥이며 말했다. 그야말로 시늉에 가까운 태도와 어르는 말투에 박 여사가 땅이 꺼져라, 한숨을 내쉬었다.

마흔이 넘은 나이에 고대하던 딸을 낳은 하 회장은 서린이 무슨 짓을 해도 마냥 예쁘고 사랑스러운 모양이었다. 하긴, 박 여사 역시 표현 방법이 다를 뿐, 그 마음과 조금도 다르지 않았다.

잠시 후, 박 여사가 문을 닫고 사라지자, 서린이 등을 펴고 일어났다. 순간, 소파에 앉아 물끄러미 자신을 바라보는 낯익은 얼굴과 시선이 마주쳤다.

"서린아. 인사해라. 이쪽은……."

뜻밖에 나타난 반가운 얼굴에 서린이 하 회장이 말을 맺기도 전에 소리쳤다.

"앗. 아까 그 전단 알바, 아니, 과외 쌤!"

"벌써 인사라도 한 모양이지?"

한 회장의 말에 태인이 희미하게 웃었다. 길게 접히는 눈매가 마치 잡지 화보에 나오는 모델처럼 근사해 보였다.

"오전에 잠깐 마주쳤습니다."

하 회장이 서린의 손에 들린 야광봉과 플래카드를 바라보며 슬며시 웃었다.

"이것 좀 봐라. 내년이면 고등학교 3학년이라는 녀석이 이러고 다닌다. 태인이 네가 좀 다독여 가며 사람 좀 만들어 봐라."

마치 철부지 어린아이를 대하는 듯한 아버지의 태도에 서린이 입술을 삐죽 내밀었다.

"아빠는. 모두가 같은 길을 갈 수 없잖아요. 좋은 대학 간다고 행복한 것도 아니고……."

"그래도 하고 싶은 게 있을 거 아니야. 매번 물어도 답해 주지 않으니 궁금해서 그러지."

"……그게. 딱히 뭐라고 말할 수 없지만……."

아버지의 관심 어린 시선에 서린이 어색한 듯 입술을 깨물었다. 아직 구체적인 진로를 결정하지 않았지만, 그녀 나름대로 꿈은 있었다. 평생 좋아하는 일을 하며 좋아하는 사람과 함께 사는 것. 그리고 또 한 가지.

"세상에 드러나지 않은 아름다움을 발견하고 싶어요. 그래서 저만의 방식으로 그것을 표현하고 사람들에게 감동을 줄 거예요."

지나치게 모호하고 비현실적인 대답이었다. 하지만 언제나 그렇듯, 하 회장이 기특하다는 듯 그녀의 등을 두드렸다. 밖에서는 한 기업을 책임지는 기업가이지만, 집에서는 애정 표현을 아끼지 않는 자상한 아버지가 늘 고맙고 존경스러웠다.

"그래. 그것도 좋지. 근데 세상에서 가장 아름다운 게 뭘까. 내 눈에는 우리 서린이가 가장 예쁘고 아름다운데 말이야. 태인아, 그렇지 않나?"

민망해진 서린이 소파에 앉은 태인을 힐금 바라보았다. 물끄러미 바라보는 시선에 서린이 서둘러 얼버무렸다.

"아빠 눈에만 그렇게 보이……."

서린이 말을 맺기도 전에 태인이 늦은 대답을 했다.

"맞아요. 아주 예쁘고 사랑스러워요."

순간, 서린의 뺨이 붉게 달아올랐다. 큰 키와 시원시원한 이목구비를 지닌 서린을 보며 또래 친구들은 스타일이 좋다고 칭찬하지만, 사실 거울을 들여다보면 맘에 안 드는 것투성이였다.

그런데 예쁘고 사랑스럽다니, 이런 칭찬은 난생처음이었다. 게다가 저렇게 진지한 표정으로. 대놓고 칭찬을 하다니. 뚫고 나올 듯 뛰는 심장과 점점 더 달아오르는 볼까지.

그 순간 서린은 '대니얼, 대니얼.' 하며 애타게 대니얼을 찾았지만, 평소 그녀의 뇌 80%를 차지하던 대니얼은 끝끝내 나타나지 않았다. 붙임성 있고 넉살 좋기도 유명한 서린이지만, 이런 상황은 좀처럼 익숙하지 않았다.

"하하. 그럼 저는 이만."

뒷걸음쳐서 서재를 나온 서린이 제 방이 있는 2층 계단을 뛰어 올라갔다.

"하서린! 오늘 실컷 놀다 왔으니, 내일은 방에서 꼼짝하지 말고 공부해."

뒤에서 속도 모르는 박 여사가 소리쳤지만, 뛰는 심장 탓인지 엄마의 잔소리조차 제대로 들리지 않았다.

왁자지껄한 교실, 평소답지 않게 책을 펼쳐 들고 있는 서린이 이상한지, 옆에서 수다를 떨던 친구들이 옆구리를 쿡쿡 찔러 댔다.

"하서린. 책 속에 뭘 숨겨 뒀지? 혼자 보지 말고 같이 보자."

선생님의 시선을 피하려고 책 속에 휴대 전화나 다른 무언가를 감추고 보는 평소 모습으로 오해한 탓이었다. 하지만 책 속에 아무것도 없자, 아이들이 어리둥절한 얼굴로 서린을 바라보았다.

"뭐야, 진짜 공부하는 거야?"

"……아니."

푹 꺼진 눈으로 흰 바탕에 검은 활자를 좇던 서린이 중얼거렸다.

"그럼 뭔데?"

"새로 온 과외 쌤이 내 준 숙제야. 바른 자세로 앉아서 무조건 교과서를 하루에 열 번씩 읽으래."

순간, 주변에 있던 친구들이 한목소리로 떠들었다.

"그게 뭐야, 요즘 누가 공부를 그렇게 무식하게 하니? 족집게 과외 쌤도 많은데, 완전 이상하다."

"저번에 대문 앞에 서 있던 그 쌤 맞지? 그렇지 않아도 묻고 싶었는데, 전번 좀 따 주라. 응?"

"누구, 누구?"

"있잖아. '쌤. 고마워요. 사랑해요.'"

팔을 올려 하트 모양 흉내까지 내는 모습에 결국 참다못한 서린이 책장을 덮었다. 그리고 쉬지 않고 조잘대는 친구들의 입을 틀어막았다.

"아, 좀 조용히 하라니까!"

한바탕 고함을 치고 나니, 졸음이 싹 달아났다. 서린이 다시 책에 코를 박자, 그녀의 단짝인 선영이 미심쩍다는 듯 눈매를 좁혔다.

"하서린, 요즘 수상한데? 생전 하지도 않던 공부를 하질 않나, 대니얼 콘서트를 마다하질 않나, 너 혹시 바람피우니?"

"얘들아. 원래 사랑은 변하는 거야."

서린의 말에 모두가 어리둥절한 얼굴로 서로를 바라보았다. 그들 사이에서 신처럼 추앙받는 아이돌, 대니얼이 있고 그 대니얼이라면 자다가도 벌떡 일어나는 하서린이 있다는 것을 모두가 알고 있기 때문이다.

"그러니까, 그 사랑이 변했다는 말이지?"

"으응. 그런 거 같아."

"이런 변절자!"

마치 자신이 버림받은 것처럼 선영이 소리쳤다. '어떻게 사랑이 변하니?'라는 영화 대사를 읊조리며 금방이라도 울음을 터트릴 것 같더니, 수업 종이 울리자 언제 그랬냐는 듯 자신의 책상으로 돌아갔다.

친구들이 각자 자리로 돌아가자, 서린이 창으로 보이는 먼 하늘을 올려다보았다. 짙은 푸른색의 하늘도, 무리 지어 떠다니는 구름도 어쩐지 다르게만 보이는 요즘이었다. 아니, 정확히 표현하면 무엇을 보든 다른 누군가가 떠올랐다.

'서린이라고 불러도 되지? 아까는 경황이 없어서 제대로 인사를 못 했어. 나는 강태인이라고 한다.' 숫기 없어 보이는 첫인상과는 달리, 그가 어른스러운 미소로 지으며 말을 붙여 왔다. 내민 손을 얼떨결에 잡은 순간, 맞닿은 손에서 느껴지는 온기에 심장이 제멋대로 뛰었다.

강태인, 강태인. 서린이 들고 있던 펜으로 그의 이름을 몇 번이나 써 내려갔다. 그도 모자라서 하얀 백지에 눈, 코, 잎을 차례로 그려 나갔다.

"강태인? 강태인이 누구야. 누군데 이렇게 잘생겼어?"

코앞에서 들리는 목소리에 서린이 그리던 그림을 탁 하고 접었다. 지나치게 몰입한 나머지 선생님이 들어온 것도, 수업이 시작된 것도 잊고 말았다. 그나마 다행인 것은 지금이 미술 시간이고 드로잉 수업을 할 예정이라는 것.

"이 녀석, 왜 이렇게 과민 반응이야. 잘 그렸다고 칭찬하는데. 그보다 강태인이 누구야, 누구기에 이렇게 하트 표시에, 이름을 깨알같이 적어 놓았어."

아이들의 쿡쿡대는 웃음소리가 여기저기서 들렸다. 서린은 미술 선생답지 않게 미적 감각이라고는 조금도 찾아볼 수 없는, 이마가 훌떡 벗겨진 선생님을 바라보았다. 저도 모르게 선생님의 입을 틀어막고 싶은 충동이 들었지만, 모든 인내심을 총동원하여 가까스로 참았다.

"……쌤. 깊이 알려 하지 마세요. 다쳐요."

순간, 선생님이 그녀의 귀를 틀어쥐며 강제로 일으켜 세웠다.

"다쳐도 좋으니, 깊이 좀 알아야겠다. 매사 건성건성 하지 말고 이제는 좀 제대로 그려 봐. 재능 있는 녀석이 왜 이렇게 뺀질거려. 그리고 부모님 좀 모시고 오라는데, 왜 대답이 없어."

서린을 볼 때마다, 미술 계통으로 진로를 생각해 보라며 강요 아닌, 강요를 하는 미술 선생님을 의도적으로 피해 왔지만, 이제는 전공이나 진로를 확실히 정해야만 한다. 그러나 눈에 보이는 빤한 미래가 때로는 스트레스로 다가올 때가 있다. 남다르게 풍족한 집안에서 자랐으니 진로 걱정이 없을 거라는 친구들의 우스갯소리가 최근 들어 예사로 들리지 않는 걸 보면.

그림 그리는 것을 좋아하지만, 평생 생계 걱정 없이 유유자적하며 취미로 할 생각은 없었다. 그래서일까. 섣불리 진로를 결정할 용기가 나지 않았다.

학교를 마치자마자, 집으로 향한 서린이 교복을 벗어 던지고 옷부터 갈아입었다. 또래 친구들처럼 꾸미는 덴 요령이 없었지만, 선영이 가르쳐 준 대로 비비크림이며 립글로스며 이것저것 꺼내서 발라 보았다.

서린이 거울에 제 모습을 비춰 보았다. 열과 성을 다해서 꾸몄지만, 어딘가 우스꽝스러워 보이는 모습에 절로 미간이 찌푸려졌다. 에라, 모르겠다는 심정에 방을 나온 그녀가 태인이 사용하는 별채로 향했다.

거실을 거쳐 밖으로 나가려 할 때, 현관 입구에서 정연과 마주쳤다.

"선생님 아직 안 오셨는데?"

"알아. 오시기 전에 예습하려고."

한껏 꾸민 서린을 아래위로 훑어보던 그녀가 지그시 입술을 깨물었다. 속이 훤히 보이는 말만큼이나 한껏 꾸민 모습이 어설프게 보였기 때문이다.

"엄마는?"

"전시회 준비로 갤러리에 가셨어."

미술을 전공한 박 여사는 결혼 후, 붓을 내려놓고 갤러리 운영에 몰두했다. 어머니의 재능을 물려받았지만, 어머니처럼 살고 싶은 생각은 없기에 서린은 자신의 재능을 내보이기가 늘 꺼려졌다. 그러나 혈육처럼 가까이 지내는 정연에게만은 비밀이 없었다.

"정연 언니. 잠시 할 말이 있어."

정연과 함께 안뜰로 나온 서린이 정원에 놓인 테이블을 마주 보고 앉았다.

"미술 쌤이 부모님을 모시고 오라는데, 어떻게 해야 좋을지 모르겠어."

서린의 말에 정연이 따스한 미소를 보내 왔다.

"어떻게 하긴. 아무것도 생각하지 말고 네가 정말 하고 싶은 게 뭔지만 생각해. 타고난 재능이 있는데 고민할 필요가 뭐가 있어. 이제부터 시작해도 늦지 않아."

"……그럴까."

"그리고 이번 모의고사 성적이 눈에 띄게 좋아졌다고 사모님이 좋아하시더라. 덕분에 강 선생님이 체면이 섰지, 뭐니."

"내가 성적이 오르면 선생님 체면이 서는 거야?"

"당연하지."

공부는 싫지만, 태인은 좋았다. 아니 좋은 정도가 아니라, 요즘은 머릿속이 그의 생각으로 가득 차서 과외 시간만 기다려질 정도였다.

"혹시 진로를 결정하고 미술 수업을 받게 되면 태인 쌤이 과외를 그만두게 되는 건 아니지?"

"실기만큼이나 성적이 중요하다는 걸 알고 있잖아. 수능까지 봐주기로 했으니 그런 걱정 하지 마."

그제야 안심이 된 서린이 이를 드러내며 활짝 웃었다.

두 사람이 따스한 햇볕 아래서 이런저런 수다를 떨고 있을 때,

돌계단을 올라오는 발소리가 들렸다. 새하얀 셔츠에 청바지를 말끔하게 차려입은 태인이었다.

"쌤!"

서린이 반가운 마음을 참지 못하고 그의 팔에 매달렸다. 정연에게 가벼운 목례로 인사를 대신한 그가 서린의 손을 조심스럽게 떼어 놓고 언제나처럼 같은 질문을 했다.

"오늘 숙제는 다 했어?"

"네. 열 번이 아니라, 스무 번씩 읽었어요."

서린이 자랑스럽게 대답하자, 그가 눈매를 휘며 부드럽게 웃었다.

"좋아. 그러면 이제부터 속도를 좀 내자. 그럼 먼저 들어가겠습니다."

정연에게 인사를 남긴 태인이 뒤돌아 걸어갔다. 서린이 종종걸음으로 그의 뒤를 따랐다.

정연이 사라지는 두 사람의 뒷모습을 주의 깊게 바라보았다. 솔직하고 호불호가 분명한 성격의 서린은 태인에 대한 감정을 숨기기는커녕 모르는 사람이 봐도 눈치챌 정도로 좋아하는 티를 내고 있었다. 예민하고 감정 기복이 심한 그 나이대 아이들의 특성이기에 그러려니 하지만, 정작 의아한 것은 태인의 태도였다. 서린을 바라보는 눈빛이 어딘가 남달라 보이는 것은 혼자만의 착각일까. 아니, 혼자만의 착각일 것이다.

사라진 두 사람의 자취를 바라보던 정연이 떠오르는 생각을 지우며 고개를 저었다.

태인은 다른 과외 선생과 수업 방식이 좀 달랐다. 일방적으로 무언가를 가르치기보다는, 부담 없을 만큼 과제를 내 주었고 궁금증을 가지고 질문하도록 유도했으며 묻는 말에는 지나치리만큼 성심성의껏 대답해 주었다.

딱히 수업 시간이 아니라도 학교생활 외에는 대부분의 시간을 그와 보냈는데, 그와 함께하는 시간이 믿을 수 없을 만큼 즐겁고 행복했다. 귀 기울여 주는 침묵과 낮고 차분한 목소리와 바라보는 다정한 시선이 좋아서 그에게 묻고 또 묻다 보니 그토록 싫던 공부마저 자연스럽게 흥미가 돋았다.

서린이 나란히 앉은 태인을 곁눈으로 바라보았다. 자습 시간조차 그녀의 곁을 지키는 그는 언제 어디서든 책을 놓지 않았다. 보기만 해도 머리가 아파 보이는 두꺼운 법전을 소설책 읽듯 넘기는 그가 신기하기만 했다.

"쌤은 공부하는 게 재미있어요?"

서린의 물음에 그의 시선이 돌아왔다. 볕이 잘 드는 창가, 오후의 눈부신 햇살이 검은 눈동자를 만나 투명하게 반사되었다. 만약 지금 이 순간, 누군가 자신에게 가장 가지고 싶은 것이 무엇이냐고 묻는다면 서슴없이 저 아름다운 검은 눈동자라고 대답할 것 같았다.

"아니. 전혀."

넋 놓고 그를 바라보던 서린이 예상 밖의 대답에 눈을 동그랗게 떴다.

"근데 왜 이렇게 열심히 공부해요?"

"……내가 할 수 있는 게 공부밖에 없으니까. 그마저도 하지 않는다면 아마 누군가처럼 세상 한 귀퉁이에 내몰린 채, 쓸쓸한 최후를 맞이하겠지."

언제나 그렇듯 그가 거르는 질문 없이 성심성의껏 대답해 주었다. 그 대답이 무엇이든 간에.

"그 누군가가 누구인데요?"

"우리 아버지."

아직 세상을 모르는 나이, 풍족한 집안에서 어려움 없이 자란 서린은 서늘한 눈동자에 드리운 그늘을 이해하기가 약간 버거웠다. 서린이 분위기를 전환하려는 듯 애써 웃음 지었다.

"아빠가 늘 쌤 보고 아들처럼 든든하다고 칭찬해요. 그러니까 울 아빠를 아버지라고 생각하고 의지하며 지내세요."

서린의 말에 그가 희미하게 웃었다. 그 틈을 타서 서린이 애교 섞인 눈웃음을 지었다.

"참, 소문으로는 다음 주에 쌤 학교 축제 한다던데, 맞아요?"

"아마, 그럴걸."

마치 남 이야기라도 하듯이 대답했다.

"대학 축제라면 공연도 하고 볼거리도 많을 텐데……."

서린이 그의 눈치를 살피며 중얼거렸다. 사실 축제보다는 그가 다니는 학교를 둘러보고 싶었다. 친구나 가족. 그에 관한 모든 것이 궁금하고 또 궁금했다.

"왜, 가고 싶어?"

서린이 고개를 끄덕였다.

"허락하실지 모르겠지만, 부모님께는 내가 잘 말씀드려 볼게."

흔쾌한 대답이 너무 기쁜 나머지 서린이 자리에서 벌떡 일어났다. 그리고 그를 와락 끌어안으며 환호성을 질렀다.

"쌤, 최고!"

순간, 당황했는지 그가 의자를 뒤로 물리며 일어났다. 그러나 더욱 황당한 것은 그다음이었다. 의자와 함께 두 사람의 몸이 기울자, 태인이 중심을 잃은 서린을 끌어안은 채, 바닥으로 넘어졌다. 그리고 순간 모든 것이 정지했다. 넘어진 그대로 태인과 맞닿은 가슴에서 그의 심장 박동까지 생생하게 느껴졌다. 속내를 알 수 없는, 그리고 블랙홀처럼 빠져드는 검은 눈동자를 바라보는 순간, 서린은 심장이 쿵 하고 멈추는 것 같았다. 그것은 두근거림이나 설렘처럼 달콤한 감정이 아니었다. 차라리 무섭고 두렵다는 표현이 옳았다. 눈앞에 있는 사람은 분명 태인인데, 태인이 아닌 것 같은 느낌.

"……쌤."

처음 느껴 보는 감정에 서린이 중얼거리자, 그제야 정신을 차린 듯 태인이 몸을 일으켰다.

"미안하다."

그가 시선조차 마주치지 않고 말했다. 열이 오른 듯 붉게 달아오른 뺨과 단단하게 굳어진 턱은 바라보기 민망할 정도였다.

"축제에 데려간다는 말에 너무 좋아서…… 놀라게 해서 죄송해요."

"오늘은 이만하고 방으로 돌아가 봐. 나는 써야 할 리포트가 있어서……."

괜한 수선을 떨어서 기다렸던 그와의 시간을 망친 것 같았다. 그러나 거리를 두는 듯, 분위기가 돌변한 그를 보고 있으니 조용히 곁에만 있겠다는 말조차 할 수 없었다.

서린이 떨어지지 않는 걸음을 옮겼다. 돌아서는 등 뒤로 그의 시선을 느꼈지만, 어쩐지 말을 붙일 분위기가 아니라, 말없이 제 방으로 향했다.

2
다시 돌아온 서울은

공항에 도착하고, 대기해 놓은 차에 오를 때까지도 서린은 도무지 한국에 왔다는 현실감이 들지 않았다. 그토록 그리워하던 부모님을 곧 만난다는 사실 역시 믿기지 않는 건 마찬가지였다. 어디론가 통화를 하려는 듯 태인이 휴대 전화를 꺼내자, 서린이 다급히 물었다.

"부모님께서도 제가 온다는 사실을 알고 계세요?"

"연락드렸어."

"도착 시각까지 아세요?"

"왜 그래. 마음에 걸리는 거라도 있어?"

"이대로 가기 좀 그렇잖아요. 씻고 옷이라도 좀 갈아입는 편이 좋겠어요."

"같이 간다는 말씀만 드렸어. 시차 때문에 피곤할 텐데, 차라리 집에서 푹 쉬고 내일 아침에 인사드리자."

집이라는 말이 생경하게 느껴졌지만, 따로 내색하지 않았다. 12시간이 훌쩍 넘는 비행시간과 급한 짐만 챙겨 오는 바람에 지금 꼴이 말이 아니었다. 우선 씻고 옷이라도 갈아입은 후에, 보기 좋은 모습으로 부모님을 만나고 싶었다.

태인이 운전하는 기사에게 판교로 가자고 말하자, 20대 중후반으로 보이는 기사가 깍듯하게 대답했다.

얼마를 달렸을까, 깜빡 졸았다고 생각했는데, 눈을 떠 보니 번화한 시가지가 차창 밖으로 빠르게 스쳐 지나고 있었다. 신축한 건물과 상가 대부분이 낯설게 느껴졌다.

"많이 피곤했던 모양이야. 침까지 흘려서 닦아 주려 했는데……."

그의 말에 놀란 서린이 손으로 입술을 닦으려 하자, 그가 이를 드러내며 환하게 웃었다. 놀리는 말이라는 걸 깨달은 서린이 가만히 눈을 흘겼다. 순간, 그가 소리까지 내며 크게 웃었다. 운전하던 창훈이 룸미러를 통해서 태인을 바라보았다. 태인의 기사로 입사한 후로 그가 저렇게 활짝 웃는 모습을 처음 보았기 때문이다.

그 후, 다시 십여 분을 달려가니, 멋스러운 건축물이 늘어선 타운 하우스 단지가 나타났다. 막다른 길 끝, 감각적으로 지은 2층 구조의 직사각형 건물 앞에서 차가 멈추고 차에서 내린 창훈이 짐칸에 있는 여러 개의 슈트케이스를 꺼냈다.

"짐 전부를 내릴 필요는 없어요. 어차피 내일 한남동에 가야 하거든요."

짐을 내리는 창훈을 만류하자, 태인이 끼어들었다.

"회장님께 이미 말씀드렸어. 귀국하면 너와 이곳에서 함께 지낼 예정이라고."

"하지만……."

서린의 말을 끊으며 그가 창훈을 향해 말했다.

"내일은 내가 직접 운전할 예정이니까, 회사로 바로 출근해요."

"네. 알겠습니다."

제멋대로 자신의 거처를 결정한 그에게 한마디 하고 싶었지만, 창훈 앞에서 다툴 수 없는 노릇이었다. 두 사람이 짐을 나르는 동안, 서린이 눈앞에 보이는 회색 건물을 올려다보았다. 한눈에 보기에도 값비싼 수입 자재로 지은 고급 타운 하우스를 보니, 무언가 복잡한 기분이 들었다.

자신이 기억하는 강태인은 소매가 낡아서 해질 때까지 옷을 입는 사람이었다. 교통비를 아끼기 위해서 먼 거리를 마다치 않고 걷던 사람이었다. 고급스럽고 세련된 옷차림과 기사가 딸린 고급 외제 차, 족히 80평 가까이 되어 보이는 집을 보자, 그의 현재 위상이 얼마만큼 달라졌는지 한눈으로 체감했다. 동시에 소탈한 옷차림으로 달려오던 스물세 살의 그는 영영 사라지고 이렇게 우두커니 서서, 그를 추억하는 자신의 시간만 멈춘 것 같아서 쓸쓸한 기분이 들었다.

짐을 모두 옮긴 창훈이 인사를 남기고 어디론가 사라졌다. 가까이 다가온 태인이 그녀의 어깨를 감싸 왔다.

"안으로 들어가자."

그의 팔에 이끌려 서린이 안으로 들어갔다. 지나치리만큼 넓은 공간이 시야로 다가들었다. 외부만큼이나 고급 자재로 꾸민 집이지만, 꼭 필요한 가구만 배치한 탓인지, 집 전체가 어딘가 휑한 느낌이 들었다.

"침실은 이쪽이야. 짐은 사람을 시켜서 따로 정리할 생각이니까, 힘들여 꺼낼 필요 없어."

넓은 침실에 덩그러니 놓여 있는 킹사이즈 침대를 보니, 어쩐지 민망한 기분이 들었다. 그런 그녀의 기분을 눈치챘는지, 태인이 어색한 얼굴로 시선을 피했다.

"인사동 갤러리의 간이침대와 비교조차 되지 않네요."

가벼운 농담이었는데, 마치 그의 표정이 찬물을 뒤집어쓴 듯 순식간에 돌변했다.

"그래. 겨우 한 사람이 누울 수 있는 그곳에서 너를 처음 안았어. 뜻깊은 날이니까, 넓고 보드라운 곳에 너를 눕히고 싶었어. 하지만 당시는 그럴 마음의 여유조차 없었지."

"……."

"너는 어떨지 모르겠지만, 두고두고 그때의 일이 마음에 걸렸어. 그래서 집을 완공하자마자, 매트 감이 좋다는 커다란 침대를 고르고 질 좋은 푹신한 시트를 깔았어."

끝끝내 마음을 감추고 결국, 추억까지 더럽힌 주제에 좋은 침대가 다 무슨 소용인가.

"침대가 무엇이든 이제 와 그게 무슨 상관이에요. 과거는 이미 흘러갔어요. 당신은 원하는 성공을 이루었고 저 역시 제 선택을 후회하지 않아요."

이곳으로 오는 내내 어딘가 들떠 보이던 그의 표정이 다시 굳어졌다. 한국에 있는 동안, 그와 되도록 잘 지내고 싶지만, 이런 생활을 언제까지 지속할 수 없었다. 당면한 문제를 자주 상기하지 않으면 또다시 같은 아픔을 반복하게 되는지도 모를 일이다.

침실을 나온 서린이 2층 계단을 올려다보자, 그가 아틀에서 가지고 온 이젤과 화구를 들고 앞장서서 걸었다.

"2층으로 안내할 테니까, 올라와."

서린이 그를 따라 계단을 올라갔다. 마지막 계단 끝에 서서 2층 광경을 보니 황당해서 말문이 막힐 지경이었다. 겹겹이 쌓아 놓은 그림은 분명 이곳을 떠나오기 전, 그녀가 그렸던 그림이었다. 인사동 갤러리와 한남동 본가에 나누어 보관했던 그림이 어째서 이곳에 모여 있는 것일까. 그뿐 아니었다. 그녀가 사용하던 갖가지 화구도 잘 정리된 채로 놓여 있는 것을 보니, 반갑다기보다는 등골이 오싹할 정도로 겁이 났다.

"……이게 뭐예요?"

"보는 그대로야."

짧은 대답이 기막힐 지경이었다. 집 설계부터가 이상했다. 뻥 뚫린 공간은 분명 아틀리에로 사용하기 위한 구조였다. 공부밖에 모르던 그가 작업실을 사용할 리도 없고.

"이 집은 언제 지었어요?"

"설계는 오래전부터 했고 완공은 1년 전에 끝났어."

"오래전? 그게 정확히 언제인데요?"

"우리가 한 달 동안 뒹굴던 그때, 나를 받아들이느라 지쳐 잠든 너를 보며 혼자 설계했어."

서린이 입술을 깨물었다. 막막할 정도로 두렵고 화도 나고 그 못지않게 가슴이 시려 왔다. 서린이 표정을 감추려 애써 웃었다.

"고맙기는 한데, 조금 이상하긴 하네요."

"뭐가?"

"그렇잖아요. 한 치 앞도 모르는 게 우리 삶인데, 어디 있는지도 모르는 저를 위해 이 집을 지었다는 사실이요."

"하지만 결국은 다시 찾았지."

무서울 만큼 집요한 그의 집착은 과연 어디서 비롯된 것일까. 채워지지 않는 그의 끝없는 욕망에서 비롯된 것은 아닐까. 집착이 만들어 낸 왜곡된 감정은 아닐까. 적어도 사랑은 아닐 것이다. 그에게는 오랫동안 사랑하던 사람이 있었으니까.

아픈 시간을 다시 거슬러 올라갈 수 없다. 분명하게 선을 긋는 게 옳았다.

"근데 어쩌죠? 제가 이곳에서 그림을 그리는 일은 없을 거예요."

그의 굳은 표정이 더욱 단단하게 굳었다.

"내려갈게요. 씻고 내일 입고 갈 옷부터 챙겨야겠어요."

서린이 우두커니 서 있는 태인을 뒤로하고 아래층으로 내려갔다.

대문 앞까지 마중 나온 부모님이 차창 밖으로 보이자, 돌연 왈칵하며 눈물이 쏟아졌다. 세월과 함께 깊어진 부모님의 주름과 그늘진 안색에 차마 고개조차 들 수 없었다.

"어서 내리자."

운전석에 앉은 태인이 서린의 손을 맞잡았다. 눈물을 거두고 용기 내어서 차 문을 열었을 때, 어머니 박 여사가 그녀를 와락 끌어안으며 눈물을 쏟아 냈다.

"피죽도 못 먹은 것처럼 얼굴 꼴이 이게 뭐니?"

무엇 하나 부족할 거 없이 살아온 어머니, 그런 그녀의 유일한 흠집이며 가장 아프게 한 사람이 자신이라고 생각하니, 목구멍에 가시가 걸린 것처럼 따끔거렸다.

한 걸음 물러서서 서린을 바라보는 아버지의 차분한 시선과 눈이 마주친 순간, 그제야 집에 돌아왔다는 현실감이 몰려왔다.

"애 힘들겠어. 집 안으로 들어가서 이야기합시다."

늘 든든한 버팀목이 되어 주던 사람, 떠올리는 것만으로 가슴이 따스해지는 사람, 그런 사람이 바로 아버지, 하 회장이었다. 혈색이 좋고 체구가 건장하던 아버지는 몰라볼 정도 여위어 있었다. 건강이 좋지 않다더니, 윤기 없는 피부와 창백한 안색을 보니 겁이 덜컥 났다.

"……제가 잘못했어요. 용서하세요."

서린이 시선조차 마주치지 않고 중얼거리자, 하 회장이 괜찮다는 듯 환한 미소를 지었다.

"이렇게 다시 돌아왔으면 되었지. 눈빛을 보니 이제는 제법 어른이 된 거 같구나."

기어코 참았던 눈물이 뺨을 타고 흘러내렸다. 멀찌감치 떨어져 있던 정연과 시선이 마주쳤지만, 눈물로 시야가 흐려져서 고맙다는 인사조차 할 수 없었다.

잠시 후, 서린의 등을 가만히 두드려 주던 하 회장이 그녀의 곁에 선 태인에게 말했다.

"그동안 태인이 네가 많이 애썼다. 우리 서린이 다시 보게 해 줘서 정말 고맙다."

"아닙니다. 회장님."

태인이 깍듯한 자세로 고개를 숙였다.

"다들 그만 들어가요. 강 서방도 어서 안으로 들어오게. 결혼 준비로 상의할 일이 산더미야."

늘 거리감을 가지고 태인을 대했던 어머니의 달라진 태도와 결혼이라는 말을 듣는 순간, 또다시 복잡한 생각이 엉켰다. 어려운 고비를 함께 넘기자는 약속과 함께 얻어 낸 것이 1년이라는 한정된 시간이었다. 하지만 부모님이 그 약속까지 알 리 없었다. 부모님을 사랑하지만, 그림에만 집중할 수 있었던 프랑스에서의 생활을 포기할 수 없었다. 현재 상태로는 우선 힘든 고비를 넘기고 천천히 부모님을 설득하는 방법밖에 없었다.

현관을 지나 훈훈한 기운이 감도는 집 안으로 들어서자, 익숙한 풍경에 비로소 안도감이 몰려왔다. 하고 싶은 말이 많았는지, 어머니가 속사포처럼 온갖 질문을 쏟아 냈고 서린은 성심성의껏 답해 주었다. 그 모든 이야기를 귀로만 듣던 아버지와 간혹 시선이 마주칠 때마다 여전히 목이 따끔거렸지만, 이해심 어린 눈길에 차츰 기분이 나아졌다.

어머니가 걸려 온 전화를 받기 위해 사라지자, 내내 말이 없던 아버지가 서린에게 넌지시 말을 붙여 왔다.

"앞으로 살게 될 판교 집은 좀 둘러봤니?"

"네."

"집을 짓는다는 것도 몰랐는데, 네 엄마와 함께 가 보고 놀랐단다. 그러고 보면, 너를 생각하는 태인이 마음 씀씀이가 보통이 아니야."

그다지 유쾌한 화제는 아니었지만, 서린이 애써 웃으며 말했다.

"집이 넓고 좋더라고요."

"넓고 좋기만 하게. 너와 함께하는 미래에 확신이 없었다면 그런 집을 짓지 못했을 거야."

아버지의 말에 서린이 곁에 앉은 태인을 곁눈으로 바라보았다. 내내 무표정하던 태인의 낯이 붉어진 것을 보면, 그 역시 아버지의 칭찬이 마냥 듣기 편한 것은 아닌 모양이었다.

"사실 태인이 모친에게 면목 없는 일이지만, 어쩌겠니. 인연은 따로 있는 것을."

말을 마친 하 회장이 지긋한 눈으로 태인을 바라보았다. 5년간이나 서린의 종적이 묘연했으니, 하 회장으로서는 태인에게 한없이 미안하고 면목 없는 노릇이었다. 게다가 회사 일까지 이렇게 되고 보니, 묵묵히 앉아 있는 태인이 든든한 한편, 새삼 마주 볼 낯이 없었다.

짧은 침묵이 흘렀다. 먼 곳에서 어머니가 누군가와 통화하는 목소리가 들렸다. 예식장과 가구, 그릇 운운하는 들뜬 목소리가 거실까지 흘러들었다. 서린은 어디로도 시선 둘 곳이 없었다. 하 회장이 어색한 침묵을 깨고 태인에게 물었다.

"식은 되도록 조용히 치르고 싶은데, 태인이 네 생각은 어떠니?"

"저는 상관없습니다. 대신 결혼 비용만은 제가 모두 부담하고 싶습니다."

하 회장이 그의 대답이 기특하다는 듯, 허허 하며 소리 내어 웃었다.

"녀석, 고집도 참. 그래도 부모 된 도리가 그게 아니지. 그럼 우리가 사돈 지내실 만한 좋은 집은 구해 드릴 테니, 그거까지 뭐라하진 말아라."

"아닙니다. 어머님께도 제가 얼마 전 새로 집을 구해 드렸습니다."

"그럼 사돈 필요하신 게 뭐가 있나, 내 따로 생각해 보마. 이렇게 든든한 사위를 주셨는데, 그래야 내가 마음이 편하지."

하 회장의 고집에 태인이 어쩔 수 없다는 듯 입을 다물었다. 서린이 역시 모처럼 좋은 분위기를 깨고 싶지 않아서 표정을 밝게 하려고 노력했다.

얼마나 시간이 흘렀을까. 점심을 마치고 무리하면 안 된다며 정연이 하 회장과 함께 박 여사까지 안방으로 모셨다. 2층에 있는 제 방으로 올라갈까 망설이고 있을 때, 안방을 나온 정연이 할 말이 있는 듯 서린을 향해 눈짓을 보내 왔다. 그리고 거실에 앉아 있는 태인에게 말했다.

"강 실장님. 모처럼 날씨가 좋아요. 차를 내갈 테니, 서린이와 함께 정원이라도 좀 둘러보세요."

정연의 말에 태인이 자리에서 일어났다. 태인과 안마당으로 나오니, 마치 폭풍우가 한바탕 휩쓸고 간 것처럼 맥이 탁 풀렸다. 정원 한쪽에 놓인 의자에 앉아서 잘 가꾸어진 화단을 바라보았다. 푸릇하게 올라오는 새순을 보니, 문득 아를 작업실 창가의 놓아두었던 제라늄 화분이 떠올랐다. 급하게 짐을 챙겨 나오느라, 화분을 누군가에게 맡긴다는 것을 깜빡하고 말았다. 꽃 몽우리를 머금었으니, 지금쯤 한창 예쁘게 꽃을 피웠을 텐데.

서린이 멍하니 생각에 잠겨 있을 때, 무언가 할 말이 있는지, 내내 그녀 곁을 서성이던 태인이 어렵사리 말을 붙여 왔다.

"……남부러울 것 없이 식을 올리고 싶었는데, 네게 미안하다."

간소하게 식을 올린다는 말에 오히려 안심했던 그녀는 미안하다는 말에 어떻게 대답해야 할지 난감하기만 했다.

"미안하긴요. 오히려 일이 이렇게 되어서 제가 당신을 볼 면목이 없어요."

긴장한 듯 좁아지는 미간을 보며 서린이 서둘러 말을 이었다.

"아빠가 당신을 많이 의지하는 거 같아요. 회사 일도 그렇고 부모님 곁을 지켜 준 것도 그렇고, 경황이 없어서 감사의 인사도 제대로 못 했어요."

"너에게 이런 인사를 받으려고 한 일이 아니야."

"알아요. 하지만 자식인 저로서는 당신에게 많은 빚을 진 셈이잖아요. 이곳에 있는 동안 최선을 다해서 도울 생각이에요. 별 도움이 되지 못할 테지만, 제 도움이 필요하면 무엇이든 말해 주세요."

진심을 토로하는 말에도 점점 굳어지는 얼굴을 보니, 서린은 약간 혼란스러웠다.

"정말 원하는 건 그런 도움 따위가 아니야. 나는……."

현관 쪽에서 인기척이 들리자, 태인이 말을 흐렸다. 정연이 두 사람 가까이 다가와서 쟁반에 든 찻잔을 테이블에 내려놓았다.

"심각한 이야기를 하는 거 같던데, 내가 방해한 건 아니죠?"

태인이 굳은 표정을 풀며 차분한 목소리로 대답했다.

"아닙니다."

진한 커피 향에 이끌린 서린이 찻잔을 바라보았다. 그런 서린을 응시하던 태인이 찻잔을 들어서 그녀에게 건넸다. 그녀가 음미하듯 커피를 한 모금 들이켜자, 그제야 그의 굳은 표정이 풀렸다.

타고나기를 그렇게 타고났는지, 사람을 편하게 해 주는 재주가 있는 정연이 대화를 주도했다. 내내 경직되어 보이던 태인도 정연 앞에서는 긴장을 풀고 대화를 이어 나갔다. 가벼운 일상의 화제가 이사회 이야기로 넘어가자, 분위기가 약간 무거워졌다.

"아무래도 돌아오는 주주총회는 서린이와 함께 참석하는 게 좋을 거 같아요."

정연의 말에 태인이 대답했다.

"아닙니다. 이번 일에 서린이까지 끼어들게 하고 싶지 않아요."

"저는 상관없어요. 어려운 고비라니, 어떻게든 함께 도와야죠."

서린이 정연의 말을 거들었다.

"저쪽에서는 서린이가 귀국했다는 것도 몰라요. 차라리 대표 선임 건을 논의하는 자리에서 결혼 소식을 터트리는 편이 효과가 더욱 클 거예요."

태인이 섣불리 결정 못 하고 대답을 망설이자, 정연이 재촉하며 말했다.

"회장님이 마음 편히 쉴 수 있도록 일을 서둘러 마무리하는 편이 좋아요. 서린이가 가진 지분과 강 실장님이 보유한 지분을 합친다면 누구도 대표 선임 건에 반발할 수 없을 거예요. 게다가 뒤에 든든한 회장님이 버티고 계시잖아요."

태인이 동의를 구하듯 시선을 건네 왔다. 서린이 고개를 끄덕이자, 그가 결심한 듯 대답했다.

"그렇게 하죠. 일단 나머지 이야기는 회사에서 하는 게 좋겠어요."

서린이 밤늦도록 부모님과 이런저런 이야기를 나누고 있을 때, 벽시계를 올려다보던 태인이 자리에서 일어났다.

"저는 그만 일어나겠습니다. 오늘 자리를 오래 비운 탓에 밀린 일이 좀 있어서요."

"무슨 소리야. 이왕 왔으니, 자고 가지."

서린의 곁에 앉은 박 여사가 그를 말리자, 하 회장이 서린을 향해 말했다.

"서린이 너도 함께 일어나거라. 작업실도 있고 앞으로 네가 살 집이니, 지금부터라도 정을 붙여야지."

서린이 자리에서 일어났다. 어머니 박 여사는, 오랜만에 만난 딸을 다시 보내기 서운해하는 눈치였지만, 하 회장의 고집이 워낙 완강해서 남편의 눈치를 보며 말을 흐렸다.

"그래도 집에 온 첫날인데……."

"이제부터 자주 볼 거 아니오. 그 넓은 집에서 홀로 적적하게 지내는 태인이 생각도 해야지."

"저는 괜찮습니다. 내내 그리워하셨으니, 한동안 서린이와 함께 지내시는 게 좋을 듯싶습니다."

권하는 태인의 말에 하 회장이 고개를 저었다.

"서린이도 이제 어린 나이가 아니잖은가. 곧 부부의 인연을 맺을 텐데, 서로에게 정 붙일 시간이 필요할 게야."

인사도 할 틈 없이 떠밀리듯이 밖으로 나왔다.

"앞으로 자주 올게요."

서린의 말에 박 여사가 그녀의 옷깃을 여며 주며 말했다.

"갤러리 일로 따로 상의할 말이 있으니, 내일 연락하마."

현관 앞까지 배웅 나온 부모님과 정연, 그리고 집안일을 거드는 도우미에게 인사하고 태인과 함께 돌계단을 내려갔다. 대문 앞에 주차된 차에 오르려 할 때, 태인이 불쑥 물었다.

"나는 괜찮으니까, 서운하면 며칠 쉬었다가 와."

"아니, 가서 좀 쉬고 싶어요."

서린의 대답에 그가 안도하듯 서둘러 보조석 문을 열어 주었다. 차가 출발하고 완만한 내리막길을 달렸다. 골목 모퉁이에 있는 눈에 익은 자그마한 슈퍼를 보자, 반가운 마음이 들어서 저도 모르게 손으로 그곳을 가리켰다.

"기억나요? 대학 축제에 저를 데려간 날, 당신이 저기서 아이스크림을 사 줬잖아요."

"기억나고말고."

과거를 떠올리는 듯 그가 속눈썹을 드리우며 어렴풋이 웃었다.

"그날 무거운 너를 업느라, 한동안 허리가 아파서 애먹었어."

"거짓말."

"진짜라니까. 그때는 네가 제법 무거웠잖아."

"지금보다 체중이 더 나갔지만, 무거울 정도는 아니었어요."

서린이 지지 않고 대답하자, 그가 입술을 지그시 깨물었다. 아마도 웃음을 참고 있는 게 분명했다. 표현을 유달리 아끼는 그는 가끔 이렇게 짓궂은 면이 있었다. 차창으로 스치는 익숙한 골목 풍경과 긴장이 빠져나간 그의 얼굴을 보니, 문득 과거로 돌아간 것처럼 감회가 새로웠다.

"돌이켜 보면, 그때 제가 참 철이 없었어요."

"철이 없다기보다는 꾸밈없이 예쁘고 솔직했지. 마치 어두운 골목을 훤히 밝히는 가로등처럼 보는 사람마저 행복감에 젖게 했어."

그의 칭찬이 걸맞지 않은 옷처럼 과분하게 느껴졌다. 어색한 기분을 지우려 서린이 얼버무리며 말했다.

"이왕이면 햇살이라고 하지, 가로등은 또 뭐예요?"

그가 큰 도로를 접한 골목 모퉁이에서 갑자기 브레이크를 밟았다. 그리고 골목길 끝에서 차를 멈추었다.

"어제까지 보던 사람이 갑자기 사라졌어. 그 사람이 빠져나간 흔적을 어디에서 가장 먼저 발견하는지 아니?"

서린이 고개를 저었다.

"자주 보던 장소에 오면 어김없이 떠오르지. 나의 경우에는 이 골목길이 그랬어. 해가 지고 사방이 캄캄한데, 기다려도 네가 나타나지 않는 거야. 금방이라도 네가 나타나서 내게 손을 흔들어 줄 거 같은데, 아이스크림을 사 달라고 조를 거 같은데, 아무리 기다려도 네가 나타나지 않았지. 그래도 밤이 되면 어김없이 가로등이 켜지고 그 불빛에 의지한 채, 네가 올 거라는 실낱같은 희망을 버리지 않았어. 그런 기억 때문일까, 나는 눈부신 태양보다는 당시 내 마음을 위로해 주었던 가로등 불빛이 더 좋아."

그의 말에 서린은 고개조차 돌릴 수 없었다.

"너에게 부담을 주려는 말은 아니야. 다만 네가 생각하는 것만큼 가벼운 감정이 아니라는 것만은 알아줬으면 좋겠다."

속 시원히 대답하고 싶지만, 지금으로서는 어떤 대답도 할 수 없었다. 이미 오래전 마음을 정리했고 비록 반기는 사람 하나 없지만, 다시 돌아가야 할 곳이 있기 때문이다.

시동이 걸리고 다시 차가 출발했다. 백미러로 멀어지는 골목길을 응시하던 서린이 지그시 눈을 감았다. 아이스크림 막대를 문 채, 그의 등에 업혀서 걷던 풍경의 기억이 마치 어제 일처럼 머릿속을 스쳐 지나갔다.

3

오늘만이야. 오늘은 특별한 날이니까

"태인아. 여기!"

공연 무대가 훤히 보이는 자리, 누군가 태인을 향해 손짓했다. 이미 많은 사람으로 들어찬 관객석은 발 디딜 틈이 없었다. 관객석 사이를 뚫고 안으로 들어가자, 그의 친구로 보이는 두 명의 남자가, 태인의 곁에 선 서린을 흥미로운 눈으로 바라보았다.

"네가 그 소문의 고딩이구나. 너 때문에 이 오빠 둘이 자리 맡느라, 애먹었단다."

고딩이라는 단어와 애 취급 하는 태도가 심히 마음에 걸리지만, 그래도 태인의 친구라 생각하니, 모든 것이 너그럽게 용서가 되었다.

"감사합니다. 오빠 둘. 뿌잉뿌잉!"

서린이 애교 섞인 웃음에 고양이 손짓까지 더하자, 두 사람이 태인을 곁눈으로 보았다.

"평소 축제에 관심도 없던 녀석이 자리까지 맡아 달라기에 이상하다 했는데, 이제야 이해가 되네. 그렇지 않냐, 수창아?"

재건의 물음에 수창이 껄껄 웃었다.

"그러게. 이 녀석 왜 이렇게 귀여워."

수창이 서린의 앞머리를 헝클며 뒤통수를 부드럽게 어루만지자, 곁에 있던 태인이 서린의 팔을 당겼다. 그리고 비어 있는 자리에 앉게 했다.

"어라, 이제는 질투까지."

"애 앞에서 쓸데없는 소리 하지 마."

태인이 자신을 대상으로 질투를 하다니, 서린이 그를 올려다보았다. 그러나 언제나 그렇듯 그는 속을 알 수 없는 얼굴로 앞을 응시할 뿐이었다.

잠시 후, 무대 조명이 켜지고 익숙한 얼굴의 가수들이 차례차례 나왔다. 화려한 의상과 현란한 춤 동작, 예전 같으면 흠뻑 빠져서 공연을 보았을 텐데, 오늘은 어쩐지 집중할 수 없었다. 곁에 앉은 태인과 그의 친구, 그리고 그들이 나누는 대화가 더 흥미롭고 관심이 갔다.

최근 방송에서 화제가 되는 신인 걸그룹이 나오자, 수창과 재건이 연신 감탄사를 쏟아 냈다.

"와, 쟤들 좀 봐. 저건 사람이 아니라 인형이야. 인형."

수창의 말에 재건이 거들었다.

"다 화장발이야."

"너는 몸에다가 화장하냐? 얼굴도 얼굴이지만, 몸매가 환상이잖아."

티격태격하는 두 사람이 우스웠다. 태인의 반응이 어떤가 궁금하여, 곁에 앉은 그를 힐끔 올려다보았다. 그럼 그렇지. 미동도 없이 무대를 바라보는 시선에서는 어떤 감흥도 읽히지 않았다. 까닭도 없이 기분이 좋아진 서린이 그의 귓가에 속삭였다.

"쌤. 저 걸그룹이 대니얼 소속사예요. 올해 처음 음반이 나왔는데, 데뷔하자마자 대박이 났어요. 저와 비슷한 나이인데, 볼 때마다 딴 세상 사람처럼 느껴진다니까요."

다른 건 몰라도 아이돌 족보만은 훤히 꿰뚫고 있는 서린이었다.

"내 눈에는 네가 훨씬 더 예뻐."

마치 연인처럼 그가 부드럽게 웃어 보였다. 그는 늘 이쁘다, 귀엽다 하며 입버릇처럼 말하지만, 들을 때마다 곧이들리지 않았다. 그러나 아무려면 어떤가. 그의 시선이 자신에게 향해 있는데.

"당연하죠. 누구 제자인데."

서린이 그의 팔에 팔짱을 끼며 넓은 어깨에 머리를 기댔다. 그는 스킨십을 질색하지만, 감정에 솔직한 서린은 그렇지 못했다. 잡은 팔을 평소처럼 뿌리칠 거라 생각했는데, 어째선지 아무런 반응이 없었다. 자상한 배려가 몸에 밴 사람이었다. 그 배려가 오늘따라 다르게 느껴지는 까닭은 무엇일까. 축제 날이라 들뜬 분위기 탓일까. 바라보는 시선과 전해지는 온기가 믿을 수 없을 만큼 따스해서 자신이 느끼는 감정이 거짓이 아닌지, 자꾸만 확인하고 싶게 한다. 좀 더 용기를 내고 싶었다.

서린이 팔짱 낀 손을 내려서 그의 손을 가만히 움켜잡았다. 지금까지의 스킨십은 저도 모르게 나온 행동이지만, 지금은 아니었다. 무대에서 울리는 스피커만큼이나, 심장이 쿵쾅거렸다. 그는 어떤 반응도 없었다. 잡은 손을 뿌리치지도 그렇다고 움켜잡지도 않은 상태, 결국 참지 못한 서린이 가만히 올려다보았을 때, 그가 시선 조차 주지 않고 나지막하게 말했다.

"이건 오늘만이다."

시선을 떼지 않고 홀린 듯이 바라보고 있으니, 그가 변명처럼 덧붙였다.

"……오늘은 특별한 날이니까."

그러나 강하게 움켜쥐는 손의 힘과 조명을 받아서 더욱 붉게 보이는 뺨은 '오늘이 특별한 게 아니라, 네가 특별해.' 하며 다른 말을 해 주는 거 같았다.

얼마나 시간이 흘렀을까, 공연이 끝나고 모두가 자리에서 일어났다. 이대로 헤어지기 아쉬운지, 재건이 태인에게 물었다.

"태인아. 학교 근처에 괜찮은 막창집이 있는데, 소주나 한잔하고 갈까?"

"나는 서린이를 데려다줘야……."

서린이 그의 말을 끊고 끼어들었다.

"쌤. 저 배고파요. 아빠가 오늘은 통금 해제 해준다고 했는데, 같이 가면 안 돼요?"

축제 가판대에서 먹은 군것질만으로도 충분히 배가 불렀다. 그러나 이대로 헤어지기엔 무언가가 아쉬웠다.

"배고프다는데, 꼬맹이도 데려가자. 나도 사촌 동생과 약속이 있는데, 밥도 좀 먹고 얼굴 좀 보고 가게."

재건의 말에 태인이 어쩔 수 없다는 듯 고개를 끄덕였다. 그래도 안심이 되지 않는지, 그는 박 여사에게 전화를 걸어 늦어진다는 말을 잊지 않았다.

새로 개업했다는 막창집은 축제 끝이라 그런지, 빈자리 없이 많은 손님으로 꽉 들어차 있었다. 왁자지껄하게 떠드는 손님 대부분이 학생으로 보이고 그들끼리도 안면이 있는지, 가끔 눈인사를 전해 왔다. 사실 서린은 이런 선술집은 처음이었다. 불판에서 지글지글 익고 있는 막창과 주거니 받거니 하는 소주잔이 신기하게만 느껴졌다.

멀뚱거리는 눈으로 주변을 둘러보는 서린이 귀여운지, 재건이 그녀에게 잔을 건네며 농담조로 말했다.

"꼬맹이도 한잔할래?"

태인이 건네주는 잔을 집어서 자신 앞에 내려놓았다.

"서린이 미성년자야."

"미성년자라도 어른 앞에서는 괜찮아. 나는 열다섯 살에 아버지께 술을 배웠는데, 뭐."

"그걸 자랑이라고. 인마, 너는 홀라당 까진 거지."

수창이 재건의 머리통을 쥐어박았다. 그 유명하다는 K대, 그것도 전국 수재들만 모인다는 법학과라면서 노는 모습은 서린 또래친구들과 다름없어 보였다.

서린이 소리 죽여 웃고 있을 때, 누군가 그들이 앉은 테이블로 걸어왔다. 큰 키에 슬림한 체구, 야상 점퍼에 검은색 야구 모자를 깊게 눌러쓴 남자였다. 아마도 그가 재건이 말했던 그의 사촌 동생인 모양이었다.

"형."

"어, 윤우 왔구나. 여기 앉아라."

윤우가 그들을 향해 꾸벅 인사를 하고 서린을 마주 보고 앉았다. 눌러쓴 모자 때문에 이목구비가 잘 보이진 않았지만, 자세히 보니 연예인 뺨칠 만큼 화려한 외모를 지닌 사람이었다. 태인이 어른스럽고 남자답게 잘생겼다면, 그는 그야말로 딴 세상에 사는 사람처럼 비현실적인 외모의 소유자였다. 서린이 멍하니 바라보자, 그가 신경질적으로 미간을 찌푸렸다. 순간, 기분이 상한 서린이 고개를 획 하고 돌렸다.

"형 친구들과는 이미 안면이 있지? 이쪽은 너와 동갑 여학생이니, 가까운 친구처럼 지내라."

염색한 머리에 귀 피어싱까지, 학생 같지는 않은데, 동갑이라니 약간 의아한 생각이 들었다. 그런 서린의 생각을 읽었는지, 재건이 윤우의 등을 툭툭 치며 말했다.

"이 녀석이 좀 별종이라, 학교 때려치우고 일찌감치 사회 물을 먹는 중이야. 나쁜 녀석은 아니니까, 지나치게 경계할 필요 없어."

싹수가 없어서 비호감일 뿐, 그다지 경계하지는 않는데. 모처럼 좋은 분위기를 망치고 싶지 않아서 서린이 밝게 웃으며 윤우의 잔에 콜라를 따라 주었다.

"반갑다. 나는 하서린이라고 해."

힐금 서린이 따라 준 콜라잔을 바라보던 그가 보일 듯 말 듯 희미하게 웃었다. 그러나 그것도 잠시, 콜라잔을 서린 앞에 다시 밀어 놓고 빈 잔에 소주를 따라서 마셨다.

저런 싸가지.

"이것들, 하는 짓이 귀엽네."

귀엽긴, 퍽이나. 그래도 사촌 동생이라고 재건이 윤우의 뒷머리를 쓱쓱 어루만졌다. 저런 삐뚤어진 관심종자는 무시하는 게 답이었다. 서린이 못마땅한 얼굴로 콜라를 마시자, 태인이 기다렸다는 듯, 그녀의 앞 접시에 잘 구워진 막창을 내려놓았다.

"배고프다면서. 공깃밥이라도 시켜 줄까?"

사실 막창을 먹어 본 적이 없지만, 그가 주니 당연히 먹어야 할 것 같았다. 서린이 먹음직스럽게 먹으니 배가 고픈 거라고 착각한 태인이 공깃밥에 계란찜까지 시켰다.

주거니 받거니, 옮겨 가는 술잔과 함께 사소한 대화가 이어졌다.

"그렇게 집을 못 나와서 난리더니, 요즘 지내는 건 어떠냐? 고모가 내색하지 않으시지만, 너 때문에 속이 타들어 가는 모양이더라."

"잘 지내고 있어. 생활비는 모델 수입으로 충당하고 요즘은 클럽 형들에게 정식으로 기타를 배우는 중이야."

"기타를 배우고 싶으면 졸업하고 천천히 배우면 되지, 뭐가 그렇게 급해서 집까지 나와."

"아버지 성격 잘 알잖아. 내 말을 들어줄 사람이 아니야."

"하지만 노심초사 걱정하는 어머니 생각도 해야지."

"알아. 하지만 언젠가는 이런 나를 이해해 주실 거라 믿어. 쉽게 결정한 일이 아니고 오히려 집에 있을 때보다, 착실하게 잘 지내고 있으니까."

식사에 열중하던 서린이 윤우를 힐끔 바라보았다. 자신과 비슷한 나이라고는 믿기지 않을 정도의 어른스러운 말투와 태도가 그를 다시 보이게 했다. 공부 건 그림이 건 확실한 진로를 정하지 못한 자신과 비교하니 솔직히 부끄러운 기분마저 들었다. 곁에 앉은 태인의 눈에도 그렇게 보이겠지. 어쩐지 기분이 가라앉았다.

"좀 더 인내심을 가지고 설득해 봐. 그래도 부모님이시잖아."

내내 말이 없던 태인이 끼어들자, 윤우가 가만히 한숨을 내쉬었다.

"노력은 해 보겠지만, 쉽지 않을 거예요."

"그래도 부럽다. 집을 나올 만큼 좋아하는 일이 있다는 게……."

서린의 말에 모두의 시선이 그녀에게로 집중되었다. 순간, 부끄러워진 서린이 고개를 푹 숙이며 중얼거렸다.

"……뭐, 그냥 그렇다고요."

빨갛게 달아오른 그녀의 얼굴을 바라보던 윤우가 뜻밖의 말을 건네 왔다.

"마냥 좋은 건 아니야. 가끔 이대로 괜찮을까, 초조할 때도 있고 너처럼 정상적으로 학교 다니는 아이들을 보면 부러울 때도 있으니까."

"그런 고민 할 필요 없어. 대니얼 오빠도 학교를 일찍 그만두고 오랜 연습생 생활 끝에 톱스타가 되었는걸. 그렇죠, 쌤?"

태인의 호응을 기대했지만, 그는 물끄러미 바라만 볼 뿐, 아무런 대답이 없었다.

"서린아, 그건 과외 선생님에게 할 질문이 아닌 거 같은데?"

수창의 말에 그제야 상황을 파악한 서린이 어색하게 웃었다.

"근데, 기타라니, 인디밴드에 있는 거야? 공연도 하고 그래?"

"지금은 말 그대로 연습생이야. 가끔 거리 공연도 하지만, 아직 한참 멀었어."

"어떤 공연인지, 궁금하다."

"이 근방에 연습실이 있는데, 주소 알려 줄 테니, 놀러 와."

"정말?"

나이가 비슷한 탓일까, 첫인상과 달리 자연스럽게 이어지는 대화가 즐거웠다.

"휴대 전화 줘. 번호 찍어 줄게."

서린이 휴대 전화를 꺼내려는 순간, 태인의 표정이 눈에 띄게 굳어졌다. 테이블에 놓인 술잔을 단번에 비운 그가 쫓기는 사람처럼 벽시계를 올려다보았다.

"시간이 늦어서 이만 일어나야겠어."

"왜, 벌써 가려고?"

"서린이 때문이라도 늦지 않게 들어가야지. 계산은 내가 하고 갈게."

얼떨결에 그를 따라 일어난 서린이 태인의 뒤를 따랐다. 그가 계산을 치르는 동안 서린이 가벼운 손짓으로 인사를 대신하고 문을 나섰다.

유리 벽 너머, 서린의 손을 꽉 움켜쥔 채, 신호등을 건너가는 태인의 걸음이 평소와 달리 다급하게 보였다. 두 사람이 사라지자, 수창이 껄껄대며 웃었다.

"태인이 저 자식, 원래 저렇게 귀여웠나?"

"그러게. 매사 무덤덤하던 녀석이 좌불안석하는 게, 꽤 볼만하더라."

"태인 형, 여자 친구야?"

윤우가 멀어지는 두 사람의 뒷모습에서 시선을 떼지 않고 물었다.

"현재는 아니지만, 아마 미래의 여자 친구가 되지 않을까."

"글쎄. 그건 아닌 거 같은데."

느닷없는 윤우의 말에 두 사람이 그를 바라보았다.

"그게 무슨 소리야?"

"중앙여고 2학년 하서린, 내가 다녔던 학교와 붙어 있었던 탓에 얼굴 정도는 알아. 본인은 모르는 거 같은데, 남학생들 사이에 꽤 인기 많았어. 스타일도 괜찮고 늘 환하게 웃는 얼굴이라, 자주 눈에 띄었거든."

"그래서?"

"가까이서 보니, 생각보다 더 귀엽네. 딱 내 타입이야."

재건이 기막히다는 듯 윤우의 이마를 툭 쳤다.

"그래서 대시라도 하려고?"

"응."

"이거 웃기는 자식이네. 보면 몰라, 태인이가 애지중지하는 거."

"그게 나와 무슨 상관이야. 사귀는 사이도 아니고 그저 과외 선생과 학생 관계일 뿐인데."

"아서라. 둘 사이 분위기 보면 몰라? 공든 탑 쌓듯 예쁘게 마음을 키워 가는데, 괜히 훼방 놓다가 너만 상처 입어. 인마."

"그건 두고 보면 알게 될 일이고."

"허, 참."

윤우의 말에 재건이 혀를 끌끌 찼다. 농담으로 무마했지만, 윤우의 성격을 잘 아는 재건은 마냥 웃을 수 없었다. 남부럽지 않은 집안의 외동아들로 지금껏 제 고집대로만 살아온 윤우였다. 집을 나와 혼자 산다고 해서 고생한 보람이 있겠거니 했는데, 이기적인 성향까지는 바뀌지 않은 모양이다.

서린이 곁에 앉은 태인을 곁눈으로 바라보았다. 식당을 나와서 택시를 잡아타는 동안에도 그는 무슨 이유인지, 입을 굳게 다문 채 말이 없었다.

"쌤, 오늘 정말 즐거웠어요. 축제도 보고 저녁도 먹고. 친구들에게 자랑하면 모두 부러워할 거예요."

애교 섞인 말에도, 그는 대답 없이 차창 밖을 바라볼 뿐이었다.

"쌤. 화났어요?"

"……아니."

"근데 왜 말이 없어요."

시선조차 주지 않는 그의 옆모습을 지켜보기 안타까웠다.

"그냥 좀 생각할 게 있어서."

"그 생각을 제가 알아들을 수 있도록 말로 하면 안 돼요?"

"안 돼."

"왜요?"

"내 속마음을 알게 되면 깜짝 놀라서 아주 멀리 도망갈 테니까."

무표정한 얼굴로 생각지도 않은 말을 하자, 갑자기 웃음이 터져 나왔다.

"쌤도 참, 그게 뭐예요."

내내 차창을 응시하던 그의 시선이 돌아왔다. 그리고 볼우물이 움푹 들어갈 정도로 환하게 웃는 서린을 바라보았다.

"여기서 집까지 먼 거리가 아닌데, 내려서 걸어갈까?"

서린이 고개를 끄덕였다. 택시기사가 동네 어귀에 차를 세우고 두 사람이 차에서 내렸다. 축제 끝에 마신 술 탓일까, 그는 평소와 좀 다르게 보였다. 집으로 이어진 완만한 경사 길, 생각에 잠긴 채, 앞만 보고 걸어가는 그의 보폭을 따라잡기 힘들었다. 종종걸음으로 그를 따라가던 서린이 참지 못하고 자리에 주저앉았다.

"쌤. 천천히 좀 걸어요."

서린이 가쁜 숨을 몰아쉬며 그를 올려다보았다. 그제야 정신이 들었는지 그가 걸음을 멈추었다.

"아, 미안."

당황해하는 그를 보니, 평소처럼 장난기가 돌았다.

"미안하면 저기 보이는 슈퍼에서 아이스크림 사 주세요."

서린이 슈퍼를 향해 손짓하자, 그가 알았다는 듯 고개를 끄덕였다.

길모퉁이에 있는 슈퍼로 한걸음에 달려간 서린이 슈퍼 주인을 향해 큰 소리로 인사했다.

"안녕하세요. 아줌마."

"이게 누구야. 큰 대문집 꼬맹이 아가씨 아니야?"

오래된 주택들이 늘어선 동네, 이곳에서 나고 자란 서린을 모르는 사람은 거의 없었다. 인품 좋은 하 회장댁의 외동딸, 성격 밝고 싹싹한 탓에 모두가 그녀를 허물없이 대했다. 서린이 아이스크림을 골라서 계산대로 올려놓았다. 내내 두 사람을 힐금대던 주인이 그녀의 곁에선 태인을 호기심 어린 눈으로 바라보았다.

"근데, 곁에 선 양반은 누구신가?"

"울 과외 쌤이에요. 잘생겼죠?"

서린이 자랑스럽다는 듯 태인의 팔짱을 끼었다. 주인이 기다렸다는 듯, 그녀의 말을 거들었다.

"그러게. 인물이 아주 훤하네. 군대 간 우리 아들보다는 못하지만."

서린이 웃음을 참기 위해 입술을 깨물었다. 슈퍼 주인의 아들은 서린도 잘 아는 사람이었다. 평범한 인상에 꾸미는 것을 좋아했는데, 솔직히 태인과 비교될 외모는 아니었다. 하긴, 아버지 하 회장역시 세상에서 서린이 가장 예쁘다고 하는 걸 보면, 세상 모든 부모의 눈은 까막눈인 모양이다.

"군대 가기 싫다고 입버릇처럼 말했는데, 기훈이 오빠는 잘 지내요?"

"지난주에 면회 다녀왔는데, 얼굴이 반쪽이 되었지 뭐야. 그래도집 떠나서 철이 들었는지, 힘들다는 소리는 하지 않더라."

"걱정하지 마세요. 기훈 오빠는 성격이 좋아서 어디서든 잘 지낼거예요."

서린의 말이 위로가 되는지, 주인의 근심 어린 얼굴에 화색이 돌아왔다.

"우리 서린이는 나이도 어린데, 말도 어쩌면 이렇게 이쁘게 하나몰라."

서린이 계산을 마친 아이스크림 봉지를 뜯어서 한입 깨물어 먹었다. 주인이 걱정스러운 얼굴로 혀를 끌끌 찼다.

"그보다 이런 걸 사 먹다가 어머니께 또 혼쭐나면 어쩌려고."

아버지는 서린이 평범한 학창 생활을 보내기를 고집했다. 대중교

통을 이용해서 통학하고 용돈도 쓸 만큼만 주었다. 그러나 어머니, 박 여사는 달랐다. 친구들과 먹는 길거리 음식에서부터 입는 옷까지, 그 모든 것이 못마땅한지 서린은 물론, 아버지에게까지 잔소리를 늘어놓고는 했다.

"괜찮아요. 올 쌤이 사 주는 거라."

"모르는 소리. 그러다가 애먼 선생님까지 핀잔을 듣게 될걸."

서린이 곁에 선 태인을 올려다보았다. 그가 괜찮다고 말해 주길 바랐지만, 어째선지 아무 말도 없었다.

그와 나란히 골목길을 걸었다. 손에 들린 아이스크림이 거의 바닥을 드러낼 무렵, 태인이 넌지시 물었다.

"걷느라 다리 아프지 않아?"

축제를 구경하며 걸어 다니느라, 다리가 뻐근하긴 했지만 못 견딜 정도는 아니었다. 그러나 다정하게 묻는 말에 저도 모르게 엉뚱한 대답이 나왔다.

"아파요. 숨도 차고."

"그럼 업어 줄까?"

서린이 고개를 끄덕이기가 무섭게 그가 등을 보이며 앉았다. 앞에서 볼 때는 몰랐는데, 듬직해 보이는 어깨와 넓은 등을 보니 이상할 정도로 가슴이 두근거렸다. 혹시 등에 업히면 뛰는 심장 박동까지 전해지는 것은 아닐까. 망설이던 서린이 그의 목을 끌어안았다. 자리에서 일어난 태인이 아까와는 다르게 느린 보폭으로 걸음을 뗐다.

희미한 가로등에 반사된 긴 그림자가 둘이 아닌 하나가 되어 두 사람을 따랐다. 쿵쿵대는 심장 소리는 분명 자신의 것인데, 어째선지 그에게서 들리는 것만 같았다.

서린이 그의 등에 얼굴을 비볐다. 새 옷보다는 한두 개의 셔츠로 한 철을 나는 그의 습관 때문인지, 낡아서 부드러워진 옷의 촉감과 그 특유의 체취가 믿을 수 없을 만큼 기분 좋게 느껴졌다.

높게 솟은 집 담장이 시야에 들어왔을 때, 그가 혼잣말처럼 중얼거렸다.

"……소주잔이 오가는 막창집에 값싼 아이스크림, 게다가 이렇게 등에 업다니……."

"……."

"사모님이 오늘 일을 알게 되면 역정을 내시겠지?"

이미 어른인 그도 두려운 것이 있을까.

"쌤도 우리 엄마 잔소리가 무서워요?"

"그래. 무서워."

그가 나지막한 목소리로 대답했다. 그에게 이렇게 약한 면이 있었나, 어떤 상황에서도 평정심을 잃지 않고 제 할 일을 빈틈없이 하는 사람, 그런 그가 아버지만큼이나 강하게 느껴지고는 했다.

"그럼 오늘 일은 쌤과 저만 아는 비밀로 해요."

"……서린아."

"네?"

"하서린."

"왜 자꾸 이름만 불러요."

"내가 지금 할 수 있는 건 고작 이 정도뿐이야. 비겁하고 어리석고 늘 망설이고만 있어. 시간이 흐르고 내가 좀 더 당당해질 때까지, 이렇게 밝은 모습 그대로 나를 지켜봐 줄래?"

지켜봐 달라는 게 무슨 뜻일까, 그를 좋아해도 괜찮다는 의미일까?

"저는 지금 이대로의 쌤이 좋은데……. 하지만 지켜봐 달라니까 지켜봐 드릴게요."

"그래. 고맙다."

고맙다는 말에 어쩐지 쓸쓸하게 느껴졌다.

"정말 고마우면 제 부탁도 하나 들어주세요."

"뭔데?"

"저 미대를 지원할 생각이에요. 열심히 노력해서 그림 실력이 쌓이면 그때, 제 모델이 되어 주실래요?"

"미대? 원래 그쪽으로 생각하고 있었어?"

"그림 그리는 것을 좋아하지만, 결정은 못 한 상태였어요. 하지만 오늘 윤우를 보고 깨달았어요. 쓸데없는 고민으로 시간을 낭비했다는 것을."

"그랬구나. 근데 좀 서운한데……."

"뭐가요?"

"그렇게 중요한 문제를 몰랐다는 것도, 그런 결심을 하게 된 계기도 나와는 상관없으니 말이야."

서린이 그의 목을 바짝 끌어안으며 속삭였다.

"그렇지 않아요. 누군가를 그리고 싶다고 느낀 것은 쌤이 처음이었어요. 그러니까 진짜 계기는 윤우가 아니라, 쌤인 셈이죠."

"좋아. 그럼 아예 전속 모델이 되어 줄게."

마치 겹겹이 두른 마음 한 꺼풀이 벗겨진 듯 그가 유쾌하게 말했다. 서린이 좋은 분위기를 놓칠세라 재촉하며 말했다.

"정말이죠? 그 말 무르기 없기."

"당연하지."

"쌤, 근데 때로는 누드모델이 필요할 때도 있어요."

농담으로 한 이야기였는데, 한껏 긴장한 채로 말을 잇지 못하는 그가 우스웠다. 결국, 참지 못한 서린이 웃음을 터트렸다. 까르르 웃는 그녀의 웃음소리가 적막한 골목길을 울렸다.

시간은 어김없이 흘렀다. 남들은 고되고 힘들다는 입시 준비가 강태인이라는 사람으로 인해, 간직하고 싶은 소중한 날들로 채워졌다. 무사히 수능을 치르고 눈이 빠지도록 결과를 기다릴 무렵, 마침내 기다리던 반가운 소식이 전해졌다.

인터넷 창이 열리고 '대입 합격자 명단'이라고 적힌 문구가 뜨자, 심장이 뛰고 손끝이 바들바들 떨렸다. 서린이 두 눈을 감고 하나로 손을 모아 쥔 상태로 마치 기도하듯 저 혼자 중얼거렸다.

"……제발, 부디, 플리즈 헬프 미."

눈을 번쩍 뜬 그녀가 용기를 내어서 키보드 버튼을 눌렀다. 스크롤을 쭉 내리자, 하서린이라는 이름이 눈에 들어왔다. 명단에서 자신의 이름을 확인한 서린이 환호성을 질렀다. 그리고 태인이 머무는 별채로 한걸음에 달려갔다. 별채 문을 열고 나오는 태인과 마주친 순간, 너무도 기쁜 나머지 그를 와락 끌어안으며 소리쳤다.

"쌤. 합격이에요. 저 대학 합격했어요."

"정말?"

"네. 방금 인터넷으로 확인했어요."

"그래. 그동안 정말 수고했다. 축하한다. 축하해."

아이처럼 매달리는 서린의 뒷머리를 쓰다듬으며 그가 대견하다는 듯 몇 번이고 축하의 말을 전했다. 지난 2년간, 한결같은 모습으로 이끌어 준 그가 아니었으면 이런 기쁜 날을 맞이할 수 없었을 것이다.

"전부 쌤 덕분이에요. 쌤 아니었으면 못 해냈을 거예요."

"그렇지 않아. 네가 그동안 열심히 한 덕분이야."

따스한 말만큼이나 다독여 주는 손길이 좋았다.

"부모님께 말씀드렸어?"

"아니요. 명단 확인하자마자 쌤이 생각나서 바로 달려왔어요."

태인이 나무라는 듯 그녀의 코를 살며시 움켜쥐었다. 그러나 길게 접히는 빛나는 눈동자는 소식을 전하러 달려와 준 서린을 기특해하는 눈치였다.

"그래도 부모님께 먼저 알려야지. 가자, 합격 소식을 들으시면 무척이나 좋아하실 거야."

합격 소식을 전하자, 예상했다는 듯 어깨를 다독여 주는 아버지와 달리 어머니 박 여사는 눈물까지 글썽이며 아이처럼 좋아했다.

"태인이 네 공이 크다. 그동안 이 녀석 때문에 고생 많았다."

하 회장의 말을 박 여사가 거들었다.

"맞아요. 강 선생 아니었으면 어쩔 뻔했어요. 천방지축 철없이 날뛰는 아이 붙잡아서 사람 만들어 놓았으니, 두고두고 이 은혜는

96

잊지 않을게요."

마치 돌아온 탕아 취급 하는 어머니의 말에 절로 미간이 찌푸려졌지만, 모처럼 좋은 날이니 기분 좋게 참았다. 무엇보다 자신으로 인해 태인이 칭찬받는 것이 흐뭇했기 때문이다.

"아닙니다. 서린이 반듯하고 똑똑한 아이입니다. 제가 아니라도 이 정도는 거뜬히 해냈을 겁니다."

"어쩜. 이렇게 겸손하기까지."

박 여사의 감탄 섞인 말에 그가 쑥스럽다는 듯 웃었다. 합격도 합격이지만, 기뻐하는 가족과 태인을 보니 조금은 어른이 된 것 같았다. 하지만 다음에 나온 태인의 말에 날아갈 듯 즐겁던 기분이 씻긴 듯 사라졌다.

"합격 소식을 들었으니, 다시 방을 구할 생각입니다. 늦어도 다음 주까지는 짐을 빼겠습니다."

"그럴 필요가 뭐 있어. 이대로 가족처럼 지내면 되지."

하 회장이 그를 말렸다. 그러나 박 여사의 생각은 달랐다. 지금 껏 그가 서린을 위해 애써 준 점은 고맙지만, 지나치게 그를 따르는 서린이 내내 마음에 쓰이던 차였다. 명석한 두뇌에 빼어난 인물, 사람 자체는 두말할 나위 없지만, 집안이나 자라 온 환경이 지나치게 차이가 났다.

"서운하지만, 강 선생도 미뤄 둔 공부가 있으니 혼자 지내는 게 마음 편하겠죠. 정연아, 네가 강 선생님 지낼 만한 오피스텔을 좀 알아봐. 학교 가까운 곳으로."

박 여사의 말에 정연이 대답했다.

"네. 알겠습니다."

"아닙니다. 예전에 지내던 곳이 좋습니다. 번거로운 게 싫어서 혹시 빈방으로 남아 있으면 그곳으로 짐을 옮길 생각입니다."

자신의 의사와 무관하게 오가는 대화가 혼란스러운 한편, 화가 났다. 이렇게 좋은 날, 거처를 옮기겠다고 말을 꺼낸 태인이 원망스럽고 기다렸다는 듯 방을 구하겠다고 말을 거드는 어머니의 태도도 못마땅하기만 했다. 그저 필요에 따라 만나고 헤어지는 그런 관계, 태인과 자신의 관계 역시 그 비슷한 무엇이었나.

"……저는 그만 방으로 돌아갈게요. 소식을 전해야 할 친구가 있어서요."

서린이 애써 표정을 감추며 계단을 뛰어 올라갔다. 제 방으로 들어간 그녀가 문을 걸어 잠그고 침대에 풀썩 누웠다. 따로 살 곳을 마련하겠다는 태인의 말이 서운한 한편, 그가 없는 별채를 떠올리니 서운한 마음에 눈물까지 나올 것 같았다.

지난 2년 동안 늘 그가 곁에 있었다. 자신에게로 온전히 향한 채, 무엇 하나 놓치지 않는 눈동자, 아껴 주고 살펴 주고 보듬어 주고. 사각사각 넘어가는 책 소리만큼이나 나지막하게 귀를 간질이는 목소리가 좋았다. 태인은 곧 이곳을 떠난다. 원래의 자리로 돌아간 그는 자신 따위는 까맣게 잊어버리겠지.

참았던 눈물이 기어코 볼을 타고 내렸다.

"……바보 ……멍청이."

물기가 차오르는 두 눈을 양손으로 비볐지만, 어쩐지 눈물이 멈추지 않았다.

그런 그녀의 마음을 읽기라도 한 듯, 주머니에서 휴대 전화 벨 소리가 울렸다. 액정에 새겨진 이름을 확인한 서린이 수신 버튼을 눌렀다.

"……응. 나……."

꺼질 듯한 그녀의 목소리에 상대방이 머뭇거리며 물었다.

— 설마 떨어졌어?

조심스럽게 물어 오는 윤우의 목소리에 기분이 약간 나아졌다. 누군가 자신을 걱정하고 있다고 생각하니, 기운이 좀 난달까.

"아니, 붙었어."

— 와우! 근데 왜 목소리가 그따위야. 대학생이 된다고 지금 약 올리는 거야. 뭐야!

마치 제 일처럼 기뻐하는 환호성에 절로 웃음이 나왔다. 게다가 축하 인사라기에는 거친 말투까지. 딱, 차윤우다웠다.

"약 올리기는 누가 약 올린다고 그래. 무슨 피해 의식 있어?"

— 피해 의식은 열등감이 있을 때 갖는 거야. 나같이 우월한 유전자는 평생 알 수 없는 감정이라고.

게다가 자뻑까지.

"그래. 차윤우, 너 참 잘났다."

진심으로 하는 말이었다. 막창집을 나올 때, 다시 보자고 했던 윤우의 인사는 그저 가벼운 인사치레로 흘려들었다. 첫 만남 이후, 일주일이 지나고 학교 앞에서 자신을 기다리던 윤우를 떠올리면 지금도 어안이 벙벙했다. 더욱 놀란 것은 그를 발견한 친구들의 반응이었다. 그를 보고 어찌나 호들갑을 떠는지. 은근 외골수인 서린은 오직 대니얼과 강태인에게만 꽂혔을 뿐, 옆 학교에 다녔다던, 잘생긴 남학생 따위 조금의 관심도 없었으니까.

— 기분인데, 연습실로 나와라. 맛있는 거 사 줄게.

"뭐 사 줄 건데?"

— 너 좋아하는 아이스크림.

모처럼 좋은 날인데, 우울한 기분을 떨쳐 버리고 싶었다.

"알았어. 바로 나갈게."

서린이 흔쾌하게 대답하고 침대에서 몸을 일으켰다. 물기의 흔적이 남아 있는 얼굴에 비비크림을 바르고 핑크색 틴트를 입술에 발랐다. 교복 대신에 화사한 색상의 코트를 걸쳐 입으니 기분이 조금 나아지는 듯했다.

서린이 아래층으로 이어지는 계단을 내려갔다. 무슨 말을 하는지, 진지한 얼굴의 아버지와 이야기를 나누는 태인의 모습이 시선에 들어왔다. 조금 전의 서운한 마음 탓일까, 올려다보는 시선이 마냥 곱게 보이지 않았다.

"어디 가니?"

정연과 함께 주방을 나오던 어머니가 물었다.

"친구와 약속이 있어요. 합격 축하한다고 아이스크림을 사 준대요."

늘 잔소리를 늘어놓던 어머니가 평소와 달리 환한 미소를 지어 보였다.

"용돈 좀 줄까? 나간 김에 맛있는 것도 먹고 사고 싶은 것도 맘껏 사."

박 여사가 서린이 입은 코트 주머니에 두둑한 지폐를 찔러 넣어 주면서 하 회장의 눈치를 보았다. 하지만 하 회장 역시 합격 소식 때문인지, 평소와는 다르게 흐뭇하게 웃었다.

"그럼 저도 볼일이 있어서 그만 일어나 보겠습니다."

서린의 뒤를 태인이 따랐다. 사라지는 두 사람의 뒷모습을 바라보던 하 회장이 혼잣말처럼 중얼거렸다.

"어느 한 곳 나무랄 데가 없어. 반듯한 생김새만큼이나 성품도 곧고……."

박 여사가 하 회장 앞에 찻잔을 내려놓으며 말했다.

"가까이 두고 가족처럼 아끼는 건 상관없지만. 다른 생각은 하지 마세요. 아무리 그래도 서린이 짝으로는 안 되니까."

"하지만……."

눈치 빠른 박 여사가 하 회장이 대답할 틈도 주지 않고 다시 말을 이었다.

"주변에서 우리 서린이 눈독 들이는 집안 많아요. 때 묻지 않고 밝게 자란 데다가 인물까지 괜찮으니 그럴 만도 하죠. 게다가 그림에 재능이 있으니 어디 내놓아도 손색없게 되었어요. 명망 있는 집안에 능력 좋은 상대도 많아요. 사람 하나 괜찮다고 섣부른 생각할 필요 없다는 뜻이에요."

"미리 선을 그을 필요가 있나. 조건보다는 서로의 마음이 중요하지. 사람 한평생 금방이야. 저 좋아하는 사람과 아끼며 살아도 순식간에 가는 게 인생인데."

하 회장의 말에 박 여사가 목소리를 높였다.

"아무튼, 안 돼요. 어렵게 낳아서 남부럽지 않게 키운 아이예요. 다른 건 몰라도 서린이 일만큼은 제게 맡겨 주세요."

하 회장이 못마땅하다는 듯 혀를 끌끌 찼다. 하지만 아내, 박 여사가 억지 고집을 피우는 것이 아님을 알기에 입을 다물 수밖에 없었다. 부모의 마음이 그러하다. 볕이 잘 드는 양지바른 곳에 자식을 놓아두고 싶은 것이 부모 마음이 아니겠는가.

대문 밖을 나온 두 사람이 말없이 골목길을 걸었다. 말수가 적은 태인을 대신해서 늘 서린이 먼저 말을 붙이곤 했다. 그러나 지금은 그럴 기분이 아니었다. 아마도 앙금처럼 남아 있는 서운한 감정 탓이리라.

"왜 그래. 무슨 일 있어?"

내내 살피는 눈으로 서린을 바라보던 태인이 넌지시 물었다. 그가 집을 나간다는 말 때문에 방에 틀어박혀 한참 울었을 거라곤 아마 상상조차 하지 못할 테지. 어쩌면 그와 자신의 관계는 한 방향으로만 가는 일방통행인지 모른다. 늘 혼자 설레어하고 웃고 떠들고 그도 아니면 제 설움에 겨워서 저 혼자 울고.

"무슨 일은요. 아무 일도 없어요."

서린이 제 발밑을 내려다보며 중얼거렸다.

"근데 표정이 왜 그래?"

달래는 말투, 어르는 태도. 그러나 이런 다정함이 언제까지 계속될는지 알 수 없다.

"제 표정이 어때서요. 저는 늘 웃고 떠들어야 해요?"

달라진 서린의 태도에 그가 혼란스러운 듯 시선을 마주쳐 왔다.

"저도 해가 바뀌면 어른이 되잖아요. 술 마시고 남자 친구를 사귀어도 이상하지 않을 나이인데, 이제 그런 거 그만하려고요."

쌀쌀맞은 대꾸에도 물끄러미 바라볼 뿐, 그는 아무런 말이 없었다.

차라리 가벼운 위로라도 해 주었으면. 집을 나가도 잊지 않겠다고, 지난 2년처럼 늘 곁에 있겠다고. 단 한 마디만 해 주어도 막힌 숨통이 트일 것 같았다.

골목길을 빠져나올 무렵, 무거운 침묵을 깨고 휴대 전화가 울렸다. 그의 주머니에서 울리는 휴대 전화 벨 소리였다. 주머니에서 휴대 전화를 꺼낸 그가 발신인을 확인하는 순간, '다희'라는 글자가 곁눈으로 들어왔다. 그저 이름만 확인했을 뿐인데, 신경이 날카롭게 곤두섰다. 일면식도 없는 상대에게 이런 감정을 가질 수 있다니, 저 스스로가 이해되지 않았다.

그가 수신 버튼을 눌렀다. 기다렸다는 듯 맑은 목소리가 전화기에서 흘러나왔다.

— 어디야?

"지금 가고 있어. 조금 늦을 거 같은데, 어디라도 좀 들어가서 기다려."

— 알았어. 근데 아주머니 생신이 다음 주라는 거 알고 있었어? 늘 잊지 않고 챙겼는데, 올해는 깜빡했지 뭐야.

"알아. 곧 겨울 방학이잖아. 이번 방학은 춘천에서 지내다 올까 해. 일도 좀 거들고 병원에도 모시고 다녀오려고."

— 잘됐네. 나도 논문 준비 때문에 겨울을 춘천에서 보낼까 했는데.

더없이 친근한 대화가 이어졌다. 가까이 붙어서 걷는 탓에 대화 내용은 물론, 목소리까지 생생하게 들렸다. 태인의 친구라면 엄청 똑똑하겠지, 상냥하고 부드러운 목소리만큼이나, 얼굴도 예쁠까. 그에 관해 아무것도 모르는 자신과 달리, 가족 이야기를 나눌 만큼 가까운 사이, 어쩌면 그보다 더 깊은 사이인지도 모른다.

오가는 대화를 듣고 있으니 서린은 더욱 기분이 가라앉았다. '나중에 이야기하자.' 라는 인사를 끝으로 그가 전화를 끊었다. 그러나 이미 귀에 익은 목소리는 사라지지 않은 채, 귓가를 내내 어지럽혔다.

서린이 태연함을 가장하며 가볍게 물었다.

"누구, 여자 친구예요?"

"고향 친구."

여자 친구 그리고 고향 친구. 그다음이 궁금했다.

"윤우와 저 같은…… 그런 친구?"

윤우 이야기가 나오자, 그의 속눈썹이 미세하게 떨렸다. 다희라는 사람을 궁금해하는 자신 만큼이나 그도 윤우가 신경 쓰이는 걸까. 윤우가 학교까지 찾아왔다는 말을 전했을 때도 그는 같은 반응을 보였다.

"글쎄. 윤우와 네가 어떤 사이인지 모르니, 대답하기가 좀 곤란한데."

애매하기 짝이 없는 그의 대답이 뜻밖의 상처로 다가왔다. 사실 윤우는 또래 친구와 다를 바 없었다. 차이가 있다면 좀 더 죽이 잘 맞을 뿐, 솔직하고 거침없는 성격의 그와 가볍게 웃고 떠들다 보면 시간 가는 줄 모를 때가 있었다. 그러나 태인을 향한 감정과는 분명히 달랐다. 그가 통화하는 상대가 신경 쓰이는 자신과 달리, 그는 윤우와 자신이 특별한 관계라 해도 아무렇지도 않은 걸까.

"윤우가 뭐라는 줄 아세요? 대학 가면 이미 성인이 되었으니 저보고 독립하래요. 혼자가 두려우면 자기와 함께 살아도 상관없다고."

거짓은 아니었다. 자기주장이 강한 윤우는 가끔 엉뚱한 말을 늘어놓고는 했다. 사람들의 편견이 끔찍하게 싫다며 자유롭게 살 거라는 말을 입버릇처럼 하다가도 외롭다느니, 함께 있고 싶다느니, 그런 말을 아무렇게 않게 뱉었다.

"윤우가 말하는 건, 친구로서 함께 살자는 뜻은 아니잖아요. 저는 윤우를 친구로 생각하는데, 윤우는 제가 친구로 보이지 않는다는 뜻이겠죠."

"……."

"쌤. 이런 걸, 어떤 사이라고 말해야 해요?"

그가 분명하게 대답해 주기를 바랐다. 윤우가 어떤 말을 하든 귀담아듣지 말라고. 다희라는 사람과는 그저 가까운 친구 사이일 뿐, 그에게 특별한 사람은 오직 하서린이라고.

"윤우의 집도 너와 마찬가지로 평범한 집안은 아니야. 지금은 자유롭게 나와 살지만. 언젠가는 왔던 곳으로 돌아가서 남부럽지 않은 삶을 살겠지."

"그래서요?"

"지금껏 무엇 하나 쉬운 게 없었어. 내가 아무리 발버둥 쳐도 윤우의 발끝에도 미치지 못하겠지. 처음부터 속한 세계가 다르니까."

"자꾸 돌려 말하니까, 헷갈리잖아요. 그러니까, 윤우와 제가 사귀어도 쌤은 아무 상관 없다는 뜻이에요?"

그가 시선조차 주지 않고 나지막하게 말했다.

"……그래."

"하나만 물을게요. 그동안 쌤에게 저는 뭐였어요?"

그는 묵묵히 앞을 응시할 뿐, 아무런 대답이 없었다. 침묵을 견디지 못하고 다시 말을 이으려는 찰나, 그가 독백처럼 중얼거렸다.

"……나에게 너는 좁은 창으로 스며드는 오후의 따스한 햇살, 검게 일렁이며 소용돌이치는 바다, 잡으려 해도 손이 닿지 않는 짙 푸른 하늘……. 더 말해 줄까?"

막연하고 추상적인 대답이 초조함을 불러 왔다.

"그럼 다희라는 분은요?"

"다희와는 어렸을 때부터 한동네에서 자랐어. 사는 처지가 다르 지만, 어려울 때마다 늘 의지가 되곤 했어. 갚아야 할 빚이 산더미 처럼 많은데, 언제쯤 다 갚을 수 있을지 모르겠다."

"그분을 좋아하세요?"

"그래. 미래를 함께하기로 약속했어."

무엇을 기대한 것일까. 그에게 그토록 소중한 사람이 있었다니, 그야말로 바닥에 주저앉아 펑펑 울고 싶을 만큼, 심장이 죄어 왔 다. 다정하게 대하면서도 늘 한 걸음 물러난 채, 자신을 대했던 것 도 이런 이유 때문일까.

"그것도 모르고…… 바보 멍청이."

서린이 제 머리를 툭툭 두드렸다. 그리고 애써 웃으며 그를 올려 다보았다.

"지난 2년 정말 즐거웠어. 그동안 나를 믿고 따라 주어서 진심 으로 고맙다."

"뭐예요, 마치 작별 인사 같잖아요."

"……."

"저, 대학생이 되어도 모른 척하지 않으실 거죠?"

이런 마음으로 이렇게 웃을 수 있다는 자체가 신기할 지경이었 다.

"⋯⋯어, 택시다. 저 먼저 갈게요."

멍하니 서 있다가, 택시를 발견한 서린이 큰길로 달려갔다. 손까지 흔들며 택시에 오른 그녀가 백미러를 통해 멀어지는 그를 바라보았다. 마치 고장 난 수도꼭지처럼 눈물이 줄줄 흘렀다. 눈물을 닦아 내는 옷소매가 흠뻑 젖을 만큼 훌쩍이며 울자, 택시기사가 딱하다는 듯 혀를 찼다.

"학생 같은데, 무슨 일이기에 그리 서럽게 울어?"

"⋯⋯대학 합격한 날이에요."

어른이 물으면 예의 바르게 대답하라는 가르침을 받았다. 서린이 연신 훌쩍이며 대답하자, 그제야 이해했다는 듯 기사가 환하게 웃었다.

"하긴, 3년이나 고생했으니 좋아서 울 만도 하지."

속도 모르는 기사의 말에 더욱 눈물이 쏟아졌다.

그렇게 10대의 마지막 겨울이 시작되었다.

한남동을 나온 태인은 겨우내 그의 고향인 춘천에 머물렀고 그가 돌아왔을 때, 서린은 고대하던 스무 살이 되어 있었다. 그를 믿고 따르는 학생이었으니, 이번에는 그가 입버릇처럼 말하던 좋은 여동생이 되기로 했다. 사이가 아주 멀어지는 것보다는 그편이 훨씬 나았으니까.

<u>4</u>
그래서 지금 행복해요?

모든 일이 일사불란하게 이루어졌다. 주주총회에 이어 이사회까지. 태인은 하 회장의 뒤를 이어 혜성 건설의 대표이사로 선임되었고 곧이어 가까운 가족과 친지들만 초청하여 조촐한 결혼식을 올렸다. 겉으로 드러내진 않았지만, 윤우와 함께 사라졌다가 갑자기 나타난 서린에 대한 주변 반응은 싸늘했다. 태인과 갑자기 결혼한 이유를 궁금해하는 눈치였고 서린뿐 아니라, 태인까지 냉랭한 시선으로 보는 사람이 적지 않았다.

　사실 그런 주변 반응 따위 아무래도 상관없지만, 문제는 바뀐 생활 탓인지, 도무지 그림에 집중할 수 없다는 사실이었다. 연락이 닿은 가까운 친구들과 가끔 만나서 수다를 떨곤 하지만, 늘 가슴 한편에서 찬바람이 부는 것처럼 허전한 기분이 들고는 했다.

　"무슨 생각을 그렇게 깊이 해?"

대학 동기인 지은의 물음에 멍하니 생각에 잠겨 있던 서린이 고개를 들었다.

"미안. 뭐라고 그랬지?"

"꿀 떨어진다는 신혼이잖아. 행복하냐고."

"새삼스럽게 신혼은 무슨."

대학 시절 내내 붙어 다녔던 지은은 윤우는 물론, 태인과도 안면이 있었다. 하지만, 일이 이렇게 되니, 태인과의 결혼 생활을 입에 올리기가 어쩐지 껄끄러웠다.

"그러고 보면 인연은 따로 있나 봐. 그러게 내가 누누이 말했잖아. 차윤우보다는 태인 오빠가 훨씬 괜찮다고."

허물없는 말에 서린이 가만히 웃었다.

"언제는 남자가 다 거기서 거기니까, 혼자 사는 게 최고라며."

"남자도 남자 나름이지. 사실 예전에는 태인 오빠 배경이 좀 그랬지만, 지금이야 어디 내놓아도 손색없지. 사시 합격에 변호사 자격증 있겠다. 너희 회사 대표까지 되었겠다. 앞으로는 더욱 탄탄대로만 걷겠지."

"하지만 이런 생활을 언제까지 계속할 수 없어."

"계속할 수 없다니, 그게 무슨 뜻이야?"

"그 사람과 약속했어. 회사가 고비를 넘기고 안정을 찾으면 다시 프랑스로 돌아갈 거라고."

서린의 말에 놀랐는지, 지은이 손에 든 찻잔을 내려놓았다.

"도대체 뭐가 문젠데?"

"너도 알잖아. 5년 전 그때, 내가 무슨 짓을 저질렀는지. 감정에 휩쓸려서 차마 해서는 안 되는 일을 벌이고 말았어."

"사랑한 게 잘못이니? 누구나 사랑 앞에선 이기적일 수밖에 없어."

지은이 자신과 가까운 친구라서 할 수 있는 위로였다. 충분히 비난받을 일이고 입에 담고 싶지 않을 만큼 쓰디쓴 기억이었다.

"그만하자. 모처럼 만났는데, 괜한 말을 꺼낸 거 같아."

"이왕 이렇게 되었으니, 과거는 그냥 툭툭 털어 버려. 그래도 지금까지 기다려 준 태인 오빠가 대단하잖니."

"그 사람은 나를 사랑한다고 착각하는 것 같지만, 곁에서 보기에는 일종의 책임감 같아. 뭐랄까, 평생을 그렇게 살아온 탓에 자연스럽게 몸에 밴 습관이랄까. 어린 나이에 가장으로 자라다 보니, 누군가를 의지하기보다는 누군가의 의지처가 되려고만 했어. 사실 그 일만 아니었어도 태인 오빠와 그 사람은 이미 결혼해서 행복한 가정을 꾸리고 있을 텐데."

"너야말로 착각하지 마. 그저 의무와 책임감으로 누군가를 5년 가까이 맹목적으로 기다릴 수 있다고 생각해? 네가 그렇게 떠나고 태인 오빠 정말 많이 힘들어했어. 네 주변을 맴돌면서 자식처럼 네 부모님을 돌본 걸 보면 모르겠니?"

"설사 태인 오빠가 나를 진심으로 사랑한다고 해도, 이제 와 다시 예전 관계로 돌아갈 수 없어. 태인 오빠든 누구든 감정적으로 얽히고 싶은 생각도 없고 이제는 나 자신에게만 집중하고 싶어."

서린의 말에 지은이 가만히 한숨을 내쉬었다. 혈색 좋은 얼굴에 웃음이 떠나지 않던 서린은 솔직하고 밝은 성격을 지녔던 친구였다. 남들과 다른 환경에서 자랐지만, 누구와도 허물없이 어울렸고 모두가 그런 그녀를 좋아했다. 마치 깨지기 쉬운 도자기처럼 가냘픈 체구와 사물을 그냥 지나치지 못하고 관조하는 눈빛, 소리 내어 웃은 법을 잃어버린 듯 조용히 미소 짓는 입 모양이 예전과 많이 달라 보였다.

"하긴, 너도 지쳤을 테지. 차윤우와도 그렇게 헤어지고 의지할 곳 없는 곳에서 혼자 외롭게 지냈으니. 자신에게 집중하는 건 좋지만, 그렇다고 너무 꽁꽁 마음의 문을 걸어 잠그려 하지 마. 늘 그렇듯 우리는 가까운 것의 소중함을 잊고 살잖아."

"충고 고마워."

서린이 순순히 인정하며 고개를 끄덕이자, 지은이 화제를 돌렸다.

"그보다 너 사라진 동안, 네 어머니께서 네가 그린 그림을 모아서 개인전 한 건 알고 있지?"

"응. 얼핏 이야기 들었어."

"그때 반응이 상당히 좋았어. 특히 네가 마지막으로 그린 그 추상화를 두고 업계에서 관심이 대단했거든."

마지막 그림은 태인이 주는 이미지를 색으로 표현한 그림이었다. 몇 날 며칠을 끼니도 거르고 몰입한 탓에, 일주일가량 앓아누운 기억이 있다.

"귀국했으니, 그동안 그린 그림을 모아 다시 개인전을 열어 봐."

"별생각 없어. 세상에 내놓을 만한 실력도 안 되고."

"무슨 소리야? 지금도 정 교수님은 네 이야기만 나오면 재능이 아깝다고 한숨을 쉬셔."

"정 교수님께선 무고하시지?"

"교직에서 물러나고 지금은 은거하며 작업에만 전념하고 계셔.

워낙 실력이 뛰어나신 분이라, 그림만 그려도 사는 데는 지장 없으실 거야. 너도 찾아뵙고 인사라도 드려. 아마 누구보다 좋아하실 거야."

"그래야지."

"머리가 복잡할수록 그림에 몰두해 봐. 그리는 장소가 어디든 무슨 상관이야. 마음이 중요하지."

'그 마음이 잡히지 않아.' 라고 서린이 속으로 되뇌었다.

모처럼 만난 지은과 이런저런 이야기를 나누다 보니, 어느덧 해가 기울고 거리의 가로등이 하나둘씩 켜졌다. 저녁까지 먹고 헤어지자는 지은에게 아쉽지만 다음에 먹자는 인사를 하고 카페를 나왔다. 태인이 퇴근하기 전까지 늦지 않게 들어가야 했다. 딱히 약속한 것은 아니지만, 일이 바쁜 와중에도 그는 퇴근 시간만은 정확하게 지켰고 그녀와 함께 식사하기를 원했다. 이왕 결혼식까지 올렸으니, 적어도 1년 동안은 그에게 좋은 아내가 되고 싶었다.

택시를 타고 집 앞에 도착한 서린이 서둘러 집 안으로 들어갔다. 출퇴근하는 도우미가 식사 준비를 해 놓았지만, 간단한 샐러드 정도는 만들 시간적 여유가 있었다. 냉장고에서 꺼낸 재료를 씻어서 준비하고 아침에 만들어 놓은 소스를 꺼냈다. 밖에서 차 소리가 들리자, 서린이 국 냄비를 올린 뒤에 그를 마중 나갔다.

현관문을 열자, 대문을 열고 막 들어오던 태인과 마주쳤다. 흐트러짐 없이 말끔하게 정장을 차려입은 그는 어딘가 지친 기색이었다. 그러나 그녀와 눈이 마주치자, 언제 그랬냐는 듯 부드러운 미소를 지어 보였다. 서린이 그가 든 서류가방을 받아 들려 하자, 그가 괜찮다는 듯 어깨를 감싸 왔다.

"약속이 있다면서 벌써 들어왔어?"

"혼자 식사하는 거 싫어하잖아요."

"그렇기는 하지만……."

"저녁 준비 해 놓을 테니까, 샤워부터 하세요."

그가 샤워하는 동안 저녁상을 차렸다. 오래전부터 이곳에서 일했다는 도우미는 그의 식성에 맞추어 주로 나물 종류나 생선이 들어간 반찬을 준비하곤 했다. 한국식 식단보다는 간단하게 먹던 그녀의 식생활과는 많은 차이가 있지만, 사는 동안 되도록 그에게 맞추고 싶었다.

언제 다가왔는지, 편안한 티셔츠와 면바지로 바꿔 입은 그가 식탁 차리는 것을 도왔다.

"지은 씨는 잘 지내?"

"학원에 취직했다는데, 생각만큼 쉽지 않은 모양이에요."

결혼 후, 두 달이라는 시간이 흘렀다. 언제부터인가, 그와 나누는 일상적인 대화가 당연한 일처럼 느껴졌다. 식사를 마치면 그와 함께 설거지하고 독서를 하거나, 가끔 영화를 보곤 한다. 그리고 밤이 깊으면 각자 방에 들어가서 잠을 청했다.

따로 자는 잠자리 빼고는 지극히 정상적인 부부의 일상이었다.

"회사 일은 좀 어때요?"

"내분이 있기는 하지만, 차츰 안정되고 있어. 취소되었던 해외 수주 건도 잘만 하면 다시 성사될 거 같고."

"다행이네요."

식사를 마치고도 자리에서 일어나지 않는 그를 위해 과일을 깎았다. 과일 접시를 그 앞에 내려놓으려 할 때, 그가 2층 계단을 올려다보며 물었다.

"오늘 하루는 어떻게 보냈어?"

태인은 식사가 끝나갈 무렵, 늘 같은 질문을 했다. 하루도 빠뜨리지 않은 질문의 의도를 모르는 바 아니다. 그녀가 2층 작업실에서 그림을 그렸는지, 궁금해서 묻는 질문이었다.

"늘 비슷해요. 오전에 책을 읽다가 지은이에게 연락이 와서 잠깐 차를 마시러 나갔어요. 보다시피 지금은 이렇게 당신과 마주 앉아 있고요."

답변할 거리도 없는 질문이었지만, 궁금해하기에 답해 주었다.

"어머니께서는 당신이 갤러리를 맡아 주었으면 하는 눈치던데, 마음이 잡히지 않으면 당분간 갤러리 일을 좀 해 보는 게 어떨까?"

매번 박 여사는 서린을 만날 때마다, 갤러리 일을 상의하곤 했다. 쉬운 듯 보이지만, 갤러리 운영 역시 태인이 경영하는 사업만큼이나 전문적이고 까다로운 일이었다. 지금껏 그림만 그려 온 그녀가 하기에는 무리가 있었다.

"1년 후를 생각하면 섣불리 손댈 수 없는 일이에요. 그리고 지금껏 물심양면으로 엄마를 도왔던 정연 언니가 있잖아요."

그가 같은 질문을 반복하듯, 서린 역시 그가 약속을 잊지 않도록, 1년 후라는 말을 입버릇처럼 강조했다. 그런 말을 들을 때마다, 싸늘하게 변하는 눈동자를 지켜보는 게 편하진 않았다. 그러나 이렇게 아무것도 할 수 없는 무기력한 상태라면 1년도 버티지 못하고 먼저 약속을 깨자고 할 거 같았다.

프랑스에서 지낼 때, 떠나온 고국을 그리워했듯, 하는 일 없이 하루를 보내다 보면 아를에서의 자유롭던 생활이 문득문득 떠오르곤 했다. 비록 비좁은 공간이었지만, 창으로 스며드는 오후의 햇살이 유난히 따사롭게 느껴지던 곳, 하얀 햇살에 부유하는 먼지조차 사랑스러워서 넋 놓고 창가에 앉아 오후 내내 삶을 음미하고는 했다. 그런 날이면 어김없이 밤새워 그림을 그리곤 했는데, 색채는 오후의 햇살만큼이나 따사로웠고 그림 속의 세상은 온통 눈부신 빛과 충만으로 가득 차 있었다.

대화 중 딴생각에 잠긴 서린이 혼잣말처럼 중얼거렸다.

"……지금쯤 작업실 창가에 제라늄도 시들었겠어요. 아를에서 사귄 친구에게 부탁하려 해도 전화번호를 모르고."

프랑스를 떠날 때, 짐을 챙기느라 정신이 없었다. 아무리 바빠도 휴대 전화까지 놓고 오다니, 한국에 돌아와 보니, 챙기지 못한 휴대 전화가 떠올라 한참 속이 상했다. 윤우는 물론, 프랑스에서 사귄 친구들이 갑자기 사라진 자신의 소식을 궁금해할 텐데.

그녀의 혼잣말이 언짢은지 그가 손에 든 포크를 내려놓았다. 그리고 자리에서 일어나 먹다 남은 음식을 치웠다.

내내 뒤척이다가, 얼핏 잠든 거 같은데, 늦은 밤에 다시 잠에서 깨어났다. 최근 생활 방식이 바뀌고 딱히 하는 일이 없어서인지, 깊은 잠을 이루지 못하고 뒤척이는 날이 계속되었다. 가운을 걸쳐 입은 서린이 주방으로 향했다. 커피 생각이 간절했지만, 불면증이 더욱 심해질 거 같아서 가까스로 참았다. 대신 우유를 꺼내서 레인지에 데웠다. 따스한 우유를 마시니 속까지 데워지는 기분이었다.

침실로 향하려던 그녀가 서재 쪽으로 걸음을 옮겼다. 책이라도 읽어야 다시 잠이 올 거 같았다. 태인의 침실은 서재와 나란히 붙어 있었다. 혹시라도 잠든 그가 깰까 봐 발소리를 죽이며 걸었다.

　서재 문을 열고 들어간 서린이 읽을 만한 책을 찾으려 서재 안을 둘러보았다. 넓은 평수에 벽 전체가 온갖 책으로 뒤덮여 있는 걸 보면, 그가 얼마나 책을 좋아하는지 저절로 알 수 있었다. 하긴, 집과 회사를 오가는 단조로운 생활에 즐기는 다른 취미조차 없으니 어쩌면 당연한 일인지도 모른다.

　서린이 책장에 꽂힌 책을 천천히 훑어보았다. 경제학이나 법학 관련 책이 압도적으로 많았고 문학 서적도 종종 눈에 띄었다. 구석진 책장에 꽂힌 꽤 많은 양의 미술 서적을 보니, 저절로 시선이 따라갔다. 그림을 전공했지만, 서린은 미술 관련 책을 거의 읽지 않았다. 이론으로 공부해서 터득할 수 있는 분야도 아니고 사람들의 평판도 관심 없었다. 눈으로 보고 귀로 듣고 촉감으로 느낄 수 있는 감각을 통해 세상과 소통하고 그것을 왜곡됨 없이 손끝으로 표현할 수 있기를 바랄 뿐이다. 쭉 둘러보다 보니, 얇은 두께의 소설책 한 권이 눈에 들어왔다.

　불어를 한창 배우던 시절, 몽마르트르가 내려다보이는 전망 좋은 카페에 앉아 가끔 즐겨 읽곤 했던 프랑수아즈 사강의 소설 '어떤 미소'였다. 비록 읽던 원서는 아니지만, 제목을 보니 반가운 마음에 선뜻 손이 먼저 갔다.

　스치듯 넘기다가 좋아하던 구절을 찾아 읽고 다시 책장을 넘기는 순간, 책 사이에 끼어 있던 사진 한 장이 나풀거리며 카펫 위로 떨어졌다. 서린이 무심결에 사진을 집어 들었다.

고등학교 졸업식으로 보이는 사진 속에서 교복을 입은 태인이 꽃다발을 든 채 환하게 웃고 있었다. 그 옆으로 지금보다 훨씬 젊고 고운 인상을 지닌, 그의 어머니와 한때 그의 연인이었던 다희가 팔짱을 낀 채, 새하얀 이를 드러내며 활짝 웃고 있었다.

마치 과거로 돌아간 듯 서린의 손끝이 떨려 왔다.

늦은 장맛비가 쏟아지던 어느 날, 내리는 비를 고스란히 맞으며 자신을 기다리는 그녀를 보는 순간, 죄책감에 몸이 떨려 왔다. 태인을 모델로 그린 그림을 보고 싶다기에, 인사동 갤러리까지 동행해서 그림을 건네주었다. 건네받은 그림을 갈기갈기 찢으며 다희가 소리쳤다. 태인은 서린의 몸을 탐했을 뿐, 그가 진심으로 사랑하는 사람은 자신이라며 울며 매달렸다. 흐느끼는 울음소리가 심장을 멈추게 하고 절박한 눈동자가 마음을 울렸다. 서린이 서둘러 사진을 책 속에 끼워 놓고 흔적이 남지 않도록 책을 책장에 집어넣었다.

서재 문을 열고 막 나가려는 찰나, 출입문 밖에 있던 태인과 몸이 부딪쳤다. 놀란 서린이 중심을 잃고 비틀거리자, 그가 서린의 허리를 한쪽 팔로 끌어당겼다.

"괜찮아?"

"괜찮아요."

그의 팔을 풀며 서린이 뒤로 한 발 물러났다. 조금 전 보았던 사진과 떠오른 과거의 기억 때문인지, 그의 눈동자를 똑바로 마주 볼수 없었다. 시선이 비켜 갈 때마다 집요하게 따라붙는 눈동자가 더욱 의식되었다. 결국, 서린이 변명 같은 말을 덧붙였다.

"잠이 오지 않아서 잠시 읽을 만한 책을 찾으러 왔어요."

"그럼 술이라도 같이 할까?"

그 역시 지금껏 잠을 이루지 못한 것일까. 늦은 시간에 서재를 찾은 것도 그렇고 말끔한 얼굴 역시 자다 깬 모습은 아니었다.

그를 따라 거실로 나왔다. 혼자 살 때 그는 술을 즐겼는지, 주방과 나란히 붙인 바 테이블에는 마시다 만 여러 병의 위스키와 와인 병이 놓여 있었다. 서린이 긴 의자에 걸터앉자, 그가 그녀가 마실 만한 와인을 골랐다.

"와인이 좋겠지?"

"저도 당신과 같은 것으로 한잔 주세요."

서린이 그의 몫으로 준비하는 붉은색 위스키병을 보며 대답했다.

"네가 마실 만한 술이 아니야. 'Fuoco di Russia', 러시아의 불꽃이라는 이름을 가질 만큼 독한 술이지."

이 넓은 집에서 그가 독한 술을 혼자 마시는 상상을 하자, 절로 이맛살이 찌푸려졌다.

"늘 이렇게 독한 술을 마셔요?"

"미적지근하게 취한 상태에서는 원래 잡생각이 많이 들잖아. 그럴 바에야 독한 술을 마시고 푹 잠드는 편이 낫지."

"그러다가 몸이라도 상하면 어쩌려고요."

"그렇게 말하니까, 진짜 잔소리하는 마누라 같아."

위스키 대신 와인을 따라 주며 그가 나지막하게 웃었다. 서린이 그가 따라 준 와인을 한 모금 들이켰다. 지그시 따라붙는 시선을 피하며 서린이 둥근 와인 잔을 빙글빙글 돌렸다.

그와 처음 마주 앉아 술을 마신 것이 언제였더라. 그의 모친이 운영하던 허름한 식당에서 국밥을 안주 삼아 소주잔을 들이켜던 그의 모습이 마치 어제 일처럼 선명하게 떠올랐다.

"이렇게 마주 앉아 있으니, 옛날 생각이 나요."

"무슨 생각?"

"예전에 당신과 함께 기차 타고 춘천 갔었잖아요. 그때 당신 어머니께서 끓여 준 국밥이 참 맛있었어요."

과거의 일을 떠올린 듯 그가 쓰게 웃었다.

"그다지 기억하고 싶은 추억은 아니야."

어째서냐고 물으려다가 그만두었다. 좁은 시장통의 인적이 끊긴 식당, 손때가 탄 뿌연 유리문을 통해 오가는 사람들을 바라보던 그의 우울한 얼굴을 기억하는 탓이다. 그가 따라 준 두어 잔의 와인을 마시고 나니, 취기가 올라왔다. 술기운 탓일까, 술잔을 느릿하게 들이켜는 그의 옆모습이 어딘가 쓸쓸해 보였다.

"……그래서 지금은 행복해요?"

그녀의 질문에 태인이 씁쓸하게 웃었다.

"네가 보기에는 어때 보여?"

"글쎄요. 잘 모르겠어요."

"행복해. 믿을 수 없을 만큼."

벌어진 그녀의 가운 깃을 더듬는 눈동자에서 감추어진 그의 욕망을 읽었다. 언뜻 보면 평온해 보이는 일상이지만, 때로는 표현할 수 없을 만큼 묘한 긴장감이 느껴지고는 했다. 그와는 이미 섹스 경험이 있다. 비록 짧은 시간이지만, 결혼 생활에 최선을 다하겠다고 마음먹은 이상, 육체관계에 대해 별 거부감은 없다. 숨겨진 욕망을 감추지도 못하면서 굳이 자제심을 발휘하려는 그를 도무지 이해할 수 없었다.

"행복하다니, 저도 기뻐요."

술기운을 빌려서 서린이 그에게 손을 내밀었다.

"그런 의미에서 우리 춤춰요."

그가 당황한 듯 머뭇거리자, 서린이 그의 손을 잡아끌었다. 주저하며 망설이는 그의 목덜미에 팔을 두르고 그가 따라 움직일 수 있도록 스텝을 밟았다.

"블루스 춰 본 적 없어요? 그냥 이렇게 끌어안고 움직이면 돼요."

"음악이 없어."

"아, 참. 그렇지."

서린이 음악을 틀기 위해 뒤돌아서려 하자, 태인이 그녀의 허리를 깊이 끌어당겼다.

"아니, 이대로도 괜찮아."

도무지 속을 알 수 없는 사람, 단단한 가슴에 머리를 기대고 있으니 그의 심장 박동이 귓가에 그대로 전해졌다.

"우리 옆집에 50대 부부가 사는 거 아세요?"

서린이 다정한 목소리로 물었다.

"오가다가 잠깐 인사를 나눈 적이 있어."

"오늘 아침, 당신의 출근길을 지켜보고 있는데, 지나가던 옆집 아주머니와 처음으로 인사를 나누었어요. 과년한 따님이 있어서 당신을 늘 눈여겨보았는데, 갑자기 결혼해서 깜짝 놀랐다고 하시더라고요."

서린의 말에 그가 나지막하게 웃었다.

"그럴 만도 했을 테지. 집을 지은 후, 외부 사람을 들이지 않았으니까."

"칼같이 퇴근하고, 마주 앉아 식사하고, 설거지도 거들어 주고…… 다른 사람들 눈에는 우리가 이상적인 부부로 보이겠죠?"

다음에 나올 말을 기다리는지 그가 말없이 서린을 응시했다.

"……그 정도만으로 괜찮겠어요?"

그는 대답이 없었다. 말의 의미를 모를 사람이 아니다. 귀신처럼 마음을 읽곤 하던 사람이니까. 잠깐의 침묵이 흐른 후에 그가 고저 없이 차분한 목소리로 말했다.

"이렇게 흐트러진 모습의 네가 눈앞에서 아른거리는데. 괜찮을 리 없지. 그러나 널 다시 안으면 멈출 수 없을 거야. 마치 예전의 내가 그랬던 것처럼."

그의 말에 술기운이 싹 가셨다. 분위기에 취해 엉뚱한 소리를 늘어놓다니, 과거의 실수를 되풀이하려 했던 자신이 한심할 지경이었다.

"밤이 깊었어요. 그만 자러 가야겠어요."

서린이 쫓기는 새처럼 침실로 들어갔다. 따라붙는 집요한 시선을 피할 수 있다면 그곳이 어디라도 상관없을 거 같았다.

5

그냥 불러 봤어요

대학 입학 후, 빠르게 시간이 흘러갔다. 오티에 엠티, 동아리 활동까지, 각종 모임에 쫓아다니다 보니 시간이 어떻게 가는 줄도 몰랐다. 그러나 바쁜 일정 속에서도 가끔 가슴이 텅 빈 것처럼 쓸쓸해질 때가 있었다. 비어 있는 별채를 지날 때라든가, 공부하다가 막힌 부분이 있을 때, 휴대 전화가 울릴 때, 비가 올 때, 맛있는 것을 먹을 때……. 생각해 보면 가끔이 아니라 태인의 모습이 머릿속을 맴돌며 늘 떠오르곤 했다.

"이 곡 어때? 밴드 형들은 괜찮다고 하는데, 나는 영……."

기타를 연주하던 윤우가 서린을 향해 물었다. 딴생각에 잠긴 채 멍하니 창밖을 바라보는 서린은 대답이 없었다. 이맛살을 찌푸린 그가 집중하라는 듯 서린의 이마를 톡톡 두드렸다.

"이 곡 어떠냐고."

"⋯⋯응? 으응. 좋아."

"어떤 점이 좋은데?"

뚫어지게 바라보는 시선에 멋쩍어진 서린이 서둘러 사과했다.

"미안. 딴생각하느라, 제대로 듣지 못했어."

기타를 내려놓은 윤우가 서린이 앉은 소파로 다가와 앉았다.

"같이 있을 때, 딴생각하는 거 싫다고 했잖아. 매번 바쁘다고 엄살 부리는 통에 열흘 만에 겨우 만났어. 만날 때만이라도 나에게 집중하면 안 돼?"

"바쁜 건 내가 아니라 너잖아. 그리고 친구 사이에 집중은 무슨⋯⋯."

마치 연인 대하는 듯한 태도가 요즘 들어 부쩍 심해졌다. 서린이 얼버무리듯 화제를 돌리려 하자, 그가 말을 끊으며 끼어들었다.

"친구? 나는 그런 거 아닌데."

"그럼 너는 아닌 거 해. 나는 그냥 친구 할 테니까."

저돌적이고 솔직한 윤우를 상대하기 버거웠지만, 마음에 맞는 친구를 포기하는 것 또한 쉬운 일은 아니었다.

모델 일을 부업으로 했던 그는 최근 고민 끝에 프로 모델로 전향했다. 비좁은 옥탑방을 나와 그럴듯해 보이는 연습실까지 얻은 걸 보면, 수입도 적지 않은 모양이었다. 정작 그는 기타리스트로서 인정받길 원했는데, 생계를 유지하기 위해 시작한 일로 성공을 거두다니, 마냥 기뻐해 줄 수도 없는 노릇이었다. 그래도 여전히 기타리스트로서의 꿈을 포기하지 않은 채, 연주며 작곡까지 손대는 걸 보면 작은 힘이라도 보태 주고 싶을 만큼 그가 대단하게 느껴졌다.

"너 요즘 나사 풀린 이유가 태인 형 때문이지?"

불쑥 나온 말에 신경이 곤두섰다. 입학 축하 한다는 의례적인 인사를 끝으로 태인은 연락 한 번 없었다. 몇 번이나 먼저 연락했지만, 일부러 피하는지 전화조차 받지 않았다. 서운한 마음이 쌓이고 쌓이다 보니, 이제는 그에게 연락하고 싶은 마음마저 사라지고 없었다.

"태인 쌤, 요즘 어떻게 지낸대?"

태연함을 가장하며 물었다. 윤우가 의외라는 듯 그녀를 바라보았다.

"그걸 왜 나한테 물어. 공부한다는 핑계로 붙어 다닐 때는 언제고."

"입학하고 아예 소식이 끊겼어. 아빠한테는 수시로 안부 전화 하는 눈치인데, 나한테는 전화 한 통 없다니까."

"그 형, 네가 상대할 수 있는 상대 아니야. 쓸데없이 관심 두지 말고 지금처럼 멀찌감치 떨어져 있어."

"그게 무슨 뜻이야?"

"시장통 국밥집 아들이 제힘으로 여기까지 올라왔어. 네 아버지의 신임까지 얻었으니, 사시에 합격한 후, 적당한 인맥 쌓고 네 아버지 회사로 들어가겠지. 그렇다면 그다음 순서가 어떻게 될까?"

서린은 그의 질문에 대답할 수 없었다. 질문 자체를 이해할 수 없었기 때문이다.

"우리 아버지가 입버릇처럼 하는 말이 뭔지 알아? 머리 검은 짐승은 함부로 거두는 게 아니라고 했어. 뭐, 그런 소리 할 만도 하지. 그야말로 키우던 후배에게 제대로 뒤통수를 맞았으니까."

윤우의 부친은 대형 로펌을 소유한 변호사였다. 실력 있는 검사로 검찰총장까지 올랐다가 복잡한 사건에 연루되어 총장 자리에서 내려왔다고 어디선가 들은 기억이 있다.

"없는 집 애들이 왜 무서운지 알아. 잃을 게 없으니 맹목적으로 달릴 수 있는 거야. 게다가 정상에 오른 뒤에도 만족이라는 것을 모르지. 야심과 욕망으로 가득 찬 마음은 밑이 뚫린 항아리처럼 늘 허기져 있어서 먹어도 먹어도 배가 고프니까."

영화나 드라마에서 흔히 나오는 레퍼토리, 낡아 빠진 스토리에 서린은 웃음이 나왔다.

"너 시나리오 써도 되겠다. 약간 진부하지만 꽤 그럴싸해."

"얘가 곱게만 자라서 뭘 모르네. 현실은 영화나 드라마보다 더 막장이야. 내가 속한 소속사 모델 중에 스폰 없는 애들이 없어. 남자인 나한테까지 집적대는 미친놈이 수두룩하다고. 화려한 조명 뒤에서 돈이 오가고 몸이 오가고……."

말을 끊은 윤우가 시선을 피하려는 서린의 턱을 가만히 움켜쥐었다.

"마음마저 오가. 그게 우리 사는 세상이야."

그는 늘 시니컬한 말을 쏟아 내지만, 못 참을 정도는 아니었다. 그러나 태인에 관해서 함부로 말하는 것만은 참을 수 없었다.

"아니, 태인 쌤은 달라."

"뭐가 다른데?"

"네 말대로라면 태인 쌤은 나에게 잘 보이려고 하루가 멀다고 전화를 해야 해. 혜성 그룹의 외동딸인 나는 아빠 사업에는 조금도 관심 없으니 나를 이용하면 원하는 성공을 거머쥘 테니까."

"숙맥인 줄 알았더니, 제법이네. 하지만 한 가지가 빠졌어."

"그게 뭔데?"

그가 자신의 관자놀이 부분을 검지로 두드리며 한 음절씩 끊어서 대답했다.

"자. 유. 의. 지."

"……"

"고집 세고 제멋대로이고. 너 역시 나처럼 어디로 튈지 모르는 타입이잖아. 당근과 채찍으로 교묘하게 길들여야 한다는 걸, 똑똑하고 명석한 태인 형은 이미 알고 있는 거야."

"쌤에 대해서 함부로 말하지 마."

참지 못한 서린이 자리에서 벌떡 일어났다. 머리끝까지 화가 치밀어서 몸을 돌리려는 순간, 그가 서린의 팔목을 잡아당겼다. 그리고 끌어안은 채, 뒷머리를 다정하게 쓰다듬었다.

"미안, 농담이야."

안심시키려는 듯 속삭이는 말에 더욱 화가 났다.

"계속 그런 식으로 놀리면 너 다시는 안 봐."

"나도 모르게 질투가 나서 그랬어. 내 말엔 귀 기울이지도 않으면서 태인 형 이야기만 나오면 신경을 곤두세우고."

"그럼 조금 전 했던 말, 사과부터 해. 나한테가 아니라, 태인 쌤에게."

"태인 형. 미안해!"

윤우가 허공을 향해 소리쳤다.

"……이만하면 됐지?"

장난스러운 미소와 허락을 구하는 태도에 저도 모르게 화가 누그러졌다. 여전히 손목을 잡힌 채, 안겨 있는 제 모습을 자각한 서린이 그를 올려다보며 눈을 흘겼다.

"알았으니까. 이거 좀 놓지?"

"이왕 안은 거 5분만 이러고 있자. 말랑말랑, 따스하고 향기도 좋아."

넉살 좋은 말에 웃음이 나왔다. 끌어안은 팔에서 힘이 느껴지자, 서린이 그를 밀어 내기 위해서 몸을 움직였다. 순간, 연습실 문이 열리며 한 무리의 사람들이 들어왔다.

"어! 나는 아무것도 못 봤다."

윤우의 사촌 형 재건이 끌어안은 두 사람을 보고 못 볼 거라도 본 것처럼 뒤돌아섰다. 그의 뒤에 선 태인을 확인한 서린이 반가운 나머지 저도 모르게 그에게 다가서려 했다.

"……쌤."

윤우에게 잡힌 팔을 빼내려는 순간, 윤우가 잡은 팔에 힘을 주며 앞으로 나섰다.

"어쩐 일이야? 이곳까지."

"이사했다는 말 듣고 지나다가 들렀지. 그보다 서린이 올만이다."

태인은 물론, 그의 친구인 재건과 수창 역시 오랜만에 보는 반가운 얼굴이었다.

"안녕하세요."

서린이 반색하며 인사했다. 늘 태인과 어울려 다니는 재건과 수창은 눈앞에 벌어진 상황에 몹시 난감해하는 눈치였지만, 서린은 현재 상황보다는 오랜만에 만난 태인에게 온통 신경이 쏠렸다.

굳은 표정으로 서 있는 태인을 내내 곁눈으로 흘금대던 재건이 분위기를 전환하려는 듯 앞으로 나섰다.

"이제는 대학생이라고 15금 장면까지 연출하고. 이것들이 아주 발랑 까졌어."

"5분만 기다렸다가 들어오지 그랬어. 제대로 된 19금 장면을 보여 줄 수도 있었는데."

윤우가 한술 더 떠서 넉살 좋게 대꾸하자, 수창과 재건이 어이없다는 듯 실소를 터트렸다.

충분히 오해받을 상황이었다. 그 오해를 풀기는커녕, 마치 사귀는 사이처럼 행동하는 윤우의 태도가 못마땅했다. 그러나 더욱 못마땅한 것은 태인이었다. 노심초사 연락을 기다리는 자신과 달리, 평소와 다름없이 평온한 일상을 보내는 듯한 그를 보니, 또다시 서운한 기분이 몰려왔다.

"연습실로는 쓸 만한데, 숙식은 어디서 하는 거야?"

주위를 둘러보던 재건의 물음에 윤우가 대답했다.

"원래 카페로 사용하던 곳이라, 뒤쪽에 작은 방이 있어. 잠은 거기서 자고 밥은 예전처럼 대충 사 먹어."

조금 전의 긴장이 사라지고 사소한 대화가 이어졌다. 잠시 후, 앉지도 서지도 않은 채, 우두커니 서 있던 태인이 끼어들었다.

"놀다 가라. 나는 약속이 있어서 그만 가 볼게."

태인의 기분을 눈치챈 재건과 수창이 고개를 끄덕였다. 그가 문을 열고 사라지자, 서린이 윤우에게 잡힌 팔을 뿌리치고 그의 뒤를 따랐다.

잠시 후, 재건이 질책하는 시선으로 윤우를 바라보았다.

"말했잖아. 두 사람 사이에 끼어들지 말라고."

"착각하는 거 같은데, 우리 사이에 끼어든 건 형들이야. 그리고 형에게 그런 말 들을 이유 없어."

"너는 뭐든 장난이지? 그래서 이러는 거지? 지금까지는 철이 없어서 그런가 하고 넘어갔는데, 이제는 좀 알 때도 되었잖아. 정신 좀 차려, 인마."

"장난이라고? 차라리 나도 장난이었으면 좋겠어. 처음에는 말이 통하는 친구로 여기며 가까이 지내려 했어. 하지만 시간이 갈수록 자꾸 욕심이 나. 그게 나쁜 거야? 태인 형, 감정만 소중하고 내 감정은 쓰레기라는 거야?"

재건이 답답하다는 듯 앞으로 나서려 하자, 수창이 그런 재건을 막았다.

"그만해. 윤우의 말이 맞아. 삼자인 우리가 이래라저래라, 참견할 수 있는 문제가 아니야."

"하지만……."

"태인이도 생각이 있겠지. 보기와는 달리 콤플렉스로 똘똘 뭉친 녀석이잖아. 결국, 움직이지 않으면 아무것도 변하지 않아. 우리가 할 수 있는 건, 자신과의 치열한 싸움에서 그가 이기길 바랄 뿐이지."

수창의 말에 재건이 한숨을 내쉬었다.

내색하진 않지만, 태인이 서린을 얼마나 아끼고 소중히 여기는지, 가까이에서 지켜봐 왔다. 태인은 서린의 입시 준비를 위해서 준비 중인 사시까지 미루며 물심양면으로 그녀의 공부를 도왔다. 도서관 책상에 수북하게 쌓인 대입 수험 교재를 보고 수능 준비 하냐고 놀리며 웃음을 터트린 것이 여러 번이었다. 최근 서린을 의식적으로 피하지만, 분주히 오가는 대학 새내기를 넋 놓고 바라보는 것을 여러 번 목격했다. 목석처럼 무표정한 얼굴에 안타까운 빛이 스치는 걸 보면, 짐작건대 서린을 떠올리는 게 분명했다.

"그리고 윤우 너."

수창이 윤우를 불렀다. 늘 장난기가 묻어나던 눈동자가 날카롭게 빛나자, 윤우가 긴장한 얼굴로 그를 바라보았다.

"맹수의 특성 알지? 몸을 잔뜩 움츠렸다가 상대가 방심할 때 허를 찌르는 공격을 하지. 태인이 자식이 그래. 답답하리만큼 신중하지만, 한번 목표를 정하면 끝을 보는 근성이 있어."

"……."

"경고하는데, 물어뜯기지 않으려면 절대 긴장의 끈을 놓지 마."

수창의 말에 윤우의 입술이 비뚜름하게 올라갔다.

"어쩌죠. 저도 그 못지않은데. 다른 점이 있다면, 저는 먹잇감을 두고 절대 망설이지 않아요. 원하는 게 있으면 수단과 방법을 가리지 않고 가지는 게 제 스타일이에요."

어려서 순수할 수도, 그래서 더 잔인할 수도 있다. 하지만 세상은 그리 만만하지 않다. 안타까운 마음도 없지 않았지만, 세상모르고 날뛰는 윤우의 기를 한 번쯤은 꺾고 싶은 충동이 들었다.

"과연 그럴까?"

"무슨 뜻이에요?"

"수단과 방법을 가리고 갖겠다는 건, 이미 힘이 **빠졌다**는 뜻이지. 노련한 사냥꾼은 몸을 함부로 움직이지 않아. 먹잇감이 제 발로 오도록 유인해서 단숨에 목줄을 틀어쥐지."

윤우가 피식 웃으며 중얼거렸다.

"……그래 봐야 국밥집 아들인데, 뭐."

내내 안타까운 눈으로 윤우를 바라보던 재건이 그의 멱살을 틀어잡았다. 늘 친동생처럼 아끼고 챙겨 왔는데, 바닥을 드러내는 말이 기막힐 지경이었다.

"이 자식이! 보자 보자 하니까, 어디서 함부로."

수창이 또다시 재건을 말렸다.

"그만해. 세상모를 나이잖아."

"그래도 할 말 못 할 말 정도는 가려야지. 가자. 그래도 혈육이라도 어떻게 지내는지, 궁금해서 왔는데, 여기까지 너희를 데려온 내가 더 민망하다."

두 사람이 문을 닫고 사라지자, 덩그러니 혼자 남은 윤우가 테이블에 놓인 물컵을 들어서 문을 향해 던졌다. 산산이 부서진 유리컵만큼이나 신경이 갈가리 찢기는 것 같았다. 머리끝까지 분노가 치달았지만, 우스운 건, 왜 화가 나는지조차 알 수 없다는 것이었다.

큰 걸음으로 한참이나 앞서 걸어가는 태인의 뒷모습을 보고 있으니, 만감이 교차했다. 무턱대고 따라 나왔지만, 사실 그를 어떤 얼굴로 대할지 난감하기만 했다. 예전처럼 '쌤' 하고 부르며 아무렇지 않게 웃어 보일까, 아니면 서운한 마음을 그대로 내비치며 소리라도 버럭 지를까. 그도 아니면 보고 싶었다고 하소연하며 울며 매달릴까.

아무리 잰걸음으로 따라가도 그는 시야에서 점점 멀어질 뿐이었다. 무심하게 스치는 사람들 속에 섞인 채, 멀리 점이 되어 사라지는 그의 모습을 보고 있으니, 마치 싫어도 인정할 수밖에 없는 상황이 현실처럼 느껴져서 가슴이 아려 왔다.

"아, 다리 아파."

결국, 제풀에 지친 서린이 보도블록 위에 주저앉았다. 주책도 없이 눈물이 차올라서 더욱 약이 올랐다.

얼마나 시간이 흘렀을까. 멍하니 제 발밑을 바라보던 그녀의 웅크린 몸 위로 긴 그림자가 드리워졌다.

"일어나. 바람이 차."

두 달, 아니면 석 달, 얼마 만에 들어 보는 목소리인지, 기억조차 가물가물하다. 꼴도 보기 싫지만 눈앞에 보이는 낡은 운동화가 사라질까 두려운 마음이 더 컸다.

아무리 그래도 자존심이 있는데, 열까지는 세고 일어나야겠지.

하나.

"서린아."

둘.

"하서린."

셋.

"옷도 얇은데, 이러다 감기라도 들면 어쩌려고."

그 특유의 푸릇한 향이 나는 외투가 어깨 위로 덮였다. 넷, 다섯, 여섯, 일곱까지 세고 나니, 인내심이 슬슬 바닥을 드러냈다. 결국, 열을 채우지 못하고 몸을 일으키려는 찰나, 몸이 통째로 들리며 찬 기운이 서린 몸이 와락 하며 그녀를 안아 왔다.

그의 갑작스러운 행동에 오가는 행인의 시선이 집중되었다. 그에게 안긴 서린이 당황하여 버둥거리자, 그가 몇 걸음 걷다가 골목 으슥한 곳에 그녀를 내려놓았다.

"뭐예요. 진짜."

그답지 않은 돌발적인 행동에 뒤엉키던 온갖 생각이 씻긴 듯 사라졌다.

"그러니까 말 좀 들어. 보도블록 한복판에 앉아 있다가 사고라도 나면 어쩌려고."

"제 걱정 하는 사람이 뒤도 돌아보지 않고 그렇게 사라져요?"

석 달 만에 겨우 마주 본 얼굴, 가슴속에 쌓아 둔 서운함과 불안이 한번에 폭발하며 저도 모르게 원망 섞인 투정이 쏟아져 나왔다.

"문자도 씹고 전화도 씹고. 제가 얼마나 쌤 전화를 기다렸는지 알아요?"

"……생각할 시간이 필요했어."

기분 탓일까. 가라앉은 목소리만큼이나 초췌한 안색이 마음에 쓰였다.

"그동안 무슨 일 있었어요?"

"아무 일 없었어."

"……."

"그래, 우스울 정도로, 아무 일도 없더라."

그가 같은 말을 반복하며 허탈하게 웃었다. 잠시 후, 하고 싶은 말이라도 있는지, 그늘진 눈동자가 물끄러미 서린을 응시했다.

"……아까 윤우와 보기 좋더라. 잘 어울려 보였어."

아니라고 반박하고 싶었다. 그러나 단정 짓는 말이 심장 부근을 할퀴며 날카로운 상처를 남겼다.

"어울려 보인다니, 다행이네요."

애써 대답했지만, 먼저 말을 꺼낸 그는 속을 알 수 없을 만큼 깊고 어두운 눈동자로 그녀를 응시할 뿐이었다.

"배고파요. 원래 윤우와 점심 먹기로 했는데, 다시 돌아가기도 좀 그렇고. 어디로든 좀 들어가요."

점심은커녕 지금 기분으로는 물 한 모금 마시고 싶지 않았다. 그러나 그와 이대로 헤어질 수 없었다. 예전처럼 다시 볼 수만 있다면, 무엇을 먹든, 어떤 관계로 남든 아무래도 상관없을 거 같았다.

"좀 멀지만, 괜찮은 밥집이 있어. 같이 갈래?"

서린이 옆자리에 앉은 그를 곁눈으로 바라보았다. 아무리 맛이 좋다지만, 기차까지 타고 가는 밥집이라니. 게다가 식사하러 가면서 군것질거리를 건네는 그를 도무지 이해할 수 없었다.

"쌤도 같이 드세요."

서린이 하얗게 껍질을 벗겨 낸 삶은 달걀을 그에게 내밀었다.

"나는 괜찮아. 목마를 텐데, 음료수도 같이 마셔."

그가 예전으로 돌아간 것처럼 다정하게 말을 건넸다. 어쩐지 안심이 된 서린이 주위를 둘러보았다. 주말이라 그런지, 빈자리가 없는 기차 안은 커플로 보이는 젊은 남녀가 대부분이었다. 다른 사람 눈에도 태인과 자신이 데이트하는 연인으로 보일까. 서린이 떠오른 생각을 지우기 위해서 고개를 저었다. 태인은 교제하는 여자 친구가 있다. 현실을 직시하지 못하면 자신만 괴로울 뿐이었다.

"사실 저 기차 처음 타 봐요. 이거 춘천으로 가는 경춘선 기차 맞죠?"

그의 고향이 춘천이라고 얼핏 들은 기억이 있다. 고향 가까운 곳에 그가 기억하는 맛집이 있는 걸까. 아니면 그의 고향 집이라도 가는 걸까.

"겨울 방학 내내 고향 집에서 지냈어. 네 이야기를 할 때마다, 어머니께서 따스한 국밥이라도 대접하고 싶다며 아쉬워하셨어."

아버지에게 종종 듣곤 했었다. 미각을 돋우는 화려한 음식보다는 값싸고 소박한 음식을 즐기는 아버지는, 그에게 어머니 안부를 물으며 국밥 맛이 그립다는 인사를 잊지 않았었다.

"아빠가 하는 말을 들었어요. 저도 국밥 좋아하는데……"

"사실 대접할 만큼 그럴싸한 음식은 아니야. 그래도 너라면 맛있게 먹어 줄 거 같아서."

"아시잖아요. 저 뭐든 가리지 않고 잘 먹어요."

모처럼 좋아진 분위기에 서린이 장난스럽게 대꾸하자, 눈꼬리를 접으며 그가 희미하게 웃었다.

"내 마음도 어머니와 다르지 않아. 가진 것이 없으니 대접할 거리도 없지만, 마음만은 늘 가장 좋은 것을 베풀고 싶었어."

갑작스러운 말에 돌연 가슴이 뭉클해졌다.

"이미 충분히 받았어요. 쌤 덕분에 진로를 정하고 원하는 대학에 갈 수 있었어요. 오히려 제가 감사해야 하는걸요."

"그래. 고맙다."

가족이나 고향은 물론, 사적인 화제를 꺼리던 그가 멀리 떨어진 고향 집에서 국밥을 대접한다고 한다. 예전처럼 다정한 미소를 지으며 고맙다는 인사까지 덧붙이면서. 그토록 그립던 그가 이렇게 가까이 있는데, 어째서 자꾸 멀게만 느껴지는 걸까. 그와 함께했던 시간을 다시 돌려놓고 이제는 정말 그를 마음에서 지워야 하는 걸까.

좁고 어두운 시장 골목길을 걸었다. 사람의 발길이 끊기다시피 한 이런 시장이 과연 장사가 될까, 하는 의문이 들었을 때, 간판도 없이 낡은 유리문에 '해장국. 수육. 머리 고기'라고 대충 쓴 작은 가게가 모습을 드러냈다.

서린의 보폭에 맞추어 나란히 걷던 그의 걸음이 식당 앞에서 우뚝 멈추었다.

"이곳이야. 내가 살던 곳. 들어가자."

그가 미닫이문을 열고 가게 안으로 들어갔다. 을씨년스러운 바깥 풍경만큼이나 허름하고 좁은 가게 안에는 손님이 없었다. 멍하니 앉아서 벽에 걸린 작은 TV를 보던 여자의 무표정한 얼굴이 태인을 보자, 눈에 띌 정도로 화색이 돌았다, 아마도 그녀가 태인의 어머니인 모양이었다.

"연락도 없이 갑자기 어쩐 일이야?"

"손님을 데리고 왔어요. 말씀드렸죠? 하 회장님 댁의……."

그가 잠시 말을 끊고 서린을 바라보았다. 뭐라고 소개해야 할지 난감해하는 눈치였다. 어색하게 서 있던 서린이 기회는 이때라며, 앞으로 나섰다.

"안녕하세요. 하서린입니다."

태인의 어머니 영숙의 얼굴에 환한 미소가 걸렸다. 허름한 차림에 주름진 얼굴이었지만, 젊은 시절에는 꽤 미인 소리를 들었을 법한 얼굴이었다.

"어서 와요."

"편하게 말씀 놓으세요."

서린이 넉살 좋은 성격답게 영숙의 손을 붙잡았다. 얼굴과는 달리, 투박하고 거친 손의 느낌에 흠칫 놀랐지만, 내색하지 않으려 노력했다. 웃음 띤 얼굴도 잠시, 근심 어린 얼굴로 주위를 둘러보던 영숙이 혼잣말처럼 중얼거렸다.

"어쩌지. 귀한 손님을 이런 곳에서 대접할 수도 없고."

"마음 쓰지 마세요. 서린이 어려운 손님은 아니에요."

태인이 어머니를 안심시키려는 듯, 가까운 의자에 가방을 내려놓고 주방 쪽으로 향했다.

"뭐 하려고?"

"국밥은 제가 준비할게요. 늘 궁금해하셨으니, 서린이와 이야기라도 좀 나누세요."

"내가 하면 되는데, 뭐 하러."

주방이라는 말이 무색하게 훤히 뚫린 구조여서 김이 오르는 커다란 솥단지 앞을 오가는 태인의 뒷모습이 그대로 보였다. 마치 꽁꽁 싸매듯 제 모습을 보이지 않던 태인이었다. 그가 속한 세계에 성큼 다가와서 그를 보고 있지만, 어쩐지 기쁜 마음보다는 코끝이 시큰거릴 만큼 그가 안타깝게 느껴졌다. 몸을 돌리면 서로 부딪칠 만한 좁은 공간, 이토록 낡고 허름한 곳에서 그는 무슨 생각을 하며 유년 시절을 보낸 것일까.

"부모님께서는 무고하시고?"

마치 어려운 사람 대하듯 안절부절못하던 영숙이 서린의 상념을 깨우며 물었다.

"네. 이곳에서 먹은 국밥이 그립다고 아빠가 늘 입버릇처럼 말씀하셨어요. 모처럼 왔으니, 집에 갈 때, 포장이라도 해 갈까 봐요."

영숙이 주방을 오가는 태인의 눈치를 보며 중얼거렸다.

"그랬어? 서울에 갈 때마다, 포장해 준다고 해도 저 녀석이 싫어하는 눈치라, 보내지 못했어. 내 배로 낳은 아들이지만, 도무지 속을 알 수 없다니까."

음식을 가리지 않는 아버지와 달리, 어머니, 박 여사는 입에 맞지 않는 음식에 예민하게 반응했다. 게다가 바깥에서 음식을 싸 들고 오는 것을 질색하니, 아마도 그가 고향 집에서 보낸 해장국을 건넨다 해도 흔쾌하게 받지는 않았을 것이다. 늘 무덤덤하니 아무 내색이 없지만, 그는 박 여사의 그런 부분마저 신경 쓰고 있었던 것일까. 서린이 이해할 수 없는 그의 내밀한 부분들. 그를 좋아하지만, 그의 전부를 이해할 수는 없다는 사실이, 등 돌린 그의 뒷모습만큼이나 그녀를 가슴 아프게 했다.

"국밥 나왔습니다."

잠시 후, 태인이 테이블에 국밥을 내려놓았다. 모락모락 김이 오르는 국밥을 보니, 무거운 마음과는 별개로 시장기가 돌았다.

"쌤도 같이 드세요."

영숙이 서린의 말을 거들었다.

"그래. 시장할 테니, 너도 앉아서 먹어라."

잠시 후, 두 사람이 식사하는 것을 흐뭇한 눈으로 바라보던 영숙이 다정하게 말을 붙여 왔다.

"주말이라고 다희도 집에 내려온 모양이더라. 온 김에 김 사장님 댁에 인사라도 드려야지."

갑작스럽게 나온 이름에 저도 모르게 신경이 곤두섰다. 서린이 긴장한 기색을 감추려 고개를 숙였다.

"나중에요."

"이곳 시장이 너무 낡고 오래되어 곧 철거에 들어간다는 소문이 있어. 김 사장님이 시내에 새로 지은 건물로 들어오라는데, 어찌해야 할지 모르겠다. 업종도 식당 대신에 수예점이 괜찮을 거 같다면서……."

"여유 자금도 없는데, 무턱대고 들어갈 수는 없잖아요."

"……그게."

태인의 눈치를 보는 듯 영숙이 말을 흐렸다.

"어차피 한 식구 될 사이인데, 부담 없이 들어와도 된다고 고집을 피우시지 뭐니. 그래도 김 사장님이 지방 유지인데, 사돈 체면을 생각하면 막무가내로 거절할 수도 없고 말이야."

"더는 신세 지기 싫어요. 김 사장님이 아니라, 다희가 뒤에서 고집을 부리는 거 같은데, 제가 따로 이야기해 볼게요."

"그래도 다희 마음이 기특하잖니. 예나 지금이나, 마음 씀씀이가 어찌나 예쁜지, 시장 사람들이 모두 한입같이 칭찬한다니까."

자세한 내막은 모르지만, 대충 돌아가는 상황이 짐작되었다. 이미 집안끼리 허락한 사이, 뒤에서 물심양면으로 그를 돕는 연인이 있다. 그것도 모르고 지난 2년간 엉뚱한 마음을 품었다니, 어쩐지 죄책감마저 들었다.

무슨 이유에선지, 눈에 띄게 어두워진 태인의 표정을 보니, 무거운 마음에 돌을 얹은 기분이었다. 그의 눈치를 살피던 영숙이 자리에서 일어났다.

"나는 요 앞 떡집 좀 다녀올게. 하 회장님 댁에 늘 신세만 졌는데, 빈손으로 보낼 수는 없잖니."

서린이 괜찮다고 만류할까 하다가 그만두었다. 대신 국밥을 한 술 떠서 입에 넣었다. 태인이 직접 말아 준 국밥이라고 생각하니, 까닭도 없이 목이 꽉 막혀 왔다. 때아닌 사춘기라도 다시 찾아온 것일까. 그의 연락을 기다리는 몇 달 동안 마치 자신이 다른 하서 린으로 탈바꿈한 것만 같았다.

국밥 한 그릇을 비울 때까지도 그는 입을 다문 채, 말이 없었다.

"지금껏 먹어 본 음식 중에 제일 맛있었어요."

서린이 가라앉은 기분을 북돋우며 애써 환한 웃음을 지어 보였 다.

"매일 이렇게 맛있는 국밥을 먹고 자랐으니, 쌤이 잘생기고 똑똑 한 거였구나. 두 그릇 먹으면 저도 두 배로 예뻐지겠죠?"

실없는 농담이라도 해서 불편한 침묵을 깨고 싶었다.

뿌연 유리문 밖으로 드문드문 지나는 사람들이 보였다. 기분 탓 일까. 모두가 어딘지 모르게 지쳐 보이는 얼굴들이었다. 서린이 밖 을 바라보고 있을 때, 수저를 내려놓은 태인이 냉장고에서 소주병 을 꺼내 왔다. 그가 잔과 함께 테이블에 소주병을 내려놓으며 서린 에게 물었다.

"이제 대학생이 되었으니, 술 한잔 정도는 할 수 있지?"

"그럼요. 저 오티에서 완전 인기 스타였어요. 술도 잘 먹고 춤도 잘 춘다고, 선배들이 얼마나 예뻐했게요."

틀린 말은 아니었다. 비록 필름이 끊기기는 했지만, 오티에서 선 보인 막춤 때문에 지금도 모임에만 나가면 선배들이 재밌는 녀석이 라며, 뒷머리를 쓱쓱 쓰다듬어 주고는 했다.

서린의 말에 태인이 흐뭇하게 웃으며 술잔을 건넸다.

"아마 그랬을 거야. 서린이 너는 어디서나, 주목받는 타입이니까."

'가장 특별하게 보이고 싶은 사람에게 주목을 받지 못하는 게 흠이죠.' 목까지 차오른 말을 차가운 소주와 함께 삼켰다. 제법 술이 늘었다고 생각했는데, 우울한 바깥 풍경 탓일까, 몇 잔 마시지도 않았는데, 취기가 올라왔다. 서린이 따라 준 술을 말없이 들이켜던 그가 밖을 응시하며 물었다.

"지나가는 사람들의 모습이 어딘가 좀 지쳐 보이지?"

마음을 읽는 능력이라도 있는 걸까. 귀신처럼 속마음을 읽어 낸 그가 물었다.

"그런 거 같아요."

"나는 이곳에서 태어나고 자랐어. 저 뿌연 유리문 너머로 시장이 쇠락하는 모습을 아주 오랜 시간 지켜봐 왔지. 어느 도시든 마찬가지겠지만, 신도시가 들어서면 오래된 낡은 도시는 과거로 밀려나지. 사람도 그와 다르지 않아. 사회라는 거대한 수레바퀴 속에서 도태된 채로 밀려난 사람들, 하루 벌어서 하루 먹고사는 그들이 이곳에서 소주와 한 그릇의 국밥으로 시름을 내려놓지만, 그들의 얼굴에서는 어떤 희망조차 발견할 수 없어."

"……."

"서린아."

"네?"

"정말 지금 먹은 국밥이 세상에서 제일 맛있니?"

진지한 그의 물음에 서린은 어떤 대답도 할 수 없었다. 설사 거짓이 아니라 할지라도, 지금 그에게는 거짓처럼 들릴 테니까.

"나는 매일 먹는 이 국밥이 끔찍할 만큼 싫었어. 무기력해 보이는 그들이 먹는 이 국밥을 먹으면 나 역시 그들만큼이나 무기력해질 것만 같았거든."

"……."

"사실 공부가 하나도 재미없었어. 냄새나는 이 시장 골목을 벗어나려면 그 방법밖에 없으니까, 기계처럼 읽고 쓰고 외우는 일에 몰두했어. 하지만 누군가의 도움이 없었다면 그마저도 소용이 없었겠지. 아버지가 돌아가시고 길가에 내쫓기게 된 우리 모자를 도운 건, 다희 부친이었어. 그리고 하 회장님 덕분에 학비 걱정 없이 맘껏 공부할 수 있었지. 내 처지가 이래. 갚아야 할 빚이 산더미라, 다른 생각 할 여유가 없어."

"……쌤."

"하지만 너는 다르잖아. 내가 햇빛을 보지 못하고 자라서 영원히 꽃을 피울 수 없는 음지 식물이라면 너는 양지에서 자라 꽃망울을 가득 머금고 있는 꽃과 같아."

"……."

"겨우내 이곳에 앉아서 골몰하고 또 골몰했어. 보이지 않는 경계 너머에서 웃고 있는 너는 나와는 다른 세상에 속한 사람이야. 답은 이미 정해져 있는데, 도무지 인정할 수는 없어서 미칠 것만 같았지."

"……."

"사람이 이렇게 어리석어. 등짐을 가득 진 내가, 너를 이곳까지 데려오다니. 윤우와 함께 있는 너를 보고도 이런 병신 같은 짓을 하다니."

"……."

"서린아. 아무리 생각해도 이쯤에서 그만두는 게 옳은 길인 거 같다."

음지와 양지. 그와는 다른 세상. 그리고 윤우라는 이름까지. 그가 하려는 말의 의도가 제대로 파악되지 않았다. 하지만 단 한 가지만은 알 수 있었다. 그가 자신을 또다시 밀어내려 한다는 사실을.

"지난번에도 비슷한 말을 한 적이 있었죠? 선생님과 저는 사는 세계가 다르다고. 사실 그 말이 이해되지도 인정하고 싶지도 않았지만, 그래도 이해하려고 노력했어요. 선생님 곁에 있는 사람이 제가 아니라, 약간 아쉽긴 해도 좋은 분이 옆에 계셔서 다행이라고 생각해요."

"……."

"아무리 상황이 거지 같아도 이 말만은 꼭 하고 싶어요. 지난 2년간, 선생님을 진심으로 좋아했어요. 선생님 역시 저와 비슷한 감정일 거라고 저 혼자 착각했지만, 선생님을 좋아했던 제 감정까지 아니라고 부정하진 마세요. 그리고 선생님 편하려고 윤우와 저를 억지로 묶지 마세요."

"……."

"잘될지 모르겠지만, 앞으로 편하게 대할 수 있도록 노력해 볼게요. 그러니까. 자꾸 저를 밀어내려고 하지 마세요."

목이 꽉 잠긴 탓에 서린이 말을 맺지 못하고 고개를 숙였다. 그가 무슨 말이라도 해 주길 바랐지만, 무거운 침묵만이 어색한 공간을 채울 뿐이었다.

그때였다. 드르륵 미닫이문이 열리며 그의 모친이 들어왔다. 뒤

이어 따라 들어온 20대 초반으로 보이는 젊은 여자를 본 순간, 서린의 표정이 굳어졌다.

"어쩐 일이야. 춘천에 온다는 말 없었잖아?"

태인을 본 그녀가 반가운 듯 말을 건넸다. 높은 톤의 맑은 목소리가 귀에 익었다. 늘 상상했었다. 그가 사귀는 연인이 어떤 사람일까 하고. 목소리만큼이나 가냘프고 여성스러운 외모가 묘하게 사람의 시선을 끌어당겼다.

잠시 후, 태인과 마주 앉은 서린을 궁금해하는 얼굴로 쳐다보았다.

"미안. 손님과 함께 있었나 봐."

"안녕하세요. 하서린입니다."

자리에서 일어난 서린이 예의 바르게 인사하자, 그녀가 화사한 미소를 지어 보였다.

"아, 그 과외 받는다는 학생, 태인이를 통해서 이야기 많이 들었어요."

웃고 싶지만, 도저히 웃을 기분이 아니었다. 또다시 밀어내려는 태인에 이어 그의 연인까지. 서린이 머뭇거리고 있을 때, 다희가 애교 섞인 얼굴로 태인에게 눈을 흘겼다.

"왔다고 미리 연락이라도 주지. 어머님께 연락받고 부랴부랴 달려왔잖아."

"미안하다."

짧은 사과를 끝으로 태인이 입을 다물었다. 자연스럽게 나온 어머니란 호칭에서 그들 사이의 유대감과 친근함이 고스란히 드러났다. 어려운 손님으로 앉아 있는 자신만이 태인의 말대로 다른 세계에서 온 이방인처럼 느껴졌다. 마치 제집처럼 홀과 주방을 오가던 다희가 영숙에게 물었다.

"어머님, 식사는 모두 마친 거 같은데 과일이라도 좀 내올까요?"

"냉장고 안에 사과랑 배가 좀 있을 거야."

잠시 후, 과일을 보기 좋게 깎아서 먹음직스럽게 담은 접시가 테이블에 놓였다. 다희가 포크로 과일을 찍어서 서린에게 건넸다.

"좀 들어요."

"감사합니다."

"대학 합격 소식은 들었는데, 한창 재밌겠다."

"아무것도 모르는 새내기라 정신없이 바쁘기만 해요."

마치 가까운 친구에게 대하듯, 다희가 다정하게 웃었다. 하늘거리는 가냘픈 외모만큼이나 맑고 투명한 눈동자를 마주하고 있으니, 복잡한 기분이 뒤섞였다. 서린에게 말을 걸고 있지만, 다희의 시선은 태인의 일거수일투족을 좇고 있었다. 그와 달리 태인은 테이블 끝을 응시할 뿐, 내내 딴생각에 잠긴 채였다.

"손님을 앉혀 두고 무슨 생각을 그렇게 깊이 해. 모처럼 주말인데, 오늘 여기서 자고 갈 거지?"

다희의 질문에 그가 짧게 대답했다.

"아니. 바로 일어나야 해."

그의 대답에 다희의 얼굴에 아쉬워하는 기색이 스치고 지났다.

"저 때문이라면 그럴 필요 없어요. 저 혼자 기차 타고 집에 가도 돼요."

서린의 말에 정작 당황한 것은 그의 어머니였다.

"무슨 소리야. 귀한 집 따님을."

귀한 집 따님이라니, 서린이 바란 것은 그런 게 아니었다. 이것이 그가 말했던, 눈에 보이진 않지만 그와의 사이에 가로놓인 경계인가.

"태인아. 늦지 않게 서둘러라. 하 회장님 댁에서 걱정하시겠다."

떡 바구니를 태인에게 건넨 영숙이 그의 등을 떠밀었다. 동시에 앉지도 서지도 못하고 머뭇거리는 서린을 향해 말했다.

"서린이라고 했지? 이렇게 누추한 곳까지 찾아 줘서 정말 고마워요."

"저야말로 감사합니다. 국밥이 정말 맛있었어요."

"회장님께 안부 좀 전해 줘요. 죽을 때까지, 회장님 은혜를 잊지 않겠다고."

지나칠 만큼 과장된 인사와 굽신대는 태도가 서린은 당황스럽기만 했다. 굳은 표정으로 두 사람을 바라보던 태인이 머뭇거리는 서린의 팔을 잡아끌었다.

"다음 주말에 다시 올게요. 날이 아직 쌀쌀한데, 몸조심하시고요."

태인이 멀거니 서 있는 다희에게 눈인사를 전하고 문을 열었다. 따라 나오려는 영숙과 다희를 만류한 그가 걸음을 재촉했다.

서린이 쫓기듯 걸어가는 그를 잰걸음으로 따라갔다.

"뭐가 이렇게 급해요? 제대로 인사도 못 하고 나왔잖아요."

"기차부터 타자. 서울에 도착하면 근사한 곳으로 데려갈게."

그는 이곳에 함께 온 것을 후회하는 눈치였다. 하지만 그녀의 생각은 달랐다. 태어나고 자란 이 먼 곳까지 자신을 데려온 것은 그 스스로에 대해 이해받고 싶었던 게 아니었을까.

"쌤, 아까 말이에요. 오늘 먹은 국밥이 정말 맛있었냐고 물으셨죠?"

그가 걸음을 멈추고 서린을 바라보았다.

"거짓말 하나도 보태지 않고 세상에서 제일 맛있었어요. 왠지는 모르겠어요. 그동안 쌤을 보지 못해서 허기가 진 건지, 쌤이 직접 차려 준 국밥이라 그런지, 아니면 다른 이유 때문인지 잘 모르겠어요."

서린이 밝게 웃으며 제 배를 두드려 보였다.

"제 배 부른 거 보이시죠? 그러니까 저 혼자 서울에 갈 수 있어요. 모처럼 고향에 왔는데, 어서 돌아가세요."

3개월 만에 겨우 만났다. 그와 헤어져 서울로 혼자 가고 싶지 않았지만, 그렇다고 자신만 생각할 수도 없는 노릇이었다. 그가 걸음을 멈춘 채, 서린을 바라보았다. 어두운 골목길의 가로등 불빛이 길게 드리운 그의 속눈썹에 둔중한 그림자를 남겼다.

"……괜찮겠어?"

"그럼요. 저도 이제 어른이잖아요."

"그럼 기차 타는 것까지만 보고 갈게."

한 시간 간격으로 운행되는 기차는 10분 후 출발할 예정이었다. 그가 건넨 기차표를 받아 든 서린이 재촉하며 말했다.

"어서 가세요."

"그래. 조심해서 올라가."

조심해서 가라는 말이 마치 이별의 말처럼 들렸다. 까닭도 없이 가슴이 먹먹해진 서린이 뒤돌아서서 몇 걸음 뗐다. 문득 그가 '이쯤에서 그만두자.'라고 했던 말이 떠올랐다. 이게 정말 끝인가. 설사 끝은 아니라도 분명하게 거리를 두겠다는 의미인가.

갑작스러운 의문에 서린이 뒤를 돌아보았다. 우두커니 서 있던 그와 시선이 마주친 순간, 눈 안쪽에 뜨끈한 물기가 차올랐다.

"쌤."

"……"

"우리가 의좋은 남매처럼 지내면 이쯤에서 그만두지 않아도 되는 거죠?"

그가 천천히 고개를 끄덕였다.

"쌤이라는 호칭은 오늘이 마지막이에요. 다음에 만나면 오빠라고 부를게요."

그를 믿고 따르는 학생이었으니, 이번에는 그가 입버릇처럼 말하던 좋은 동생이 되기로 했다. 아주 사이가 멀어지는 것보다는 그편이 훨씬 나을 테니까.

"태인 오빠."

물끄러미 바라볼 뿐, 그는 어떤 대답도 없었다.

"그냥 불러 봤어요. 그럼 저 갈게요."

멀리서 기차 오는 소리가 들렸다. 서린이 커다란 동작으로 손을 흔든 뒤에, 뒤돌아 뛰어갔다.

<u>6</u>
이쯤에서 끝내요

봄이 지나고 어느덧 여름이 문턱까지 찾아왔다. 태인과의 결혼 생활도 어느새 5개월째로 접어들었지만, 시시각각 달라지는 계절의 변화와는 달리, 멈춘 듯 느리게 가는 시간이 답답하게 느껴지곤 했다. 그리고 언제부터인가. 태인과 함께하는 일상에도 미묘한 변화가 찾아오기 시작했다.

시간이 갈수록 그는 점점 말수가 적어졌고 퇴근 시간 역시 점점 늦어졌다. 서린 역시 심해지는 불면증으로 그의 출근길을 지키지 못하는 날이 늘어났고 식사를 마치면 그와 마주치지 않기 위해 되도록 침실에서 나오지 않았다. 그렇게 떠나온 곳에 대한 향수병이 최고조에 달한 무렵 뜻밖의 소식이 전해졌다.

은사인 정 교수의 개인전을 보고 막 갤러리를 나올 무렵, 지은이 할 말이 있다며 서린의 소매를 잡아끌었다. 그리고 인적이 드문 곳에서 느닷없는 질문을 던졌다.

"서린아. 혹시 차윤우에게 연락 없었어?"

이미 헤어진 이상, 딱히 연락할 이유는 없었다. 하지만 간혹 연락을 주고받으며 지내 온 이상 그 역시 사라진 서린의 소식이 궁금할 터였다.

"연락하려 했지만, 아를 작업실에 휴대 전화를 놓고 왔어. 매번 전화번호가 바뀌는 바람에 번호를 기억하지 못했거든."

"그건 이미 들어 알고, 내 말은 차윤우에게 최근 걸려 온 전화가 없냐는 거야."

"윤우가 내 현재 전화번호를 알 리 없잖아."

지은이 고개를 갸웃거렸다.

"거참 이상하네. 며칠 전, 모임에서 시영이를 만났는데, 시영이가 윤우를 호텔 로비에서 우연히 만났다는 거야. 다짜고짜 네 소식부터 묻기에 전화번호까지 알려 주었다고 하던데."

느닷없는 소식에 약간 놀랐지만, 돌이켜 생각하면 딱히 이상할 일은 아니었다. 윤우의 본가가 서울에 있으니 잠시 다니러 왔을 수도 있었다. 하지만 연락처를 알고도 전화가 없었다는 사실이 약간 마음에 걸렸다.

"서울에 잠시 다니러 온 모양이지."

"네가 결혼했다는 소식을 듣고 안색이 새파랗게 질리더래. 지금껏 연락 없는 걸 보면 무슨 꿍꿍이가 있는 게 아닐까?"

"이미 끝난 사이야. 윤우가 그 정도로 생각 없는 사람도 아니고."

"아니긴 뭐가 아니야. 예전에 클럽에서 그 난리 친 거, 벌써 잊었어? 솔직히 그때 일로 네가 윤우에게 발목 잡힌 거잖아."

서린이 이맛살을 찌푸리자, 지은이 그제야 목소리를 낮추었다.

"네가 걱정되어서 하는 말이야. 이제 겨우 안정을 찾아가고 있는데, 나타나서 괜한 분란을 일으킬까 봐 그러지."

"걱정하지 마. 윤우가 겉보기에는 좀 그래 보여도, 의외로 속 깊은 면이 많아. 헤어지고도 가끔 연락하면서 잘 지내는지 안부를 묻곤 했어. 그런 사람이 분란을 일으킬 이유가 없잖아."

윤우와 함께한 파리 생활은 행복하지 못했다. 오히려 같이 살 때보다, 헤어지고 나서 서로를 담백한 시선으로 마주 볼 수 있었다. 당시 현실과 꿈을 구분하지 못할 만큼 생각이 어렸고 어리숙했으며 서로에게 의지가 되어 줄 만큼 성숙하지 못한 탓이었다.

하지만 나쁜 일만 있었던 것은 아니었다. 외로움에 몸서리를 치다가도 미처 보지 못했던 사물의 이면을 발견하고 하릴없이 걷는 날이 이어졌다. 세상의 빛과 어둠을 관찰하고 관찰한 세상을 캔버스에 담아내고는 했다. 마냥 외롭게만 느껴지던 그곳 생활이 이토록 그리워지는 것은 그런 이유에서였다.

"그렇다고 마냥 좋게 볼 건 아니야. 예전에도 너 차윤우에 관해 비슷한 말을 한 적이 있었어. 하지만 결과가 어떻게 되었니? 너는 아니라고 하지만, 내 눈에는 차윤우를 아무리 좋게 보려 해도 좋게 보이지 않아."

못마땅한 듯 툴툴거리는 지은의 모습에 가볍게 웃자, 그제야 그녀의 표정이 풀렸다.

"아무튼, 차윤우에게 연락 오면 가차 없이 말해. 이미 결혼까지

한 유부녀이니까 얼쩡거리지 말라고. 알았지?"

"알았으니까 안으로 들어가자. 저녁에 일정이 있어서 교수님께 인사만 드리고 바로 나와야 해."

"결혼 후 꼼짝도 안 하더니, 무슨 일정?"

"오늘이 회사 창립 기념일이야. 내키지는 않지만, 얼굴 정도는 비쳐야 할 거 같아서."

쾌활한 성격답게 지은이 언제 그랬냐는 듯 활짝 웃었다.

"바쁜 사람 붙잡고 괜한 소리를 했네. 어서 가자."

갤러리를 나온 서린이 미용실에 들러서 화장과 머리 손질부터 했다. 오후 6시부터 시작되는 창립 기념식을 참석하려면 시간이 그리 넉넉하지 않았다. 택시를 타고 집에 도착한 서린이 서둘러 집 안으로 들어갔다. 태인이 보낸다는 차가 곧 도착할 시각이었다.

드레스 룸으로 향한 그녀가 준비한 드레스를 꺼냈다. 최근 들어 부쩍 바빠진 태인이 함께 매장까지 가서 골라 준 드레스는 크림색의 레이스 드레스였다. 색상에 걸맞게 단아하고 우아한 디자인이지만, 창백한 피부가 도드라져 보이는 것 같아서 잠시 결정을 망설였다. 그러나 드레스 입은 모습에서 시선을 떼지 못하는 태인을 보고 충동적으로 결정하고 말았다.

목이 깊게 파인 디자인의 드레스라, 막상 입고 나니 목 부분이 약간 허전해 보였다. 태인에게 결혼 예물로 받은 다이아몬드 목걸이와 귀걸이를 꺼내어 착용했다. 캐럿 중량을 보면 꽤 고가의 제품에 지나치게 화려해 보이기는 하지만, 특별한 날이니 상관없을 거 같았다. 지금껏 한 번도 낀 적 없는 결혼반지까지 손가락에 끼고 나니, 밖에서 차 소리가 들렸다.

　드레스 위에 같은 색상의 재킷을 걸치고 밖으로 나오자, 뜻밖에도 운전기사가 아닌, 태인이 차 문에 기대선 채, 누군가와 통화를 하고 있었다. 평소 심플한 디자인의 슈트를 입는 그는 어딘가 분위기가 많이 달라 보였다. 클래식한 디자인의 더블 버튼 슈트가 그의 깎아 놓은 듯 반듯한 외모와 어우러져 한층 더 무게감이 있고 품위 있는 분위기를 연출했다.

　다가오는 인기척을 뒤늦게 느꼈는지, 시선이 마주치자 그가 통화하는 상대방에게 양해를 구하고 전화를 끊었다. 머리에서 발끝까지 훑는 시선이 의식되어서 입고 있는 재킷의 깃을 본능적으로 여몄다. 그런 단순한 동작조차 놓치지 않으려는 눈동자가 그녀의 반지 낀 손을 스치듯 보더니, 날카로운 시선을 이내 누그러뜨렸다.

　"당신이 직접 운전해서 온 거예요?"

　"결혼 후, 첫 공식 행사잖아. 따라붙는 눈이 많으니, 아무래도 같이 가는 게 좋을 거 같아서."

　서린이 보조석에 오르자, 운전석에 다가와 앉은 태인이 언제나처럼 안전띠 확인부터 했다. 시동이 걸리고 차가 출발했다. 그리고 기다렸다는 듯 어색한 침묵이 찾아왔다.

　특별한 이유도 없이, 최근 들어 냉랭해진 관계가 약간 불편하지만, 굳이 관계를 개선할 필요를 느끼지 못했다. 그는 어떤 상황에서든 예의를 잃지 않았고 사리에 맞게 행동했다. 매사 완벽주의 성향을 지닌 사람이니, 어쩌면 마지막 선을 넘지 않으려는 노력 역시 그 나름의 이유가 있을 것이다. 그것도 모르고 두 달 전, 술기운을 빌려 그를 도발했으니, 그 일을 떠올릴 때마다 쥐구멍이라도 찾아

들고 싶은 심정이었다.

서린이 차창 밖을 응시하고 있을 때, 내내 말없이 운전하던 태인이 먼저 말을 붙여 왔다.

"갑작스러운 결혼이었던 만큼, 오늘 행사는 그다지 편한 자리는 아닐 거야."

바쁜 와중에 그가 직접 운전하여 에스코트하는 이유를 이제야 알 거 같았다. 자신이 긴장할까 염려하는 그다운 세심한 배려였다.

"알아요."

"특히 하 이사 측과 연관된 사람들의 시선이 곱지 않을 테지만, 너무 신경 쓸 필요 없어."

가까운 가족과 친지들만 초청한 결혼식에도 참석하지 않은 걸 보면, 서린의 숙부인 하 이사는 아버지와 아주 등을 돌린 모양이었다. 한때 가까운 사이였던 만큼, 멀어진 관계를 떠올릴 때마다 씁쓸한 기분이 되곤 했다.

태인과 함께 창립 기념 행사장에 들어서니, 모든 이의 시선이 두 사람에게 쏠렸다. 이미 각오했지만, 힐끔거리는 시선을 마주하자, 저절로 몸이 움츠러들었다. 지정석에 앉은 부모님을 보니, 그나마 약간 마음이 놓였다.

잠시 후, 창립 기념식이 시작되고 개회사를 위해 태인이 자리에서 일어났다. 서린이 부모님 곁에 나란히 앉아서 연단 위로 올라가는 태인을 바라보았다. 우아하고 품위 있는 거동과 힘 있는 목소리, 좌중을 사로잡는 당당한 모습에 그가 새삼 다시 보였다. 동시에 잔뜩 움츠린 채, 사람들의 시선을 피하는 자신의 모습과 대조되어서, 기분이 약간 가라앉았다.

"군계일학이 따로 없네. 여보, 우리가 사위 하나는 제대로 얻은 거 같아요."

태인을 인정하면서도 결혼 상대로는 안 된다며 경계 또한 늦추지 않았던 어머니의 변화가 놀라웠다. 비록 내색하지 않지만, 연단에 선 태인을 흐뭇하게 바라보는 아버지의 모습 또한 마음을 무겁게 하기는 마찬가지였다.

"요즘 왜 이렇게 꼼짝을 하지 않니? 그림 작업도 중요하지만, 이제는 갤러리 일도 서서히 배워야지."

"천천히 하면 되죠, 뭐."

어머니의 핀잔에 서린이 대충 얼버무렸다. 그림은커녕 2층 작업실에는 올라가지도 않는다. 무기력하게 시간을 죽인다는 것을 알면 아마도 지금 같은 잔소리로 그치지 않으시겠지. 여전히 할 말이 많은 듯 서린의 안색을 살피던 박 여사가 궁금증을 참지 못하고 물었다.

"그보다 좋은 소식은 없니?"

"좋은 소식이라뇨?"

"아이 말이야. 너나 강 서방이나 형제 없이 외롭게 자랐으니, 서둘러 낳는 편이 낫지."

서린이 대답 대신 지그시 입술을 깨물었다. 회사는 고비를 넘기고 차츰 안정을 찾아가는 눈치였다. 그러나 아무것도 모르는 부모님이 문제였다. 1년이 지난 후, 다시 프랑스로 돌아간다면 부모님에게 커다란 상처를 줄 게 분명했다.

기념식이 끝나고 태인과 함께 라운딩하며 다양한 사람들과 인사를 나누었다. 대부분 모르는 얼굴이었지만, 마치 서린을 잘 아는 것처럼 인사를 건네 왔다. 우려했던 것보다는 무난하게 시간이 갔다. 하지만 기념식 이후의 뒤풀이 모임이 문제였다.

식이 끝나고 형식적으로 참석한 초청객들은 모두 돌아가고 부모님 세대의 나이 지긋한 분들 역시 대부분 행사장을 빠져나갔다. 태인의 손에 이끌려 뒤풀이 장소로 정한 호텔 별관으로 향할 때까지도 서린은 아무 생각이 없었다. 하지만 얼음 장식과 화려한 꽃으로 장식된 별관 홀에 도착했을 때, 순식간에 기분이 다운되었다. 크든 작든 안면이 있는 얼굴들, 비록 가면을 쓴 듯 웃음 띤 얼굴이지만, 눈동자에 어린 경멸의 빛을 눈치채지 못할 정도로 어리숙하진 않았다.

사람들에게 둘러싸인 태인을 뒤로하고 그녀가 구석진 테이블에 자리 잡고 앉았다. 당장이라도 이곳을 벗어나고 싶지만, 이런저런 구설에 휘말리고 싶지 않아서 대신 샴페인 몇 잔으로 기분을 북돋으려고 노력했다.

그리고 얼마나 시간이 흘렀을까. 연신 들이켠 술 탓인지, 취기가 올라오며 속이 울렁거렸다.

"실례합니다."

걸음을 떼자, 그녀의 가는 발목을 감싸고 있는 스트랩 힐이 불안하게 흔들렸다. 언뜻 스치는 시선들, 태연함을 가장한 채, 힐금대며 바라보는 시선이 그녀의 신경을 야금야금 갉아먹으며 위벽을 자극했다. 취기가 올라오는 건, 술 탓이 아닐는지도 모른다. 혐오감을 숨기지 못한 눈길에 목구멍 안쪽에서 구토가 몰려오는 것을 보면. 그 역함을 토해 내기 위해서 화장실을 가야 하고 그곳을 가기 위해서는 여러 시선을 스쳐 지나야 한다. 마치 눈을 뜬 채로 끔찍한 악몽 속에서 헤매는 기분이었다. 떠도는 가십과 근거 없는 억측. 그것이 진실인 양, 아니 진실이기를 바라는 잔혹한 시선들. 그 시선들이 자신을 어떻게 생각하는지 이미 알고 있다,

서린이 등을 곧게 펴고 입술 끝을 끌어 올렸다. 그리고 흔들리는 걸음을 애써 바로잡으며 그들을 지나쳐 걸었다. 도움을 청하기 위하여 주변을 둘러보았지만, 어째선지 태인의 모습은 보이지 않았다. 지금 이 순간, 의지할 사람 하나 없다는 사실이 견딜 수 없을 만큼 커다란 슬픔으로 다가왔다. 마치 그를 잊기 위해 몸부림치던 스물한 살의 슬픈 초상화처럼……

"어쩐 일이야. 좀처럼 모습을 보이지 않던 하서린이 나타나게."

"창립 기념일이잖아. 이제는 결혼도 했는데, 예전처럼 제멋대로 지낼 수는 없겠지."

"참, 대단하긴 대단해. 세상이 떠들썩하게 사라지더니, 결국 다시 돌아온 것을 보면. 그래서 차윤우는 어찌 되었대. 깨끗하게 헤어진 거래?"

"거야 모르지. 지금도 뒤에서 만나고 있는지."

세면대 물소리와 함께 쿡쿡대며 웃는 웃음소리가 화장실 문틈으로 새어 들어왔다. 기분 같아서는 당장 나가서 한마디 하고 싶지만, 먹은 것을 모두 게워 낸 탓인지, 다리에 힘이 풀린 상태였다.

"근데, 강태인인가 하는 그 남자, 정말 국밥집 아들 맞아? 실제로 보니 소문과 갭이 커서 정말 놀랐어. 근사한 생김새에 하는 행동이 어찌나 품위 있는지, 그야말로 부티가 줄줄 흐르더라니까."

"어디 생김새뿐이니? 벼랑 끝에 놓인 혜성 건설을 기적처럼 살려 냈잖아. 고집불통인 하 회장을 주무르는 솜씨도 보통 아니고. 소문으로는 혜성 그룹 전체가 그의 손에서 좌지우지된다는데, 하 회장 나이도 있으니 곧 전권을 거머쥐겠지."

"하서린 버려지는 건 시간문제네."

"버려져도 아쉬울 게 있니? 어차피 껍데기뿐인 결혼인데."

씹었다 뱉었다, 끊임없이 이어지는 수다가 그야말로 가관이었다. 변기에 몸을 기댄 서린이 비틀대며 자리에서 일어났다. 마지막 인내심이 바닥을 드러내기 전에 어서 이곳을 벗어나야 했다.

문을 열고 나오자, 세면대 거울을 통해서 휘둥그레진 눈동자로 바라보는 두 여자와 시선이 마주쳤다. 넋이 나간 채, 입도 다물지 못하는 낯익은 얼굴들을 보니 어쩐지 허탈하게 느껴질 지경이었다. 하지만, 이대로 물러나기에는 자존감이 허락하지 않았다.

"두 사람, 오랜만이다."

서린이 당황해하는 그들을 아랑곳하지 않고 세면대 거울 앞에 섰다. 드레스의 구김이 있나 확인하고 몸을 돌려서 등 부분까지 세심하게 살폈다.

"요즘 어때. 경기가 좋지 않은데, 일감은 떨어지지 않고 들어오니?"

서린이 툭 던진 물음에 혜성 건설의 하도급을 받는 업체의 둘째 딸이 대답조차 못 하고 시선을 피했다. 그녀의 벌겋게 달궈진 뺨이 조금 전에 샴페인과 함께 마신 와인 빛깔을 연상시켰다. 그리고 한 걸음 뒤에 서 있는 또 다른 여자에게 안부를 전했다.

"수영아, 아버님은 건강하시지? 요즘 능력도 없는 사람들이 한 자리에서 오래 버틴다고 말이 많던데, 아까 보니 아버님 안색이 좋지 않더라. 뒷구멍에서 수다 떨 시간 있으면 신경 좀 써 드려."

그녀는 혜성 건설의 임원으로 있는 윤 이사의 외동딸로 한때는 제법 가깝게 어울리던 사이였다.

"서린아. 오해하지 마. 조금 전에 했던 말은……."

수영이 한 걸음 다가서며 애원조로 말했다. 그러나 서린의 매서운 눈동자에 결국 말을 맺지 못하고 뒤로 물러났다.

남들이 뭐라고 떠들든, 조롱받을 정도로 잘못 살아오진 않았다. 따스한 이해까지는 바라지 않는다. 한때 웃음을 섞던 사이라면, 적어도 이런 식의 추한 말까지는 나오지 않도록 해야 한다.

돌아 나오던 그녀가 환한 웃음과 함께 마지막 말을 남겼다.

"참, 궁금해하는 것 같아서 답해 주는데, 나와 야반도주했던 차윤우는 지금도 가끔 연락하고 지내. 혹시 만나면 소식 전해 줄게."

사색이 된 두 사람을 지나쳐 서린이 밖으로 나왔다. 대리석이 깔린 긴 복도를 지나 홀로 향하려 할 때, 그렇게 게워 내고도 모자랐는지, 또다시 욕지기가 올라왔다. 왔던 곳으로 돌아가기 싫어서 별관을 지나쳐 본관 로비로 향했다. 하지만 결국, 토기를 이기지 못하고 본관과 별관을 잇는 뒤뜰 부근에 쪼그리고 앉아 남은 위액까지 쏟아 내고 말았다.

이토록 비참한 기분이라니, 거울에 비추어 보지 않아도 제 모습이 그리듯이 저절로 떠올랐다. 공들여 한 화장은 보기 흉하게 번졌을 테고 크림색 원피스는 얼룩이 졌을 것이다. 휴대 전화마저 테이블에 놓아두고 왔으니, 누군가에게 도움조차 청할 수 없었다. 어떤 상황에서도 태인을 원망한 적이 없지만, 자신을 홀로 남겨 두고 어디론가 사라진 그에게 미치도록 화가 났다.

비틀대며 자리에서 일어난 서린이 본관으로 향했다. 현재로서는 호텔 프런트에 가서 도움을 청하고 객실로 들어가서 쉬고 싶은 생각밖에 없었다. 그녀가 휘청거리며 몇 걸음 떼었을 때, 낯선 그림자가 눈앞에 다가들었다.

희미한 정원 등을 등진 탓에 자세히 얼굴을 확인할 수 없지만, 서린은 코끝에 스미는 향수만으로도 그 그림자가 누구인지 단번에 눈치챘다. 흔한 것은 딱 질색이라며 향수 컴바잉을 즐기는 까다로운 취향의 남자, 바로 차윤우였다.

"이곳은 어쩐 일이야?"

서린이 물었다. 이미 그가 서울에 있다는 것을 알아서인지, 갑작스러운 등장이 놀랍다기보다는 다행이라는 생각이 들었다. 적어도 이런 꼴을 낯선 이에게 보이고 싶지는 않으니까.

"이곳 호텔에서 묵고 있어. 마침 너희 회사 창립 기념일이라는 소식을 듣고 너를 만날 수 있을까 해서 호텔 한 바퀴를 쭉 돌았어."

우연한 만남이 아니었다. 아마도 어딘가에서 자신을 지켜보고 가장 드라마틱한 상황을 골라 나타날 준비를 했겠지. 하지만 끔찍한 시선과 지옥 같은 기분에서 벗어날 수만 있다면, 아무래도 상관없었다. 서린의 그런 기분을 읽은 듯 그가 입고 있는 재킷을 벗어서 어깨에 걸쳐 주었다.

"몸이 안 좋아 보이는데, 객실로 들어가서 쉴래?"

서린이 힘없이 고개를 끄덕였다. 기다렸다는 듯 그가 그녀의 어깨를 감싸 안은 채, 본관으로 걸음을 옮겼다. 호텔에 묵고 있다는 말은 거짓이 아닌지, 그의 걸음이 프런트 데스크가 아닌 엘리베이터로 향했다. 객실에 도착할 때까지도 그는 아무런 말이 없었다.

서린이 욕실로 향했을 때, 윤우가 당연하다는 듯 따라 들어왔다.

"샤워하고 싶으니까, 자리 좀 비켜 줄래?"

"지금 안색이 말이 아니야. 당장 쓰러져도 이상하지 않을 거 같은데, 씻는 걸 좀 도와줄게."

서린이 거울에 비친 제 모습을 바라보았다. 번진 화장도 끔찍하지만, 창백하다 못해 파리한 안색이 지켜보기 딱할 지경이었다.

"돕기 뭘 도와. 나 결혼했다는 소식 이미 들었잖아."

서린이 기운 없는 목소리로 말했다. 순간, 윤우의 미간이 잔뜩 찌푸려졌다.

"갑자기 증발해서 한 달 만에 올린 결혼이야. 과연 결혼이 맞기는 한 거야?"

"부탁이야. 도움을 준 건 고마운데, 지금은 어떤 말도 하고 싶지 않아. 씻고 좀 쉬고 싶어."

윤우가 가만히 한숨을 내쉬었다. 그가 밖으로 나간 후에야, 서린이 입고 있는 드레스를 벗고 장신구를 뺐다. 손에 낀 반지를 보니, 문득 태인이 떠올랐다. 갑자기 사라져서 지금쯤 걱정하고 있을 텐데. 하지만 아까의 서운한 마음과 아픈 몸 때문인지, 떠오른 생각은 이내 지워졌다.

샤워 가운을 입고 객실로 나왔을 때는, 윤우의 모습은 보이지 않았다. 약을 사 올 테니, 쉬고 있으라는 간단한 메모를 보고서야 서린이 침대에 몸을 눕혔다. 그리고 이내 깊은 잠에 빠져들었다.

얼마나 시간이 흘렀을까. 요란하게 문 두드리는 소리에 얼핏 깨어났다. 그러나 돌덩이처럼 무겁게 가라앉은 몸 때문인지, 쉬이 눈이 떠지지 않았다. 바스락대는 소리와 함께 일어난 누군가가 객실 문을 열었다. 그리고 마치 시간이 정지된 듯 모든 소리가 사라지고 무거운 침묵만이 공간을 지배했다. 하지만 침묵은 그리 오래가지 않았다.

"하서린. 일어나."

억눌린 듯 가라앉은 목소리가 공간을 갈랐다.

"서린이 조금 전에 약 먹었어. 오늘은 여기서 재울 테니까, 먼저 돌아가."

"지난, 5년 동안 꼭꼭 숨겨 놓은 것도 모자라서, 이따위 짓을 해?"

"당신이 한 짓에 비하면 아무것도 아니지."

"무슨 개소리야!"

"벌써 잊었어? 당신이 나에게 무슨 짓을 저질렀는지! 단 한시도 머릿속을 떠나지 않았어! 서린이를 안으려 할 때마다, 어김없이 그 일이 떠올라서 미치는 줄 알았다고!"

이미 잠에서 깨어났지만, 서린은 차마 눈을 뜰 수 없었다. 과거를 떠올리게 하는 대화와 잔뜩 갈라진 윤우의 목소리가 심장을 사정없이 할퀴어 댔기 때문이다.

"서린이가 떠나고서야 깨달았어. 당신이 만든 트라우마로 인해 내가 얼마나 서린이를 괴롭혔는지. 서린이와 함께 프랑스로 돌아가서 다시 새로 시작할 거야."

"뭔가 착각하는 거 같은데, 서린이는 이미 나와 결혼했어. 돌아가려면 너 혼자 돌아가."

"결혼? 웃기지 마. 그게 쉬운 일이라면, 나 역시 여기까지 오지 않았어. 아마 나를 따라 객실로 들어온 서린이를 당신은 절대 용서하지 못할 테지. 잠자리에 들 때마다, 오늘이 떠올라서 눈이 벌게질 만큼 미쳐 날뛰게 될 거야."

"서린이는 내가 잘 알아. 결코, 가볍게 움직이는 사람이 아니야."

"과연 그럴까?"

"……."

"서린이와 나, 4년을 함께 살았어. 지나가는 사람들에게 물어봐. 이 넓은 서울 바닥에서 서린이와 내가 만난 것이 우연이라고 할 사람이 몇 명이나 되는지. 다 필요 없고, 눈앞의 상황은 어떻게 설명할 셈이야? 설마 내가 머무는 객실을 서린이가 찾은 것이 오늘 처음이라고 착각하는 것은 아니겠지?"

순간, 살이 부딪치는 소리와 함께 우당탕하며 무언가 떨어지는 소리가 들렸다. 서린이 시트를 감아쥔 채 두 귀를 틀어막았다. 잠시 후, 누군가가 달려와서 말리는 소리까지 더해지니 신경이 갈가리 찢기는 것 같았다. 두고두고 그녀를 괴롭혔던 과거의 기억이 마치 데자뷔처럼 머릿속을 스치듯 지나자, 익숙한 두려움이 몰려왔다. 오한이 들린 듯 몸이 떨려 와서 몸을 웅크린 채, 다른 생각을 하려고 노력했다. 하지만 속이 다시 울렁거리자, 결국 참지 못한 서린이 자리에서 벌떡 일어나서 다시 욕실로 뛰어 들어갔다.

욕실 문을 단단히 걸어 잠그고 변기 앞에 쪼그리고 앉았다. 이미 위액까지 토해 낸 탓인지, 헛구역질만 나왔다. 한참 헛구역질을 하다가 강한 현기증이 일어나서 잠시 욕실 벽에 기대앉았다. 꽤 시끄럽던 소란 역시 진정되었는지, 밖에서는 아무 소리도 들리지 않았다. 다시 찾아온 고요가 마냥 좋은 것만은 아니었다. 마치 성난 파도에 모든 것이 휩쓸려 가듯이 쓸쓸하고 공허하기만 한 평화였다.

이미 지칠 대로 지친 서린이 무릎 사이에 얼굴을 묻고 다시 잠을 청했다. 밖에서 누군가가 서린을 불렀지만, 그 누군가가 누군지도 모를 만큼 의식이 까무룩 하게 멀어져 갔다.

깊은 잠에서 깨어난 서린이 천천히 눈꺼풀을 들어 올렸다. 그리고 회백색 벽에 반사된 천장 조명을 물끄러미 올려다보았다. 이곳은 어디일까, 분명 익숙한 곳인데, 처음 온 것처럼 낯선 기분이 들었다.

꿈속에서 아를의 거리를 걸었다. 저녁 해가 물들어 가는 론강을 따라서 집으로 이어진 좁은 골목길까지. 마주 보고 걸어오던 금발 머리 노인이 따스한 미소로 저녁 인사를 대신했다. 시들어 가는 제라늄에 물을 주고 커피를 내렸다. 그리고 창가에 기대앉아, 기울어 가는 저녁을 아주 오랫동안 바라보았다.

꿈이 이토록 달콤한 것이라면, 차라리 깨어나지 않는 게 좋을 텐데. 차츰 걷혀 가는 의식이 원망스럽다고 느껴질 무렵, 침실 문 너머로 누군가의 대화 소리가 들렸다.

"탈수증이 약간 있어서 수액에 영양제를 좀 섞어 넣었습니다. 위액까지 쏟아서 속이 아플 테니, 하루 이틀 정도는 죽으로 식사를 대신하는 게 좋을 겁니다."

"수고하셨습니다."

태인의 목소리를 들으니, 비로소 흐린 의식이 걷히고 강한 현실감이 몰려왔다. 팔에 꽂힌 링거 수액을 물끄러미 바라보고 있을 때, 침실 문이 열리고 태인이 걸어 들어왔다. 그와 시선을 마주하고 싶지 않아서 눈을 다시 감았다. 하지만, 우두커니 서서 바라보는 강한 시선이 의식되어서 저절로 눈이 떠졌다.

"몸은 좀 어때?"

어떤 감정도 느껴지지 않는 흔들림 없는 눈동자를 마주한 순간, 질식할 것처럼 가슴이 죄어 왔다.

"보다시피, 괜찮아요."

"일어나면 건강 검진부터 받도록 하지. 기력이 쇠약해서 자신도 모르게 의식을 놓는다고 하던데."

기력이 쇠약하다기보다는, 최근 계속되는 불면증으로 신경이 날카로워진 탓이다. 하지만 대꾸하기 싫어서 대충 얼버무렸다.

"며칠 쉬면 괜찮아질 거예요."

말을 하려던 그가 가만히 숨을 들이켰다.

어서 나가 주면 좋으련만. 하지만 그는 꼼짝 않고 서서 그녀의 가느다란 팔에 꽂힌 주삿바늘을 응시할 뿐이었다. 정신을 차리고 나니, 문득 현실적인 문제가 떠올랐다. 윤우와 그가 다투는 소리를 들었다. 호텔 직원까지 와서 두 사람을 말린 거 같은데, 혹시 자신으로 인해 태인까지 괜한 구설에 휘말린 것은 아닐까. 결국, 숨 막히는 침묵을 견디지 못하고 서린이 먼저 말을 꺼냈다.

"당신이 호텔에서 이곳까지 저를 데리고 온 거예요?"

"그래."

짧은 대답이 답답하기만 했다.

"꽤 소란스러웠는데, 다른 문제는 없었어요?"

"차윤우 소식이 궁금한 거라면, 딱히 대답해 줄 말이 없어. 두 사람 관계가 어떻든, 법적인 남편은 나이고, 우리 집이 여기니까 당연히 내가 당신을 이곳으로 데리고 왔어. 지금 상황이 무슨 문제 될 거리가 있나?"

그는 윤우와 함께 있었던 지난밤을 단단히 오해한 모양이다. 하서린을 누구보다 잘 안다고 외쳤으면서, 고작 이 정도의 믿음이라니. 그를 도발하기 위해 거짓말한 윤우와 조금도 다를 바 없어 보였다. 어서 시간이 가기만을 바랄 뿐, 그의 오해를 풀어 줄 이유도, 풀어 주고 싶은 생각도 깨끗이 사라져 버렸다.

"어쨌든 다행이네요. 괜한 구설에 휘말렸을까, 걱정했는데."

서린이 다시 잠을 청하기 위해서 옆으로 돌렸을 때, 침대가에 걸터앉은 태인이 갑자기 그녀의 몸을 돌려 자신을 바라보게 했다.

"남자 품이 그토록 그리웠으면 진작 말하지 그랬어. 네가 원한다면 예전처럼 온종일 침실에 틀어박혀서 그 짓을 해 줄 수도 있는데."

고저 없이 차분한 말투였지만, 그녀의 어깨를 틀어잡은 손이 바들바들 떨리는 걸 보면, 그는 끓어오르는 분노를 가까스로 누르고 있는 눈치였다. 그 분노의 감정이 피부를 통해 고스란히 전해졌다.

"이미 늦었어요. 어제 눈으로 직접 확인했잖아요."

싸늘하게 식어 가는 눈동자가 한동안 말을 잇지 못하고 서린을 응시했다.

"좋아. 이왕 말이 나온 김에, 빠짐없이 어제 일을 말해 봐."

"사람들의 시선이 끔찍했어요. 오래전 함께 웃고 떠들던 사람들의 위선적인 태도에 구토가 몰려왔어요. 아무리 토해 내고 또 토해 내도 신물이 올라왔다고요. 내가 그토록 찾을 때, 당신은 어디에 있었어요? 마치 내 곁을 지켜 줄 것처럼, 괜찮다고 말해 놓고 막상 필요할 때는 그림자조차 찾을 수 없었어. 예전과 하나도 달라지지 않았어. 무엇 하나 바뀐 것이 없다고!"

자신도 모르게 흥분한 서린이 자리에서 일어나 앉았다. 그리고 팔에 꽂힌 주삿바늘을 거칠게 빼냈다.

"하지만 차윤우는 당신과 달라. 어려움에 맞닥뜨렸을 때, 누군가의 도움이 간절히 필요할 때, 늘 나타나서 손을 잡아 주곤 했으니까. 어제도 마찬가지였어요. 도움이 필요해서, 손을 잡은 게 잘못이에요? 위선적인 우리 관계보다는 훨씬 더 솔직하잖아요. 그 뒤로는 당신 상상에 맡길게요. 나는 누구처럼 잔인하지 않아서 민망한 그 다음 이야기까지 입에 올리지 못하겠어요."

차라리 가슴 시린 사랑으로 기억되었으면 좋았을 텐데, 그와 함께한 추억은 물론, 그와 잘 지내려 했던 지난 몇 개월의 시간마저 수포가 되었다고 생각하니, 눈 안쪽에서 미지근한 물기가 올라왔다. 북받쳐 오는 설움에 한참을 흐느끼던 서린이 눈물로 얼룩진 뺨을 양손으로 닦아 내며 힘없이 중얼거렸다.

"그러니까 이쯤에서 끝내요."

표정 한번 바꾸지 않고 서린을 응시하는 눈동자에 조용한 파문이 일었다.

"아니, 약속한 기간이 아직 한참 남았어. 적어도 그 기간만큼은 다른 자식의 침실로 기어들어 가지 마. 이번은 그냥 넘어가지만, 다시 한번 내 눈에 걸리면 그때는 나도 내가 어떻게 나올는지 모르겠으니까."

무엇을 기대했었나. 체념하듯 서린이 다시 침대에 눕자, 돌아 나가려던 그가 다시 뒤를 돌아보며 말했다.

"정 못 참겠으면 내게 언제든지 말해. 차윤우만큼은 아니지만, 네가 어디를 어떻게 만지면 느끼는지 네 몸을 속속들이 꿰뚫고 있으니까."

모욕적인 말만큼이나 차가운 냉소가 벌어진 마음의 상처를 끝끝내 헤집어 놓았다. 그가 문을 닫고 사라지자, 울분을 참지 못한 서린이 손에 잡히는 모든 것을 집어서 문을 향해 던졌다.

7

새로운 열망, 그리고 첫 키스

서린의 날카로운 시선이 남자의 알몸을 더듬어 갔다. 마른 듯 유약해 보이지만, 여자와는 확연하게 다른 몸. 그 역동적인 선을 놓칠세라, 그녀의 손에 들린 목탄이 망설임 없이 백지를 휘저었다.

"과감하고 생동감 있는 선이 좋은데."

업계에서 인정받는 화가이자, 회화과 담당 교수인, 정 교수가 감탄 섞인 목소리로 중얼거렸다. 학생으로 꽉 들어찬 실기실에서 갑작스러운 칭찬을 듣자, 어색하고 민망한 기분이 들었다.

정신없던 새내기 시절을 마치고 어느덧 2학년이 되었다. 한 달 내내 이어진 인체 해부학과 정밀 소묘 수업은 붕 떠 있던 마음을 다잡는 좋은 계기가 되었다. 굳게 마음을 다잡았지만, 평정심을 가지고 태인을 대하는 게 쉬운 일은 아니었다. 그러나 어김없이 시간은 흐르고 그 시간의 무게만큼 마음의 상처 또한 서서히 아물어 갔다. 그리고 쌤이라는 호칭보다는 태인 오빠라는 호칭이 더 익숙해질 무렵, 생각지도 못한 곳에서 뜻밖의 열망이 고개를 쳐들었다.

"자, 그만."

가운을 걸친 모델이 사라지자, 정 교수가 앞으로 나섰다.

"인체 해부학과 누드 드로잉 수업은 오늘이 마지막이다. 좋은 성과가 있었는지, 이제는 확인해 봐야겠지?"

실습실 여기저기서 한숨이 쏟아졌다. 과제를 많이 내 주기로 악명이 자자하지만, 결과가 만족스러우면 학점 또한 후하게 주는 정 교수였다. 그래서일까, 누구 하나 나서서 불평하는 사람이 없었다.

"우선 여러분 각자의 마음속을 현미경 보듯 들여다봐라. 마음 어딘가에 반드시 그리고 싶은 대상이 있을 거야. 가장 그리고 싶은 대상이라면, 영혼도 갈아 넣을 수 있을 테지. 그 대상을 찾아 그리는 거다. 인체 드로잉 200장, 이왕이면 누드가 좋고."

말을 마친 교수가 실습실을 빠져나가자, 여기저기서 푸념 섞인 목소리가 터져 나왔다. 서린의 곁에 앉은 지은이 투덜대며 말했다.

"내가 전과를 하든지 해야지. 이대로라면 과제에 치여서 조만간 아까운 생을 마감할 거 같아. 게다가 영혼을 갈아 넣을 대상이라니, 그런 게 있을 리가 없잖아. 서린이 너는 그런 사람 있어?"

마치 오래된 습관처럼 태인의 모습이 머릿속을 스치고 지났다. 그에게 모델이 되어 달라고 부탁한 적이 있었다. 하지만, 이제는 지워야 할 쓸쓸한 기억이 되고 말았다.

"글쎄. 있어도 차마 그릴 용기가 나지 않을 거 같아."

같은 과 동기인, 시영이 두 사람의 대화에 끼어들었다.

"없으면 지금이라도 구하면 되지."

"어떻게?"

지은의 물음에 시영이 눈을 빛내며 말했다.

"괜찮은 클럽이 있어. 물이 좋다 못해 아주 청정한 지역인데, 오늘 밤에 건수 좀 올릴까?"

화려한 외모를 자랑하는 시영은 미대는 물론, 다른 학과 남학생들에게도 인기가 많았다. 그러나 그녀 특유의 바람기 탓인지, 한 사람에게 정착하지 못하고 수시로 남자를 갈아 치우곤 했다.

괜한 일에 휩쓸릴까 걱정되는지, 지은이 망설이는 얼굴로 서린을 바라보았다.

"뭐, 가끔 어울려 노는 것은 나쁘지 않지."

서린의 흔쾌한 대답에 시영의 얼굴에 화색이 돌았다.

"아, 참. 그리고 모델 일 한다는 네 친구도 클럽으로 부르는 게 어떨까?"

"누구, 차윤우?"

속이 훤히 보이는 말에 서린이 속으로 웃음을 삼켰다. 유명 모델로 자리 잡은 윤우는 가는 곳마다 화제를 뿌렸다. 서린이 다니는 대학으로 가끔 놀러 오는 탓에, 그를 친구들에게 인사시킨 적이 있었다. 괜찮은 남자라면 자기 것으로 만들어야 직성이 풀리는 시영이 특출난 외모를 지닌 윤우를 허투루 보았을 리 없었다.

"연락해 볼게."

"이왕 이렇게 된 거 클럽 MD에게 전화라도 넣어야겠다. 지은이 너도 괜찮지?"

"……으응, 그래."

시영이 한껏 들뜬 얼굴로 사라지자, 지은이 의아한 얼굴로 서린을 바라보았다.

"차윤우라는 그 친구, 너와 사귀는 사이 아니었어?"

"그냥 가까운 친구 사이야."

"그 사람은 그렇게 보이지 않던데."

지은의 말에 서린은 어떤 대답도 할 수 없었다. 태인과 사이가 멀어진 후, 마음을 숨기지 않고 다가오는 윤우가 시간이 갈수록 점점 불편하게 느껴지곤 했다. 가까운 친구로 남고 싶은 마음 역시 이기적인 욕심에서 비롯된 것이다. 친구가 아니라면 이제는 그를 자유롭게 놓아주어야 한다는 생각이 최근 들어 자주 들곤 했다.

"가볍게 놀다 오자. 혹시 알아? 시영이 말대로 괜찮은 건수가 생겨서 고민하던 과제를 단번에 해결할 수도 있을지."

서린의 말에 지은이 쓰게 웃었다.

"하여튼 서린이 너는 속도 좋아. 말이 그렇지, 시영이 들러리 노릇이나 할 텐데."

"무슨 소리. 클럽은 내가 접수할 거라니까."

"오티에서 선보인, 그 막춤으로?"

지은이 낄낄대며 웃었다. 서린은 시영과 다른 매력이 있었다. 특별히 꾸미지 않아도 어딘가 시선을 끌어당기는 외모와 밝고 서글서글한 성격으로 인기를 끌고 있지만, 시영과 다른 점이 있다면 그녀 자신이 타인의 시선을 의식하지 않는 듯했다. 제대로만 꾸민다면 시영 못지않을 텐데.

"좋아. 제대로 꾸며 줄 테니까, 오늘 클럽은 확실히 접수하는 거다."

갑작스럽게 변한 지은의 태도에 서린이 어리벙벙한 얼굴로 그녀를 따랐다.

"뭐야, 하서린 맞아? 딴사람이 된 거 같아."

금요일 늦은 저녁이라 그런지, 클럽은 발 디딜 틈 없이 많은 사람으로 북적였다. 클럽 안으로 들어서자마자, 언제 다가왔는지 시영이 휘둥그레진 눈으로 서린을 바라보았다. 지은이 공들여 말아준 웨이브 진 머리 스타일과 눈동자를 강조한 스모키 화장. 몸매가 훤히 드러나는 짧은 기장의 원피스까지. 사실 서린 역시 거울에 비친 제 모습을 보고 경악을 금치 못했다.

"내 영혼을 갈아 넣은 작품이야. 어때, 다른 사람처럼 보이지?"

보란 듯이 서린을 앞으로 밀며 지은이 끼어들었다. 키가 작고 평범한 인상이지만 지은 역시 꾸며 놓으니 마치 다른 사람처럼 보였다.

"몹시 바람직해. 그보다 차윤우는?"

시영이 물었다. 서린의 변신에 놀란 눈치였지만, 그녀의 관심사는 오직 차윤우뿐이었다.

"곧 도착할 거야."

오는 길에 윤우에게 연락을 넣었다. 클럽에 간다는 말에 화를 벌컥 내며 다짜고짜 장소를 묻는 통에 따로 약속할 필요도 없었지만.

"무대가 보이는 2층 테이블로 예약했어. 일단 안으로 들어가자."

요란한 조명과 귀를 찌르는 날카로운 음악, 술과 음악에 취해 몸을 흔드는 사람들. 육감적인 몸매가 드러나는 검은 원피스를 입은 시영이 길을 열며 지나가자, 열기 어린 끈적한 시선들이 어김없이 달라붙었다. 2층으로 이어진 계단 가까이 왔을 때, 시영과 안면이 있는지, 밝은 톤으로 염색한 남자가 그녀의 손목을 붙들었다.

"……오랜만이다. 따로 일행 없으면 같이 놀까?"

"일행 있으니까, 신경 꺼."

시영이 차갑게 대꾸하며 손목을 뿌리쳤다. 남자가 어색한 표정으로 뒤따라오는 서린을 힐끔거렸다.

"새로운 페이스도 있는데, 나중에 술이라도 한잔하자."

사람을 앞에 두고 페이스니, 뭐니. 없던 호감마저 사라질 지경이다. 지은 역시 비슷한 기분을 느꼈는지, 테이블에 도착하자 푸념을 늘어놓았다.

"물이 좋다 못해 청정하다며? 그 좋다는 물이 겨우 이 정도야?"

"저래 보여도 Y대 의대 다닌대. 좀 찌질하기는 해도 이상한 사람은 아니야."

"다른 건 필요 없고 영혼을 쏟아부을 만한 멋진 인체나 좀 찾아와 봐. 이번 학기는 무슨 일이 있어도 에이 플을 받아야 해."

지은의 농담 섞인 말에 시영이 의미심장하게 말했다.

"기다려 봐. 나름 신경 써서 섭외했으니까."

"섭외라니, 어떻게?"

"오늘 체대 애들이 훈련 끝나고 이곳으로 뜰 거야. 적당히 자리를 만들어 줄 테니까, 모델 제의는 각자 요령껏 알아서 해."

말이 그렇지, 낯선 누군가를 화폭에 담을 생각은 없었다. 기분 전환으로 이곳을 찾았고 가까운 친구와 나누는 술 한잔으로 머리를 식히고 싶었다.

몇 잔의 술잔이 오가고 가벼운 수다가 이어질 무렵, 누군가가 그들이 앉은 테이블로 성큼성큼 걸어왔다.

모델답게 나날이 멋있어지고 나날이 근사해지는 차윤우였다.

"아주 잘 논다. 꼴이 이게 뭐야?"

위아래로 서린을 훑던 윤우가 무언가가 못마땅한지, 미간을 잔뜩 구겼다. 서린이 지지 않고 퉁명스럽게 대꾸했다.

"오자마자, 웬 시비?"

"여기 좀 앉으세요."

마치 사막에서 오아시스를 만난 것처럼 시영의 얼굴에 화색이 돌았다. 그러나 윤우는 가벼운 인사조차 귀찮다는 듯, 우두커니 서서 서린 앞에 놓인 술잔을 단숨에 비울 뿐이었다.

"술잔 다 비웠으니까, 그만 일어나자."

평소 그는 일방적인 면이 없지 않았지만, 오늘처럼 말도 안 되는 고집을 피운 적은 없었다.

"이곳에 온 지 한 시간도 되지 않았거든. 가고 싶으면 너 먼저 가."

"솔직히 말해 봐. 너 이러는 거, 전부 태인 형 때문이지?"

갑작스럽게 나온 말이 날카로운 전자음과 어우러져 신경을 사정없이 긁어 댔다. 사정을 모르는 시영과 지은이 두 사람의 눈치를 살폈다.

"너야말로 웃긴다. 여기서 태인 오빠 이야기가 왜 나오는데?"

"얼빠진 사람처럼 넋 놓고 있다가도, 태인 형 이야기가 나오면 이렇게 파르르 안색이 변하지."

입학하고 1년 내내 태인 때문에 마음을 잡지 못한 건 사실이었다. 하지만 극복하기 위해 노력했고 이제야 겨우 태인을 오빠라고 부를 수 있게 되었다.

"네 말이 맞아. 태인 오빠를 생각하면 아직도 명치끝이 아파. 그래서 머리를 식히러 나왔어. 저 많은 남자 가운데, 하나 골라잡아서 논다고 내가 이상한 사람 되는 건 아니잖아?"

"……놀고 싶으면 나랑 놀아."

"싫어."

"왜?"

"너는 내 타입 아니야."

"지금 내가 저 자식들보다 못하다는 소리야?"

"너 잘난 거 알아. 하지만 남자로 보이지 않아. 사정이 이런데 나보고 어쩌라고?"

난감해하는 지은과 실망한 기색이 역력한 시영을 보니, 화를 참지 못하고 언성을 높인 것이 후회되었다. 게다가 엉뚱한 말을 쏟아내는 윤우를 상대하려니, 아슬아슬 줄타기하는 기분이 들었다.

"남자로 보이지 않는다면, 남자로 보이도록 해 줄게."

가까이 다가온 윤우가 서린의 팔을 잡아끌었다.

"일어나. 춤추러 가자."

끌고 나갈 거라는 예상과 달리, 그는 오히려 정중하게 서린을 대하고 있었다. 뜻밖에 춤추러 가자는 말에 더 황당했다.

"춤 못 춰."

"상관없어. 내가 잘 추니까."

그의 대답에 지은이 웃음을 참지 못하고 키득거렸다. 자뻑 왕자라는 별명을 가진 윤우를 겪어 보지 않았으니, 당연한 반응이었다.

"나도 춤 잘 추는데."

팜므파탈이라고 칭송받는 시영이 끼어들었다. 두 사람을 묶어서 스테이지로 보내면 좋으련만. 그제야 시영의 존재를 눈치챈 윤우가 무심한 얼굴로 대꾸했다.

"나는 그쪽한테 관심 없으니까. 알아서 꺼져 주지."

"내 친구한테, 말버릇이 그게 뭐야?"

서린이 발끈하며 일어나자, 기회를 놓치지 않고 그가 서린을 잡아끌었다.

"블루스 타임이야. 스테이지가 싫다면 여기서 춤출까?"

윤우를 이길 재간이 없었다. 친구들 앞에서 추태를 부릴 수 없으니, 스테이지로 나가서 조용히 이야기하는 방법밖에 없었다.

"미안. 금방 올게."

인사를 남긴 서린이 윤우의 손에 이끌려 아래층으로 내려갔다. 사라지는 두 사람의 뒷모습을 바라보던 시영이 중얼거렸다.

"쟤 완전 끝내준다. 생긴 거만큼이나, 하는 짓도 귀여워."

시영의 말에 지은이 혀를 끌끌 찼다.

"너도 참, 그렇게 모욕적인 말을 듣고도 그런 말이 나오니?"

시영이 큐빅 박힌 손톱을 잘근잘근 씹었다. 넋이 나간 듯 아래층을 보는 시선을 보면 아주 제대로 꽂힌 모양이었다.

"얼굴 봤지? 깎아 놓은 듯 완벽한 이목구비가 실습실에 있는 다비드상 같아. 게다가 몸매는 어떻고. 저기 봐. 사람들 시선이 몰리는 거."

지은이 2층의 뚫린 난간을 통해 무대를 바라보았다. 블루스 음악에 맞추어 자연스럽게 몸을 움직이는 윤우와 어색한 듯 그를 올려다보는 서린의 모습이 한눈에 들어왔다. 두 사람 모두 키가 크고 슬림한 체구 탓인지, 함께 있는 모습이 마치 잡지 화보에서 **빠져나**온 듯 근사해 보였다.

"친구라면 모를까. 저런 타입의 남자는 왠지 좀 위험해 보여. 하는 행동도 너무 자기중심적이고."

지은의 말을 시영이 거들었다.

"어차피 서린이는 마음에 없어 보이던데, 뭐."

"보기와 달리 서린이가 좀 마음이 약하잖아."

남학생에겐 인기가 많지만, 여학생 사이에서는 기피 대상인 시영을 허물없이 대해 주는 사람이 서린이었다. 편견 없고 밝은 성격 탓도 있지만, 무엇보다 사람의 좋은 면을 보려는 순수한 성품 탓이었다. 그러나 다른 한편으로 그런 면이 그녀 자신에게 깊은 상처를 줄 수도 있었다. 세상은 그녀의 생각만큼 순수하지 않고 누구나 같은 마음일 수는 없으니까.

"그보다 태인이라는 사람이 누구야? 저렇게 잘난 차윤우를 마다하고 무척이나 좋아한 모양인데."

"서린이에게 내색하지 마. 눈치를 보니 그동안 혼자 힘들었던 것 같은데."

"알아. 그 정도 눈치도 없을까 봐."

'그 정도의 눈치도 없으니 문제지.' 지은이 목까지 올라온 말을 가까스로 내리눌렀다. 딱 봐도 차윤우는 유혹한다고 넘어올 상대가 아니었다. 멋대로 행동하는 듯 보여도 상대를 한눈에 간파하는 예리한 구석이 있었다. 그리고 만에 하나, 교활한 면까지 있다면 마음 약한 서린은 그에게 끌려다닐 게 분명했다. 친구라면 모를까,

일방적인 애정으로 시작한 관계라면 좋은 결과를 가져오기 힘들 것이다.

나른한 음악만큼이나 끈적한 주변의 시선이 두 사람에게 쏟아졌다. 윤우를 향한 감탄 섞인 시선과 서린의 매끈한 다리를 더듬는 시선까지. 어색해하는 서린과 달리 스포트라이트에 익숙한 윤우는 내내 태연한 표정이었다.

발라드 음악에 맞추어 그가 서린을 이끌었다. 거리를 두려는 그녀의 허리를 바싹 끌어당기며 그가 달콤하게 속삭였다.

"예쁜 건 알았지만, 오늘은 몇만 배 더 예쁘다. 여자들은 다 이런가? 꾸미고 나니, 전혀 다른 사람 같아."

"꼴이 뭐냐고 핀잔을 줄 때는 언제고?"

"다른 자식이 힐금거리는 게 짜증 나서 그랬지."

몸을 밀착한 탓인지, 그가 자주 사용하는 사향의 은은한 향이 코끝으로 스며 왔다.

"아무리 그래도 내 친구들에게 무례하게 굴지 마."

"미안. 올라가서 사과할게."

평소의 그답게 순순히 사과했다. 가끔 속을 뒤집어 놓긴 하지만, 그 특유의 뒤끝 없는 성격과 쌓인 정 때문인지, 쉽게 화가 풀어지고는 했다.

"⋯⋯저기."

무슨 말을 하려는지, 그가 말을 끊었다.

"태인 형, 약혼했대. 들었어?"

"알아."

윤우의 물음에 서린이 짧게 대꾸했다. 지난해 태인은 사법고시 1차에 합격했다. 그리고 새 학기가 시작될 무렵, 다희와 약혼식을 올렸다. 약혼식에 참석하지 못했지만, 부모님이 나누는 대화를 통해 그의 약혼식이 성대했다는 것과 약혼녀가 얼마나 아름다웠는지를 전해 들었다.

"······그 충격으로 너 이러는 거지?"

윤우가 아까와 같은 질문을 반복했다. 자꾸 같은 질문을 하는 걸 보면, 그 역시 약혼 소식을 전해 듣고 제법 놀란 모양이었다.

"아쉽게도 아니야. 어제도 태인 오빠 만나서 점심 먹고 헤어졌어. 예전처럼 편안하게 대화를 나눌 수 있어서 좋았어. 걸어가는 태인 오빠 뒷모습을 보는데, 나쁘지 않은 결말이라는 생각이 들더라. 그럼 된 거 아니야? 정작 당사자인 나는 괜찮다는데, 제삼자인 네가 왜 자꾸 상처를 들쑤시는데?"

"······."

"그리고 꼭 진지한 연애만 연애니? 우리 나이에 가볍게 어울려서 놀 수도 있는 거잖아."

"그래도 나는 네가 이런 곳에서, 남자들 눈요깃거리 되는 건 싫어."

엄한 아버지 밑에서 자란 탓인지, 그는 태인 못지않게 은근 고지식한 면이 있었다.

"누가 들으면 정말 사귀는 사이인 줄 알겠네."

"그러니까 제대로 좀 봐 달라고. 솔직히 나 정도면 괜찮지 않나?"

투정 섞인 말이 오늘따라 더욱 부담스럽게 느껴졌다.

"……당분간 시간을 좀 줘. 노력해 볼 테니까."

"정말, 정말이지?"

그가 서린을 와락 끌어안았다. 숨이 막혔지만, 그다지 싫지는 않았다.

블루스 타임이 끝나고도 윤우는 끌어안은 팔을 놓지 않았다. 남들은 신나는 음악에 맞추어 춤을 추는데, 두 사람만 블루스를 추고 있으니 여기저기서 쿡쿡대는 웃음이 터져 나왔다.

"뭐야, 창피하잖아."

"신경 쓰지 마. 부러워서 저러는 거야."

우주가 자신을 중심으로 돌아간다고 믿는 차윤우였다. 그리고 그 다음에 나온 말은 더욱 가관이었다.

"기분인데, 아이스크림 사 줄까?"

"이런 클럽에 아이스크림이 어디 있어?"

"배달시키면 되지."

서린이 기막히다는 듯 눈을 흘기자, 그가 서린의 입술에 스치듯 가벼운 입맞춤을 했다. 누군가와 하는 첫 키스라는 생각이 들자, 어쩐지 억울한 기분이 들었다.

"방금 그거, 21년만에 처음 하는 키스거든."

서린의 말에 그는 몹시 기분이 좋은 듯 스테이지를 벗어나 구석진 곳으로 그녀를 이끌었다. 그가 서린을 벽으로 기대게 한 뒤, 시선을 마주쳐 왔다. 그의 어깨 너머로 요란하게 돌아가는 사이키 조명이 번쩍였다. 조명을 등진 탓인지, 그의 표정이 제대로 읽히지 않았다.

"이왕 시작한 거, 우리 오늘 끝장을 볼까?"

"장난하지 마."

"지금 장난하는 거로 보여?"

"장난이 아니면 뭔데, 허락도 없이 키스까지 하고."

서린의 말에 그가 풋 하고 김빠진 웃음소리를 냈다.

"키스? 조금 전 그건 키스가 아니라, 뽀뽀야. 진짜 키스는……."

미처 방어하기도 전에 그가 서린의 턱을 한 손으로 거머쥐었다. 입술을 더듬는 듯하더니, 잇새로 혀를 집어넣고 거칠게 서린의 혀를 감아 왔다. 당황한 그녀가 그를 밀어 내려 했지만, 단단한 몸이 꼼짝도 하지 않았다. 진짜 키스가 이런 거라니, 상상조차 못 했다. 입천장에서 잇몸 사이사이를 헤집고 다니는 혀의 움직임과 타액까지 빨아 마시는 키스에 당황한 나머지, 무릎이 휘청이며 몸의 중심이 흔들렸다.

비틀대는 서린의 몸을 붙잡으며 그가 다리 사이로 허벅지를 밀어 넣었다. 맞닿은 하체에서 단단하게 부풀어 오른 무언가가 느껴졌다. 순간, 머릿속이 하얗게 비워지며 공포심이 밀려왔다. 두려움에 휩싸인 서린이 그의 가슴을 맹렬하게 밀어 내며 입술을 뗐다. 그리고 가쁜 숨을 몰아쉬며 날카롭게 쏘아붙였다.

"미쳤어! 차윤우!"

놀란 것은 그녀뿐이 아니었다. 윤우 역시 적잖게 놀랐는지, 초점이 흐린 눈으로 서린을 응시했다.

"미안. 나도 모르게 그만."

"잘 들어. 당분간 시간을 달라는 말은 취소야. 친구든 무엇이든, 앞으로는 너 다신 안 볼 거야!"

서린이 그를 지나쳐 출입문을 향해 걸어갔다. 문 쪽에서 건장한 체구의 남자들이 쏟아져 들어왔다. 아마도 시영이 말했던 체대생인 모양이었다.

넋 놓고 서 있던 윤우가 그제야 정신이 돌아왔는지, 서린을 쫓기 시작했다. 그러나 체격 좋은 남자들에 막혀서 도무지 앞으로 나갈 수가 없었다.

"씨발. 좀 비켜 봐. 비켜 보라고!"

"뭐야. 이 새끼는."

시비가 붙은 것은 순식간이었다.

"야. 이 새끼야. 비키라고 했잖아. 좀 비켜 달라고!"

치고받는 소리와 사람들이 내지르는 비명에 클럽 안은 순식간에 아수라장이 되었다. 갑작스러운 소란에 문을 열고 나가려던 서린이 다시 돌아왔을 때, 윤우의 몸은 이미 피투성이가 되어 있었다.

괜찮다는 의사의 말에도 안심되지 않는지, 서린은 좌불안석하며 병원 복도를 서성였다. 붉은 혈흔으로 얼룩진 연한 하늘색의 원피스와 올이 나간 스타킹, 눈물로 얼룩진 검은 마스카라와 창백한 뺨이 응급실에 누워 있는 윤우보다 더 아픈 환자처럼 보였다.

참다못한 지은이 서린의 곁으로 다가왔다.

"이러다가 너까지 쓰러지겠다. 좀 앉아서 기다려."

그래도 무언가가 불안한지, 서린이 연신 응급실 문을 힐금거렸다.

"그보다 가족에게는 연락했어?"

"응. 윤우 사촌 형이 지금 오고 있어."

구급대 들것에 실려 가는 윤우를 보는 순간, 까마득한 두려움에 눈물조차 나지 않았다. 그의 가족은커녕 사촌 형인 재건의 연락처도 모르기에, 앞뒤 잴 것도 없이 태인에게 연락하고 도움을 청했다. 사건이 터지고 오히려 차분하게 대처한 것은 시영이었다. 의사와 상담하고 필요한 물건을 챙겨 오겠다고 어딘가로 사라졌다.

얼마나 시간이 흘렀을까. 응급실 외부로 연결된 출입문이 열리고 낯익은 얼굴들이 들어왔다. 재건과 나란히 들어오는 태인을 본 순간, 참았던 눈물이 왈칵하며 쏟아졌다.

"어떻게 된 거야?"

재건의 물음에 서린이 옷소매로 눈물을 닦아 냈다.

"클럽에서 시비가 붙었어요. 크게 다치지는 않았다는데, 아직도 의식이 돌아오지 않아요. 모두 제 탓이에요. 저만 아니었으면……."

서린이 울음을 터트렸다. 어깨를 들썩이며 우는 모습이 지켜보기 안타까울 지경이었다.

"태인아. 이곳은 내가 지킬 테니까, 너는 서린이 좀 데려다줘라. 지금 안색이 말이 아니다."

"싫어요. 윤우가 저렇게 누워 있는데, 제가 무슨 낯으로 집에 가요. 깨어날 때까지만이라도 곁에 있을래요."

내내 안타까운 눈으로 서린을 바라보던 태인이 입고 있는 겉옷을 벗어서 그녀의 어깨에 걸쳐 주었다.

그때였다. 응급실 문이 열리며 간호사가 들어오라는 듯 손짓했다.

"차윤우 보호자분. 환자가 깨어났는데, 누군가를 찾는 기색이에요."

간호사를 따라 응급실로 들어갔다. 비록 의식은 돌아왔지만, 피멍이 든 윤우의 얼굴을 보니 또다시 덜컥 겁이 나고 온몸이 떨려 왔다. 입술이 터지고 눈 부위가 길게 찢어졌는지, 감은 붕대에 피가 배어 나왔다.

"꼴에 사내라고 싸움질도 하고. 알록달록 보기 좋은데."

재건의 말에 윤우가 피식하며 웃었다. 그러나 그것도 잠시, 찢어진 입술이 제법 아픈지, 미간을 잔뜩 찌푸렸다.

"집에는 따로 연락하지 마. 시끄러운 거 딱 질색이니까."

"알았어."

재건이 윤우의 몸을 이리저리 살폈다. 외상은 있지만, 다행히 뼈는 부러지지 않았는지 불편한 점은 없어 보였다.

"근데 손은 왜 이래?"

재건이 붕대 감은 오른손을 들어 올리자, 윤우가 갑자기 비명을 질렀다.

"혹시 신경을 다친 거 아니야?"

"모르겠어. 치고받다가 넘어진 상태에서 누군가에게 손을 밟힌 거 같아."

"기타 친다는 놈이 손가락을 다치면 어쩌려고?"

재건이 마음이 놓이지 않는지, 지나가는 간호사를 불렀다.

"저기요. 이 녀석, 손을 많이 다친 거 같은데, 괜찮을까요?"

"응급조치는 했지만, 내일 전문의 진단을 받고 정밀 검사를 받아 보셔야 해요."

간호사의 대답에 서린의 표정이 눈에 띄게 어두워지자, 윤우가 대수롭지 않다는 듯 말했다.

"걱정하지 마. 치료받고 나면 괜찮아질 거야. 그보다, 서린이 꼴이 왜 저래? 완전 팬더 곰 같아."

이 와중에 농담이라니, 깨어나서 넉살 좋게도 농담을 하는 윤우를 보니 만감이 교차했다. 그뿐 아니었다. 긴장이 풀린 탓에 웃다가 울다가, 꼴사나운 눈물이 줄줄 흘러내렸다.

"하서린. 그렇게 멀뚱거리며 서 있지 말고 이리 다가와 앉아."

먼발치에 서 있던 서린이 이끌리듯 그의 곁으로 다가갔다.

"⋯⋯많이 아파?"

서린이 기어들어 가는 목소리로 묻자, 윤우가 장난스럽게 대꾸했다.

"내가 워낙 잘났어야지. 평소 질투하는 놈들이 많아서 한창 놀 때는 이보다 더 심하게 맞은 적도 많았어."

"전부 나 때문이야. 내가 그렇게 돌아서지만 않았어도⋯⋯."

"아니, 내가 잘못했어. 분위기에 휩쓸린 탓에 나도 모르게 그만⋯⋯."

주변의 시선을 의식한 탓인지, 윤우가 말을 흐렸다.

"놀라게 해서 정말 미안하다. 하지만 마지막 했던 말만은 다시 한번 생각해 줘. 겨우 잡은 너를 이대로 놓을 수는 없으니까."

윤우의 시선이 서린의 뒤에 서 있는 태인에게로 옮겨 갔다. 보란 듯이 올려다보는 시선에 그 특유의 이기적인 성정이 묻어났다. 태인의 반응을 끌어내어 도발하려는 의도였지만, 심연처럼 속을 알 수 없는 눈동자는 흐느껴 우는 서린을 한시도 떠나지 않았다.

결국, 참지 못한 것은 윤우였다.

"다들 좀 나가 줘. 서린이에게 따로 하고 싶은 말이 있으니까."

모두가 밖으로 나가자, 그제야 안심이 되었는지, 윤우가 가만히 한숨을 내쉬었다.

"그래도 얻어 터진 보람이 있네. 좀 아프기는 하지만, 이렇게 다시 너를 마주할 수 있었잖아."

"그런 말이 어디 있어. 내가 얼마나 놀란 줄 알아?"

"나도 놀랐어. 사라지는 너의 뒷모습을 바라보는데 설마 이것이 끝은 아니겠지, 하는 불안감과 함께 까마득한 현기증이 밀려오더라."

"……바보. 내가 뭐라고. 왜 이렇게까지 하는 거야."

서린이 말을 잇지 못하고 고개를 숙이자, 그가 붕대 감은 손을 내밀었다.

"그동안 기분 내키는 대로 살았는데, 이제는 좀 제대로 살아 볼까 해. 서린이 네가 좀 도와줄래?"

"그래. 알았어. 뭐든지 해 줄 테니까, 어서 일어나기만 해."

"지금 뭐든지라고 했다?"

"그렇다니까."

"그럼 뽀뽀."

그가 입술을 내밀며 속삭이자, 내내 훌쩍이던 서린이 뚝 하고 울음을 멈추었다.

"미쳤어. 여기 응급실이야."

"칸막이가 있잖아."

우습게도 피투성이가 된 그를 보고 죽은 것이 아닌가 의심했다.

이렇게 살아 있는데, 그깟 키스가 뭐 대수인가. 지금 심정 같아서는 그가 더한 것을 요구해도 들어줄 거 같았다.

"어서 일어나. 뽀뽀가 아니라, 진한 키스라도 해 줄 테니까."

서린의 대답에 윤우의 표정이 순식간에 변했다.

"지금 그 말이 무슨 의미인지 알아?"

"알아."

"키스가 끝이 아니야. 만족을 모르는 나는 그 이상을 원하게 될 거야. 그래도 괜찮아?"

"아직 확답은 못 해. 하지만 진지하게 생각해 볼게."

윤우가 이를 드러내며 활짝 웃었다.

"좋아. 그 정도면 충분해."

8
그렇다고 이주 멀리 날아가지는 마

뿌옇게 흩어지는 담배 연기를 응시하던 태인이 담배꽁초를 거칠게 비벼 껐다.

　"무슨 담배를 그렇게 피워. 그러다 아주 골로 가겠다."

　태인의 곁에선 재건이 핀잔하는 투로 말했다. 생전 담배를 피우지도 않던 녀석이 지난해부터 갑자기 피우기 시작하더니, 이제는 아주 골초라도 된 것처럼 줄담배를 피워 댔다. 하긴, 꼬여만 가는 상황이 오죽이나 답답할까.

　"이대로 정말 괜찮겠어?"

　재건의 물음에 태인이 허탈하게 웃었다.

　"……안 괜찮으면. 딱히 할 수 있는 것도 없잖아."

　"그러게 마음에도 없는 약혼은 왜 해서……."

　"세상에 공짜가 어디 있어. 약속했으니 그 약속을 지킬 수밖에."

"미친놈. 너는 인생 두 번 사냐. 누구나 한 번밖에 없는 인생이야. 도대체 어떤 빚이기에, 한 번뿐인 인생을 저당 잡혀?"

"돈으로 진 빚보다 더 무서운 게, 마음으로 진 빚이야. 아버지가 사고가 나서 돌아가시고 장례 치를 비용조차 없었어. 거리로 내몰린 채, 오도 가도 못하는 우리 모자를 거둬 준 사람이, 다희 아버님이었어."

"그렇게 훌륭한 사람이라, 너 사시 1차 합격하자마자, 약혼식을 올리라고 강요하냐. 몸도 성치 않은 제 딸을 짐짝처럼 떠넘기냐고. 다 꿍꿍이가 있으니까 너를 도와준 거야, 인마."

"그만하자."

"그만하긴, 뭘 그만해. 네 약혼식에서 사람들이 쑥덕이는 소리를 듣고 우리가 얼마나 기가 찼는지 알아? 다희 씨가 그런 몸이라는 걸 춘천 어머님은 아셔?"

입을 다문 채 말이 없는 걸 보면 그의 모친은 그런 사실조차 모르는 모양이었다.

"어머님은 무슨 죄야? 아들이라고는 너 하나뿐인데, 평생 손주 한번 못 안아 보고. 까놓고 말하면, 이건 사기 결혼이나 다름없지."

태인의 약혼녀 다희에게 억하심정이 있는 것은 아니었다. 하지만, '마이어 로키탄스키 쿠스터 하우저 증후군(자궁결손증)'이라니, 임신은커녕, 성관계조차 할 수 없는 몸으로 결혼을 결심한 것도, 그리고 당연하다는 듯 태인에게 무거운 짐을 지우려는 그녀의 부친도 도무지 상식으론 이해되지 않았다.

"그래. 좋아. 다 필요 없고 네가 그런 장애를 극복할 만큼 다희 씨를 깊이 사랑한다면 어쩔 도리가 없겠지. 하지만 그것도 아니잖

아. 아까, 복도에서 울고 있는 서린이를 지켜보는 기분이 어땠어?"

태인의 눈동자가 미묘하게 일렁였다. 서린의 존재가 그에게는 심장에 꽂힌 비수라도 되는 걸까. 시간이 흘러도 변하지 않는 한결같은 반응이었다.

"서린이에게서 눈도 못 떼는 놈이 다른 여자와 결혼을 해?"

"……."

"며칠 전 인사차 고모님 댁에 들렀어. 거실에 들어서니, 평소와 달리 분위기가 화기애애한 거야. 궁금해서 물어보니, 윤우가 예전과 달리 많이 달라졌다고 고모님이 함박웃음을 짓더라. 마음을 잡지 못하고 밖으로만 돌던 윤우가 검정고시 준비 해서 대학 간다고 했대."

"……."

"고모님은 지금 윤우 유학 준비 한다고 정신없어. 남부럽지 않게 사는 집이라, 어차피 공부한다고 하면 유학 보내는 편이 나을 테니까."

"도대체 무슨 말이 하고 싶은 거야?"

"내가 장담할 수 있어. 지금 이대로라면, 윤우 절대 혼자 가지 않아."

마치 무언가로 얻어맞은 것처럼 태인의 얼굴에 핏기가 가셨다.

"이대로 정말 괜찮겠어?"

싸늘하게 식어 가는 눈동자를 보고 있으니, 지켜보는 재건마저 심장이 죄어드는 기분이었다.

"태인아. 그래도 윤우는 내 사촌 동생이다. 자기중심적인 면이 있지만, 그 못지않게 장점이 많은 녀석이야. 그런 윤우를 질책하면서 지금껏 네 편을 들어 주었던 건, 서린이 마음이 누구에게 있는지 알기 때문이었어. 하지만 매번 등만 보이는 너를 서린이가 언제까지 바라봐 줄까? 마스카라가 엉망으로 번졌지만, 서린이 저렇게 꾸며 놓으니 정말 이쁘더라. 우는 모습까지 저렇게 예쁜데, 자신 때문에 울고 있는 서린이가 윤우의 눈에는 어떻게 보이겠어? 아마 너만큼이나 초조하고 불안했을 거야."

"……충분히 알아들었어. 그러니까 그 정도만 해."

도대체 뭘 그만하라는 것일까. 갑작스럽게 갈증이 난 재건이 담배를 하나 꺼내 물고 태인에게도 불을 붙여 주었다.

"자라 온 환경, 운운하지 마. 강박관념에 가까운 너의 그런 결벽증, 옆에서 지켜보면 얼마나 우스운지 알아? 돈이든 권력이든 사랑이든. 사람이 무언가를 욕심내는 것은 자연스러운 거야. 처지를 모르고 서린이를 욕심내는 스스로가 나쁘다고 생각해? 아니, 그런 욕망이 너를 숨 쉬게 하는 원동력이야."

"……"

"가장 원초적인 예를 들어 볼까? 우리 몸은 사랑 없이도 얼마든지 섹스할 수 있어. 그러나 이대로라면 너는 평생 그것조차 할 수 없을 테지. 사랑은커녕, 최소한의 기쁨조차 누릴 수 없다니, 그게 끝이라면 차라리 다행이게. 진짜 고통은 그다음이야. 너는 매일 밤 같은 꿈을 꾸겠지. 마음 안에 있는 누군가를 안고 또 안지만, 꿈에서 깨어나는 순간, 다른 남자의 품에 안긴 연인을 상상하며 고통 속에 몸부림칠 거야. 욕망을 배제한 삶? 그건 사는 게 아니야. 바로 죽어 가는 과정이야."

"……"

"얼마나 더 자신을 괴롭힐 작정이야. 마음의 빚만 중요하고 다른 건 어떻게 돼도 상관없어? 마음을 거스른 죄, 스스로를 사랑하지 않은 죄, 그게 더 큰 죄야. 아직도 늦지 않았어. 산 채로 지옥 불에서 헤매지 않으려면 이제부터는 너 자신만 생각해. 마음의 빚? 그런 게 어디 있어. 내가 보기에 돈으로 갚아도 충분한 빚이야. 벌어서 갚으면 되잖아. 너 이러는 거 정말 오버야. 지금 상황에서 그쪽 편 들어 줄 사람 없으니까, 내 말 귀담아듣고 약혼 파기해. 아니면, 차라리 하 회장님에게 상의해 보자. 합리적인 분이니까, 분명 해결책을 마련해 주실 거야."

"안 돼. 회장님에게 더는 신세질 수 없어."

끝까지 고집을 꺾지 않는 태인의 태도에 절로 한숨이 나왔다. 하지만 친구 된 도리로서, 태인이 이대로 끌려가는 것만은 볼 수 없었다. 특별한 계기가 필요했다. 태인의 심장에 돌처럼 단단히 박힌 신념, 그 그릇된 신념을 깨부술 무언가. 평소 그가 아버지처럼 따랐던 하 회장이라면, 한시도 그가 시선을 떼지 못하는 서린이라면…….

"시간이 늦었으니까, 일단 네가 서린이 좀 데려다줘라. 서린이 친구는 내가 데려다주고 병원으로 다시 올 생각이니까."

내일 아침 일찍 올 거라는 인사를 남기고 병실을 나왔지만, 누워 있는 윤우를 보니 좀처럼 걸음이 떨어지지 않았다. 병원 앞에 대기되어 있는 택시에 오르자, 택시기사가 흘금대며 서린을 바라보았다. 예상은 했지만, 룸미러를 통해 제 모습을 보니, 얼굴 꼴이 말이 아니었다. 윤우 말대로 검게 번진 마스카라가 팬더 곰을 연상시켰다. 그뿐 아니었다. 얼마나 울었는지, 퉁퉁 부은 눈두덩이가 그야말로 누군가에게 한 방 얻어맞은 듯한 꼬락서니였다.

"……이러고 가면 엄마에게 무지 잔소리를 들을 텐데."

저도 모르게 나온 혼잣말이었는데, 태인이 손수건을 꺼내서 그녀의 얼룩진 얼굴을 닦아 주었다. 은은한 향기가 배어 나오는 꽃무늬 손수건, 아마도 손수건의 진짜 주인은 그의 약혼녀겠지. 이런 상황에서도 그런 생각을 한다는 자체가 신기하게 느껴졌다.

"혹시 다친 데는 없니?"

"보시다시피 저는 괜찮아요."

떠올리고 싶지 않지만, 저절로 사고 장면이 연상되었다. 오가는 거친 욕설과 치고받는 둔탁한 소리, 넘어진 윤우를 향해 쏟아지는 무수한 발길질. 그 장면을 목격한 순간, 저도 모르게 달려가서 사람들에게서 윤우를 떼어 냈다. 싸움을 말리려다 몇 대 맞은 것도 같은데, 정신이 없어서 아픈 줄도 몰랐다.

"어쩌다 시비가 붙은 거야?"

"윤우와 가벼운 다툼이 있었어요. 사람들을 밀치고 저를 따라오려다가 시비가 붙은 모양인데, 갑작스럽게 일어난 일이라 저도 잘 모르겠어요. 사실 그렇게까지 화낼 일이 아니었는데, 저도 모르게 그만……."

평소 윤우는 스스럼없이 제 마음을 드러내곤 했지만, 그토록 저돌적으로 나올 줄은 몰랐다. 처음 경험하는 거친 키스에 이어 맞닿은 부분에서 노골적인 욕망을 느낀 순간, 두려운 마음에 달아나고 싶은 생각밖에 나지 않았다.

서린이 말을 잇지 못하고 낯을 붉히자, 마치 그녀의 마음을 읽기라도 한 듯 그의 눈매가 가늘어졌다.

"윤우 손가락이 많이 다친 거 같은데, 괜찮겠죠?"

"괜찮을 거야."

서린을 안심시키려는 듯, 태인이 차분한 목소리로 대답했다. 뭐든지 아는 그가, 세상에서 가장 똑똑한 그가 괜찮다면 괜찮은 거였다. 하지만 도무지 불안감이 가시지 않았다.

"다음 달에 공연 있다고 밤낮으로 연습했어요. 준비한 공연에 지장이 있으면 안 되는데……."

설사 태인이 약혼했어도, 다른 사람을 사랑한다고 해도, 그와 함께 있을 때, 다른 사람을 떠올린 적이 없었다. 바라보는 따스한 시선과 마음을 울리는 목소리, 무엇 하나 놓치고 싶지 않을 만큼. 그와 함께하는 시간이 좋았다. 아니, 오감이 그에게만 열려 있었다는 표현이 옳았다. 그와 함께 있으면 다른 어떤 것도 눈에 들어오지 않고 다른 어떤 소리도 들리지 않았으니까. 하지만, 이제는 그래선 안 될 거 같았다.

윤우와 약속했다. 딱히 약속이 아니라도 병실에 누워 있는 윤우를 생각하면 태인을 보고 여전히 설레어하는 심장이 원망스러울 지경이었다.

"태인 오빠. 예전에 우리가 했던 약속 기억나요?"

"약속?"

"오빠가 당당한 모습으로 설 때까지 기다려 달라고 했잖아요. 그리고 저는 그림 실력을 쌓아서 오빠를 그리고 싶다고 했고."

"그래. 기억나."

"지금 생각해 보니, 당시 기다려 달라는 말을 제가 오해해서 들었던 것 같아요. 제 기억 속에 태인 오빠는 늘 당당했으니까, 이제는 제 부탁을 들어주세요."

"……."

"처음이자, 마지막으로 오빠를 그리고 싶어요."

짧은 침묵이 흐르고 그가 허락한다는 듯 천천히 고개를 끄덕였다.

그림 그리는 것을 좋아할 뿐, 지금껏 그린다는 행위에 특별한 의미를 부여하지 않았다. 그러나 몰입할 수 있는 무언가가 있다는 것이 삶에서 얼마나 큰 축복인지를 최근에야 깨닫게 되었다. 캔버스라는 빈 여백 공간은 오로지 표현하는 주체와 표현 대상인 객체만이 존재한다. 무한하고 자유로워 걸림이 없는 세상, 자신이 표현하는 세계에 온전히 그를 담으려 한다. 그리고 자유로운 그곳에서 마지막으로 그를 떠나보내려 한다.

강태인이라는 사람을 표현하기 가장 좋은 재료가 무엇일까. 또한, 적당한 장소는 어디일까. 온전히 드러난 그의 나신을 갈구하지만, 모델 경험이 없는 태인이 어디까지 수용할 수 있을는지 알 수 없었다. 며칠 동안 골몰하다 보니, 정작 작업을 앞두고 괜한 짓을 벌인 게 아닌가 하는 후회마저 들었다.

"일주일에 두 번, 한 달이면 충분해요. 인사동 근처에 빈 갤러리가 있는데, 저녁 7시부터 10시까지 작업할 생각이에요. 주소를 찍어 드릴 테니까, 돌아오는 주말 7시에 그곳으로 오면 돼요."

전화기 너머에서 차분한 목소리가 흘러나왔다.

— 그래. 준비하고 나갈게.

그토록 원했던 일이건만, 막상 시간과 장소를 정하고 나니, 갈피를 잡지 못하고 마음이 흔들렸다. 윤우가 검사를 받는 동안 잠시 복도로 나왔더니, 검사실 입구에 있는 간호사가 서린을 찾는지 주변을 두리번거렸다.

"오빠. 윤우 검사가 끝났나 봐요. 그만 들어가 봐야겠어요."

— 윤우는 좀 어때?

"다른 이상은 없는데, 여전히 손의 신경이 돌아오지 않아요. 몇 차례 정밀 검사를 받았으니까, 곧 정확한 결과가 나올 거예요."

간호사에 이어 윤우까지 검사실을 나왔다. 얼굴의 상처는 거의 아물었지만, 일주일이나 계속된 병원 생활에 지친 탓인지, 안색이 썩 좋지 않았다. 두리번거리는 윤우와 시선이 마주치자, 저도 모르게 마음이 급해졌다.

"윤우가 저를 찾아요. 그럼 전화 끊을게요."

전화를 끊으려는 찰나, 남은 용건이 있는지, 태인이 그녀의 이름을 불렀다.

— 서린아.

"네?"

— 윤우 돌보기 힘들지 않아? 너만 괜찮으면 좀 도와주고 싶은데…….

입원 이후, 가족에게 알리지 않고 재건조차 오지 말라고 고집을 피우는 바람에 윤우의 곁을 지키는 건 서린의 몫이 되었다. 꼭 필요한 수업을 제외하고 병실을 지키다 보니, 몸은 피곤하지만, 퇴원할 때까지만이라도 윤우의 곁에 있어 주는 편이 마음은 편할 거 같았다.

"결과 나오는 대로, 곧 퇴원 절차를 밟을 예정이에요. 그러니까, 마음 쓰지 마세요."

잠시 말이 없던 태인이 주말에 보자는 인사를 끝으로 전화를 끊었다. 서린이 윤우에게 달려가서 그의 팔을 부축했다.

"누구랑 통화했어. 태인 형?"

"응."

"무슨 통화를 그렇게 길게 해. 사람이 나오는 것도 모르고."

태인과 관련된 일이라면 유난히 신경을 곤두세우는 그에게, 태인을 그린다는 말은 차마 할 수 없었다.

"병원에 와서 도와준다기에 괜찮다고 했어. 그보다 검사는 잘 받았어?"

"무슨 검사를 이렇게 끝도 없이 하는지, 좀이 쑤셔서 미치겠어."

"힘들어도 조금만 참아. 정 답답하면 옥외 정원에서 잠시 걸을까?"

달래는 말에 그제야 기분이 풀렸는지, 윤우가 성치 않은 팔로 서린의 어깨를 끌어안았다. 아직은 모든 것이 불확실한 상황, 그러나 마음을 열고 나니, 자연스러운 스킨십이 그다지 싫지 않았다.

정원에는 봄이 한창이었다. 잘 가꾸어 놓은 정원수 사이로 올려다보이는 하늘이 오늘따라 더 짙푸르게 보였다. 무슨 고민이 있는지, 내내 말없이 걷던 윤우가 붕대를 감은 손을 쥐었다 폈다 했다.

"아무리 움직여도 손의 감각이 돌아오지 않아. 이런 손으로 다시 기타를 칠 수 있을까?"

으스러지듯 구둣발에 밟혔으니, 드러난 외상보다는 내상이 깊은 상태라 들었다. 인대 파열에 힘줄까지 끊겼다는 말을 듣고 서린 역시 걱정으로 잠이 오지 않을 지경이었다.

"시간이 지나면 자연스럽게 신경이 돌아온다잖아. 그러니까 너무 걱정하지 마."

막연한 대답밖에 해 줄 수 없다는 사실이 가슴 아팠다. 이 모든 일이 자신으로 인해 비롯된 거 같아서 이런 윤우를 볼 때마다 차마 고개를 들 수 없었다.

"……그날, 클럽으로 너를 부르지만 않았어도, 아니면 화를 조금만 참았어도 이런 일은 없었을 텐데."

서린이 기어들어 가는 목소리로 중얼거리자, 윤우가 걸음을 멈추었다.

"그런 말이 어디 있어? 그렇게 따지면 성질을 죽이지 못하고 시비 붙은 내 잘못이 가장 크지. 더는 그런 말도 안 되는 소리 하지 마."

"하지만……."

"이제야 말하지만, 사실 나 기타에 별 소질 없었어. 그렇다고 보컬 할 실력도 없고. 그래도 음악이 좋아서 미련을 버리지 못했는데, 차라리 이렇게 된 게 잘된 일인지도 모르겠다. 미련 없이 다른 일에 전념할 수 있으니까."

"섣부르게 판단할 거 없어. 경과 보면서 천천히 생각해도 돼."

"이왕 이렇게 된 거, 그동안 벌어 놓은 돈으로 여행이나 하면서 지낼까 봐. 집에서는 유학 가라고 성화인데, 자유롭게 살다가 공부를 다시 시작하거나, 패션 쪽 일을 제대로 배워 보는 것도 좋고."

"……."

"하서린. 나랑 같이 갈래?"

갑작스러운 말에 서린이 멍하니 그를 바라보았다. 평소 그는 짓
궂은 면이 있었지만 지금 그의 진지한 눈동자에서는 조금의 장난기
도 묻어나지 않았다.

"1년 동안은 발길 닿는 아무 곳이나 여행을 다니자. 이왕이면 프
랑스부터 시작할까? 모리스 위트릴로가 그렸던 몽마르뜨를 산책하
고 모네의 작업실도 가 보자. 아침이면 볕이 잘 드는 창가에서 함
께 차를 마시고, 해지는 저녁이면 거리에 있는 카페에 앉아서 오가
는 사람들을 바라보는 거야."

"……윤우야."

"여행 다니다가 마음에 드는 곳에 정착해도 좋을 거 같아. 누군
가의 아들, 누군가의 딸이 아니라, 그냥 차윤우와 하서린으로 자유
롭게 사는 거야. 사실 그림이나 음악이라는 게 누군가에게 배워서
좋은 결과가 나오는 것은 아니잖아. 오히려 직접 눈으로 보고 귀로
듣고 몸으로 하는 경험이야말로 진정성 있는 결과물이 나올 거라
생각해."

"지금 무슨 말을 하는 거야? 그런 일을 나 혼자 결정할 수 없잖
아."

당황해하는 서린의 모습이 우스운지, 윤우가 가볍게 웃었다.

"왜 혼자 결정을 못 해? 우리 이미 성인이야. 너의 인생을 다른
누군가가 결정해 주길 바라는 거야?"

"그런 말이 아니잖아."

"사실 사고 전에도 잠시 이런 고민 했는데, 딱 하나가 마음에 걸
리는 게 있었어. 그게 바로 너야. 그때 느꼈어. '내가 생각보다 너

를 많이 좋아하는구나.' 하고. 억지로 강요할 생각은 없어. 그러니까 천천히 생각해 봐."

담담한 고백에 서린은 어떤 대답도 할 수 없었다. 갑작스러운 제의도 그렇지만, 그의 말대로 수동적인 자세로 누군가에게 의지하려고만 했던 스스로가 부끄럽게 느껴졌기 때문이다.

서린의 굳은 표정을 오해한 듯 윤우가 쓰게 웃었다.

"좋아한다는 고백에 그런 표정을 짓는 사람은, 세상에 너 하나뿐일 거야."

"내 표정이 어떤데?"

윤우가 휴대 전화를 꺼내서 카메라를 셀카 모드로 돌렸다.

"봐. 똥 씹은 표정이잖아."

카메라에 비친 제 모습이, 그의 말대로 잔뜩 주눅 든 얼굴이었다.

"이런 표정을 놓치면 안 되겠지?"

찰칵하는 소리와 함께 사진이 찍혔다. 준비도 되지 않은 상태에서 사진을 찍히자, 당황한 서린이 그의 가슴팍을 밀며 소리쳤다.

"뭐야! 진짜."

찍은 사진을 본 윤우가 큰 소리로 웃음을 터트렸다. 모처럼 환하게 웃는 그의 모습이 그나마 위안이 되었다. 티격태격하지만, 그래도 만나면 기분 좋은 사람. 태인과 다른 의미로 그가 좋았다.

그가 서린의 손을 움켜잡았다. 그리고 앙증맞은 꽃이 핀 화단으로 그녀를 이끌었다. 조경용으로 심은 알록달록한 꽃을 제쳐 두고 그가 노란 민들레꽃 하나를 꺾어서 서린의 귀 뒤에 꽂아 주었다.

"예쁘다. 잘 어울려."

속쌍꺼풀이 진 그의 눈매가 기다랗게 접혔다. 어색한 기분에 서린이 말을 얼버무렸다.

"저렇게 화려한 꽃을 놔두고, 왜 하필 민들레야?"

"처음 가출하고 오갈 데가 없어서 공원 벤치에서 잠을 청한 적이 있었어. 날이 추워서 옆으로 쪼그리고 누웠는데, 깨진 아스팔트 틈새로 피어 있는 작은 민들레꽃이 눈에 들어왔어. 좁은 땅을 비집고 나온 그 천연덕스럽고 뻔뻔한 모습을 보니, 문득 외로운 건 나뿐만이 아니라는 생각이 들더라. 마음을 잡지 못한 시절이었으니, 어찌 보면 작은 꽃의 강인한 생명력을 보고 자기 합리화에 빠졌던 것 같기도 해."

솔직하다 못해, 까칠하기까지 한 성격의 그에게 이런 면이 있었나. 어쩌면 자신의 좁은 시야로 그를 판단하려 했었는지도 모른다. 남부러울 것 없는 환경을 벗어나 자유롭게 살려는 그의 행동을 가벼운 반항쯤으로 치부했던 것도 사실이니까.

"나는 사람의 손을 거쳐 간 화려한 꽃보다 이렇게 제멋대로 피고 지는 꽃이 좋아. 걸림 없이 자유롭게 생동감이 있어 보이거든. 게다가 이렇게 후 하고 불면 아주 멀리까지 날아가서 내년에는 어디선가 예쁜 꽃을 피울 거야."

그가 하얀 민들레 꽃씨를 따서 푸른 하늘을 향해 불었다. 서린이 멀리 흩어져 가는 하얀 꽃씨를 바라보며 중얼거렸다.

"……나도 그럴 수 있을까?"

"뭐가?"

"저 꽃씨처럼 용기 내어 날아간다면. 나 혼자만의 힘으로 땅에 뿌리를 내린다면, 저렇게 작아도 강인하고 아름다운 꽃을 피울 수 있을까?"

오래전 태인이 그녀를 빗대어 양지에서 자라서 꽃망울을 가득 머금은 꽃이라고 했다. 하지만 서린이 원하는 것은 무사안일하고 윤택하기만 한 삶이 아니었다. 척박한 땅에 뿌리를 박은 채, 찬 겨울을 이겨 낸 꽃처럼 강해지고 싶었다. 그리고 혼자 힘으로 아름다운 꽃을 피우고 싶었다.

물끄러미 서린을 바라보던 윤우가 이를 드러내며 활짝 웃었다.

"그래. 너라면 반드시 할 수 있을 거야."

용기를 북돋아 주는 말 때문일까. 그가 마치 처음 보는 사람처럼 느껴졌다. 정면으로 마주 보이는 햇볕 때문인지, 등지고 선 윤우의 얼굴 윤곽이 더욱 도드라져 보였다. 시영의 말처럼 실습실에 있는 조각상같이 근사한 얼굴이었다. 그가 손을 내밀며 다시 덧붙였다.

"그렇다고 아주 멀리 날아가지는 마."

서린이 대답 대신 그가 내민 손을 가만히 맞잡았다.

"인사동 갤러리? 건물이 낡아서 곧 개축할 예정인데 그곳에서 무슨 작업을 한다고. 남산 갤러리에도 작업실이 있고 거기가 싫으면 따로 작업실을 구해 줄 텐데."

박 여사가 손에 든 찻잔을 내려놓으며 말했다.

"저는 그곳이 좋아요. 오랫동안 드나들어서 정든 탓인지, 그곳에서 작업하면 왠지 모르게 마음이 편해져요."

"하여튼, 애가 좀 별나다니까."

인사동 갤러리는 서린의 외조부가 생전에 사용하던 곳이었다. 원래 사업을 하던 분이셨지만, 서예나 미술에도 조예가 깊어서 직접 그린 동양화나 서예 작품을 전시하기도 했다. 3층 건물에 1, 2층은 전시장으로 사용하고 3층에는 작업실이 있었다. 어렸을 때부터 드나들며 놀던 곳이라, 그곳에서 그림을 그리면 이상할 정도로 마음이 편해지고는 했다.

"그보다, 너는 요즘 뭐 하고 다니느라, 밤늦게야 집에 들어와? 얼굴도 점점 수척해지는 게, 무슨 일이라도 있어?"

"일은, 무슨 일이 있어요. 학기가 시작되니까, 과제도 많고 이런저런 모임으로 정신없어서 그런 거죠."

최근 윤우의 곁을 지키느라, 밤이 늦어서야 집으로 들어왔다. 곁에 앉은 정연에게는 귀띔했지만, 부모님에게까지 걱정 끼치고 싶지 않았다.

"주말에는 그곳에서 밤늦도록 작업할 계획이니, 따로 기다리지 마세요."

"무슨 소리. 외박은 절대 안 돼."

서린의 말에 박 여사가 눈을 치켜떴다. 평소 걱정해 주는 것은 고맙지만, 하나부터 열까지 제 일에 관여하려는 어머니의 태도에 가끔 숨이 막히고는 했다.

"저도 이제 어른이잖아요. 제 일은 제가 알아서 해요."

평소답지 않은 싸늘한 대답에 말문이 막혔는지, 박 여사의 뺨이 붉게 달아올랐다. 철없는 어린애로만 보이던 서린이 최근 1년 사이, 부쩍 달라진 것 같아서 서운한 마음마저 들었다. 그런 박 여사의 마음을 읽은 정연이 분위기를 바꾸려는 듯 화제를 돌렸다.

"작업이라면 어떤 작업인데?"

"정 교수님 과제인데, 이왕 시작한 거 완성까지 해 보려고."

"잘되었네. 다음 시즌 갤러리 작품전은 기성 작가보다는 신인 작품 위주로 전시할 예정인데, 작품이 좋으면 같이 전시해도 괜찮겠어."

"아직 그럴 만한 실력은 안 돼."

"지난번 정 교수님이 갤러리에 다녀가셨는데, 입이 마르도록 네 칭찬을 하시더라. 스케일이 크고 대담해서 열심히만 하면 업계에서 제대로 자리를 잡을 거라고."

"그런 거 나는 몰라. 업계에서 자리 잡을 생각도 없고."

내내 못마땅한 얼굴로 서린을 바라보던 박 여사가 끼어들었다.

"얘가 이렇게 세상 물정을 모른다니까. 화가가 그림만 잘 그리면 되는 줄 아니? 그림도 일종의 비즈니스야. 꾸준히 작품 활동을 하면서 명망 있는 컬렉터와 인맥도 쌓으며 화가 자체로서의 몸값을 올려야 그림도 인정받는 거라고."

어머니의 의견에 동의할 수 없지만, 반박하지도 않았다. 지금은 태인을 그려야 한다는 생각으로 꽉 차서 다른 생각을 할 여지가 없었기 때문이다.

"내일 작업 준비 때문에 먼저 올라가 볼게요."

서린이 소파에서 일어나자, 박 여사가 빠르게 덧붙였다.

"이번 달까지 과제를 제출해야 한다니, 이번만 봐 주는 거야. 다음부터 외박은 절대 안 돼."

일찌감치 잠자리에서 일어난 서린이 준비한 작업 도구를 챙겨서 인사동으로 향했다. 오전 중으로 청소도 좀 하고 작업실을 정리하려면 시간이 부족했다. 택시에서 내려 좁은 골목길을 얼마간 걸어가니, 흰색 페인트로 마감한 3층 건물이 보였다. 오랫동안 비어 있는 갤러리는 문이 굳게 잠긴 채였다. 서린이 출입문 비밀번호를 누르고 안으로 들어갔다.

세월의 흔적이 묻어나는 은은한 한지와 먹 냄새가 코끝을 간질였다. 어머니의 말대로 곧 개축할 건물이지만, 이곳에 보관된 외조부의 작품은 아직도 옮기지 않은 채, 여백의 공간을 채우고 있었다.

오전 내내 묵은 먼지를 털어 내고 작업 준비를 했다. 오랫동안 서 있으면 힘들 테니, 태인이 앉을 만한 편안한 의자에 차와 간식까지 준비해 두었다. 그가 가고 나면 늦도록 작업할 예정이라, 작업실 뒤에 있는 침대 시트도 새것으로 바꾸었다. 준비한 간식으로 늦은 점심을 대신하고 아래층으로 향한 계단을 막 내려갔을 때, 출입문 두드리는 소리가 들렸다. 오랫동안 비어 있던 곳이라, 따로 찾아올 손님이 없을 텐데.

"누구세요?"

"……나야."

귀에 익은 낮은 톤의 목소리. 태인이었다. 그와 약속된 시간은 저녁 7시였다. 선이 분명한 남자다운 얼굴, 명암이 깊은 그를 표현하고 싶어서 낮이 아닌 밤을 선택했다.

서린이 반가운 마음에 서둘러 문을 열었다.

"아직 시간이 한참 멀었는데, 어쩐 일이에요?"

"너 혼자 있을 거 같아서, 일찍 서둘러 왔어."

늘 다정하고 배려심이 깊은 사람. 군더더기 없이 깔끔한 디자인의 흰 셔츠와 검은 재킷, 면바지까지, 예전과 달라진 옷차림이었지만, 우두커니 서 있는 그는 분명 자신이 아는 강태인이었다. 그의 손에 들린 무언가가 시선에 들어오자, 저도 모르게 웃음이 나왔다.

"그게 뭐예요?"

따끈따끈한 종이봉투를 건네주며 그가 말했다.

"붕어빵. 오다가 생각나서 사 왔어."

집에 올 때, 어머니의 눈을 피해서 그가 가끔 사다 주곤 했던 붕어빵이 왜 이렇게 맛있었던지. 며칠 전, 생각나서 사 먹었는데, 그때만큼 맛있지는 않았다.

서린이 그가 건넨 붕어빵을 꺼내서 한입 깨물어 먹었다. 마치 예전으로 돌아간 것처럼 그리웠던 그 맛이었다.

"맛있다. 같이 들어요."

서린이 붕어빵을 내밀자, 그가 언제나처럼 고개를 저었다.

"너 먹는 거만 봐도 배불러."

그는 약혼녀에게도 이렇게 다정하겠지? 까닭도 없이 목이 메었다.

"안으로 들어와요. 청소 마치고 정리를 좀 했는데, 아래층은 난방기가 고장 났는지, 실내가 좀 서늘해요."

갤러리 안으로 들어온 태인이 주변을 둘러보았다.

"이곳은 누가 사용하던 곳이야?"

"외할아버지의 작업실 겸 전시장이었어요. 어렸을 때부터 드나든 곳이라, 좋은 기억이 많은 곳이에요."

"좋은 기억?"

"온종일 골목길을 뛰어다니면서 군것질도 하고. 밤에는 옥상에서 불꽃놀이도 하고. 모든 걸 떠나서, 일단 잔소리하는 사람이 없어서 좋았어요."

서린의 말에 그가 희미하게 웃었다.

"안 봐도 눈에 그려지는 거 같아. 어린 네가 뛰어노는 모습이. 유리창도 깨지고 벽에 걸린 그림도 몇 번이나 떨어지고는 했겠지?"

그의 머릿속에서 뛰어노는 하서린이 부러웠다. 적어도 어린 하서린은 지금의 강태인을 몰랐을 테니까.

"저에 대해 잘 알지도 못하면서."

"아니. 너에 관한 일이라면 빠짐없이 기억하고 있어."

'그래서 다른 사람을 사랑한 건가요, 그래서 다른 사람과 약혼했군요.' 차마 내어지지 못한 소리 없는 말이 공기 중으로 흩어졌다.

떠오르는 우울한 생각을 지우며 서린이 애써 입술을 끌어 올렸다.

"붕어빵을 먹었더니, 진한 커피가 생각나네. 요 앞 카페에서 커피 좀 사 올 테니, 안에 좀 둘러보고 계세요."

서린이 그의 대답도 듣지 않고 밖으로 나왔다. 그의 약혼 이후, 어느 정도 마음을 추슬렀다고 생각했는데, 그를 마주하고 있으니 도무지 진정되지 않았다. 이런 기분으로 그를 그릴 수 있을까. 그림을 통해서 그를 잊으려는 행위마저 부질없게 느껴졌다.

카페에서 커피를 사고 다시 갤러리로 향했다. 차마 안으로 들어갈 용기가 나지 않아서 갤러리 외벽에 몸을 기대었다. 식어 가는 커피를 바라보고 있을 때, 출입문이 달칵하며 열렸다. 물끄러미 바

라보는 검은 눈동자와 시선이 마주친 순간, 서린이 변명처럼 중얼
거렸다.

"……커피시럽을 넣는다는 걸 깜빡했어요. 다시 다녀올게요."

태인이 컵을 든 서린의 양손을 바라보았다.

"손이라도 데면 어쩌려고. 내가 다녀올게."

컵을 받아 든 그가 카페를 향해 걷자, 서린이 말없이 그의 뒤를
쫓았다.

많은 관광객이 오가는 인사동 골목은 예스러운 과거의 흔적만
남아 있을 뿐, 흔히 볼 수 있는 화려한 상점들로 하나둘씩 채워지
고 있었다. 외조부가 차를 마시러 다니던 전통 찻집도, 온갖 신기
한 것이 진열되어 있던 골동품점도, 어린 시절 눈요깃거리가 되어
주던 화방도 하나둘씩 사라져서 오래전 이곳을 찾았던 누군가의 기
억 속에만 존재하는 무형의 것이 되었다.

시간 앞에서 변하지 않은 건 아무것도 없다. 가슴 벅차던 순간
도, 떠올리는 것만으로 먹먹해지는 감정도 언젠가는 이 거리처럼
쓸쓸한 뒤안길로 남을 테니까.

서린이 카페 유리창을 통해 분주하게 오가는 행인들을 바라보고
있을 때, 태인이 시럽을 넣은 커피 잔을 테이블에 내려놓았다.

"무슨 생각을 그렇게 깊이 해?"

"그냥. 이런저런 생각이요."

무슨 생각을 하는지, 그의 눈매가 부드럽게 접혔다.

"우리 서린이 많이 컸네. 예전에는 생각보다 행동이 먼저 나가는
타입이었는데."

"오빠 눈에는 제가 여전히 열여덟 살 어린 나이로 보이나 봐요?"

"맞아. 내 눈에는 늘 골목길 끝에서 손을 흔들어 주던 어린 소녀로 보여."

어째서 그의 시간만 멈춘 것일까. 과외 선생과 학생으로 만나지 않았다면 조금쯤 달라졌을까. 하지만 이제 와 이런 생각이 다 무슨 소용인가.

"오빠는 약혼 이후 많이 달라 보여요. 이렇게 차려입으니 더 근사해 보이고 표정도 밝아진 것 같고."

표정이 밝다는 것은 꾸민 말이었지만, 차림새만은 확실히 달라졌다. 유명 브랜드로 보이는 셔츠와 질 좋은 재킷. 꽃무늬 손수건처럼 누군가가 공들여 고른 흔적이 엿보이는 옷차림이었다.

"……그렇게 보여?"

"네. 예전보다 훨씬 좋아 보여요."

서린의 대답에 쓸쓸해 보이는 미소가 스치듯 지났다.

"좋아 보여서 다행이다."

9

마지막 경고야. 달아날 수 있다면 지금 달아나

카페를 나와 갤러리로 발길을 돌리려 할 때, 그가 뿌옇게 흐려진 하늘을 먼 시선으로 올려다보았다. 며칠 내내 내리다 그치기를 반복하는 비와 흐린 날씨가 이어진 탓인지, 도시 전체가 습기를 머금은 듯 축축해 보였다.

"여기서 운현궁까지 먼 거리가 아닌데, 잠시 걷다 올까?"

비가 곧 쏟아질 거 같았다. 그러나 일분일초가 아까울 만큼 소중한 시간, 그와 함께라면 어디라도 상관없었다.

큰길을 지나 얼마를 걸어가니, 처마를 올린 회색 담벽이 보였다. '운현궁(雲峴宮)'이라는 현판을 올린 솟을대문을 지나 안으로 들어가니, 너른 안마당이 나타났다.

주말이기는 해도 흐린 날씨 탓인지, 오가는 사람들이 많지 않았다. 다양한 무늬를 가진 꽃담을 따라, 사랑채며 안채, 별채를 둘러보았다.

서린에게는 인사동 골목길만큼이나 다양한 추억이 깃든 곳이고 도심의 한가운데서 고즈넉한 풍경을 만날 수 있는 곳이라, 이따금 스케치하러 드나들던 익숙한 곳이기도 했다. 평소 눈에 익은 풍경이건만, 태인과 함께 걷노라니 그 모든 것이 새롭게 보였다.

수령이 오래된 느티나무가 보이자, 서린이 반가운 얼굴로 손짓했다.

"저기 느티나무 있는 쪽으로 가요."

서린이 나무 그루터기에 둘러앉도록 만든 의자에 앉았다. 그리고 마주 보고 서 있는 태인을 올려다보았다. 흐린 날씨 탓일까. 아름드리 푸른 나무가 만들어 준 그림자를 등진 채, 내려다보는 시선이 습한 기운을 머금은 대기처럼, 어딘가 가라앉아 보였다.

"이리 다가와 앉아요."

서린이 앉으라는 듯, 옆자리를 툭툭 두드리자, 그가 서린 옆으로 다가와 앉았다.

"지난번에 왔을 때는 가지가 앙상했는데, 봄은 봄인가 봐요. 새 잎이 저렇게 푸르게 돋아난 걸 보면."

"……운현궁에 봄은 왔건만, 내 마음의 봄은 아직 오지 않았다."

태인이 독백처럼 중얼거렸다. 순간 서린은 저도 모르게 웃음이 새어 나왔다. 김동인의 '운현궁의 봄'을 읽은 친구들은, 늘 이곳에만 오면 비슷한 말을 늘어놓곤 했다. 권력으로부터 소외된 '명성황후'가 심경을 토로한 말이지만, 태인이 무표정한 얼굴로 중얼거리니, 더욱 그럴싸해 보였기 때문이다.

"사람도 가고 권력도 가고 오직 느티나무만 이 자리를 지키고 있네요. 그러고 보면, 우리의 삶은 이 나무만큼의 가치도 없는 거 같아요."

"그럴지도 모르지."

넉넉하게 드리운 그늘만큼이나 시대의 아픔을 오롯이 기억하는 나무는 잠시 거쳐 간 우리를 기억해 주지 않을까. 그와 한가롭게 앉아 있으니, 마치 시간이 정지된 듯한 착각 속에 빠져들었다. 긴장이 풀린 탓일까. 마음속의 열망이 소리가 되어 나갔다.

"이대로 시간이 멈추었으면……."

서린의 중얼거림에 먼 허공을 응시하던 시선이 돌아왔다.

"……처음이자, 마지막으로 나를 그린다고 했지?"

태인이 특유의 차분한 목소리로 물었다. 갑작스러운 질문에 서린이 물끄러미 응시하자, 그가 다시 말을 이었다.

"특별한 의미처럼 느껴지는데, 나 혼자만의 착각이니?"

서린이 꿰뚫어 보는 듯한 시선을 피해서 제 발밑을 내려다보았다. 잡초가 자라지 않도록 굵은 모래를 깔아 놓은 마당, 척박한 땅을 비집고 피어난 노란 민들레를 보자, 문득 윤우가 생각났다.

"오빠는 무슨 꽃을 가장 좋아해요?"

묻는 말에 돌아온 것이 엉뚱한 질문인데도, 특유의 사려 깊은 성격 탓인지, 그는 신중한 답을 고르는 듯했다.

"사실 꽃에는 관심이 없어서 눈여겨본 적이 없지만, 굳이 말하라면 하얀 코스모스를 꼽을 거 같아."

하얀 코스모스, 가냘프고 청순한 외모를 지닌 그의 약혼녀를 연상시키는 꽃이었다.

"왠지 이유를 물어봐도 돼요?"

"바람에 이리저리 흔들리는 모습을 보면 어쩐지 안타까운 기분이 들곤 했어. 사실 좋아하는데 무슨 이유가 있겠니."

"윤우는 저기 보이는 작은 민들레꽃이 가장 좋대요. 척박한 환경에서도 잘 자라고 어디든지 자유롭게 날아다니며 뿌리를 내린다고."

서린의 말에 그가 서늘하게 웃었다.

"윤우는 나와 다르니까. 보기조차 아까운 꽃이라면 척박한 땅보다는 거친 바람이 들지 않는 양지바른 곳에 놓아둘 거 같아. 그리고 거친 땅에 뿌리를 내리지 못하도록 소중하게 아끼며 보호하고 싶어."

윤우와는 기질부터 다른 사람, 대상을 바라보는 관점부터 달랐다. 윤우가 민들레의 강인함과 자유로움을 사랑한다면, 태인에게 코스모스란 자신이 지켜 주고 돌봐 주어야 할 대상이었다. 아마 누군가를 사랑하는 방식도 그와 비슷하지 않을까. 윤우는 자유를, 태인은 포용을, 그렇다면 자신은 그를 통해 무엇을 표현하고 싶은 것일까.

"조금 전, 질문하셨죠? 이번 작업에 특별한 의미가 있느냐고."

"그래."

"늘 저만의 방식으로 오빠를 표현하고 싶었어요. 어떤 방식이든 상관없지만, 그나마 그림이 제일 잘할 수 있는 분야이니까, 그 방식을 택한 것뿐이에요."

서린이 잠시 말을 끊었다가 다시 이었다.

"쉬운 작업은 아닐 거예요. 누군가의 아들, 누군가의 약혼자, 누군가의 그 무엇이 아닌 저만의 강태인을 캔버스에 담고 싶어요. 딱한 달, 그림을 완성할 때까지만, 오빠를 여한 없이 사랑할 수 있도록 허락해 주세요."

길고 긴 침묵이 흘렀다. 그리고 꽤 오랫동안 그렇게 앉아 있었다.

"조금 전 그 말, 어떻게 받아들여야 하는지 모르겠다."

"솔직히 저 역시 두려워요. 하지만 이렇게 미적지근한 상태보다는, 확실히 결론짓고 저 자신으로부터 자유로워지고 싶어요."

그림이 탈출구가 될 수 없다. 그러나 앞으로 나갈 수 있는 계기가 될 수 있다면 그것만으로도 충분했다.

해가 서쪽으로 기울고 사방에 뉘엿뉘엿 땅거미가 지기 시작하자, 두런두런 모여 사진 찍던 사람들이 우산을 펼쳐 들며 어디론가 사라졌다. 한두 방울씩 떨어지던 빗방울이 세기를 더해 갔다. 자리에서 일어난 태인이 서린을 향해 손을 내밀었다.

"감기 들겠어. 그만 일어나자."

서린이 내민 손을 맞잡았다. 아주 오랜만에 잡아 보는 손이었다.

운현궁에서 인사동까지는 먼 거리가 아니었지만, 갑작스럽게 변한 날씨로 두 사람이 갤러리에 도착했을 때, 몸은 이미 흠뻑 젖은 채였다. 안으로 들어서자, 파랗게 질린 서린의 입술이 안타까운지, 그가 전시장 안을 둘러보며 무언가를 찾았다.

"샤워부터 하는 게 좋을 거 같은데."

"3층 작업실 옆에 욕실이 있어요."

주말을 이곳에서 보낼 예정이라, 대충 입을 옷을 꾸려 왔지만, 태인이 갈아입을 만한 옷은 따로 사와야 할 거 같았다.

"오빠도 젖었잖아요. 우선 갈아입을 옷부터 사 와야겠어요."

"나는 괜찮으니까, 빨리 옷부터 갈아입어."

"일단 3층으로 올라가요. 입을 만한 옷을 찾아볼게요."

3층 작업실 옆에 있는 침실 옷장을 열어 보니, 다행히 샤워 가운이 걸려 있었다. 서린이 수건과 가운을 꺼내서 그에게 건넸다.

"샤워하고 올 테니, 우선 갈아입고 계세요."

태인이 가운을 받아 들자, 서린이 입을 옷을 챙겨서 욕실로 들어갔다. 화장실에 딸린 간이 욕실은 비좁긴 하지만, 다행히 따뜻한 물이 나왔다. 서둘러 샤워를 마치고 밖으로 나왔을 때, 태인은 젖은 모습 그대로 창밖을 바라보고 있었다. 긴장한 듯, 완고해 보이는 옆모습을 보는 순간, 돌연 이대로 괜찮을까, 하는 막연한 불안감이 몰려왔다.

그에게는 미래를 약속한 사람이 있고, 자신에게는 대답을 기다리는 윤우가 있었다. 그러나 단 한 번만이라도 오롯이 그를 가질 수 있다면, 세상의 돌팔매를 맞아도 상관없을 것만 같았다.

"태인 오빠."

부르는 소리에 그가 천천히 고개를 돌렸다.

"바로 작업 들어가고 싶은데, 괜찮아요?"

"그래."

"우선 샤워부터 하세요. 준비하고 있을게요."

그가 욕실로 들어가자, 서린이 히터부터 틀었다. 으슬으슬 한기가 올라오는 것은 비 때문만은 아닌 것 같다. 대충 말린 머리카락을 하나로 질끈 묶고 앞치마를 걸쳤다. 스케치북과 목탄을 준비하고 이젤을 찾아 세웠다. 막 돌아서려는 찰나, 욕실 문이 열렸다.

새하얀 가운을 걸치고 나온 그가 어색한 듯 시선을 피했다. 환한 형광등 대신에 간접 조명을 켜 놓은 탓인지, 윤곽이 뚜렷한 이목구비에 부드러운 음영이 드리워졌다.

"생각해 보니, 저녁 전이네요. 시장할 텐데, 간단한 요깃거리라도 좀 사 올까요?"

"나는 별생각이 없는데, 너는 뭐라도 좀 먹어야지."

"그럼 우유라도 좀 데워 올게요."

작업을 위해선 긴장을 풀어야 하지만, 적막한 공간에서 그와 단둘이 있으니 신경이 예민해지고 목이 바싹 타들어 갔다. 머그잔을 든 손이 잘게 떨려서 잠시 호흡을 고르고 뒤돌아서서 걸었다.

"오다가 빵도 좀 샀는데, 같이 좀 드세요."

내내 서린의 창백한 안색을 살피던 그가 서둘러 머그잔을 받아 들었다.

"아직도 입술이 파래. 좀 쉬었다가 하자."

"추운 날씨는 아닌데, 긴장되어서 그런가 봐요."

"혈색이 돌아올 때까지 잠시만 앉아 있어."

초조하고 긴장되지만, 서둘러 작업을 시작하고 싶었다. 신경이 날카로워진다는 것은 오감이 훤히 열린다는 의미였다. 가장 예민하고 날카로워질 때야말로 좋은 그림이 나올 확률이 크다는 것을 짧은 경험을 통해서 알고 있었다. 하지만 그가 몸을 녹일 수 있을 정도의 시간적 여유는 필요했다.

서린이 그와 함께 소파에 나란히 앉았다. 되도록 그와 시선을 마주치지 않으려 노력하며 데운 우유를 홀짝이고 있을 때, 어디선가 휴대 전화 울리는 소리가 들렸다. 그의 재킷 주머니에서 울리는 소리였다. 발신인을 확인한 그는 어딘가 좀 망설이는 눈치였다.

"잠깐만."

태인이 양해를 구하며 자리에서 일어났다. 이윽고 그가 수신 버튼을 눌렀다. 발소리조차 울리는 적막한 공간, 칸막이가 있는 침실을 제외하고는 훤히 뚫린 공간이라, 전화기 너머에서 들리는 소리가 그대로 전해졌다.

— 어디야?

예상했던 대로 그를 궁금해하는 약혼녀의 목소리였다. 서린이 들고 있던 머그잔을 테이블에 내려놓았다. 그가 불편하지 않도록 자리를 비켜 줄 참이었다.

"볼일이 있어서 좀 나왔어."

서린이 그를 지나쳐 아래층으로 내려가려 할 때, 그가 서린의 팔목을 붙들었다. 그리고 소파로 가서 앉아 있으라는 듯 눈짓을 보내왔다. 여전히 뺨에 핏기가 돌아오지 않는 서린을 위한 배려였지만, 지금은 그의 자상한 배려가 더없이 잔인하게 느껴졌다. 이토록 약한 마음으로 그에게 이런 요구를 하다니, 어떤 비난도 달게 받겠다는 각오까지 했으면서.

"지금 좀 바쁜데, 나중에 통화하자."

그가 서둘러 전화를 끊으려 하자, 상대방 측에서 다급한 목소리가 흘러나왔다.

— 저기. 잠깐만.

"왜, 무슨 일 있어?"

— 지난번 아빠가 한 말은 생각해 봤어? 약혼까지 했으니, 집을 미리 구하라고 자꾸 고집을 부리셔서.

태인이 이젤 위에 스케치북을 꽂는 서린을 곁눈으로 바라보았다.

— 나는 집을 짓는 편이 좋은데, 엄마는 아파트가 자꾸 편하다고 반대하시지 뭐야.

"그 일 때문이라면 나중에 만나서 상의하자."

— 미안. 여러 가지로 바쁠 텐데, 자꾸 귀찮게 해서.

그가 전화를 끊자, 또다시 어색한 침묵이 감돌았다. 결국, 먼저 말을 건 것은 서린이었다.

"아까 제가 했던 제의 말이에요. 내키지 않으면 여기서 그만해도 상관없어요."

비켜 가던 시선이 다시 돌아왔다.

"네가 마음이 변하지 않은 한, 내가 먼저 그만두는 일은 없을 거야."

고맙다는 인사를 하려다가 그만두었다.

"……그래요. 그럼."

서린이 이젤 앞에 다가가 앉았다. 감정이 고조되고 신경은 예민해진 상태였지만, 관찰자로서 그를 바라보고 있으니 마치 찬물을 끼얹은 듯 머릿속이 차가워졌다. 정 교수의 말이 맞았다. 평소 누드 드로잉에서 별 감흥을 받지 못했지만, 눈앞에 있는 대상이 강태인이라는 이유만으로도 그녀 내면의 잠재된 무언가가 요동치며 꿈틀거렸다. 그가 입은 샤워 가운을 당장이라도 벗기고 싶을 만큼 그의 전부를 갈구했다. 탐닉하며 훑는 시선을 의식한 듯, 그가 정면으로 서린을 응시했다.

"굳이 고정된 자세로 있을 필요는 없어요. 편하게 움직여도 되고 의자에 앉아도 상관없어요."

"옷은? 이대로 입고 있어도 괜찮은 거야?"

"벗으면 좋겠지만, 경험이 없어서 곤란할 거예요. 그냥 상의 정도만 벗어 주세요."

가운을 입은 탓에 상의 탈의가 힘들 거라는 생각이 들었다. 바지만 젖지 않았어도.

"잠시만. 옷장을 뒤져서 혹시 입을 만한 바지가 있나 찾아볼게요."

서린이 막 일어서려 할 때, 그가 가운의 끈을 풀었다.

"아니, 그럴 필요 없어. 네가 하는 일에 도움이 된다면 그냥 벗을게."

그가 아무 망설임 없이 가운을 벗었다.

드러난 나신은 예상했던 것보다 더 아름다웠다. 운동으로 다져진 근육 진 몸은 아니었지만, 천성적으로 반듯한 골격과 자연스럽게 붙은 근육 때문인지, 전체적으로 선이 굵직하고 시원시원했다. 남자의 육체를 많이 보진 못했지만, 장골선이 끝나는 곳, 수북한 털 위로 솟은 검붉은 성기 역시, 그 모양이나 크기가 지금까지 그렸던 모델들과 확연한 차이가 있었다.

그의 육체를 이렇게 객관적인 눈으로 바라볼 수 있다는 사실이 신기하게 느껴질 정도였다. 한때 서린의 입시를 도왔던 미대 교수가 입버릇처럼 하던 말이 떠올랐다. 그리는 대상에게 애착을 둘수록, 그 대상을 왜곡하기 쉽다고 했다. 그래서 '수승화강(水昇火降)'의 원리, 즉 냉정한 눈으로 대상을 관찰하고 뜨거운 가슴으로 표현해야 좋은 그림을 그릴 수 있다는 것이었다.

"실내 공기가 차가운데, 히터를 좀 높여 줄까요?"

그가 어색하지 않도록 서린이 가볍게 물었다.

"아니. 괜찮아."

부지런히 그를 좇는 눈동자 못지않게 빠른 손놀림이 감탄스러운지, 그가 희미하게 웃었다.

"지금 네 모습, 공부할 때와는 전혀 딴판이야."

"제 모습이 어떤데요?"

"눈동자가 베일 듯 날카로워. 그리고……."

"그리고?"

"나를 한입에 삼킬 것처럼 탐욕스러워 보여."

그녀의 입술에 머물던 엷은 웃음기가 씻긴 듯 사라졌다. 마치 비수를 심장 한가운데 박아 버린 듯 예리하고 명확한 표현이었다.

"맞아요. 저만의 방식으로 오빠를 탐하고 있어요. 어디까지가 한계인지 모르겠지만, 지금으로서는 갈 데까지 가는 수밖에 없을 거 같아요."

그가 서린 앞으로 한 걸음 더 다가왔다.

"네가 꿈꾸던 그것이, 정작 네가 원하는 진실이 아니라면, 그때는 어쩔 셈이지?"

그가 말하는 진실이라는 게 무슨 의미일까. 그림을 통해서 그를 욕망하는 자신을 질책하는 말일까.

"차라리 그랬으면 좋겠어요. 적어도 지금보다 홀가분해질 수 있을 테니까."

짙은 속눈썹이 만든 그림자가 불빛을 받아 요동쳤다.

"내가 있는 곳은 달아날 곳이 없는 출구가 사라진 감옥이야. 마지막 경고야. 달아날 수 있다면 지금 달아나."

태인에게 이런 면이 있었나. 그가 하는 말의 의미를 전부 이해할 수 없지만, 서린은 본능적으로 위험을 감지했다. 벗을 때 반쯤 서 있던 그의 성기 역시 무서울 정도로 팽창한 채, 하늘을 향해 치솟은 상태였다. 여러 남성 모델을 그렸지만, 발기한 성기를 보는 건 처음이었다. 하지만 이대로 물러날 수 없었다. 그녀 특유의 고집스러운 기질이 뒷걸음치는 것을 용납하지 않았다.

"아쉽게도 사방이 꽉 막혀서 달아날 곳이라고는 없어요."

짧은 대화는 끝이 났다. 긴 시간, 사각사각 새하얀 종이를 휘젓는 목탄 소리만이 고요한 공간을 채웠다. 흔히들 '열 길 물속은 알아도 한 길 사람 속은 모른다' 는 말을 하지만, 인간의 마음뿐 아니라, 육체 역시 비슷한 속성을 지녔다.

복잡 미묘한 마음을 그릴 수 있는 통로가 인간의 육체였고 육체로 상대와 소통하는 방식은 무궁무진했다. 감정에 따라 오묘하게 변하는 육체, 뼈와 살점과 근육의 움직임은 오히려 실체 없는 마음보다 더 정직했다. 몸의 무의식적인 반응은 어쩌면 인간의 것이 아니라, 인간의 육체를 공들여 빚은 신의 영역이며, 신의 소통 방식인지 모를 일이었다.

그의 미세한 움직임을 하나라도 놓칠세라 속도를 내며 스케치했다. 프로 모델처럼 다양한 포즈는 아니었지만, 마치 공부라도 하고 온 듯 그는 자연스럽게 움직였고 좋은 골격 탓인지, 전체적인 모습이 유연하고 우아했다.

얼마나 시간이 흘렀을까, 서린의 발밑으로 수북한 종이가 쌓일 때쯤 그가 서린의 몰입을 방해하는 게 미안한 듯 조심스럽게 말을 붙여 왔다.

"미안. 잠시 자리를 비우고 싶은데."

그제야 정신이 번쩍 든 서린이 손에 든 목탄을 내려놓았다. 서린과 시선이 마주친 그가 낯을 약간 붉힌 채, 서둘러 가운을 걸쳐 입었다. 작업에 몰두하느라 다른 생각은 하지 못했는데, 그는 어딘가 불편해 보이는 기색이었다. 남자의 몸은 여자와 다르다고 들었다. 굳이 사랑하는 상대가 아니어도 섹스할 수 있으며, 쌓인 욕구를 해소하지 못하면 그만큼 고통스럽다고 했다. 그를 그리고 싶다는 욕심에 기본적인 배려조차 잊고 말았다.

"머리도 식힐 겸 저도 밖에 잠시 나갔다 올게요. 아까 마신 커피가 괜찮던데, 커피도 함께 사 올게요."

서린이 그를 지나쳐 아래층으로 내려가자, 맥이 탁 풀리는지, 그제야 그가 천천히 숨을 내쉬었다.

사방이 무서울 만큼 고요했다. 욕실에 들어선 태인이 거추장스러운 가운을 벗고 거울 앞에 섰다. 핏대 선 이마와 욕망으로 붉게 달아오른 눈동자가 막다른 곳에 몰린 짐승처럼 어딘가 위험해 보였다. 그뿐 아니었다. 검붉은 살갗에 튀어 오른 핏줄만큼이나 제멋대로 꿈틀대는 페니스가 지켜보기 혐오스러울 지경이었다.

달아오른 몸을 식혀야 했다. 이대로 서린 앞에 설 수는 없었다. 샤워 부스에 들어간 태인이 샤워 꼭지를 머리에 가져다가 댔다. 수압이 높은 찬물이 폭포수처럼 머리로 쏟아지자, 그제야 막힌 숨통이 트이는 기분이었다.

그가 샤워기를 댄 채, 한 손으로 페니스를 움켜쥐었다. 아래위로 거칠게 문지르자, 마치 기다렸다는 듯 끈적한 액체가 거품처럼 쏟아져 나왔다. 물줄기와 함께 흘러내리는 정액을 보고 있으니, 돌연 허탈한 웃음이 터져 나왔다.

얼마나 더 견딜 수 있을까. 사람들의 비난이 두려운 것은 아니었다. 다만, 불기둥처럼 치솟아 걷잡을 수 없이 타오르는 마음속의 불길을 꺼야 했다. 그 불길이 온갖 것을 태우기 전에, 태우고 태워서 재만 남기 전에, 불기둥을 가두고 틀어막아야 한다. 그래야 사랑하는 사람을 빛 좋은 곳에 놓아둘 수 있다. 그래야 자신을 둘러싼 모든 사람이 행복해질 수 있다.

온몸이 얼얼해질 정도가 되었을 때야 태인이 샤워 부스에서 나왔다. 몸의 물기를 닦고 다시 거울 앞에 서니, 들어올 때보다는 그나마 꼴이 나아 보였다. 그래 봤자 얼마를 못 가고 미친놈처럼 발광하겠지만, 지금으로서는 이 정도가 최선이었다.

서린이 왔는지. 문밖에서 희미한 인기척이 들렸다. 다시 한번 호흡을 고른 그가 문을 열고 밖으로 나왔다. 테이블 위에 무언가를 차리던 그녀와 시선이 마주치자, 정체를 알 수 있는 죄책감이 몰려왔다.

"배가 고파서 오다가 초밥을 좀 사 왔어요. 와서 좀 드세요."

입보다 먼저 웃는 눈매가 초승달처럼 길게 접혔다. 이런 그녀를 상상하며 정액을 쏟고 그것을 수챗구멍에 흘려보냈다. 그 사실을 알면 그녀는 어떤 반응을 보일까. 지금처럼 환한 웃음을 되돌려 줄 수 있을까.

"젖은 옷은 세탁소에 맡겼는데, 급히 말리면 한 시간 정도 걸릴 거 같아요. 첫날이라 힘들 테니, 오늘은 여기까지 하는 게 좋겠어요."

태인이 벽시계를 올려다보았다. 밤 9시 30분, 약속한 시각에는 못 미치지만, 어딘가 수척해 보이는 서린의 안색을 보니, 지금은 쉬도록 하는 게 좋을 듯싶었다. 태인이 앉지도 서지도 못하고 화실을 서성이자, 서린이 다가와 앉으라는 듯 소파를 툭툭 두드렸다.

"좀 앉아서 드시라니까요."

"나는 괜찮으니까, 너나 어서 먹어."

"저 혼자 무슨 맛으로 먹어요."

시장기는 일찌감치 달아난 상태였지만, 계속 거절하면 그녀가 마음 편히 먹지 못할 거 같아서 내민 젓가락을 마지못해 받아 들었다. 서린 역시 입맛이 없는지, 한두 개 먹다가 젓가락을 내려놓았다.

"이곳 갤러리는 오랫동안 비어 있었던 모양이지?"

"외할아버지께서 돌아가시고 줄곧 비어 있었어요. 건물이 낡았지만, 할아버지의 추억이 깃든 곳이라, 섣불리 손대지 못했거든요."

"작품을 둘러보니, 솜씨가 좋은 분이셨던 거 같아."

"좋은 분이셨어요. 그림에 관심 두게 된 것도 할아버지의 영향이 컸어요."

"네가 그분의 재능을 물려받은 모양이야. 그림은 잘 모르지만, 오늘 작업하는 걸 보니, 공부 못지않게 고되고 까다로운 일처럼 보였어."

"사실 미대에 지원할 때까지도, 그림 그리는 일에 별 의미를 두지는 않았어요. 그러나 막상 입학하고 나니, 제 생각이 얼마나 안일했는지, 저절로 깨닫게 되더라고요. 가끔 형편이 어려운 친구를 보게 되는데, 그림에 관한 열정이 저와 비교조차 되지 않았어요.

그림의 기교와는 상관없이 그런 친구들의 그림에서는 사람을 끌어당기는 마력 같은 게 있어요. 그게 바로 열정의 힘인 거 같아요. 인생에서 무언가를 건다는 거, 하고 싶은 일이 있다는 거, 한 번도 깊이 생각해 본 적이 없는데, 이제는 진지하게 생각해 보려고요."

잘 웃고, 잘 울고 그 못지않게 잘 토라지고, 태인이 아는 서린은 그런 소녀였다. 세상의 부정이 아닌, 긍정을 말하던 입술, 작은 속삭임에도 귀 기울여 주는 다정함, 굴절되어 일그러지는 빛이 아닌, 직선의 올곧은 빛처럼 꾸밈없고 솔직한 눈동자. 그런 서린을 사랑하게 된 것은 지극히 당연한 일이었다. 그래서 보내려 했다. 다른 누구도 아닌, 그녀 자신을 위해서 보내야만 했다.

하지만 그녀가 작은 날개를 펼치고 먼 창공을 향해 날갯짓하려는 순간, 굳은 결심이 물거품처럼 사라지고 아득한 두려움이 몰려왔다. 그리고 그 두려움이 원망 섞인 말이 되어 나갔다.

"그래서 나를 택했니? 한껏 탐하고 버리기 위해서?"

태인의 물음에 서린의 뺨이 붉게 달아올랐다. 안의 것이 밖으로 고스란히 드러나는 가식 없는 눈동자가 오늘따라 어쩐지 잔혹해 보였다.

옷을 벗는 순간까지도 자신이 있었다. 자신이 없었다면 서린의 제의를 받아들이지 못했을 테니까. 하지만 서슬 푸른 눈동자가 전신을 훑듯이 응시하자, 온몸이 불에 덴 듯이 화끈거리며 아래에서 시작된 열기가 정수리까지 치솟아 올랐다. 오늘에서야 비로소 깨달았다. 스스로를 속이려 했던 자신의 위선이 얼마나 부서지기 쉬운 허무한 것이었는지를.

"말했잖아요. 과거에서 벗어나고 싶다고."

작업하는 동안 여한 없이 사랑하겠다는 말은 자신에게서 벗어나려는 그녀 나름의 몸부림이었다. 그 모든 행위가 날카로운 비수가 되어 심장 한가운데 박혔다. 잠시 숨을 고른 태인이 마지막 인내심을 끌어모았다.

　"경고했어. 달아나려면 지금 달아나라고."

　숨 막히는 침묵이 흘렀다. 잠시 후, 서린이 먹다 남은 초밥을 봉투에 넣어서 쓰레기통에 처박았다. 그리고 묶은 머리를 풀고 앞치마를 벗어서 테이블에 올려놓았다.

　"아직 대답을 듣지 못했어요. 저를 어디까지 허락해 줄 수 있어요?"

　솔직하게 말할까. 세상을 향해 발돋움하려는 그녀를 끌어 내려서 자신이 있는 어두운 심연 속에 가두고 싶다고. 그녀가 입은 거추장스러운 옷을 벗기고 온전히 자신의 여자로 만들고 싶다고. 그의 내부에서 무언가가 꿈틀댔다. 순간, 갑작스러운 두려움에 몸서리가 쳐졌다. 그것은 그녀를 지키고자 하는 마음과 그녀의 전부를 가지고 싶다는 잔혹한 욕망의 충돌이었다.

　"아쉽게도 나는 네가 생각하는 것만큼 좋은 사람이 아니야."

　"저 역시 열여덟 살의 어린 소녀가 아니에요."

　태인의 앞에 선 서린이 입고 있는 셔츠의 단추를 하나둘씩 풀어 내었다.

　"이런 곳에서 너를 안을 수는 없어."

　"아니, 이곳이어야 해요. 이곳은 현실이 아니라, 제가 표현하려는 그림 속의 공간이니까."

　셔츠를 훌훌 벗어 던진 그녀가 망설임 없이 브래지어를 끌러 내렸다. 수줍게 솟아오른 젖가슴과 색이 옅은 분홍색 유두를 보자, 숨죽인 욕망이 거대한 아가리를 벌렸다. 한계에 다다랐다. 더는 물러설 곳이 없었다.

서린이 바지 지퍼를 내리려 할 때, 태인이 자리에서 일어나 그녀를 끌어안았다.

"이런 식으로 너를 안을 수 없어. 적어도 깨끗한 곳에 너를 눕힐 수 있도록 준비할 시간을 줘."

솔직한 심정이었다. 그에게도 서린은 첫사랑이었다. 아니, 어쩌면 마지막이 될지도 모르는 사랑이었다.

"우선 샤워부터 해. 네가 샤워하는 동안 침실 정리를 할 테니까, 그때까지만 기다려 줘."

태인이 입고 있는 가운을 벗어서 어깨에 걸쳐 주자, 그토록 당차 보이던 그녀가 모든 동작을 멈추고 태인을 올려다보았다. 그리고 금방이라도 울음을 터트릴 것처럼 긴 속눈썹을 떨었다.

"나도 네 마음과 다르지 않아. 그러니까 애쓰지 않아도 돼."

태인이 끌어안은 손으로 그녀의 등을 어루만졌다. 오히려 울고 싶은 것은 그 자신이었다. 그녀 역시 저처럼 내면의 자신과 치열한 싸움을 벌이는 것인가. 그래서 이렇게 어깨를 떨며 혼자 슬픔을 참아 내는가.

"혼자 있기 싫어요. 같이 샤워해요."

태인이 서린을 안은 채, 욕실로 들어갔다. 비좁은 공간에 둘이 함께 서니, 움직임이 자유롭지 못했다. 태인이 서린이 옷을 벗는 것을 세면대 거울을 통해서 응시했다. 바지에 이어 마지막 속옷까지 벗겨 나가자, 마침내 모습을 드러낸 음모가 옅은 검은 숲이 새하얀 살갗과 대조되어 눈을 어지럽혔다. 기어코 몸이 저절로 반응하며 제멋대로 꿈틀댔다. 아직 소녀 티를 벗지 못한 듯 가늘고 여린 몸, 이런 그녀를 과연 안을 수 있을까. 언제부터인가, 늘 벗은 그녀를 상상하며 몽정하곤 했다. 그러나 꿈에서 깨어나면 어김없이 죄책감과 함께 좌절감이 몰려왔다.

옷을 벗을 때도 망설임이 없던 그녀가 세면대 거울 속에서 눈을 마주치자, 뺨을 붉게 물들이며 시선을 아래로 내렸다. 그녀 가까이 다가간 태인이 거울을 마주 본 채, 뒤에서 그녀를 끌어안았다. 봉긋 솟은 가슴을 부드럽게 모아 쥐자, 서린이 흠칫 놀라 몸을 굳혔다.

"너는 나로부터 자유로워지고 싶다고 하지만, 이대로 너를 안으면 나는 영원히 오늘 이 순간에 갇혀 버릴 거야. 그리고 매일 밤 너를 상상하며 몸부림치겠지. 이대로 정말 괜찮겠니?"

그의 말에 내내 굳은 표정이던 서린이 희미하게 웃었다.

"만약 제가 오빠에게 그 정도로 의미 있는 사람이었다면, 굳이 이런 시간을 허락해 달라고 요구할 필요가 없었겠죠."

사랑한다. 사랑하기 때문에 놓아주려 했다. 소리 없는 말이 허공을 떠돌았다.

"저는 괜찮아요. 저의 처음이 오빠라서 정말 다행이라고 생각해요."

자그맣고 마디 고운 흰 손이 가슴을 감싼 그의 손에 다정하게 겹쳐졌다.

"다만 한 가지, 그분께는 용서받을 수 없는 죄가 될 테지만, 저역시 그림이 완성되면 제 머릿속에서 오빠를 온전히 지워야 하잖아요. 저에게는 가장 괴로운 형벌이니까, 그것만으로도 충분한 죗값이 될 거예요."

한때 다희를 사랑한다고 착각한 적이 있다. 그러나 서린을 만나면서 저절로 알게 되었다. 사랑은 동정이나, 의무감이 아닌 마음속에서 자연스럽게 우러나오는 감정이라는 것을. 그 단순한 진실을 처음에는 받아들이기조차 쉽지 않았다. 받아들이고 나서는 아무것도 할 수 없는 자신의 무기력함에 치를 떨었다.

"다희는 너와 달라."

"굳이 그런 말 하지 않아도 잘 알아요."

그의 말을 오해한 듯 서린이 체념 어린 미소를 보내 왔다.

"다희는……."

그가 말을 이으려는 찰나, 서린이 끼어들었다.

"지금 이 순간만은 다른 생각 하고 싶지 않아요."

그를 향해 몸을 돌린 서린이 그의 목덜미에 팔을 둘렀다. 그리고 그의 턱에 뺨을 문지르고 속삭였다.

"보세요. 숨죽인 듯 고요한 공간에 오빠와 저, 둘만 있어요. 세상과 단절된 채, 아무것도 걸치지 않은 자유로운 우리 둘만이……."

다가온 입술이 전해 주는 따스한 입김에 아득한 현기증이 일었다. 마치 놓치지 않겠다는 듯, 태인이 그녀를 더욱 깊이 끌어안으며 입술을 더듬었다. 입술에 닿는 보드라운 살갗에 도취한 것도 잠시, 그녀가 어서 들어오라는 듯 자그마한 입술을 벌리자, 태인이 미끄러지듯 혀를 넣었다. 더없이 부드럽게 사랑하려 한다. 먼 훗날, 그녀가 오늘을 기억하며 아프지 않도록, 떠올리는 것만으로 웃음

지을 수 있도록 그렇게……. 하지만 마음에서 시작된 불길이 몸속으로 옮겨붙어서 그녀까지 태우려는 듯, 하반신을 뜨겁게 달구었다.

달아나려는 달콤한 혀를 단단히 감고 타액까지 남김없이 빨아 마셨다. 거친 키스에 숨이 가쁜지, 그녀가 다급하게 호흡을 삼켰다. 그제야 비로소 정신이 든 태인이 그녀에게서 입술을 뗐다.

"하아……."

숨을 몰아쉬던 그녀가 다리에 힘이 풀리는지, 몸을 휘청이자, 태인이 한 손으로 그녀의 허리를 감고 자신에게 체중을 지탱하게 했다. 귀두 부분에서 질금대며 뿜어져 나오는 쿠퍼액과 높이 솟아, 꿈틀대는 페니스가 그녀의 은밀한 부분에 닿자, 사정감이 몰려오며 머릿속이 하얗게 비워졌다. 당황한 태인이 밀착한 하반신을 떼고 그녀를 내려다보았다. 태인의 마음과 육신이 치열한 싸움을 벌이고 있다는 걸 꿈에도 모르는 그녀는 그에게 머리를 기댄 채, 길 잃은 새처럼 몸을 떨며 호흡을 고를 뿐이었다.

"미안. 나도 모르게 거칠어졌어."

그녀가 경련하듯 몸을 떨면서도 애써 웃었다.

"제가 원했는데, 오빠가 왜 사과해요. 처음이라 서툴지만, 저는 오빠가 지켜야 할 무언가가 아니에요, 그러니까 너무 조심스러워할 필요 없어요."

우습게도 처음이라는 말에 까닭 모를 안도감이 몰려왔다. 윤우와 사귀는 것이 아니었나. 윤우의 품에 안긴 그녀를 상상하며 괴로워하던 밤이 부지기수였다. 샤워 부스로 들어간 두 사람이 홀린 듯 서로를 마주 보았다. 태인이 양손으로 거품을 내어 그녀의 몸을 닦아 주었다. 가는 목덜미를 지나 부드럽게 솟아오른 가슴에서 그의 손이 멈추었다. 양손으로 가슴 윤곽을 따라 하나로 모아 쥐자, 발갛게 달아오른 그녀의 뺨이 더욱 짙은 붉은색으로 변했다. 그가 가슴을 모아 쥔 그대로 잔뜩 오므리는 젖꼭지에 거품을 찍어서 올려놓았다. 그리고 미끈한 혀로 유두에 올려진 거품을 핥았다.

"……여기 ……못 견딜 만큼, 귀여워."

마치 아이가 젖을 먹듯 유두를 입 안 가득히 빨아 당기자, 부끄러움을 참지 못한 듯 서린이 그의 머리를 두 손으로 끌어안고 욕실 벽에 몸을 기대었다. 그리고 흘러내리는 물줄기로 제 몸을 가리려는 듯 샤워기를 틀었다. 부드러운 몸의 윤곽선을 따라 흘러내리는 물줄기를 응시했다. 눈물만큼이나 뜨끈한 물이 몸을 적시고 마음을 적시며, 남자로서의 욕망까지 적셨다.

그의 손이 더듬듯 물의 흔적을 따라갔다. 노골적인 혀의 애무로 한껏 부풀어 오른 가슴과 붉은 잇자국이 남아 있는 유륜 주변 그리고 가는 허리와 움푹 파인 배꼽까지. 아래로 더욱 아래로 내려가는 손이 숲을 헤치고 미끈한 속살을 더듬어 갔다. 당황한 서린이 다리를 오므리며 그를 본능적으로 밀어 냈다.

"……그 ……그만."

태인이 그녀의 손을 끌어다가 거대하게 치솟아 오른 자신의 성기를 붙잡게 했다. 망설이며 손을 빼려는 서린의 귀에 그가 나지막하게 속삭였다.

"너를 욕망하는 나를 느껴 봐. 하지만 네가 싫다면 여기서 그만둘 거야. 그러니까 여기서 멈추고 싶으면 싫다고 말해도 괜찮아."

차라리 이미 한계에 다다른 자신을 대신하여, 그녀가 여기서 멈추어 달라고 속삭여 주길 바랐다. 하지만 그녀는 자신처럼 비겁한 겁쟁이가 아니었다. 잠시 망설이던 자그마한 손이 그의 페니스를 움켜쥐었다.

"아니, 도망가지 않을 거예요."

그녀의 살갗을 경험한 페니스가 꿈틀대며 욕망을 뿜어냈다. 갑작스럽게 사정감이 몰려오자, 그가 어금니를 다물며 마지막 인내심을 끌어냈다.

"밖으로 나가면 이보다 더한 일을 하게 될 거야."

"상관없어요."

순간, 그의 이성을 지탱하던 마지막 불이 꺼지고 칠흑 같은 어둠이 찾아왔다.

태인이 서린의 몸을 한쪽 팔로 끌어안고 나머지 손으로 커다란 수건을 꺼내서 그녀의 젖은 몸을 감쌌다. 순식간에 돌변한 그의 태도에 그녀는 약간 당황한 눈치였지만, 굳은 결심이 흔들리지 않는다는 각오를 보여 주려는 듯 곧 그의 목덜미에 팔을 두르고 몸을 기대 왔다. 밖으로 나온 두 사람은 부둥켜안은 채, 침실로 들어갔다.

그녀를 안기에는 너무도 초라한 공간, 비좁은 침대가 눈앞에 다가들었을 때, 비로소 강한 현실감이 찾아왔다. 아무것도 해 줄 수 없는 자신의 처지처럼 느껴져서 속이 쓰렸다. 서린 역시 다른 의미로 두려운지, 몸을 감싼 수건으로 아랫부분을 가렸다.

태인의 눈동자가 빠르게 침실을 훑었다. 시트는 새로 갈았는지, 다행히 깨끗해 보였다. 조금 전까지 한껏 용기를 불어넣어 주던 그녀가 침대 모서리에 무릎을 세우고 앉았다. 시선이 마주치자, 흠칫 놀라 고개를 푹 숙였다. 가까이 다가간 태인이 바닥에 한쪽 무릎을 꿇고 그녀와 시선을 맞추려고 노력했다. 자꾸만 비켜 가는 시선이 안타까워서 자그마한 발을 양손으로 움켜잡고 쪼아 대듯이 입맞춤을 했다.

머리에서 발끝까지, 무엇 하나 예쁘지 않은 곳이 없다. 매끄러운 살의 감촉부터 남자와는 확실히 달랐다. 건드리면 부서질 듯한 가는 골격과 유연하게 흐르는 몸의 곡선, 그 흐름을 따라가다 보면 어김없이 숨을 멈추게 하는 은밀한 곳, 그리고 비밀스러운 곳을 감싼 검은 음모까지 사랑스러워 눈물이 날 지경이었다.

엄지발가락을 송곳니로 물고 발가락 사이를 혀로 살살 문지르자, 그녀가 엉덩이를 뒤로 빼며 그를 저지했다.

"……간지러워요."

발가락 사이사이를 핥을 때마다, 움칠거리는 몸의 반응을 자유롭게 하기 위해 그녀가 움켜쥔 수건을 바닥에 던졌다. 가릴 것이 없어지자, 서린이 엑스 자로 팔을 모으며 얼굴을 붉혔다. 태인이 때를 놓치지 않고 그녀의 한쪽 다리를 잡아서 자신의 어깨에 걸쳤다. 복숭아뼈에서 종아리, 종아리에서 허벅지 안쪽까지 이어지는 느릿한 혀의 애무에 그녀의 숨이 점점 가빠지는 게, 피부로 느껴졌다.

"……아, 아…… 안 돼……."

자꾸만 뒤로 물러나려는 그녀의 허리를 붙들고 농후하게 애무를 계속했다. 마침내 막다른 골짜기에 도착한 태인이 축축하고 매끈한 살점에 코를 박고 깊숙이 숨을 들이켰다. 달큼하게 전해지는 향취가 독한 술보다, 값비싼 향수보다 더 강하고 자극적이었다. 향취만으로는 부족한지 그가 혀를 굴려서 그녀의 체액을 남김없이 **빨아** 마셨다.

차라리 혀에 닿는 모든 것, 손에 잡히는 모든 것은 그대로 씹어 삼키고 싶었다. 그녀의 몸을 가르고 당장에라도 자신을 쑤셔 박고 싶었다. 그리고 숨이 끊어질 때까지, 하나가 되어서 떨어지고 싶지 않았다. 아끼고 아끼다가 누군가가 당장이라도 **빼앗아갈까** 봐 두려 웠다. 무서울 정도로 엄습해 오는 소유욕에 몸이 반응하며 검붉은 기둥이 단단하게 팽창하며 부풀어 올랐다.

젖은 그녀의 입구를 애무하던 혀가 여린 살점을 가르고 좁은 틈 새를 뚫으려 하자, 내내 부르르 떨며 신음을 참기 위해 어금니를 물고 있던 그녀가 태인의 어깨를 밀며 애원했다.

"흐흑…… 그…… 그만해요."

흐느끼는 애처로운 목소리가 그의 이성을 간신히 붙들어 놓았다. 태인이 앉은 자세를 바꾸어 그녀가 있는 침대 위로 기어 올라갔다. 그리고 그녀의 체액이 묻은 작고 도톰한 입술에 제 입술을 그대로 포개었다. 놀란 그녀를 다독여야 하지만, 펄펄 끓어서 달구어진 몸 은 이미 통제 불능 상태였다. 그 역시 이 모든 것이 처음 하는 경 험이었다. 눈부신 햇살만큼이나 환하게 웃는 서린을 첫눈에 반해 사랑했다. 하지만 사랑이란 감정은 제게 사치라고 여기며 애써 외 면하려 했다.

두려움에 사로잡혀 자꾸 밀어 내리는 여린 손을 양손으로 움켜 쥐고 깍지를 끼었다. 머리 위로 올려붙이고 아까와 마찬가지로 손 목에서 팔꿈치, 겨드랑이 안쪽까지 혀로 핥고 이빨을 세워서 긁어 내렸다. 땀구멍 하나하나까지 음미하듯 빨아 당기고 핥고 어루만졌다. 그리고 눈으로는 그녀의 반응을 하나라도 놓칠세라 세심하게 관찰했다. 쉴 새 없이 오르내리는 가슴과 핏줄이 선 목덜미, 경련하듯 바들바들 떠는 가여운 몸이 안타까운 동시에, 잔혹한 욕정을 불러왔다.

두툼하게 살이 오른 젖무덤과 단단히 솟은 젖꼭지를 한입으로 집어삼키며 희롱했을 때, 기어코 가냘픈 신음이 그녀의 잇새로 새어 나왔다.

"아…… 아흑!"

단단하게 오므린 무릎을 벌리고 허벅지를 세우자, 그녀가 최후의 저항을 하려는 듯, 몸을 뒤로 물렸다. 자세를 바로 세운 태인이 서린을 정면으로 마주 보았다. 땀으로 흠뻑 젖은 머리카락을 뒤로 넘겨 주고 파르르 떨리는 긴 속눈썹에 맺힌 눈물을 혀로 핥아 내었다.

"괜찮아. 아주 천천히 할 거야."

부드럽게 속삭이자, 그제야 안심이 된 듯 그녀가 받은 숨을 쏟아 냈다. 태인이 때를 놓치지 않고 검은 숲 사이를 손으로 더듬었다. 두려움에 휩싸인 듯 보이지만, 계속 이어진 애무 탓인지, 그녀의 입구는 촉촉하게 젖은 상태였다. 체액으로 번들대는 귀두 부분을 여린 살에 갖다 붙이고 위아래로 문지르기 시작하자, 서린이 부끄러움을 참지 못하고 두 손으로 얼굴을 가렸다. 이미 그녀의 맛을 본 성난 기둥이 어서 들어가고 싶다고 아우성을 쳤다. 마지막 이성을 끌어모은 태인이 서린의 몸을 편안하게 눕히고 얼굴을 가린 두 손을 떼어 내었다. 그리고 다정한 목소리로 속삭였다.

"서린아. 부끄러운 게 아니야. 처음이라 많이 아프겠지만, 그래도 나를 똑바로 봐 줘."

내내 시선을 피하던 그녀가 눈을 마주쳐 왔다. 한 손으로 성기를 움켜쥐고 그녀의 입구에 갖다 댔다. 괜찮다고 그녀를 다독였지만, 막상 좁은 입구를 찾아들려니, 그 역시 겁이 덜컥 났다. 경험도 없이 본능에 따라 움직이지만, 혀도 들어가지 않던 여린 살이 이토록 굵은 기둥을 어떻게 받아들일지 도저히 상상이 되지 않았다.

하지만 불안감에 휩싸인 마음과는 달리 몸은 자연스럽게 그녀가 주는 자극에 반응했다. 두려움에 사로잡힌 그녀를 부드러운 입맞춤으로 달래며, 끈적이는 서로의 체액을 인내심을 가지고 마찰했다. 그녀의 경직된 몸이 서서히 풀리자 새로운 반응을 보였다. 손과 귀두 부분을 이용해서 정성껏 질 부분을 애무한 탓인지, 그녀는 신음을 삼키며 허리를 비틀었다.

아까와는 명백히 다른 반응에 태인이 기회를 놓치지 않고 성기 끝부분을 촉촉한 그녀의 입구에 살짝 밀어 넣었다. 틈 없이 빽빽했지만, 이미 흥건해진 체액 때문인지, 들어가는 게 생각보다 어렵지 않았다. 약간의 삽입만으로도 혈관이 팽창하며 믿을 수 없는 쾌감이 몰려왔다.

"……하아."

"……아아읏."

뿌리 끝까지 처박고 그녀를 속속들이 맛보고 싶다는 욕구와 그녀가 다칠 수 있다는 이성이 제멋대로 뒤엉켰다. 충격으로 크게 벌어진 동공을 응시하며 태인이 천천히 아주 천천히 허리를 움직였다. 성기를 감싸는 듯한 뜨거운 살의 촉감이 심장 부근까지 치솟아 올라 상상할 수 없는 감동을 일으켰다.

'비로소 하나 되었다.' 하는 경외감마저 느껴졌다. 그래 봐야 겨우 반밖에 들어가지 않았지만, 하얗게 질린 안색의 그녀는 자신을 받아들이기 위해 혼신의 힘을 기울이고 있었다. 이렇게 누군가를 사랑할 수 있다니, 이토록 누군가를 간절히 원할 수 있다니, 이대로 죽는다 해도 아무 여한이 없을 거 같았다.

태인이 허리를 굽혀서 눈물로 얼룩진 뺨을 뜨거운 혀로 핥아 내었다.

하나가 되기 위해서 태어난 나의 반쪽. 가여운 내 연인.

결국, 온전히 하나가 되고 싶은 욕심에 그가 뿌리 끝까지 자신을 밀어 넣었다. 우지끈하게 살이 갈라지는 것과 동시에 그녀가 짧은 비명을 내질렀다.

"아홋!"

상처 입은 새처럼 그녀가 태인의 아래에서 파닥거렸다. 질끈 눈을 감은 그 역시 고통스러운 것은 마찬가지였다. 그러나 고통을 딛고 일어난 쾌감은 상상을 초월했다.

"⋯⋯헉 ⋯⋯온몸이 저릿저릿할 정도로 네가 느껴져."

그녀가 숨을 쉴 수 있도록 한 번에 밀려 나갔다가 다시 꿰뚫고 들어갔다. 그녀의 몸은 끝없는 미궁처럼 습하고 빨판처럼 쫀득하고 불구덩이처럼 뜨거웠다. 이성과 욕망 사이에서 오락가락하던 그는 처음 경험하는 사나운 희열에 이성의 끈을 놓아 버렸다. 쿵쿵 박고 빠지고 짓이기고 휘저었다. 결국, 그녀 안에 모든 것을 쏟아 내고 나서야 그의 움직임이 멈추었다. 척추가 들릴 만큼 강렬한 쾌감에 요동치듯 허리를 들썩였다. 긴 후희가 끝난 후 자신을 받아 내느라, 땀에 흠뻑 젖은 몸을 끌어안고 아주 잠깐 눈물을 흘렸던 것도 같다.

샤워할 기운조차 없는지, 이윽고 서린이 기진맥진한 채, 눈을 감았다. 태인이 따스하게 적신 수건을 가져와서 정성껏 닦아 주었다. 체액이 말라붙은 음모를 닦고 다리를 벌려서 자신이 헤집어 놓은 곳을 확인했다. 부풀어 오른 분홍색 속살을 보자, 안타까운 동시에 부끄러움도 모르고 뻔뻔한 욕망이 고개를 쳐들었다.

"……아프게 해서, 미안하다."

짙은 속눈썹이 열리며 그녀가 말갛게 웃었다.

"아팠지만, 오빠라서 괜찮았어요."

태인이 서린의 손을 가져다가 부드럽게 입을 맞추었다.

"피곤할 텐데, 눈 좀 붙여."

기다렸다는 듯, 물기 어린 눈동자가 짙은 속눈썹에 숨어들었다. 새하얀 나신에 붉은 잇자국이 떠도는 섬처럼 여기저기 흩어져 있었다. 그가 빠짐없이 어루만지고 입을 맞추었다.

비로소 결론에 도달했다. 명쾌한 결론이지만, 우습게도 길고 오래된 상념의 결과는 아니었다. 바라보는 것만으로도 행복감에 젖어들게 하던 소녀는, 세월과 함께 성장해서 자신의 여자가 되었다. 섹스가 전부는 아니지만, 몸을 섞고 나니 보이지 않던 무언가가 명확하게 보이기 시작했다. 동시에 그동안의 갈등이 물거품처럼 사라졌다.

"……서린아."

이미 깊은 잠에 빠진 그녀는 대답이 없었다.

"그동안 내가 어리석었어. 사람들이 천하의 몹쓸 놈이라고 손가락질해도, 이제부터 너와 나, 우리 둘만 생각할 거야."

"……."

"사랑해. 사랑하고 있어."

또다시 비가 쏟아지려는지, 먼 곳에서 우르릉하며 하늘이 울렸다.

10

기억을 더듬어, 시간을 거슬러

마침내 평화는 깨졌다. 당장 짐을 싸서 프랑스로 다시 돌아가고 싶지만, 겨우 안정을 찾은 부모님을 생각하면 그 또한 못 할 짓이었다. 앞뒤가 꽉 막힌 상황에 하루하루가 살얼음판을 걷는 것처럼 불안하고 초조했다. 그런 서린과 달리 태인은 마치 아무 일 없었다는 듯 일상을 꾸려 나가는 것 같았다. 몇 가지 달라진 점이 있다면 서린의 일거수일투족을 빠짐없이 챙기려 들거나, 바에 있는 여러 개의 위스키병이 하루가 다르게 비워져 가는, 작은 변화가 있을 뿐이었다.

태인이 출근하고서야 침실을 나온 서린이 넓은 거실을 서성였다. 어떤 자극도 없는 무료한 하루를 보낼 생각을 하니, 벌써부터 기분이 가라앉았다. 최근 태인과의 관계가 악화된 이후로 오다가다 그와 잠깐씩 마주칠 뿐, 점점 얼굴 보기가 힘들었다.

그가 있으면 서린이 밖으로 잘 나오지 않는 까닭도 있지만, 그 역시 서재에 틀어박혀 있는 시간이 대부분이었다. 차라리 잘된 일인지도 모른다. 그럭저럭 시간이 가기만을 바랄 뿐. 신경을 곤두세울 일도 없으니까.

소파에 앉아 신문을 뒤척이고 있을 때, 문득 윤우 생각이 났다. 호텔에서 만난 후, 몇 번 연락이 왔지만, 일부러 전화를 받지 않았다. 이번 일을 겪고 나서야, 그가 자신 못지않게 마음의 갈등을 겪었을 거라는 깨달음이 왔다. 하긴, 처음 시작부터가 잘못된 것이었다. 그런 광경을 목격하고 트라우마가 생기지 않았다면 그게 더 이상하니까.

최근 며칠 연락이 없는 것을 보면 파리로 다시 돌아간 것은 아닐까. 적어도 안부 정도는 묻는 게 도리라는 생각에 서린이 휴대 전화를 찾았다. 수신음이 한참 울리고 나서야, 잠에서 막 깨어난 듯한 목소리가 들려왔다.

— 뭐야. 살아는 있었네.

허물없는 말에 긴장감이 저절로 풀렸다.

"잠자고 있었나 봐. 너무 이른 시간에 전화했구나."

— 이르기는. 벌써 10시가 가까워져 오는데. 어제 오랜만에 밴드 형들하고 술 한잔하다 보니, 늦잠을 잤어.

파리에서 함께 지낼 때, 늘 듣던 말이었다. 사람들과 어울리는 것을 좋아하는 그는 연락도 없이 늦도록 집에 돌아오지 않았고, 돌아와서는 늘 같은 변명을 했었다.

"그래도 몸은 챙기면서 마셔. 그러다가 탈 나면 어쩌려고."

서린 역시 당시와 같은 대답을 하자, 한숨과도 같은 목소리가 흘러나왔다.

— ……여전하구나. 하서린.

"뭐가?"

— 내가 밖에서 무슨 짓을 해도, 밤을 꼬박 새우고 들어와도 너는 늘 지금과 비슷한 말을 했었지.

"그랬었나?"

— 그랬어. 차라리 다른 여자들처럼 따져 물으며 화를 내거나, 잔소리라도 해 주길 내심 바랐는데, 한 번도 너는 그런 적이 없었거든.

"같이 살아도 우리 서로를 자유롭게 해 주자고 약속했잖아. 어떤 식으로든 너를 구속하고 싶지 않았어."

— 구속이 아니라, 관심받고 싶었다는 뜻이야. 그리고 설사 구속되더라도 너라면 상관없을 테고.

돌이켜 보면 윤우의 말이 맞았다. 서로를 구속하지 않겠다는 생각 자체가 구속이었다. 자유를 갈망했지만, 자유라는 강박증에 묶여 있던 것처럼.

— 그보다 지난번 일은 미안해. 강태인을 만나니까 나도 모르게 화가 나서 생각지도 못한 말이 나왔어.

태인에게 반감이 있는 것은 알지만 일부러 오해하도록 만들 만큼, 그것이 의도적인 접근 방식이었다면 그냥 지나칠 수 없었다.

"그날, 우연히 내 앞에 나타난 건 아니지?"

짧은 침묵이 흐르고 윤우가 대답했다.

— 맞아. 아무리 전화해도 연락이 되지 않아서 아를까지 갔었어. 결국, 한국행 비행기를 타고 수소문했더니, 네가 이미 결혼했다는 거야. 당장 너를 만나서 묻고 싶었지만, 전후 사정을 파악하는 것

이 먼저였어.

"……."

— 아무튼, 네 주변을 맴돈 건 맞아. 때를 놓치지 않고 너를 만났고, 힘들어하는 너를 보고 그냥 지나칠 수 없었어. 하지만 강태인에게 계획적으로 거짓말을 한 건 아니야. 뻔뻔한 얼굴로 진짜 남편이라도 된 듯 으스대는 꼴을 보니까, 나도 모르게 눈이 확 뒤집혔어. 그래서 받은 만큼 돌려주었어. 그 고통이 얼마나 큰지 누구보다 잘 아니까.

서린이 전화기를 떼고 깊은 한숨을 내쉬었다. 돌고 또 돌아와서도 또다시 같은 자리, 어쩌면 태인과 윤우, 그리고 자신은 악연 중에서도 악연인지도 모른다.

"윤우야."

부르는 소리에 윤우는 대답이 없었다.

"너 정말 괜찮은 남자야. 과분하다 싶을 만큼, 잘생기고 멋지고 어디 가나, 시선을 독차지하고. 그런 네가 좋아서 헤어지고도 친구로 남으려 했던 내가 욕심이 과했던 거 같아."

— …….

"우리 나름대로 최선을 다했잖아. 그러니까 여기까지만 하자."

길고 긴 침묵이 흘렀다. 그리고 마지막 말을 남기고 그가 전화를 끊었다.

— 노력은 해 볼게. 하지만 쉽진 않을 거야.

만남만큼이나 헤어짐이 쉬운 것은 아니었다. 특히 힘든 시절을 함께한 사람이라면 더욱 그러하리라. 윤우와 전화를 끊고 나서도 마음을 잡지 못해 이리저리 서성이고 있을 때, 정연과 했던 약속이 떠올랐다. 요즘 화제를 모으고 있는 전시회가 있으니 함께 보자는 약속이었다.

오랜만에 어머니가 운영하는 갤러리를 찾았다. 죽지 않으면 어떻게든 살아지는 게 삶이라더니, 전시장을 하릴없이 둘러보고 있으니 그나마 숨통이 트이는 기분이었다.

"어때. 그림이 굉장한 생동감으로 가득 차 있지?"

정연의 말에 서린이 고개를 끄덕였다. 남녀가 뒤엉켜 있는 그림이지만, 강렬하고 독특한 색채 때문인지, 거부 반응보다는 보는 이의 시선을 자연스럽게 끌어당겼다.

"최근 두각을 드러낸 신인 작가인데, 파격적인 성애 묘사로 보수적인 컬렉터들은 포르노그래피라고 깎아내리지만, 해외에서는 연일 호평이 쏟아지고 있어."

그림에 손도 대지 못하는 상태에서 인상적인 누군가의 작품을 보는 것이 마냥 편안한 기분은 아니었다. 하지만 보이는 것이 전부가 아니었다. 보이지 않는 영역 너머에서 누군가의 땀과 열정을 눈으로 목격하는 즐거움은, 즐거움을 넘어서 진한 감동으로 다가오기도 하니까.

"좋네요. 작가의 다른 작품도 보고 싶어요."

"기회가 닿으면 소개해 줄게. 대담한 그림과 달리, 수줍음이 많은 여성 작가인데, 아마 서린이 너와 나이도 비슷할 거야."

"고마워요."

어머니 못지않게 갤러리 운영에 열의를 다하는 정연의 모습이 보기 좋았다.

서린이 정연과 함께 갤러리 로비에 있는 커피숍으로 걸음을 옮겼다. 초췌한 안색의 서린을 살피는 눈으로 바라보던 정연이 넌지시 물었다.

"얼굴이 지난번보다 더 까칠해진 거 같아. 무슨 고민 있어?"

"불면증이 좀 심해져서 그래요. 점점 나아지겠죠. 뭐."

"그림쟁이가 그림을 놓으니, 불면증이 오지. 힘들어도 다시 그림을 그리려고 노력해 봐."

태인이 출근하고 작업실에 올라간 적이 있었다. 여백의 공간에 덧칠을 해 보았지만, 무언가를 그리고 싶다는 강박관념 외에는, 어떤 감흥도 느껴지지 않았다.

"제가 감정 기복이 심한 편인가 봐요. 프랑스에 있을 때도 슬럼프가 오면 한동안 작업을 중단하곤 했거든요."

"너의 그런 점은 사모님을 닮은 모양이야. 늘 들쑥날쑥 기분이 오락가락하시잖아."

정연의 말에 서린이 소리 없이 웃었다. 지금껏 박 여사 곁을 지킨 정연만큼 어머니를 잘 아는 사람이 없었기 때문이다.

"그보다 아빠 건강은 요즘 어떠세요?"

"너 오고 많이 좋아지셨어. 회사 일도 잘 마무리되었고 일선에서 물러나셨으니, 요즘은 사모님과 함께 필드에 나가서 자주 운동도 하셔."

정연의 말에 안심이 되면서도 한편으로 마음이 무거웠다. 그나마 회사 일이 잘 마무리된 것이 불행 중 다행이었다. 잠깐은 힘들겠지만, 프랑스에 다시 돌아간다 해도 한국을 자주 오가며 두 분을 살피는 것도 괜찮을 듯싶었다. 게다가 속 깊은 정연이 든든하게 곁을 지켜 주고 있으니.

"부모님 곁에 정연 언니가 있어서 늘 든든해요."

"뭐야. 뜬금없기는."

"사실이 그렇잖아요. 저처럼 속 썩이는 딸보다는, 늘 살피고 곁을 지켜 주는 정연 언니야말로 친자식이나 진배없죠."

"말은 고마운데, 부모와 자식 간에는 누구도 채워 주지 못하는 부분이 있는 거야. 당장 회장님을 봐. 네가 가까이 있다는 이유만으로 저렇게 다시 활력을 찾으셨잖아."

서린의 표정이 눈에 띄게 어두워지자, 정연이 그녀의 어깨를 다독여 주었다. 그리고 언제나처럼 다정하게 말을 붙여 왔다.

"왜 그래, 결혼 생활이 힘든 거니?"

"어디서부터 잘못된 건지 모르겠어요. 누구보다 좋아하고 믿었던 사람인데, 어째서 매번 일이 이렇게 꼬이는지, 상처받은 만큼 상처를 주려 하는지, 정말 모르겠어요."

"상대를 향한 감정이 무거울수록, 상처받기 쉬운 법이잖아. 특히 강 대표처럼 감정 표현을 아끼는 사람이라면, 더욱 그렇지 않을까?"

정연의 말대로 서로를 향한 감정이 가볍지 않았기에, 오해가 쌓이고 상처가 깊어졌는지도 모를 일이다. 오해가 있으면 오해를 풀면 그만이었다. 하지만 가벼운 신뢰마저 무너진 관계를 재차 확인하는 거 같아서 그 간단한 말조차 쉽게 나오지 않았다. 아무리 정연과 가까운 사이라 하지만 차마 민망해서 호텔에서 있었던 일까지 말할 수는 없었다.

정연과 헤어진 서린이 택시를 잡아탔다. 모처럼 나왔으니 오늘은 꼭 들러 보고 싶은 곳이 있기 때문이었다. 얼마를 달렸을까. 택시가 인사동 갤러리와 가까운 도로에서 멈추었다. 택시에서 내린 서린이 좁은 골목길로 걸음을 옮겼다.

회벽이 벗겨진 낡은 흰색 건물 앞에선 서린이 위를 올려다보았다. 개축 예정이었던 건물은 서린이 사라진 후, 리모델링을 미루었다고 들었다. 내내 가라앉았던 기분 탓일까, 옛 모습 그대로 남아 있는 모습을 보니, 마음에 작은 위안이 되었다.

출입문의 비밀번호를 누르고 안으로 들어갔다. 전시되어 있던 여러 점의 그림은 다른 곳으로 옮겨 놓았는지, 텅 빈 실내는 뿌연 먼지만 뒤덮인 채, 세월의 흔적을 남기고 있었다. 전시장을 거쳐 한때, 작업실로 사용하곤 했던 3층으로 향했다. 아래 전시장과 달리, 3층만은 기억했던 모습과 달라진 게 없어 보였다. 일자 모양의 싱크대와 간이 테이블, 아담한 크기의 소파와 침대까지 그대로 놓여 있었다. 말라붙은 물감과 누렇게 빛바랜 종이, 흰 덮개를 씌운 채, 벽에 기대어 놓은 여러 점의 캔버스를 보니, 마치 오래전 그때로 돌아가는 것처럼 가슴 설레는 한편, 까닭도 없이 쓸쓸한 기분이 들었다.

기다려 주는 사람도 없던 아를의 작업실을 떠올리는 것처럼, 프랑스에 있을 때에도 이곳을 떠올리며 늘 감상적인 기분에 젖어 들곤 했다. 5년 전, 출국하기 전날까지 이곳에 앉아서 그림에 매달렸다. 돌이킬 수 없는 일을 저질렀다는 좌절감과 스스로에 대한 혐오감, 또한 태인을 향한 마음을 떨쳐 내기 위한 몸부림이었다. 당시는 어떤 식으로든 돌파구가 필요했으니까. 하지만, 돌이켜 생각하면 태인의 말대로 그저 가로놓인 눈앞의 현실로부터 달아나려 했던 거 같다.

작업실을 한참이나 서성이던 서린이 이젤 앞에 놓인 작업 의자에 걸터앉았다. 그리고 바닥에 흩어져 있는 데생지 하나를 집어서 이젤 위에 꽂았다. 굴러다니는 흑연 연필로 손 가는 대로 무언가를 그렸다. 그리는 대상조차 명확하지 않지만, 마음이 향하는 곳으로 손이 따라가다 보니, 서서히 윤곽이 드러났다.

어스름하게 빛으로 물들어 가던 새벽녘, 잔뜩 몸을 움츠린 채, 잠든 남자의 옆모습이 꺼질 듯 연약해 보였다. 꿈이라도 꾸는지, 움칠대는 모습이 눈물이 차오를 만큼 사랑스러웠다. 칠흑의 밤이 푸른 새벽으로 그 빛깔을 달리할 때까지, 아주 오랫동안 그 모습을 지켜보았다. 뇌리에 선명하게 박혀 있는 이미지가 하얀 백지 위에 형태로 나타나자, 그때의 북받쳤던 감정이 마치 어제 일처럼 선명하게 되살아났다. 차오르는 눈물이 소리가 되고 소리가 흐느낌이 되어 그녀의 어깨를 뒤흔들었다.

처음엔 낯설고 두려웠던 행위가 시간이 갈수록 익숙해졌다. 작업 시간을 정했던 처음 약속과 달리 주말부터 월요일 아침에 걸쳐 태인과 늘 갤러리에서 함께 지냈고 속도가 붙어 가는 그림 작업만큼이나 그와의 관계 역시 점점 노골적으로 바뀌어 갔다.

몸을 허락하고 나니 망설임도 부끄러움도 사라지고 그 자리에 다른 무언가가 비집고 들어왔다. 아니, 어쩌면 그토록 부수고 싶던 그와의 경계가 허물어졌다는 표현이 옳았다. 그것은 그와 몸을 섞기 전에는, 상상조차 할 수 없던 감정이었다. 그와 몸이 연결된 채,

눈을 마주하고 있으면 아득하게 몰려오는 충만감에 몸이 떨려 왔고 안으로만 파고드는 그의 움직임 뒤에 이전에는 느껴 보지 못한 새로운 기쁨이 어김없이 찾아왔다. 그럴 때면 서린은 부끄러움도 잊고 그의 목에 매달려 탄성을 내지르곤 했다.

그는 늘 날카롭게 예리한 눈동자로 그녀의 반응을 빠짐없이 살폈다. 앙다문 그녀의 입술과 붉게 달아오른 뺨과 시트를 거머쥔 손을 집요하게 따라붙는 눈길은 그녀가 어디를 얼마나 느끼는지, 어떻게 하면 흐느끼며 몸을 떠는지, 세세하게 살폈고 마치 계산하듯 그에 따라 철저히 움직였다.

하지만 시간이 갈수록, 그리고 그와 몸을 섞는 횟수가 늘어날수록, 느릿하고 부드럽던 행위는 점점 거칠어지고 적나라하게 바뀌었다. 몸 여기저기를 더듬는 손은 쫓기는 듯 초조해 보였고, 침착하던 그의 눈동자는 초점이 흐려져서, 차츰 자제심을 잃어 가곤 했다.

고요한 아틀리에 안은 삐걱대는 침대 소리와 그녀가 내지르는 신음으로 가득 찼다. 그리고 그에 화답하듯 그의 몸이 요동치며 자신의 모든 것을 그녀 안에 쏟아부었다. 하지만 그것이 끝이 아니었다. 밤이 새벽으로 넘어갈 때까지, 끊임없이 계속되는 행위에 지쳐 잠드는 날이 계속되었다.

아침에 눈을 뜨면 그와 연결된 채로 몸이 엉켜 있는 모습을 보고 민망하여 몸을 빼기라도 할라치면 그는 서린을 놓아주기는커녕 몸 여기저기에 남은 전날의 흔적을 즐기듯이 바라본 뒤, 자신이 새긴 붉은 흔적을 사랑스럽다는 듯 혀로 핥으며 애무하곤 했다.

그러나 언제까지고 이런 날이 계속될 수 없었다. 그와 약속한 기한은 겨우 이틀 남았을 뿐, 주말인 내일이 지나고 모레 밤을 끝으로 이런 관계 역시 막을 내려야만 했다. 각오는 했지만, 그와의 이별이 막상 눈앞으로 다가오니, 좀처럼 마음이 잡히지 않았다.

서린이 이젤 위에 놓인 그림을 바라보았다. 완성되어 가는 그림을 보고 있으니 비로소 달라진 그와의 관계를 객관적인 시각으로 확인할 수 있었다. 첫날 긴장하던 그의 표정은 한결 부드러워지고 딱딱한 자세 역시 자연스럽게 바뀌었다. 하지만 바라보는 표정만은 달랐다. 여러 차례의 관계로 그녀의 몸을 샅샅이 기억하는 눈동자는 마치 잠자리에서 그러하듯, 그녀를 눈으로 벗기고 애무하고 사정없이 몰아붙였다.

대상을 냉철한 눈으로 관찰하고 뜨거운 가슴으로 그리라고 했던 정 교수의 말을 떠올리려 애썼지만, 그런 시선에 속수무책 무방비할 뿐이었다. 그림 자체가 그와의 섹스 행위였다. 제 마음속의 욕망과 치부가 고스란히 드러난 그림을 세상 앞에 당당히 내놓을 수 있을까. 어쩌면 감동은커녕 보는 이의 관음증을 끌어내는 실패작이 될지도 모를 일이었다.

서린이 화실을 서성이며 깊은 생각에 잠겨 있을 때, 휴대 전화 벨 소리가 울렸다. 발신인을 확인하니, 윤우의 전화였다. 최근 한 달간, 태인과 함께하는 주말은 물론, 평일에도 윤우의 연락을 되도록 피하며 지냈다. 까닭도 없이 윤우에게 죄를 짓는 기분이 들었기 때문이다.

"여보세요."

— 어디, 학교야?

금요일인 오늘은 수업을 마치고 일찌감치 인사동으로 나왔다. 막

바지 작업을 서둘러 마무리하고 차분히 마음을 정리할 시간이 필요해서였다.

"아니. 작업실에서 과제 마무리를 하고 있어."

— 작업실이 인사동에 있다고 했지?

"응."

— 근데 작업실에 꿀단지라도 숨겨 놓았어? 최근 주말마다 틀어박혀 있질 않나, 주소조차 알려 주지 않질 않나.

윤우의 말이 마음을 불편하게 했다. 하지만 그에게 이곳 작업실을 알려 줄 수 없었다. 태인을 그린 그림이 있는 곳이었다. 부끄러움도 잊고 밤낮없이 태인과 사랑을 나누던 곳이었다. 설사 태인을 마음에서 떠나보내도 이 공간만은 오롯이 그를 위해 남겨 두고 싶었다.

"……미안해."

미안하다는 말에 전화기 너머에서 짧은 침묵이 흘렀다. 잠시 후 윤우가 가라앉은 목소리로 물었다.

— 뭐가 미안한데?

대뜸 묻는 말에 서린이 대답을 못 하자, 윤우가 다시 말을 이었다.

— 뭐가 미안한지 모르겠지만, 그런 말 들으면 이상하게 겁부터 나. 그러니까 앞으로 미안해하지도, 미안해할 일도 만들지 마.

그의 주변 사람들은 자기중심적인 성향을 지닌 윤우에게 반감을 보이곤 했지만, 서린은 그런 모습이 싫지 않았다. 직선적이고 솔직하며 스스로에 대한 자부심을 잃지 않는 그와 함께 있다 보면 자신 역시 한결 가볍고 솔직해질 수 있었다.

— 보고 싶은데, 이곳으로 올 수 있어?

"이번 주까지 그림 작업 마무리해야 해서 시간이 넉넉하지 않아. 잠시 얼굴만 보고 다시 들어와야 할 거 같아."

— 알았어. 그 정도면 충분해.

전화를 끊은 서린이 겉옷을 걸쳐 입고 갤러리를 나왔다.

봄이 절정을 향해 달려갔다. 흐드러지게 피어 만개한 벚꽃이 무채색의 도시에 생동감을 불어넣었다. 그러나 태인과의 이별을 앞둔 탓인지, 차창으로 스치는 도시의 풍경이 마치 자신과 동떨어진 세상처럼 허무하게 느껴질 뿐이었다. 택시에서 내린 서린이 윤우의 연습실로 향했다. 가는 길에 그가 좋아하는 레몬 케이크와 슈크림, 그리고 커피를 샀다.

주택가 입구, 상가 2층에 있는 그의 연습실 문 앞에서 노크했을 때, 기다렸다는 듯 문이 열렸다.

"생각보다 빨리 왔네. 어서 들어와."

통화할 때와는 달리, 환하게 웃는 윤우를 보니 어쩐지 안심이 되었다. 하지만 연습실 안에서 들리는 두런두런한 말소리를 듣는 순간, 그녀의 표정이 싸늘하게 굳었다.

"요즘 연습실 짐을 정리하고 있어. 마침 네가 온다기에 짐 정리도 도울 겸, 형들을 불렀어."

안에서 들리는 목소리를 들으면 그가 말하는 형은 아마 재건과 수창, 그리고 태인인 것 같았다. 태인과의 관계를 꿈에도 모르는 사람들, 게다가 윤우가 있는 곳에서 태인의 얼굴을 어찌 볼지 난감하기만 했다.

"얘기라도 해 주지 그랬어. 커피도 두 잔밖에 사 오지 않았는데."

"무슨 상관이야. 나눠 마시면 그만이지."

서린이 문 앞에서 망설이고 있을 때, 윤우가 그녀의 손을 잡아끌었다. 그녀가 머뭇거리며 안으로 들어서자, 재건과 수창이 뜻밖이라는 듯 그녀를 바라보았다.

"서린이 네가 이곳까지 어쩐 일이야."

반갑게 말을 건네는 재건에 이어 수창이 말을 거들었다.

"그러게. 어떻게 지내는지 궁금했는데, 이곳에서 보는구나."

먼발치에 서 있는 태인과 그녀의 시선이 마주쳤다. 바라보는 시선을 보면, 그 역시 그녀의 방문에 놀란 눈치였다. 그와 시선을 부딪친 것도 잠시, 날카로운 눈동자가 윤우에게 잡힌 그녀의 손에 멈추었다. 당황한 나머지, 저도 모르게 손을 빼려 했지만, 움켜잡은 손이 쉽사리 그녀를 놓아주지 않았다.

평소 윤우 이야기를 극도로 꺼리는 태인과 마찬가지로 윤우 역시 태인에게 이상한 반감을 품은 듯 보였다. 재건이나 수창과 달리, 태인의 이야기만 나오면 속을 알 수 없다는 둥, 공부가 전부가 아니라는 둥, 험담 아닌 험담을 늘어놓거나, 그와 둘만 있을 때의 솔직하고 담박한 태도가 태인과 함께 있을 때면 미묘하게 달라지곤 했다. 스킨십이 유달리 잦아지고, 태인에게 보란 듯이 고집스럽게 행동할 때가 많았다. 평소 같으면 그런 행동을 대수롭지 않게 넘겼을 텐데, 우습게도 오늘따라 윤우에게 잡힌 손이 자꾸 의식되어 마음을 불편하게 했다.

아마도 평소와 다른 태인의 시선 탓이리라. 속이야 어떠하든, 좀처럼 감정 변화를 내보이지 않던 눈동자가 노골적으로 분노를 드러내며 잡은 손을 응시했다. 하지만 서린은 윤우의 손을 차마 놓을 수 없었다.

그의 오른손 손가락 두 개는 신경이 손상되어 감각을 잃어버리고 말았다. 차츰 나아질 거라고는 하지만, 예전처럼 기타를 자유자재로 칠 수 없을 거라는 의사의 말에 윤우는 자포자기하는 심정이 되어 연습실까지 정리하려는 눈치였다. 비록 내색하지 않지만, 윤우가 처음으로 경험하는 좌절이었다.

만약 자신이라면 어땠을까. 갑작스러운 사고로 그림을 그릴 수 없다는 판정을 받으면, 마치 세상이 한순간에 뒤집히는 것처럼 상상조차 할 수 없는 고통으로 다가올 것이다. 그는 아니라고 하지만, 그를 이렇게 만든 사람이 다른 누구도 아닌, 바로 자신이었다. 이런 자신이 어떻게 함부로 윤우의 손을 놓을 수 있을까.

"의사가 기다려 보라며. 시간을 두고 천천히 생각하면 되지, 뭐가 그렇게 급해서 연습실 정리부터 하는 거야?"

윤우의 사촌 형인 재건이 한참 짐 정리 중인 연습실을 둘러보며 말했다. 윤우가 그토록 애지중지하던 기타는 딱딱한 케이스에 갇힌 채, 한쪽 구석에 놓여 있고 앰프와 이펙터 등의 여러 장비도 꼼꼼하게 포장된 채로, 새 주인을 찾아갈 준비를 마친 상태로 보였다. 다만 적지 않은 분량의 악보만이 그간 윤우가 기울였던 노고를 대변한 듯 텅 비어 가는 연습실 여기저기에 흩어져 있었다.

"보고 있으면 속만 쓰리지. 연습실 빼고 당분간 집에서 지낼 생각이야."

윤우의 말에 재건이 물었다.

"고모님께서는 너 유학 보낼 준비로 바쁘시던데, 결국, 마음을 잡은 거야?"

"유학이든 여행이든, 한국을 떠나 자유롭게 지내고 싶어. 세상을 경험하다 보면, 기타 말고도 내가 하고 싶은 일을 다시 발견할 수 있겠지."

재건의 물음에 대한 대답이었지만, 윤우의 시선이 서린을 떠나지 않았다. 지난번 흘려들었던 말이 오늘따라 쉬이 들리지 않았다. 어쩌면 태인과의 이별을 목전에 둔 탓인지 모를 일이었다.

"그래서 아무 연고 없는 낯선 나라로 혼자 떠나겠다는 거야?"

"글쎄. 함께 가고 싶은 사람이 있는데, 아직 마음의 결정을 하지 못한 거 같아. 그래서 좀 더 기다려 보려고."

여전히 떠나지 않는 시선에 서린은 몸 둘 바를 몰랐다. 함께하자는 윤우의 말에 생각해 보겠다고 약속했다. 사실 새로운 시작을 위하여 태인과의 이별을 준비한 것이나 다름없었다. 하지만 일이 이렇게 되고 보니, 섣불리 승낙할 수도 그렇다고 거절할 수도 없는 노릇이었다. 승낙하자니, 태인과 함께한 한 달이 마음에 걸리고 거절하자니, 윤우의 다친 손이 시선에 걸렸다.

내내 말없이 윤우와 재건의 대화를 듣던 태인이 앞으로 나서며 서린에게 물었다.

"인사동 갤러리에서 오는 거야?"

"⋯⋯네."

"그림 작업이 막바지인데, 오늘 작업은 어쩔 셈이니?"

서린이 대답을 망설였다. 여러 사람이 있는 곳에서 작업 이야기를 하기가 꺼려졌기 때문이다.

"늦도록 작업할 예정이지만, 혼자 해도 무리가 없을 거 같아요."

"나도 오늘 별일 없으니, 갈 때 같이 가자."

두 사람의 대화에 곁에 선 윤우의 얼굴이 딱딱하게 굳었다. 그가 그제야 서린의 손을 놓으며 따지듯이 물었다.

"한 달간 꼼짝도 하지 않더니, 그동안 태인 형을 모델로 그림을 그렸던 거야?"

서린이 대답을 못 하고 머뭇거리고 있을 때, 태인이 서린을 뒤로 밀며 앞으로 나섰다.

"누굴 그리든 그건 서린이 자유라고 생각하는데?"

그답지 않은 냉소적인 말에 분위기가 싸늘하게 얼어붙었다. 이런 모습의 태인은 처음이었다. 약간 신경질적인 태도였지만, 윤우가 궁금해하는 것도 당연한 일이었다. 세 사람 사이의 팽팽한 신경전을 지켜보던 수창이 자리에서 일어났다.

"짐도 대충 정리했는데, 그만 일어나도 되지?"

수창을 따라 일어난 재건이 태인의 어깨를 툭툭 두드렸다.

"먼저 갈 테니까, 천천히 이야기하고 와라."

수창과 재건이 사라지자, 어색한 침묵이 찾아왔다. 결국, 무거운 분위기를 참지 못한 서린이 화제를 돌리며 말했다.

"벌써 짐을 모두 정리했구나. 거들어 주지 못해서 미안해."

"아까 말했지? 미안하다는 말도, 미안해할 일도 만들지 말라고."

쏘아붙이는 말에 서린의 얼굴이 붉게 달아올랐다. 태인이 서린을 대하는 윤우의 태도가 못마땅한지 미간을 모았다.

"우리도 이만 돌아가자."

태인이 같이 가자는 듯, 그녀의 등을 감싸 왔다. 잠깐 스쳤을 뿐인데, 짜릿한 무언가가 등줄기를 타고 올라갔다. 서린의 그런 반응을 놓칠 태인이 아니었다. 은밀하게 달라붙는 시선은 이미 그녀를 발가벗기고 그의 목에 매달리며 자지러지게 탄성을 쏟아 내던 지난밤을 기억하라고 끊임없이 무언의 경고를 보내고 있었다. 하지만 이어 나온 윤우의 말에 정신이 번쩍 돌아왔다.

"형 먼저 돌아가. 나는 서린이와 따로 할 말이 있으니까."

"할 말이 있으면 지금 이야기해."

버티고 선 태인이 평소답지 않게 고집을 피우자, 분위기가 더욱 험악해졌다.

"형과 상관없는 이야기야. 서린이와 단둘이 있고 싶으니까, 자리 좀 비켜 줘."

가만히 한숨을 내쉰 태인이 윤우를 무시하고 서린을 향해 말했다.

"밖에서 기다릴 테니까, 이야기하고 나와."

"그러지 말고 먼저 인사동으로 가세요. 이야기를 마치고 바로 출발할게요."

"아니, 밖에서 기다리고 있을게."

서린을 두고 가기가 마음에 걸리는지, 그가 어렵사리 발길을 돌렸다. 태인마저 나가고 나니, 윤우가 다그치듯 물었다.

"한동안 사이가 멀어진 듯 보이더니, 둘이 꽤 사이가 좋아 보이네. 그동안 내가 모르는 좋은 일이라도 있었어?"

비꼬는 말에도 서린이 대답이 없자, 초조하게 연습실을 서성이던 윤우가 다시 말을 이었다.

"주말마다 작업실에서 둘이 틀어박혀 지낸 거, 태인 형 약혼녀도 알아?"

"중요한 과제라 태인 오빠 도움을 받았어. 이번 주에 작업이 끝나니까 너무 몰아붙이지 마."

참다못해 대답하자, 윤우의 태도가 약간 누그러졌다.

"모델이 필요하면 나한테 부탁하면 되잖아? 꼭 태인 형이어야 하는 이유라도 있는 거야?"

"아까 네가 그랬지. 세상으로부터 자유로워지고 싶다고. 나도 그래. 태인 오빠에 대한 감정을 정리하고 앞으로 나아갈 수 있는 계기가 필요했어. 하지만 사람 마음이 하루아침에 정리되는 것은 아니잖아. 현실에서 불가능하다면 내가 표현하고자 하는 그림 속에서 태인 오빠를 맘껏 사랑하고 여한 없이 떠나보내고 싶었어."

조금 전의 흥분이 사라진 그의 얼굴에 다른 감정이 드러났다. 어딘가 실망한 표정이었지만, 그 나름대로 이해하려는 기색이 엿보였다. 화낼 때보다 그런 모습에 까닭 모를 죄책감이 몰려왔다. 하지만 윤우에게 전부를 말할 수는 없었다.

미련을 버리고자, 시작한 일이 마치 거대한 소용돌이처럼 자신을 뒤흔들려 한다는 사실을 어떻게 제 입으로 말할 수 있을까. 늘 관조하듯 한발 물러나 있던 태인이 마치 다른 사람이라도 된 듯이 노골적인 행위를 서슴지 않는다는 것과 달라진 그 못지않게 자신 역시 부끄러움도 잊고 태인의 시선에 저절로 몸이 반응한다는 것을 무슨 낯으로 설명할 수 있을까. 더구나 자신의 경솔함으로 인해, 좋아하던 기타마저 칠 수 없게 된 사람에게.

"너를 다그칠 생각은 없었어. 하지만 주말마다 태인 형과 함께 있었다니, 나도 모르게 화가 나서 그만."

윤우가 흥분을 가라앉히려는 듯 말을 잠시 끊었다.

"어쨌든 이틀 후면 작업을 마친다니, 이런 이야기는 그만하자. 생각할수록 불쾌하니까."

여전히 분이 풀리지 않는 듯 윤우가 덧붙이는 말을 빠트리지 않았다. 그러나 그보다는 밖에서 기다리고 있는 태인이 신경 쓰여서 서린이 넌지시 말을 붙였다.

"그보다 하고 싶은 이야기가 있다면서."

"특별한 용건이 있었던 건 아냐. 연습실 짐 정리를 하다 보니, 기분이 좀 그랬거든. 네 얼굴을 보면 나아질까 했는데, 막상 보니 그것도 아니네."

"……미안."

그가 싫어하는 것을 알지만, 사과하지 않을 수 없었다.

"솔직히 말할게. 그동안 나와 태인 형과 사이가 좀 별로였잖아. 짐 정리 한다는 핑계로 이곳으로 불러서 서먹한 기분을 풀려 했는데, 너에 관한 이야기를 꺼내자마자, 마치 제 여자라도 되는 듯 예민하게 반응하는 거야. 약혼까지 한 주제에 그러는 거 우습잖아. 그래서 너를 불렀어. 정확히 표현할 수 없지만, 내 눈으로 무언가를 확인하고 싶었던 것 같아. 하지만 내가 지나치게 자만했던 거 같아. 태인 형과 함께 있는 모습에 이렇게 신경이 곤두서는 걸 보면."

어디서부터 잘못된 것일까. 모든 것이 엉망진창이 된 기분이었다.

"윤우야."

그녀의 가라앉은 목소리에 사뭇 긴장한 듯, 윤우의 움직임이 멈추었다.

"너에 대해 진지하게 생각해 보겠다는 약속, 지금 대답해도 괜찮겠니?"

이미 서린의 마음을 읽은 듯, 바라보는 눈동자가 요동치듯 흔들렸다.

"아니. 그 전에 묻고 싶은 말이 있어."

"……"

"이번 주에 과제를 끝내면 태인 형을 향한 감정을 깨끗하게 정리한다고 했지? 정말 미련 없이 보낼 자신 있어?"

태인은 이미 약혼녀가 있다. 욕심내서는 안 되는 남자를 탐했고, 내일 밤이 지나면 선택의 여지없이 그를 보내야 한다.

"그래."

"태인 형이 싫다고 해도?"

"그럴 리 없잖아. 이미 오래전부터 약속된 정혼자가 있는데."

"좋아. 그럼 태인 형을 깨끗하게 정리하고 마음을 추스른 후에 그때 대답해 줘."

태인과의 관계를 알고도 그는 같은 질문을 할 수 있을까. 차라리 속 시원히 털어놓고 자신으로 인해 벌어진 사고에 대해 용서를 구하고 싶었다. 지금 기분으로는 태인은 물론 윤우조차 감당할 자신이 없었기 때문이다.

"그래. 네 말대로 할게. 하지만 내 대답은 지금과 다르지 않을 거야."

"아니. 상황에 따라 사람의 마음은 얼마든지 바뀔 수 있어. 설사 긍정적인 대답을 듣지 못해도 나는 설득할 자신이 있어."

밑도 끝도 없는 자신감, 윤우의 이런 점이 늘 부러웠다. 하지만 이번만은 달랐다. 막무가내로 밀어붙이는 그가 평소와 달리 부담스럽게만 느껴졌다.

"늦었어. 오늘은 그만 가 볼게."

서린이 돌아서려는 찰나, 윤우가 손목을 끌어당기며 부드럽게 안아 왔다. 태인과 다른 체향에 이토록 거부감이 들다니, 저도 모르게 밀어 내려 하자, 그가 더욱 깊이 끌어당겨 안았다.

"……태인 형, 약혼녀 말이야."

순간, 서린의 모든 동작이 멈추었다. 그리고 기다렸다는 듯 윤우가 말을 이었다.

"아까 다른 형들이 하는 말을 들었는데, 무슨 사연이 있는지, 결혼을 꽤 서두르는 모양이야."

"……사연?"

"뭐 뻔한 이야기잖아. 형들이 쉬쉬하며 내 눈치까지 보는 걸 보면, 임신이나 뭐 그런 거겠지."

윤우의 연습실을 나온 서린이 1층으로 향하는 계단을 내려갔다. 우두커니 서서 담배를 피우는 태인의 옆모습이 보였다. 문득 조금 전 윤우에게 들은 이야기가 떠올랐다. 우습게도 사실 여부와 상관없이 그가 자신이 아닌 누군가와 잠자리를 하는 상상이 떠오르면서 내내 체한 듯, 명치끝이 아파 왔다.

그녀의 인기척을 느꼈는지, 태인이 고개를 돌렸다. 시선을 피하는 그녀를 주시하던 태인이 손에 들린 담배를 거칠게 발로 비벼 껐다. 그의 발밑에 수북하게 쌓인 담배꽁초를 보니, 절로 인상이 찌푸려졌다.

"무슨 이야기가 그렇게 길어?"

"그냥 이런저런 이야기를 하다 보니, 시간이 좀 지체되었어요."

"그래서 무슨 이야기를 했는데?"

쫓기듯 초조해 보이는 안색과 따지듯이 묻는 말에 서린이 시큰둥하게 대답했다.

"오빠와 상관없는 이야기예요."

그녀가 토라진 것을 모르는 태인은 싸늘한 태도에 잠시 당황한 눈치였다. 하지만 질문 대신 입을 꾹 다문 채 말이 없으니, 서운한 마음이 배가 되었다. 차라리 묻기라도 해 주었으면, 사실 여부라도 확인할 수 있을 텐데. 택시를 잡아타고 인사동으로 향할 때도, 그리고 갤러리에 도착할 때까지도 그의 무심한 태도는 변함이 없었다.

결국, 참다못한 서린이 갤러리 출입문 앞에서 걸음을 멈추었다.

"오늘은 이만 돌아가 보세요. 혼자 생각을 정리하고 싶어요."

"아직도 정리해야 할 생각이 있니? 이 정도까지 왔으면 생각이고 뭐고 다 필요 없을 거 같은데?"

의도를 알 수 없는 질문에 서린이 멍하니 그를 올려다보았다.

"아직도 나와 차윤우를 저울질하는 거라면, 이미 때가 늦었다는 뜻이야."

"저울질이라뇨? 그런 적 없어요."

묻고 싶은 것투성이지만, 저울질이라는 말이 가장 신경을 거슬리게 했다.

"내 앞에서 보란 듯이 윤우 손을 잡고 들어오는데, 그게 저울질이 아니고 뭐야!"

버럭 내지르는 목소리에 놀란 그녀가 한 발 뒤로 물러났다. 최근 눈에 띄게 달라진 모습에 눈앞에 있는 사람이 강태인이 맞는지 확인하고 싶은 기분마저 들었다. 다감한 성격에 좀처럼 감정을 내비치지 않던 조용한 성품의 그가 좋아서 대답이 나올 때까지 몇 번이고 말을 붙이며 가슴 설레어하곤 했다.

자신이 사랑하던 과거의 강태인은 어디 가고 거침없이 몰아붙이며 화를 참지 못하는 다른 사람을 앞에 두고 있는 것인가. 사실 혼란스러운 것은 그녀만이 아니었다. 태인 역시 주체할 수 없는 감정에 휘말린 듯 초조하고 불안정해 보였다.

앞머리를 거칠게 쓸어 올리며 그가 거친 호흡을 가다듬었다.

"……미안하다. 나도 모르게 그만……."

아까 윤우에게도 비슷한 말을 들었다. 문득 이 모든 문제의 출발이 바로 자신으로 인해 비롯되었다는 깨달음이 머릿속을 스치고 지났다. 그림이라는 가상의 세계와 현실을 구분하지 못하고 엉뚱하게 저지른 불장난이 제 발등을 태우고 다른 사람에게까지 옮겨붙은 것이다.

"사과하지 마세요. 오빠가 사과할 일이 아니에요. 처음부터 오빠에게 그런 제안을 했던 제가 어리석었어요."

핏기가 가신 서린의 안색만큼이나, 그의 표정 역시 차갑게 식어갔다.

"죄송해요. 지금은 혼자 있고 싶으니까, 이만 돌아가세요."

서린이 그의 대답은 듣지도 않고 갤러리 문을 열고 안으로 뛰어들어갔다. 떨리는 손으로 잠금장치를 걸어 놓고 3층으로 올라가려 할 때, 밖에서 서린을 부르는 목소리가 들렸다.

"서린아!"

부르는 소리에 차마 걸음이 떨어지지 않았다. 출입문에 등을 기대섰을 때, 그녀의 기척이라도 느꼈는지, 태인이 다시 말을 이었다.

"거기 있는 거 알아. 지금 이대로도 괜찮으니까, 이제부터 내가 하는 말을 잘 들어."

서린이 숨죽이며 그가 하는 말에 귀를 기울였다.

"이번 일은 네 잘못이 아니야. 우리가 아무리 발버둥 쳐도 결국, 이런 관계로 발전할 수밖에 없었을 테니까. 처음부터 알고 있었어. 하지만 애써 인정하지 않으려 했지."

"……."

"이제는 전부 틀린 거 같다. 윤우와 함께 있는 모습만 봐도 화가 나서 미치겠는데, 어떻게 너를 놓아주겠니."

한숨 섞인 말에 서린이 무너지듯 자리에 주저앉았다.

"안개 속을 걷는 것처럼 막연하고 두렵던 세상이었어. 근근이 버텨야 했던 삶이었어. 그래서 너를 보내려 했어. 내가 사는 세상은 너의 세상과 다르다고 생각했으니까. 하지만 이제는 아니야. 뭐라고 표현해야 할지 모르겠지만, 너를 안고 나서 확실하게 무언가가 보이기 시작했어."

"……."

"서린아. 듣고 있어? 듣고 있는 거지?"

서린이 지그시 입술을 깨물었다.

"내 눈에는 이제 너밖에 보이지 않아. 마음도 몸도 온통 네 생각으로 가득 차서 하루하루가 미치도록 떨리고 행복해. 그래서 이제 다 내려놓으려고. 나를 얽어매던 의무감이나 책임감 이런 거, 다

내던질 생각이야. 이제는 아무래도 상관없어."

처음부터 이렇게 말해 주었으면 좋았을 텐데. 이제야 겨우 마음을 열려는 그가 원망스러웠다. 자신은 이별을 준비하는데, 그는 시작을 말하고 있으니 말이다. 하지만 이제 와 돌이킬 수 없었다. 자신이 막을 올렸으니, 이제는 막을 내릴 차례였다.

서린이 잠금장치를 풀었다. 그리고 문을 열었다. 그와 시선이 마주치자, 서린이 옆으로 한 걸음 물러나며 말했다.

"……들어와요."

안으로 들어온 그가 서린을 끌어당겨 안으며 거칠게 입술을 부딪쳐 왔다. 서린 역시 그의 목에 매달리며 엉켜 오는 혀를 감았다. 몸 여기저기를 더듬는 손이 서린이 입은 셔츠를 차례차례 벗겨 내었다.

"……뭐라고 말 좀 해 봐. 응?"

뜨거운 입술이 귓가를 간질이며 그가 속삭였다. 채근하는 말에도 서린이 대답이 없자, 그가 옷을 벗기는 동작을 멈추고 서린의 턱을 들어 올렸다.

"3층으로 올라가요. 이제부터 어떤 연락도 받지 말고 이곳에서 온종일 같이 지내요."

겨우 이틀 남았다. 남은 시간만이라도 모든 잡념에서 벗어나 그를 독점하고 싶었다. 서린이 애써 입꼬리를 올리자, 그제야 안심이 되는지 그가 서린을 끌어안은 채, 계단을 올랐다.

<u>11</u>
장맛비가 쏟아지던 날

끼익하는 침대 흔들리는 소리와 함께, 내내 숨죽이며 흐느끼던 그녀가 자지러지는 신음을 쏟아 냈다.

"아아앙…… 흐흐읏!"

그녀의 신음에 더욱 자극을 받은 태인이 자세를 바꾸었다. 그녀의 다리를 크게 벌린 후, 그 사이에 자리 잡고 앉아 더욱 깊은 삽입을 유도했다. 위아래는 물론, 좌우로 움직이는 능란한 허리 돌림에 아래가 흠씬 녹아내렸다. 살이 부딪치며 찰박대는 소리와 애액으로 범벅된 축축한 시트가 변화무쌍한 체위만큼이나 민망한 기분을 끌어냈지만, 이제는 그마저도 무감각해지는 기분이었다.

밤과 낮이 교차하고 자다 깨기를 반복했다. 서린이 시간이라도 따져 볼라치면, 어김없이 안으로 파고드는 행위에 머릿속까지 지배당하는 기분이었다. 키스와 애무와 삽입을 동시에 하는 터라 그야말로 정신을 차리지 못할 지경이었다.

"……아아흑 ……그만……."

또다시 찾아온 절정감에 그녀가 허리를 한껏 들어 올리며 몸서리를 치자, 그 역시 사정감을 느낀 듯 미간을 잔뜩 찌푸리며 마지막 힘을 쏟아부었다.

"헉!"

그와의 섹스 못지않게, 자신 안에서 절정을 느낄 때의 그의 표정이 좋았다. 마치 그를 둘러싼 온갖 속박에서 벗어나려는 것처럼 요동치며 몸을 떨다가, 지그시 눈을 감으며 해방을 맞이하는 모습이 표현할 수 없을 만큼 신비하고 아름다워 보여서 시선을 떼지 못하곤 했다. 또한, 그에게 그런 기쁨을 준 사람이 다름 아닌 자신이라는 사실이, 믿을 수 없을 만큼 행복해서 때로는 눈물까지 날 지경이었다.

서린의 시선을 의식한 듯 그가 감은 눈을 천천히 떴다. 환하게 웃어 주었지만, 평소와 달리 그에게선 웃음이 돌아오지 않았다. 대신 손을 들어 서린의 떨리는 속눈썹을 부드럽게 쓸어 주며 속삭였다.

"……사랑해. 돌아 버릴 만큼."

그토록 듣고 싶었던 말이 어째서 이렇게 슬프게 들리는 걸까.

"……저도요."

서린의 대답에 그제야 그가 웃음을 돌려주었다. 그리고 몸이 연결된 그대로 서린을 돌려 안아서 자신의 가슴 위로 눕혔다. 젖은 그녀의 머리카락을 옆으로 쓸어 주는 손길이 더없이 부드럽고 다정했다. 땀에 젖은 그녀의 이마 위에 쪼아 대는 입맞춤을 하던 그가 속삭였다.

"……진작 이랬으면 좋았을걸."

서린이 벽에 걸린 시계를 올려다보았다. 자정을 바라보는 시각, 이 밤이 지나고 새벽이 밝아 오면 그를 마음에서 영영 떠나보내야 했다. 작별 인사를 하기에는 아직 이른 시각이지만, 다음에 나올 그의 말이 두려워서 이쯤에서 마지막 인사를 하고 싶었다. 서린이 그에게서 몸을 떼고 침대 가에 놓인 옷을 걸쳐 입었다.

"좀 늦었지만, 밖으로 바람 쐬러 갈래요?"

화려한 불빛이 사라지고, 민낯이 드러난 밤거리의 풍경이 더없이 을씨년스러웠다. 비틀대며 오가는 취객의 발걸음이 신경 쓰이는지, 태인이 그녀의 어깨를 끌어당겼다.

"산책은 좀 그렇고 어디 가서 차라도 한잔 마시자."

"차보다는 술이 좋아요."

서린의 대답에 태인이 희미하게 웃었다.

"한참 까불던 꼬맹이가 이제는 제법 컸다고 술까지 사 달라네."

"꼬맹이라뇨? 조금 전 우리가 뭘 했는지, 벌써 잊었어요?"

서린의 대답에 그가 지그시 입술을 깨물었다. 뺨까지 붉히며 부끄러워하는 그와 온종일 화실에 틀어박혀 온갖 행위를 서슴지 않았다고 생각하니, 어쩐지 우스운 기분마저 들었다. 아주 잠깐 경계를 넘었다 해서 그의 전부를 알 수 없다. 그를 둘러싼 모든 것이 강태인이라는 사람을 만들었고 자신은 그런 강태인을 사랑했을 뿐이다. 이제는 원망도 죄책감도 내려놓으려 한다. 오직 여한 없이 사랑했던 기억만을 간직한 채, 그를 떠나보내고 싶었다.

"저쪽으로 들어가요."

서린이 그를 이끌고 가까운 술집으로 들어갔다. 인사동 분위기에 걸맞게 한지를 바른 대나무 등이 켜진 실내가 꽤 정겨워 보였다. 주문한 술이 나오고 잔이 오갔지만, 서린은 목에 가시가 걸린 듯 차마 말이 나오지 않았다. 유리 벽 너머로 드문드문 오가는 사람들을 바라보고 있을 때, 태인이 다정하게 말을 붙여 왔다.

"술만 마시지 말고 안주도 같이 먹어."

서린이 그가 내민 과일 접시를 물끄러미 바라보았다. 그가 많은 과일 가운데서 딸기를 포크로 찍어서 그녀에게 내밀었다.

"제가 딸기를 좋아하는지 어떻게 아셨어요?"

"너에 관한 거라면 빠짐없이 알아."

그가 건네준 딸기를 한입 깨물었다. 목에 걸려서 넘어가지 않았다.

"다음에 누군가를 만난다면, 오빠와는 전혀 다른 타입의 남자를 만날 거예요. 자상하지도 다정하지 않아도 괜찮으니까, 제가 다른 생각을 하지 않도록 솔직하고 거침없이 다가오는 그런 남자."

부드럽던 눈동자가 싸늘하게 식어 갔다. 그런 태인을 아랑곳하지 않고 서린이 다시 말을 이었다.

"태인 오빠 덕분에 제가 좀 철이 든 거 같아요. 그동안 정말 고마웠어요. 근데……."

웃으며 보내고 싶었다. 하지만 시야가 뿌옇게 흐려져서 차마 말을 잇기가 어려웠다.

"……딸기가 정말 맛있네요."

가까스로 말을 마친 서린이 왈칵 쏟아지려는 눈물을 빠르게 훔쳐 냈다.

"네가 말하는 솔직하고 거침없는 남자가 차윤우니?"

느닷없는 말에 서린이 멍하니 그를 바라보았다.

"윤우건 누구건 그건 중요하지 않아요."

"그럼 뭐가 중요한데?"

"우리의 시간이 딱 여기까지라는 것. 이제는 왔던 곳으로 다시 돌아가야 한다는 것."

"아니, 돌아갈 곳은 없어. 이제야 비로소 우리가 있어야 할 곳을 찾은 것뿐이야."

"그럼 오빠를 기다리는 약혼녀는요? 오빠를 믿었던 주변 사람들은요?"

"말했잖아. 나한테 중요한 사람은 이제 너 하나뿐이라고. 다희에게는 솔직하게 말하고 용서를 구할 거야. 그리고 주변 사람들이 미쳤다고 손가락질해도 이제는 아무 상관 없어."

한 달, 겨우 한 달이었다. 만약 그와의 잠자리가 없었다면, 태인이 이런 결심을 할 까닭이 없었다. 그가 달라진 계기가 고작 섹스 때문이라면, 사랑한다는 말 역시 조금도 달갑게 들리지 않았다.

"오빠는 그렇다 치고 저는 그럼 어떻게 해야 해요? 스스로와 했던 약속을 저버리고 아무렇지도 않게 오빠를 믿고 따를까요? 아무 생각 없이 조금 전처럼 오빠 품에 안겨 시간도 잊고 체면도 잊고 신음을 내지르길 원해요? 제가 정말 두려운 건 사람들의 비난이 아니에요. 지금까지 저를 지탱해 온 자긍심과 선생님을 향한 존경심을 잃을까 두려워서예요."

오랜만에 불리는 선생님이란 호칭 때문일까. 점점 굳어져 가는 그의 얼굴을 지켜보기가 고통스러웠다. 잠깐의 침묵이 흐르고 서린이 자리에서 일어나려 할 때, 그가 서린의 손목을 붙들었다.

"아직 내 대답을 듣지 않았잖아. 담배 한 대 피우고 올 테니까, 잠시 앉아 있어."

서린이 사라지는 그의 뒷모습을 바라보았다. 유리 벽 너머 담배를 꺼내어 입에 문 그의 모습이 보였다. 하얀 연기를 내뿜은 옆모습에서 시선을 떼지 못하고 있을 때, 그가 갑자기 몸을 돌려서 서린을 바라보았다. 서린 역시 시선을 피하지 않고 그를 응시했다. 갑작스럽게 나온 탓에 그는 얇은 셔츠 차림이었다. 봄이 성큼 다가왔지만, 아침저녁으로 싸늘한 날씨였다. 이별을 준비하면서도 정작 그가 입은 얇은 옷차림을 마음에 걸려 하다니, 그를 보낸 뒤에 다가올 시간이 까마득하고 갈 길이 한참 멀게만 느껴졌다.

그렇게 서로를 얼마나 응시하고 있었을까. 그가 담배를 비벼 끄고 다시 술집 안으로 들어왔다. 그러고도 한동안 술잔만 기울이더니, 그가 아무렇지도 않게 웃어 보였다.

"조금 전에 네가 그랬지? 너 자신을 지탱하던 자긍심을 잃을까 두렵다고."

"그래요."

"나는 너를 안는 순간, 자긍심이건, 존경심이건 그딴 건 하나도 중요하지 않게 되었어. 세상에서 단 하나밖에 없는 내 여자, 내가 안은 유일한 여자, 그 여자를 기쁘게 하는 일 외에는 아무것도 중요하지 않다는 결론에 도달했어. 그게 나쁜 거니? 그런 결정이 네 자긍심을 훼손한다는 거야?"

서린의 눈빛이 흔들리자, 때를 놓치지 않고 그가 다시 말을 이었다.

"인정하고 나니, 오히려 홀가분해지더라. 그동안 내가 얼마나 등신 같고 바보스러웠는지, 멱살을 틀어서 패 주고 싶을 정도였어. 윤우건 누구건, 나는 이제 누구에게도 너 못 줘. 이미 하나가 되어서 평생 느껴 보지 못한 감정을 경험했는데, 그런 너와 헤어져서 내가 어떻게 살 수 있겠니."

서린이 손에 들린 술잔을 움켜쥐었다.

"약속할게. 그동안 너를 아프게 한 것 이상으로 너를 행복하게 해 줄게. 죽을 때까지 너만 바라보며 너만을 사랑할게."

사정없이 흔들리는 마음을 다잡아야 했다. 이대로라면 염치도 없이 그의 손을 잡을 것만 같았다.

"시간이 얼마 남지 않았어요. 저야말로 부탁할게요. 부디 떠올리는 것만으로도 행복한 그런 좋은 추억으로 남아 주세요."

길고 긴 침묵이 흘렀다. 연거푸 술잔을 들이켜던 태인이 자리에서 일어났다.

"정 그렇다면 어쩔 수 없지. 그만 일어나자."

갤러리까지 서린을 데려다준, 태인은 작별 인사도 없이 골목길 끝으로 사라졌다. 멀어지는 그의 뒷모습을 보는 순간, 이별이 실감나는 현실로 다가왔다. 그 후, 그녀는 인사동 작업실에서 밤새워 그림에 몰입했다. 북받치는 슬픔을 견디기 위하여 태인을 그린 누드화뿐 아니라, 붓이 가는 대로 온갖 그림을 그렸다. 마음의 슬픔이 몸으로 전이되듯 심한 몸살을 앓았고 며칠을 꼼짝없이 앓아누웠다.

그것으로 지독한 첫사랑이 막을 내렸다고 생각했다. 사랑이 이토록 아픈 것이라면, 다시는 누군가를 사랑할 수 없을 거라는 절망감에 몸서리를 쳤고 사무치도록 그리운 감정이 들 때마다, 저 자신을 다독이며 아픈 시간을 견뎌 냈다.

그렇게 봄이 가고 여름방학이 시작될 무렵, 뜻밖의 손님이 서린을 찾아왔다. 그녀는 태인의 약혼녀, 다희였다.

"하늘이 구멍 났나 봐. 무슨 장맛비가 저렇게 쏟아지는데."

지은이 창밖을 보며 중얼거렸다. 저벅대는 발소리와 책장 넘어가는 소리마저 거슬리는 도서관 안이니, 쏟아지는 빗소리가 유난하게 들리는 까닭이다. 서린 역시 손에 들린 책을 내려놓고 창밖을 응시했다. 아무리 기운을 북돋으려 해도 좀처럼 나아지지 않는 기분 탓에, 연일 계속되는 늦은 장맛비가 우울한 기분을 더욱 부추겼다.

"밖에 나가서 커피 한잔 마시고 오자."

지은의 말에 서린이 자리에서 일어났다.

점심시간이라 그런지, 도서관 1층에 있는 카페는 많은 학생으로 붐볐다. 창가의 구석진 자리에 앉아서 커피를 홀짝이고 있을 때, 지은이 넌지시 말을 붙여 왔다.

"말수도 줄고 애들과 어울리지도 않고, 요즘 무슨 일 있어?"

"일은 무슨. 아무 일도 없어."

서린이 얼버무리며 대답했다.

"친구 좋다는 게 뭐니. 내가 전부 들어 줄 테니까, 고민 있으면 속 시원히 말해."

줄곧 단짝 친구로 지냈던 지은에게 태인을 모델로 한 그림을 그린 사실을 털어놓았다. 그가 과외 선생이었다는 것도, 저 혼자 좋아했던 것도 말했지만, 자신이 벌인 일까지는 차마 입에 담을 수가 없었다.

"지난번, 화실에서 보여 준 그림. 정말 좋더라. 네가 그동안 어떤 눈으로 태인 오빠를 봐 왔는지, 그 그림을 통해 충분히 알 거 같았어."

누군가 마음을 헤아려 준다는 사실만으로 눈가가 시큰거렸다.

"네 소개로 얼핏 눈인사를 나눴을 때, 그 오빠 인상이 꽤 진중해 보였거든. 너를 바라보는 시선도 어딘가 남달랐고."

"네 착각이야. 태인 오빠에게는 오래전부터 좋아하던 사람이 있었어."

지은이 이상하다는 듯 고개를 갸웃거렸다.

"무슨 사연이 있는 게 아닐까. 다른 건 속여도 사람의 눈동자는 속일 수 없다고 생각하는데. 아주 잠깐이지만, 너를 바라보는 그 사람의 눈동자가 지독하리만큼 애달파 보였어."

서린이 시선을 내린 채, 입을 꽉 다물었다. 괜한 말을 꺼낸 것이 후회되었는지, 지은이 서둘러 화제를 돌렸다.

"그보다 이번 여름방학에는 무슨 계획 없어?"

태인과 헤어지고 외국으로 함께 떠나자는 윤우의 제의까지 거절했다. 하지만 태인과 다시 만나지 않는다는 사실을 알게 된 윤우는 좀처럼 포기하지 않는 눈치였다. 사실 서린 역시 감각이 돌아오지 않는 그의 손가락만 보면 여전히 마음이 흔들리곤 했다.

"구체적인 계획은 없는데, 멀리 스케치 여행이라도 다녀올까 해."

"먼 곳이라면, 외국을 말하는 거야?"

"외국이든 어디든, 아주 먼 곳이었으면 좋겠어."

"그러다 돌아오기 싫으면 어쩌려고?"

"돌아오기 싫을 정도로 좋으면, 거기서 눌러살면 되지, 뭐."

서린의 농담 같은 대답에 지은이 꿈꾸는 듯한 얼굴로 중얼거렸다.

"생각만 해도 좋긴 하다. 발길 닿는 곳을 맘껏 여행하면서 그림도 그리고……. 욕심 없이 그림을 그리니 분명 좋은 그림이 나올 거야."

이내 현실로 돌아온 지은이 씁쓸하게 웃었다.

"근데 우스운 건 누가 말리지도 않았는데 그런 삶을 꿈꿀 때마다, 이유도 없이 불안해진다는 거야. 과연 그림을 그려서 먹고살수 있을까, 사회의 낙오자가 되는 건 아닌가, 하는 막연한 두려움에 저절로 몸이 움츠러들곤 하지."

서린은 부유한 집안에서 태어나서 돈 걱정 없이 자라 온 탓에 친구들에게 이런 말을 들을 때마다, 이유도 없이 죄책감이 들곤 했다. 그리고 일종의 콤플렉스처럼 자신이 처한 상황을 자연스럽게 돌아보게 된다. 주위에서는 서린이 진로 걱정이 없으니 맘껏 재능을 발휘하는 거라고 부러워하지만, 실상은 그렇지도 않았다. 어머니, 박 여사는 남다른 재능을 타고났으면서, 그림에 대한 개념 자체가 어려운 형편에 있는 친구들과 달랐다. 그림을 향한 열정에 무게를 두기보다는, 자신의 가치를 높여 주는 보기 좋은 장신구처럼 여기고는 했다.

어머니를 사랑하지만, 그녀의 가치관에 동조할 수 없었다. 서린은 팔리는 그림이 아니라, 좋은 그림을 그리고 싶었다. 부모의 보살핌 아래, 풍족과 안락을 당연한 것으로 받아들였듯, 이런 신념마저 시간과 함께 나태하고 교만해질까 두려웠다.

무언가를 표현한다는 행위는 표현하는 이의 영혼을 매개로 한다. 그리는 이의 피와 땀, 뼈를 깎고 혼까지 불어넣어야 가능한 작업이라면, 보장된 미래라는 감옥을 탈출하여 자유롭게 그림을 그리고 싶었다. 윤우의 마음을 보답할 자신이 없어서 그의 제의를 거절했지만, 돌이켜 보면 서로에게 좋은 기회가 될지도 모른다는 생각이 들었다.

서린이 창밖을 보며 생각에 골몰하고 있을 때, 커피숍 문이 열리며 시영이 걸어왔다. 두 사람을 찾고 있었는지, 그녀의 걸음이 다급하게 보였다.

"왜 이렇게 전화를 안 받아. 한참 찾았잖아."

시영의 물음에 지은이 휴대 전화를 꺼냈다. 서린 역시 휴대 전화 전원을 켜자, 여러 통의 부재중 메시지가 떴다. 어디냐는 시영의 문자와 모르는 번호로 걸려 온 전화가 여러 통이었다.

"도서관이라, 휴대 전화 컨다는 걸 깜빡했어. 근데 무슨 일 있어?"

"누가 서린이 너를 찾아왔어. 학과 사무실에서 전달해 달라는데, 너한테 연락이 닿아야 말이지."

"누구지? 연락도 없이 찾아올 사람이 없는데."

"20대 중후반으로 보이는 곱상하게 생긴 여자였어. 사무실에서 기다리라고 해도, 무슨 이유인지, 비를 쫄딱 맞고 밖에서 서성이더라. 일단 학과 건물 앞으로 가 봐."

시영이 말하는 간단한 인상착의만으로 다희의 얼굴이 떠올랐지만, 아니기를 바랄 뿐이었다. 서린이 자리에서 일어나자, 지은이 우산을 챙겨 가라는 말을 잊지 않았다.

뛰듯이 빠른 걸음으로 학과 건물을 향해 달려갔다. 그치지 않고 내리는 비 때문에, 운동화는 물론 청바지의 발목 윗부분까지 빗물이 흥건하게 젖어 들었다. 익숙한 건물 앞에 다다랐을 때, 수령이 굵은 벗나무 아래서 내리는 비를 고스란히 맞고 있는 다희의 모습이 시야에 들어왔다. 물끄러미 제 발밑을 바라보는 그녀가 서린이 다가오는 기척을 느꼈는지, 고개를 들었다.

무표정함을 가장하고 있지만 응시하는 차가운 눈동자 속엔 펄펄 끓는 분노와 원망, 그리고 두려움이 담겨 있었다. 사실 그녀의 눈동자보다 신경 쓰이는 것은 따로 있었다. 결혼을 서두르는 것을 보면, 임신일 거라고 했던 윤우의 말이 문득 떠올랐기 때문이다.

'저렇게 비를 맞으면 아기에게 좋지 않을 텐데,' 라는 생각이 들자 저절로 마음이 급해졌다. 떨어지지 않는 걸음을 재촉하며 다희에게 다가갔다. 그리고 서둘러 우산을 씌워 주었다.

"안으로 들어가세요."

"우산 치워."

돌아온, 싸늘한 대꾸가 부드럽고 다정해 보이던 첫인상을 무색하게 했다.

"이러다가 감기 걸려요."

"감기? 뒤통수 맞은 거에 비하면 그깟 감기가 대수겠니."

"어떤 욕도 들을 각오가 되어 있으니, 어디라도 들어가서 이야기해요."

"다른 곳은 싫고 태인이를 그렸다는 그곳으로 가. 인사동에 있다는 그 작업실."

느닷없는 말에 서린이 멍하니 다희를 바라보았다. 다른 곳은 몰라도 인사동 갤러리만은 그를 추억할 수 있는 공간으로 남겨 두고 싶었다. 굳이 그곳까지 가서 다희가 확인하려는 것이 무엇인지 궁금했다. 하지만 이제 와 이런 궁금증이 다 무슨 소용인가. 이렇게 몸을 혹사하고 있는 다희를 보니, 태인을 추억으로 간직하려던 제 바람마저 욕심이 아닐까 하는 생각이 들었다.

"택시를 부를 테니까, 우선 비부터 피하세요."

학교에서 인사동까지 택시를 타고 가는 동안, 다희는 입을 꾹 다문 채, 말이 없었다. 손수건을 그녀에게 건네주었지만, 마치 더러운 오물 보듯이 그것을 바닥으로 팽개쳤다. 손수건을 주워서 가방에 집어넣으려 할 때, 문득 휴대 전화 벨 소리가 울렸다. 발신인을 확인하니 윤우였다. 잠시 망설이던 서린이 수신 버튼을 눌렀다.

— 비 오는 데 뭐 해?

"볼일이 있어 어디 좀 가고 있어."

— 볼일 보고 홍대로 넘어와. 저녁 사 줄 테니까.

"상황 봐서 전화할게."

밀폐된 공간이라 곁에 앉은 다희가 의식되는 건 어쩔 수 없었다. 대충 얼버무리며 전화를 끊으려 했을 때, 윤우가 서린의 이름을 불렀다.

— 서린아.

"왜, 무슨 할 말 있어?"

— 지난번 이야기한 건 생각해 봤어? 여름방학에 함께 여행 가
자고 했던 거.

함께 떠나자는 그의 제안을 거절했을 때, 윤우는 섣불리 결정하
지 말고 여름방학에 함께 배낭여행을 하면서 시야도 넓히고 서로를
이해하는 좋은 기회로 삼아 보는 건 어떠냐고 했다. 사실 요즘 같
은 심정으로는 윤우의 제안이 아니라도, 한국을 떠나서 자유롭게
여행하며 우울한 기분을 떨쳐 버리고 싶었다.

"어디로 갈 건데?"

— 첫 코스로 시베리아 횡단 열차를 타 보는 건 어떨까 싶어.

시베리아 횡단 열차라, 생각만 해도 온갖 잡념이 사라지는 거 같
았다.

"여행 준비 하려면, 시간이 빠듯하지 않아?"

— 그건 내게 맡겨. 모든 준비는 내가 할 테니까, 너는 몸만 와.

서린이 차창을 응시하며 나지막한 소리로 대답했다.

"알았어."

전화선 너머에서 윤우의 요란한 환호성이 들렸다. 다희의 시선이
강하게 의식되었지만, 오히려 잘되었다 싶었다.

인사동 갤러리에 도착했을 때, 비는 잠시 그친 상태였다. 그러나
여전히 걷히지 않은 검은 먹구름을 보면 언제 다시 비가 쏟아질는
지 알 수 없었다.

택시에서 내려 갤러리로 향했다. 군데군데 파인 포장길 때문인
지, 원피스 차림인 다희의 늘씬한 종아리에 빗물이 튀었다. 그러나

그녀는 조금도 아랑곳하지 않고 앞만 보며 걸었다. 갤러리 문을 열고 3층으로 올라갈 때까지, 한눈팔지 않고 당당히 걸어가는 모습 때문인지, 오히려 자신이 안내하는 것이 아니라, 마치 끌려가는 것처럼 마음이 위축되었다.

3층 작업실에 들어선 다희가 안을 천천히 둘러보았다. 잘 정리된 그림과 화구, 일자 싱크대와 무선 주전자, 꽃무늬가 그려진 머그잔까지. 세심하게 훑는 눈동자가 멈춘 곳은 접이식 문을 달아 놓은 침실이었다. 유난히 오랫동안 머물러 있는 시선에 서린은 마치 치부를 보인 것처럼 뺨이 붉게 달아올랐다.

"그림부터 보여 줘."

다희가 마치 빚을 받으러 온 사람처럼 태연하게 말했다. 잠시 망설이던 서린이 덮개를 씌운 그림을 가져다가 다희에게 건넸다. 25호 크기의 캔버스에는 어두운 창을 응시하는 태인의 전신이 그려져 있었다. 화려한 색을 자제하고 흑백의 음영을 강조하며 묵직한 분위기를 살렸다. 마음속의 이미지를 전부 표현하지는 못했지만, 그래도 태인과 이 그림을 바꾸었다고 생각하면 코끝이 시큰거릴 만큼 애착이 가는 그림이었다.

한참이나 그림을 응시하던 다희가 손톱을 세워서 그림 속 태인의 몸을 칼로 베듯이 천천히 그었다. 그리고 시선조차 돌리지 않고 물었다.

"태인이를 사랑하니?"

"……죄송해요."

"태인이도 그러더라. 너를 사랑하냐고 묻는 말에 겨우 한마디 했어. 미안하다고, 용서하라고."

"……."

"사실 듣고도 믿기지 않았어. 내가 아는 태인이는 자제력이 남다른 사람이어서, 옆에서 뭐라고 꾀어도 고집스러울 만큼 제 할 일을 마치곤 했지. 잠시 너한테 홀린 것뿐이야. 태인이는 그것을 사랑이라고 믿는 거고."

날카로운 손톱이 태인의 치부에서 우뚝 멈추었다. 그리고 움푹 파여서 찢어질 만큼 종이를 쑤셔 댔다. 달려가서 제발 그만두라고 말하고 싶었다. 차라리 제 몸을 쑤시고 때리고 발로 밟으라고 애원하고 싶었다.

"……더러워. 상상하는 것만으로도 더러워서 미치겠어."

"태인 오빠 잘못이 아니에요. 제가 어떻게 되었나 봐요. 욕심내서는 안 되는 사람인데. 저도 모르게 그만……."

서린이 북받치는 감정에 잠시 말을 끊었다. 내내 그림을 응시하던 다희가 고개를 돌렸다. 화를 낼 거라 생각했는데, 그녀의 뺨을 적시는 눈물을 보니 차마 용서하라는 말조차 할 수 없었다.

"20년 가까이 태인이만을 바라봤어. 서로에게 든든한 버팀목이 되었고 그와 함께하는 미래를 단 한 번도 의심한 적이 없었어. 근데, 너를 만나면서 모든 것이 달라졌어. 먼저 연락하지 않으면 연락도 없고 늘 딴생각에 잠겨 있고 만나면 미안하다는 말만 반복했어. 그래도 괜찮았어. 굳이 사랑이라는 말을 빌리지 않아도, 그와 함께한 시간의 힘을 믿었으니까."

내내 평정심을 유지하던 다희가 양손에 제 얼굴을 묻었다. 흐느끼는 작은 어깨를 보니, 서린 역시 따라 울고 싶은 기분이었다.

"……태인이가 파혼하고 너한테 가고 싶대. 평생 죄인으로는 살아도, 너 없이는 도저히 살 수 없대."

서린이 휘청이는 다리를 지탱하기 위해서 가까운 테이블에 팔을 짚었다.

"태인이는 그게 사랑이라고 하지만, 나는 그 말을 믿지 않아. 겨우 한 달 몸을 섞었다고 어떻게 그게 사랑이 되니? 만약 너를 안지 않았다면 태인이가 과연 파혼까지 결정했을까? 그저 지나가는 감정일 뿐이야. 육체적 끌림을 사랑이라고 착각하는, 남자들이 흔히 겪는 뻔한 감정."

다희의 말이 심장 깊숙한 곳을 사정없이 후벼 팠다. 그러나 냉정하게 생각하면 그녀의 말이 옳았다. 깨끗하게 그를 보냈다면 이런 갈등을 겪지 않아도 되었을 텐데. 그림을 핑계로 그를 욕심냈던 것도 사실이고 태인 역시 분위기에 휩쓸려 육체적 욕망을 사랑이라고 착각하는 것인지도 모른다. 설사 사랑이라고 해도 이제 와 어쩌겠는가. 이미 결론 난 일을 뒤집어서 파혼까지 감행하려는 그를 말려야 한다는 사실이 무엇보다 괴롭게 느껴졌다.

"변명처럼 들리겠지만, 태인 오빠와 깨끗하게 헤어졌어요. 우연이 아니라면 다시 만날 일은 없을 거예요."

서린의 대답만으로는 만족하지 못했는지, 다희가 마치 쐐기를 박듯 다시 말을 이었다.

"지금 그 말, 더는 그에게 미련이 없다고 받아들여도 되니?"

대답할 기운조차 없어서 서린이 힘없이 고개를 끄덕였다.

"그럼 그 증거로 이 그림을 내게 줘."

어떤 비난도 달게 받으려 했는데, 그림을 달라는 말에 본능적인 반감이 생겼다. 다희는 태인과 서린의 관계를 아무 거리낌 없이 더럽다고 표현했다. 그러나 그녀는 알고 있을까. 현실의 사랑을 끝내기 위하여 가상의 공간을 빌려야 했던 것을. 그녀에게는 혐오스러운 그림이겠지만, 서린에게 남는 것은 고작 그림 한 점뿐이라는 것을. 그리고 그것은 단순한 그림이 아니었다. 온 마음을 다해서 그를 사랑했다는 증거이기도 했다.

그림만은 어떻게든 지키고 싶었다. 그러나 다희가 그마저도 참을 수 없다는데, 어쩔 도리가 있겠는가.

"……마음대로 하세요."

서린이 말을 끝내기가 무섭게 다희가 화구 속에 뒤섞여 있던 끌칼을 꺼냈다. 그리고 넓적한 칼의 끝부분을 세워 캔버스를 사정없이 찢었다.

갈가리 찢기는 그림을 보고 있으니, 누군가 제 숨통을 틀어쥔 것처럼 숨을 쉴 수가 없었다. 찢겨서 너덜너덜해진 것은 그림뿐 아니었다. 심장에 고인 검붉은 피를 토해 내지 않으면 이대로 죽을 것만 같았다.

비틀대던 서린이 무너지듯 자리에 주저앉았다. 그런 서린을 아랑곳하지 않고 다희가 캔버스를 들고 계단 쪽으로 걸어갔다. 다희가 아래층으로 향하는 첫 번째 계단을 밟았을 때, 서린이 가까스로 목소리를 쥐어짰다. 반드시 확인하고 싶었던 게 있었기 때문이다.

"한 가지 묻고 싶은 게 있어요."

고개를 돌린 다희가 물끄러미 서린을 응시했다.

"태인 오빠의 아이를 가졌다는 게, 사실인가요?"

어딘가 당황한 눈치였지만, 다희가 감정을 다스리려는 듯 태연한 목소리를 가장했다.

"누가 그래?"

"떠도는 소문을 들었어요. 결혼을 서두르는 이유가 아이 때문이라고."

"아니 땐, 굴뚝에 연기 나는 거 봤니? 너와 이곳에서 뒹구는 동안, 나 역시 태인이와 여러 차례 잠자리를 가졌어. 태인이는 아직 임신 사실을 몰라. 적당한 시기를 골라 말할 생각이니까, 혹시라도 만나면 비밀로 해 줘."

평정심을 찾은 다희에게서는 조금 전, 흐느껴 울던 애처로운 모습은 흔적조차 발견할 수 없었다. 기분 탓일까. 어딘가 후련해 보이는 얼굴이었다.

"참, 그림은 네가 찢은 거야. 그래야 태인이가 너를 포기할 테니까."

말을 마친 다희가 계단을 내려갔다. 아래층에서 문 닫히는 소리가 들리자, 맥이 탁 풀리며 현기증이 몰려왔다. 그렇게 눈물을 흘리고도 여전히 남은 눈물이 있는 걸까. 바닥에 쓰러져 찢긴 그림의 조각을 보고 있으니, 참았던 눈물이 하염없이 쏟아졌다.

"이 꼴을 보고도 아직 모르겠어? 이 찢긴 그림이 너에 대한 그 애의 마음이야."

다희가 말했다. 태인은 눈앞에 그림을 보고도 도무지 그녀의 말이 곧이들리지 않았다. 보기 흉하게 찢긴 그림은 분명 서린이 한 달 가까이, 공들여 그린 그림이었다. 아무리 자신과 관계를 끊고 싶어도 그림마저 이런 꼴로 만들었을 리 없다.

"서린이가 그럴 리 없어."

"그럼 내가 없는 말이라도 꾸몄다는 거야. 못 믿겠으면 직접 찾아가서 확인해 봐."

인사동 갤러리에서 그렇게 헤어지고 거의 한 달 반 가까이 서린을 만나지 못했다. 마음을 배반한 죄의 대가를 시간의 무게로 돌려받는 것처럼, 하루하루가 지옥 같은 나날이었다. 이대로 헤어질 수없다는 절박한 감정 외에는 아무 생각도 들지 않았다. 우선 그물처럼 꼬인 관계를 풀어야 했다. 다희에게 용서를 구하고 주변을 정리한 후에, 다시 한번 서린에게 진심을 전하고 싶었다. 하지만 엉망이 된 그림이 마치 처참하게 버려진 자신처럼 느껴져서, 암담하고 절망적인 기분이 들었다.

"그 애가 그러더라. 너에게 아무 감정도 남아 있지 않다고. 다시는 너를 볼 일이 없을 거라고 했어."

태인이 지끈거리는 관자놀이를 손가락을 벌려서 꾹 눌렀다.

"……그만하자."

"그 애와 있었던 일을 듣고 처음에는 화가 났는데, 가만히 생각하니, 그럴 수도 있겠다는 생각이 들었어. 하지만 육체적인 욕구를 사랑이라고 착각하지 마. 내가 정상적인 몸이었다면 그 애와 그런일은 벌어지지 않았을 거야. 내 병을 고칠 수 있는 의료진을 찾고있어. 미국과 일본은 물론, 국내에도 성공적인 치료 사례가 있다고들었어. 무슨 일이 있어도, 치료에 성공할 테니까, 힘들어도 조금만참아 줘."

어떻게 설명할 수 있을까. 서린과 잠자리를 가진 후, 확실히 무언가가 달라지기는 했다. 그러나 그것은 제 감정을 굳히는 계기가 되었을 뿐, 육체적인 욕구로 시작된 감정은 아니었다. 극단적으로 표현하면, 서린과 다희의 처지가 바뀌었어도 자신은 결국, 서린을 포기할 수 없었을 것이다. 섹스는 사랑을 표현하는 행위일 뿐, 그 주체가 되진 못하기 때문이다.

하지만 이미 자신으로 인해 상처받은 다희에게 이런 말까지 할 수 없었다. 더욱 괴로운 것은, 진실을 외면하고 막무가내로 고집을 부리는 다희의 모습과 제 모습이 겹쳐 보인다는 것이었다. 다희의 말대로 이미 서린의 마음은 떠났는지 모른다. 만약 그렇다면 미련을 버리지 못하는 자신과 현재 다희의 모습이 조금도 다르지 않을 테니까.

"다희야. 나는 죽을 때까지 네 앞에서 고개를 들지 못할 거야. 하지만 우리 관계와 이번 문제는 별개라고 생각해. 너에게 서린이와 있었던 일을 전부 털어놓은 것은 이제라도 거짓 없는 솔직한 마음을 전하고 싶었기 때문이었어. 용서해 달라는 말조차 염치없어서 할 수 없지만, 적어도 이런 말을 전하는 내 마음이 가볍지 않다는 것만 알아줬으면 좋겠다."

"그래서 결국, 그 애한테 가겠다는 거야?"

"……미안하다. 정말."

자리에서 일어난 그녀가 태인이 들고 있는 캔버스를 빼앗아 바닥에 내팽개쳤다. 종이를 지탱하던 나무틀마저 부서지자, 태인은 문득 이젤 앞에 앉아서 식사도 거르고 그림에 몰입하던 서린의 모습이 떠올랐다. 순간, 명치끝에서 시작된 묵직한 통증이 전신으로 퍼져 나갔다.

"내가 두 눈 똑바로 뜨고 지켜볼 거야. 네가 어디까지 추락하는지."

사랑은 이토록 이기적이다. 다희의 눈물범벅이 된 모습을 보고도 그의 머릿속을 차지하는 것은 오직 한 사람뿐이었다. 우두커니 앉아 있는 태인을 응시하던 다희가 잠시 숨을 골랐다. 울고 매달리고 저주의 말을 퍼붓는 것도 모자랐는지, 싸늘한 냉소와 함께 마지막 말을 남겼다.

"내가 장담하는데, 참혹하게 찢어진 저 그림처럼, 너 역시 그 애한테 똑같이 버림받을 거야. ……아니, 벌써 버림받은 건가. 서린이 개, 너 같은 건 까맣게 잊었는지, 다른 남자랑 여행 준비 하더라. 전화 통화하면서 아주 좋아 죽던데."

좁은 자취방에 홀로 남은 태인이 넋이 나간 얼굴로 부서진 캔버스를 바라보았다. 지금 당장이라도 달려가서 서린을 만나고 싶지만, 다희의 말대로 비참하게 버려질까 두려웠다. 하지만 이대로 넋놓고 있을 수는 없었다. 윤우와 서린이 함께 있는 상상만으로 늘 쫓기듯 불안했다. 그런데 함께 여행이라니, 들끓은 질투심에 온몸의 피가 거꾸로 솟는 기분이었다. 자리에서 일어난 태인이 휴대 전화를 찾았다. 윤우를 만나서 확인하고 싶은 게 있었기 때문이다.

"어쩐 일이에요. 형이 연락을 다 하고."

성큼성큼 다가온 윤우가 태인의 맞은편 자리에 앉았다. 태연하게 인사를 건네는 윤우는 언제나처럼 근사하게 차려입은 모습이었다. 그런 차림과 어울리는 매끈한 얼굴에 주변 시선이 그들이 앉은 테이블로 자연스럽게 모였다.

"소주 한잔 줄까?"

윤우가 태인의 손에 들린 소주잔을 바라보았다. 안주는 손도 대지 않은 채, 소주 한 병을 이미 비운 채였다.

"저녁 약속이 있어서 술은 사양할게요."

"서린이와 만나기로 했니?"

윤우가 비딱한 웃음으로 대답을 대신했다. 순간, 우지끈하게 심장이 죄어 왔다.

태인이 테이블에 놓인 윤우의 오른손을 바라보았다. 겉보기에는 전혀 티 나지 않는데, 재건의 말로는 감각이 제대로 돌아오지 않아서 더는 기타를 칠 수 없다고 들었다.

"손은 어때, 여전히 감각이 없는 거야?"

태인의 시선을 의식한 듯 윤우가 손을 쥐었다 폈다 하며 느리게 움직였다. 제 손을 바라보는 윤우의 입술 끝이 느린 손동작만큼 천천히 올라갔다.

"이대로 감각이 돌아오지 않았으면 좋겠어요. 늘 딴생각에 잠겨 있던 서린이가 이 손만 보면 내게 집중하거든요."

태인이 술잔을 훌쩍 비웠다.

"나만큼이나 너도 참 삐뚤어졌어."

"그 말 하려고 저를 부른 건, 아닐 테고 용건부터 말해요."

"네가 손가락을 걸었으니, 필요하다면 나는 그 이상도 걸 거야. 그러니까 이쯤에서 서린이 포기해."

뭐가 우스운지, 윤우가 쿡쿡대며 웃었다.

"그 이상? 설마 목숨을 걸겠다는 상투적인 말을 하려는 건 아니죠?"

"······왜 못 할 거 같니?"

"형의 문제점이 뭔지 아세요? 여자를 몰라도 너무 모른다는 거. 게다가 늘 뒷북을 치곤 하죠."

"······."

"형이 파혼했다는 소식은 들었어요. 그렇다고 해서 서린이가 형에게 갈 거라는 기대는 버려요. 깔끔한 거 좋아하는 서린이 성격으로는 어림없는 일이니까."

"······과연 그럴까? 우리 관계가 네가 상상하는 이상이라면, 이야기가 달라지겠지."

내내 빙글대던 윤우의 얼굴이 순식간에 굳어졌다.

"무슨 뜻이에요?"

최악의 한 수였다. 하지만 끓어오르는 듯한 질투심과 그녀를 잃을 수 있다는 불안감은 생각지도 못한 상황을 불러 왔다. 태인이 술잔을 내려놓고 자리에서 일어났다.

"서린이는 저녁 약속에 나오지 못할 거야. 정 보고 싶으면 나중에 인사동 갤러리로 와라."

<u>12</u>
어디로든 데려가 줘

다희가 사라지고 기진맥진 탈진한 상태로 잠이 들었다. 몸을 감싸는 따스한 온기와 익숙한 체취가 마음이 불러온 환각일 거라고 착각했다. 하지만 흐린 의식 너머로 자신을 응시하는 시선에 소스라치게 놀란 서린이 눈꺼풀을 들어 올렸다.

"……태인 오빠."

분명 바닥에 쓰러져서 잠든 것 같은데, 누워 있는 곳은 작업실에 있는 침대 위였다. 당황한 서린이 몸을 일으켜서 바닥에 널브러져 있는 옷을 걸쳐 입으려는 찰나, 태인이 서린의 허리를 끌어당겨 안았다.

"……잠시만 이러고 있자."

"낮에 김다희 씨가 저를 찾아왔어요."

"알아."

태인이 나지막한 목소리로 대답했다. 해가 지고 이미 어두워진 상태라, 창으로 흘러드는 빛만으로는 그의 표정을 제대로 읽을 수 없었다.

"김다희 씨와 약속했어요. 오빠와 다시는 만나지 않겠다고. 그러니까, 이러고 있으면 안 돼요."

고작 할 말이 이것뿐이라니, 그가 원망스럽다기보다는, 허탈한 기분에 사로잡혔다.

"그만 돌아가세요."

"돌아갈 곳이 없어."

"그럼 제가 일어날게요."

서린이 몸을 일으키려는 순간, 태인이 그녀의 가는 손목을 틀어쥐며 침대에 바로 눕혔다. 커튼처럼 드리워진 어둠 속에서 남자다운 얼굴의 윤곽을 더듬었다. 가쁘게 오르내리는 거친 숨소리가 긴장감을 부추겼다.

"……돌아가요. 제발."

"다희와 파혼했어."

'아이는 어쩌고요.' 라는 말이 튀어나오려 했지만, 비밀로 해 달라고 했던 다희의 말이 떠올라서 입을 꾹 다물었다.

"서린아. 네가 그림을 찢은 게 아니지?"

그림에 관한 이야기 나오자, 또다시 가슴이 찢기는 것처럼 절망감이 몰려왔다.

"김다희 씨에게 오빠를 정리했다는 증거를 보여 달라 했어요. 그래서 오빠를 그린 그림을 제 손으로 찢어서 보여 줬어요."

태인의 얼굴이 눈에 띄게 일그러지는 것을 느낌으로 알 수 있었다. 이윽고 그가 김빠진 듯 허탈한 웃음을 터트렸다.

"아끼는 그림을 찢을 정도로 내가 싫어졌으니, 이제 조용히 꺼져 주면 되는 거니?"

그랬으면 좋으련만, 실상은 그가 사라질까 두려웠다. 두 여자를 오가며 그가 잠자리를 가졌다 해도, 임신한 약혼녀를 버릴 만큼 비정한 사람이라도 이렇게 함께 있을 수만 있다면 아무래도 상관없을 거 같았다.

그녀의 흔들리는 마음을 확인이라도 하듯 태인이 검지로 서린의 아랫입술을 천천히 쓸었다.

"근데, 어쩌면 좋으냐. 죽어도 너를 포기할 수 없을 거 같은데."

말이 끝나는 것과 동시에 그가 입술을 겹쳐 왔다. 익숙하고 그리운 느낌에 서린이 잘게 몸을 떨었다. 부드럽게 혹은 거칠게, 서로를 확인한 입술은 더없이 탐욕스러웠다. 마음을 배반한 몸은 그를 밀어내기는커녕 더욱 깊고 진한 교감을 원했다.

"……서린아. ……하서린."

애원하듯 속삭이는 목소리에 몸뿐 아니라, 마음마저 녹아내렸다.

그가 다급한 손으로 서린이 입은 바지를 벗겨 냈다. 평소 그는 지칠 만큼 긴 애무를 즐기지만, 오늘만은 달랐다. 쫓기는 듯 초조한 얼굴로 애무 없이 바로 삽입을 하려는지, 성기의 귀두 부분을 거머쥐고 서린의 질 입구에 마찰했다. 당황한 서린이 그를 밀어 내려 하자, 그가 그녀의 허리를 단단히 고정하고 단번에 찌르고 들어왔다.

"아앗!"

갑작스러운 삽입에 찌르르하며 허리가 들렸다. 서린이 본능적으로 그의 가슴을 밀며 몸을 뒤로 물렸다. 그가 또다시 쿵 하고 허리를 들썩이며 성감대를 자극했다. 순간, 그녀의 입에서 자지러지는 신음이 튀어나왔다. 그의 까슬한 음모가 엉덩이에 닿을 만큼 삽입은 깊었고 행위는 적나라하고 노골적이었다.

"……아흐흑. ……그만."

쿵쿵 박아 넣는 움직임에 그녀의 다리가 공중에서 힘없이 흔들렸다. 태인이 삽입한 그대로 몸을 일으켰다. 그리고 서린의 몸을 침실 벽에 기대게 했다. 서린이 중심을 잃고 그의 목에 매달렸다. 질펀하게 젖어 드는 속살이 강한 자극을 받아 애액을 뿜어냈다. 처음과 달리 드나들기 수월해진 몸 탓인지, 그의 움직임이 더욱 거칠어졌다. 교묘할 정도로 성감대를 자극하고 빠져나가는 움직임에 허리가 뒤틀릴 지경이었다. 서린이 고통과도 같은 쾌락을 참아 내기 위해 입술을 질끈 씹었다. 그런 그녀가 못마땅한지, 그가 송곳니를 세워 귓불을 잘근잘근 씹은 뒤에 나지막하게 속삭였다.

"……전부 잊자. 그냥 우리 둘만 생각하는 거야."

서린이 마지막 저항을 멈추지 않으며 고개를 저었다. 순간, 미끈한 혀가 그녀의 잇새를 가르고 들어왔다. 동시에 그가 그녀의 두 팔을 모아서 머리 위로 올리고, 브래지어 사이로 삐져나온 젖무덤을 거칠게 움켜쥐었다. 뽑아 먹을 듯이 빨아들이는 혀와 유두를 희롱하는 손가락과 자궁 깊숙한 곳의 마지막 성감대를 찔러 대는 움직임이 더해지니, 금방 쓰러져도 이상하지 않을 만큼 강렬한 절정이 찾아왔다. 결국, 사지가 뒤틀릴 정도로 강한 쾌감을 느낀 그녀가 마지막 항복을 하듯 그의 목덜미에 매달리며 흐느껴 울었다.

"아으…… 으흐흑……."

순간, 그토록 거칠게 몰아붙이던 그가 움직임을 멈추고 아이 달래듯 그녀의 흠뻑 젖은 등을 어루만져 주었다.

"……괜찮아."

서린은 몰랐다. 신경이 찢어질 듯 곤두선 태인의 초조함도, 누군가 갤러리 문을 열고 신음이 흘러나오는 3층 작업실 계단을 올라오고 있다는 것도. 그저 구석진 벽 모서리 한 귀퉁이에서 그를 받아 들이느라, 숨을 헐떡였고 몸을 떨었고 신음을 삼켰고 울음을 터트렸다. 하지만 태인은 달랐다.

열린 침실 문을 통해 두 사람을 바라보는 낯선 기척을 이미 알아차렸는지, 교묘하게 서린의 눈을 제 몸으로 가렸고 그녀를 자극했고 기어코 그가 주는 쾌감으로써 그녀의 항복을 받아 냈다.

숨 막히는 침묵이 계속되었다. 경련하듯 바들바들 떠는 서린에게서 몸을 빼낸 태인이 침착한 태도로 발목까지 흘러내린 그녀의 바지를 올리고 벌어진 셔츠 단추를 빈틈없이 채워 주었다. 제 옷까지 모두 입은 그가 땀으로 젖은 서린의 옆머리를 쓸어 넘겨 주면 부드럽게 속삭였다.

"손님이 온 거 같은데, 침실에 있어. 이야기를 끝내고 다시 돌아올게."

사방이 윤곽을 겨우 확인할 수 있을 정도로 어두웠지만, 서린은 낯선 손님의 정체를 본능적으로 알아챌 수 있었다. 키가 크고 호리호리한 체격만큼이나, 익숙한 향수 냄새. 시베리아 횡단 열차를 타고 함께 여행을 가자고 했던 차윤우였다.

서린이 떨리는 몸을 겨우 가누며 침대 모서리에 주저앉았다, 윤우가 다가오는 태인을 아랑곳하지 않고 서린을 향해 말했다.

"태인 형이 준비한 이벤트가 꽤 충격적이지만, 나는 아무것도 보지 못했어."

무거운 침묵이 흘렀다. 윤우가 다시 말을 이었다.

"그러니까 서린이 너도 오늘 일은 깨끗하게 기억에서 지워 내."

순간, 머릿속에 짧은 의문이 스치고 지났다. 이제야 쫓기는 듯 초조해 보이던 태인의 태도가 이해되었다. 윤우를 이곳까지 불러 낸 사람은 태인이었다. 짐승처럼 한 몸으로 뒤엉킨 모습을 기어코 보여 주고 윤우에게 쐐기를 박을 목적이었으리라. 느닷없는 깨달음에 사지가 벌벌 떨릴 만큼, 지독한 배신감이 몰려왔다. 사랑이라는 이름을 빌려서, 아름다운 추억을 무참히 짓밟은 태인에 대한 분노에 몸서리가 쳐졌다. 어떤 식으로든 그를 상처 입히고 싶었다. 자신이 받은 상처를 고스란히 돌려주지 않으면 이대로 미칠 것만 같았다.

서린이 자리에서 일어났다. 그리고 태인을 지나쳐서, 윤우에게 다가갔다. 자신의 몸에 남아 있는 태인의 체취가 역겨워서 구토가 몰려왔다.

"차윤우."

팽팽한 긴장감에 누구 하나 시원스럽게 대답하는 사람이 없었다. 서린이 다시 물었다.

"……이런 나라도 정말 상관없니?"

이번에는 윤우가 확신에 찬 목소리로 대답했다.

"물론이지."

아찔한 현기증이 몰려왔다. 태인의 정액 냄새가 남아 있는 몸을 윤우에게 기대었다. 역겹기는 자신 역시 마찬가지였다.

"그럼 나를 어디로든 데려가 줘. 이곳에서 아주 멀리 떨어진 곳이라면, 어디라도 상관없어."

●◐○

깊은 상념에서 빠져나온 서린이 눈물로 얼룩진 뺨을 닦아 내었다. 아주 오랜만에 연필을 들었는데, 또다시 그린 대상이 태인이라니, 쓰디쓴 무언가를 삼킨 듯 목 안이 따끔거리며 피로감이 몰려왔다.

정연과 헤어져 이곳에 온 것이 점심 무렵이었는데, 어느새 해가 졌는지, 창밖이 어둑했다. 최근 악화된 관계 때문일까. 태인이 있는 집으로 돌아갈 생각을 하니, 절로 마음이 무거워졌다. 먼지가 쌓인 덮개를 벗기고 소파에 몸을 눕혔다. 몸을 웅크린 채 눈을 감으니 저절로 잠이 쏟아졌다. 그렇게 아주 잠깐 눈을 붙였다고 생각했는데, 뺨에 닿은 차가운 손의 느낌에 문득 잠에서 깨어났다. 눈을 뜨려 했지만, 쇳덩이가 매달린 것처럼 눈꺼풀이 떠지지 않았다.

잠시 후, 느리게 움직이는 구둣발 소리가 들렸다. 듣기 좋은 중저음의 목소리가 누군가와 통화하는 소리가 들렸다.

"……찾았어요. 운전은 내가 할 테니, 먼저 돌아가요."

익숙한 향취가 감도는 무언가가 몸을 덮는 느낌이 들었다. 따스한 기운 때문일까, 또다시 의식이 멀어졌다. 얼마나 시간이 흘렀을까. 문득 눈을 떴을 때는 사방이 형태만 분간할 수 있을 만큼 어두워져 있었다. 희미한 빛이 새어 드는 창가 옆에 서 있는 태인의 옆모습이 시선에 들어왔다. 마치 잘 빚어 놓은 조각상처럼 아름답지만, 그런 아름다움을 상쇄시킬 만큼 고독해 보이는 모습에 가슴이 철렁 내려앉았다.

부스럭대며 몸을 일으킨 그녀가 제 몸을 덮고 있는 재킷에 주름이 가지 않도록 잘 펴서 소파 등받이에 올려놓았다. 그녀의 인기척을 느꼈는지, 태인이 천천히 고개를 돌렸다. 자는 동안 내내 울리던 휴대 전화 소리를 얼핏 들은 기억이 있다. 좀처럼 일어날 수 없어서 받지 못했는데, 본의 아니게 또다시 걱정을 끼친 모양이다.

"미안해요. 울리는 벨 소리는 들었는데, 몸이 말을 듣지 않아서⋯⋯."

불빛을 등지고 있어서 표정은 읽을 수 없지만, 다행히 화가 난 것 같지는 않았다. 물끄러미 바라보던 그가 감정이 실리지 않은 나지막한 목소리로 말했다.

"⋯⋯아무리 찾아도 없길래, 또다시 종적을 감췄는지 알았어."

"그럴 리 없잖아요."

"예전에도 그럴 리 없다고 생각했지. 결국, 미치기 일보 직전에, 현실을 파악하고 말았지만."

과거를 떠올리게 하는 장소 탓일까. 마치 5년 전, 과거로 돌아간 것처럼, 목덜미가 서늘해졌다. 자리에서 일어나려 할 때, 텅 비어 있는 이젤이 시선에 들어왔다. 자기 전까지, 그린 그림은 어디에도 없었다.

"저기 있던 그림, 당신이 치웠어요?"

"갈가리 찢어서 불태웠어."

"뭐라고요?"

"남자가 그리우면 차라리 지난번처럼 침실로 끌어들여. 쓸데없이 종이 낭비 하지 말고."

순간, 말문이 막혔다. 단순한 선으로 빠르게 스케치한 그림이라, 정밀 묘사를 생략했다. 그를 추억하며 그린 그림을 다른 남자로 오해할 수 있다 쳐도, 허락 없이 불태운 것은 도저히 용납할 수 없다.

"정말 미쳤군요."

"그래. 미쳤어. 너 때문에 완전히 돌아 버릴 거 같다고!"

버럭 내지르는 소리에 놀란 서린이 뒷걸음질 치자, 그가 성큼성큼 다가와서 그녀의 어깨를 틀어쥐었다.

"말해 봐. 어디까지가 끝이야! 얼마나 더 속을 뒤집을래!"

뒤흔드는 손길에 골이 흔들릴 지경이었다. 폭발 직전의 고요를 눈치채지 못하다니, 두려움에 사로잡힌 서린이 그를 멍하니 올려다보았다. 분노를 가라앉히려는 듯 그가 몸을 부르르 떨었다.

"이곳을 예전 모습 그대로 남겨 둔 이유가 무엇 때문이라고 생각하는 거니? 네가 떠나고 종이 한 장 치우지 못하게 했어. 너를 처음 안았던 곳이니까! 너 못지않게 나에게도 특별한 의미가 있는 곳이라 그랬어! 그런데 이곳에서까지 다른 남자를 떠올려? 너야말로 미친 게 아니면 뭐냐고!"

그가 조소하며 입꼬리를 말아 올렸다.

"하긴, 머릿속에 온통 딴생각으로 가득 찼으니, 다른 생각 할 여유가 없겠지."

서린의 어깨를 풀어 준 그가 거친 동작으로 흘러내린 자신의 머리카락을 쓸어 넘겼다.

"……그렇게 소중한 곳이라, 그런 짓을 저질렀어요?"

마치 도화선에 불이 붙듯, 검은 눈동자에 푸른 불꽃이 튀었다.

"그래서 윤우를 불러내고, 그래서 당신과 알몸으로 뒹구는 모습까지 보여 주었냐고요!"

참으려 했다. 하지만 도저히 참을 수 없었다. 그의 숨겨진 또 다른 얼굴, 선의라는 가면 속에 가려진 잔혹한 얼굴을 목격한 순간, 싸늘하게 마음이 식고 말았다.

"제가 그때 어떤 기분이었는지 아세요? 온 마음을 다해 그린 그림을 누군가가 와서 구둣발로 짓밟고 갈기갈기 찢어 버린 느낌이었어요. 그렇게 믿었던 당신이, 당신이 그랬어요!"

"분명히 경고했어. 달아날 수 있다면, 달아나라고."

"그때 일을 후회하는 게 아니에요. 처음 그 일을 제안한 것도 저였고 제 마음을 기꺼이 받아 준 당신에게 감사했어요. 하지만 그다음이 문제였어요. 충분히 아름다울 수 있었어요. 두고두고 간직하고픈 빛나는 추억으로 남을 수 있었다고요. 우리의 마지막을 그런 식으로 더럽힌 당신을 절대 용서할 수 없어요."

"마지막? 우리가 그때 어떤 식으로 서로를 갈구하고 사랑했는지, 벌써 잊은 거니? 나를 받아들이느라 힘겨워하던 네 모습이 지금도 눈에 선해. 그래도 너는 지금같이 겁쟁이처럼 숨지 않았지. 그런 너를 보며 나 역시 내가 쓴 위선의 가면을 벗어던졌어. 네가 마지막 추억이라고 여겼던 그 밤이, 나한테는 마지막이 아니라, 시작이었으니까."

과거를 떠올리게 하는 말에 치솟던 화가 수그러들고 그 자리에 복잡한 기분이 섞여 들었다.

"처지를 바꿔 생각해 봐요. 당신이라면 그런 일을 당하고 저를 받아들일 수 있겠어요? 저 때문에 윤우가 좋아하는 기타를 칠 수 없게 되었어요. 그것도 모자라서 그런 장면까지 목격했어요. 그런 윤우 기분을 단 한 번만이라도 생각해 본 적 있어요?"

"윤우! 윤우! 그놈의 윤우!"

그가 발작하듯 소리쳤다.

"내 마음을 이렇게 헤집어 놓고 윤우 기분은 잘도 헤아리지."

"……."

"그런 짓을 저지를 만큼, 나를 궁지로 몰아넣은 사람은 바로 너였어. 헤어 나올 수 없는 늪에 내 대가리를 처박고 넌 지금처럼 저 혼자 빠져나갈 궁리만 했지. 너라면 어떻게 하겠니! 응?"

그는 마치 펄펄 끓는 용광로 같았다.

"그림 속의 공간? 그따위가 어디 있어! 네 장단에 맞춰 놀아 주니까 내가 그렇게 우스워 보였어? 그림이 아니라, 당시 내가 경험한 현실을 말해 줄까? 수도 없이 네 몸에 드나들며, 매 순간 갈등했어. 콘돔 없이 사정하고 싶어서 미치는 줄 알았다고! 네 배가 부풀어 오르는 상상, 너를 닮은 아기가 태어나는 상상. 그뿐인 줄 알아? 도망가려는 네 발목을 꽁꽁 묶어 놓는 상상까지 했어."

속사포처럼 쏟아지는 말이 비현실적으로 들렸다. 그가 서린의 어깨를 두 손으로 틀어쥐었다가, 눈앞에서 펼쳐 보였다.

"자 봐. 이 손으로 네 머리부터 발끝까지 어느 한 곳 빠짐없이 사랑했어. 마음뿐 아니라, 전부를 쏟아부어도 아깝지 않을 만큼 너를 사랑했어. 나는 그때 일을 후회하지 않아. 바닥을 보여도 좋을 만큼 너를 원했고 누가 뭐래도 너는 내 여자였으니까."

서린은 마치 거대한 파도에 휩쓸리는 기분이었다. 마음속의 온갖 애증을 휩쓸어 갈 듯, 그의 눈동자는 절박해 보였고 그 못지않게 그녀의 마음을 흔들어 놓았다.

그가 흥분을 가라앉히려는 듯 호흡을 가다듬었다.

"……다른 건 바라지 않을 테니, 적어도 말없이 사라지는 짓만은 하지 마."

돌아선 그가 개어 놓은 그의 재킷과 서린의 가방을 찾아 들었다.

"그만 돌아가자."

팔목을 감아 오는 손을 빼려 했을 때, 그가 더욱 세게 움켜잡으며 말했다.

"이미 바닥까지 보였어. 그러니까 그 이상의 짓도 할 수 있다는 걸 명심해. 예컨대, 네 옷을 찢고 먼지가 굴러다니는 바닥에 눕힌채, 엉망으로 헤집어 놓을 수도 있겠지."

13
짐승처럼 살을 맞대고 밤낮없이 뒹굴면서

지루한 여름이 시작되었다. 하루가 다르게 짙어 가는 녹음이 베란다 창에 적당한 그늘을 만들었다. 서린이 아침 대신에 커피를 내려서 창가로 다가갔다. 수북하게 꽃을 피운, 푸른 수국을 넋 놓고 바라보고 있을 때, 도우미로 일하는 전주댁, 윤옥이 현관문을 열고 들어왔다.

"상추가 벌써 저렇게 자랐네. 솎아서 이웃에 좀 나누어 줘야겠어요."

50대 중반의 그녀는 태인이 입주하면서부터 살림을 도왔던 터라, 집안일에 관한 거라면 모르는 게 없었다. 오다가 장이라도 봐 왔는지, 커다란 쇼핑백을 식탁에 내려놓으며 친근하게 말을 붙여 왔다.

"오후에는 잡초도 뽑고 텃밭 정리를 좀 할게요."

적요하던 집은 윤옥이 들어오자, 순식간에 활기를 띠었다. 자꾸 움츠러들기만 하는 서린에게 유일한 말벗이 되어 주는 사람이라, 요즘은 그녀가 오는 시간을 저도 모르게 기다리게 된다.

"저도 도울게요. 텃밭에 가실 때, 말씀해 주세요."

"그럴래요?"

윤옥이 장 봐 온 식료품을 솜씨 좋게 정리하는 동안, 서린이 그녀가 마실 만한 차를 준비했다. 그래 봐야 윤옥이 직접 만든 수제 차 종류였지만, 그래도 차 대접 정도는 직접 하고 싶었다.

"앉아서 차 좀 드세요."

"다했어요. 물 좋은 생선이 있길래 욕심껏 사 왔더니, 양이 너무 많아요. 소분해서 냉장고 넣고 바로 갈게요."

정리를 마친 윤옥이 초췌한 안색의 서린을 살피는 눈으로 바라보았다.

"얼굴이 영 까칠해 보이네. 요즘도 잠을 깊이 못 자요?"

어머니와 비슷한 나이인데, 존댓말이 듣기 불편했다.

"차차 나아지겠죠. 그보다 이제는 말을 편히 놓으세요."

"큰 사모님 들으면 어쩌려고요?"

한남동에서 있다가 어머니의 소개로 이곳에 왔다는 윤옥은 지금도 어머니, 박 여사가 마냥 어려운 눈치였다.

"그럼 저와 둘만 있을 때만이라도 편히 지내요."

"정 그렇다면, 뭐."

어색한 표정이었지만, 그래도 편히 지내자는 말에 기뻐하는 눈치였다. 서린이 내민 차를 마시던 그녀가 넌지시 물었다.

"근데, 강 대표가 몹시 바쁜가 봐. 결혼 후, 식사는 꼭 집에서 했는데. 반찬이 늘 그대로인 걸 보면."

"회사 일로 바쁜가 봐요. 사실 요즘 저도 얼굴 보기 힘들어요."

불편한 화제라, 서린이 대충 얼버무렸다. 그녀의 말대로 요즘은 거의 태인의 얼굴을 볼 수 없었다. 언제 들어왔다가 나갔는지도 모를 만큼, 늦게 퇴근하고 일찍 출근하는 날이 이어졌기 때문이다.

"색시를 그리 예뻐하는데, 얼굴을 못 보면 쓰나."

색시라는 말에 서린이 얼굴을 붉히자, 윤옥이 그녀의 눈치를 살피며 말을 이었다.

"생전 웃지도 않던 사람이 결혼 후, 얼마나 달라졌게. 나와 마주칠 때마다, 서린 씨가 좋아하는 음식을 해 주라는 둥, 지어 온 보약을 꼬박꼬박 챙겨 주라는 둥, 살뜰하게 챙기더니, 요즘은 좀……."

말을 흐린 윤옥이 최근 달라진 태인의 태도가 이상하다는 듯 고개를 갸웃거렸다.

"이런 질문 하기는 좀 그렇지만, 혹시 크게 다투기라도 했어? 서린 씨도 그렇지만, 강 대표는 얼굴 보기도 어렵고 간혹 마주치면 얼굴이 핼쑥한 게, 영 말이 아니야."

눈치 빠른 윤옥이 이상하게 여기는 게 당연했다. 서먹하던 관계가 인사동 갤러리를 다녀간 이후로 더욱 심해졌다. 마치 속을 모두 드러내 보였으니, 판단은 그녀가 하라는 듯이 달관한 태도였다. 그러나 이제 와 그녀가 할 수 있는 일은 아무것도 없었다.

서린이 대답 없이 창으로 보이는 정원을 응시하자, 윤옥이 다시 말을 이었다.

"저 수국도 강 대표가 직접 심었는데, 그리 정성을 들이더니, 결국, 푸른색 꽃을 피웠네."

"그 사람이 직접 심었어요?"

"서린 씨가 유달리 수국을 좋아했다면서? 큰 사모님이 말하는 걸 귀담아들었는지 강 대표가 집을 짓자마자 수국을 심었어. 붉은 색보다는 파란색 수국을 좋아한다고 매년 땅에 석회까지 뿌리더라니까."

자신이 사라진 동안 태인은 아들처럼 부모님을 살폈고 위기에 빠진 회사를 구했고 아틀리에가 딸린 집을 짓고 자신이 좋아하는 수국까지 심었다. 그리고 제가 알지 못하는 것이 또 뭐가 있을까. 따로따로 여겨지던 모든 것이 하나로 모이니, 마치 거대한 퍼즐을 맞추는 기분이었다. 아니, 어쩌면 강태인이라는 존재 자체가 영원히 맞출 수 없는 퍼즐처럼 느껴지곤 했다.

"아, 내 정신 좀 봐. 날이 좋을 때, 서둘러 이불 빨래를 해야겠네."

바쁘게 움직이는 윤옥이 불편하지 않도록 안뜰로 나왔다. 윤옥과 했던 대화 때문일까, 태인이 직접 심고 가꾸었다는 파랗게 물이 오른 수국이 새삼 다시 보였다. 따기조차 아깝긴 하지만, 꽃꽂이해서 허전해 보이는 그의 침실 창가에 장식해도 좋을 듯했다.

오후 늦게까지 상추를 솎고 고추를 따고 잡초를 뽑았다. 윤옥이 퇴근하고 혼자 남으니, 몸이 노곤해지며 잠이 쏟아졌다. 모처럼 느끼는 개운한 피로감이었다.

샤워를 마치고 침실로 들어간 서린이 침대에 몸을 눕혔다. 그리고 꽤 긴 시간 잠에 빠져들었다. 밖에서 들리는 희미한 인기척 소리를 듣고 눈을 떴을 때는 이미 자정을 넘긴 시각이었다. 다시 잠을 청하려고 할 때, 문득 낮에 윤옥과 했던 대화가 떠올랐다. 최근 사이가 더욱 소원해지긴 했지만, 언제까지 이렇게 지낼 수는 없었다. 잠시 망설이던 서린이 침대에서 일어나 가운을 걸쳐 입었다.

거실로 나왔을 때, 긴 의자에 걸터앉아 술잔을 들이켜고 있는 태인의 옆모습이 시선에 들어왔다. 언제부터 이런 모습으로 있었던 것일까. 간접 조명에 반사된 창백한 안색과 텅 빈 위스키병을 보니, 어쩐지 안타까운 기분이 들었다.

"언제 왔어요?"

서린의 말에 그가 고개조차 돌리지 않고 대답했다.

"조금 전에."

"식사는 했어요?"

"별생각 없어."

"빈속일 텐데, 곁들일 안주라도 내올게요."

서린이 그를 지나치려는 순간, 태인이 갑자기 그녀의 허리를 끌어당기며 자신의 무릎에 앉혔다. 훅 하고 끼치는 진한 위스키 향과 그가 사용하는 스킨 향이 섞여서 코끝을 자극했다.

"안주는 필요 없으니까, 잠시 이대로 있자."

그녀의 가슴에 얼굴을 묻으며 그가 말했다. 머리는 그를 밀어내라고 하지만, 어째선지 몸이 말을 듣지 않았다. 게다가 한술 더 떠서 흘러내린 앞머리를 쓸어 넘기고 있으니.

"여기서 이러지 말고 침실로 들어가요."

"잠이 오지 않아."

술기운 탓일까. 한결 솔직하고 가벼워진 그가 새삼 다시 보였다.

"그럼 곁에서 자장가라도 불러 줄까요?"

그가 힘없이 웃었다. 빈말이 아닌데, 그는 농담으로 들은 모양이다.

"서린아."

더없이 다정했던 과외 선생님 시절로 돌아간 듯, 그가 부드러운 목소리로 서린을 불렀다.

"하서린."

그는 '서린아.' 만으로는 부족한지, 늘 말끝에 이름을 다시 한번 부르는 버릇이 있었다. 그러면 어린 그녀는 '왜, 자꾸 불러요?' 라며 애교 섞인 눈웃음을 흘리고는 했다.

"······왜 이렇게 힘드냐. ······왜 이렇게 어려워."

한숨 섞인 말과 흐트러진 모습이 단단히 걸어 잠근 마음의 문을 두드렸다. 비록 상황이 이 지경까지 왔지만, 그를 사랑했기에 그가 어디에서건, 행복하길 바랐다.

"이러다가 몸 상해요. 들어가서 눈 좀 붙여요."

서린이 달래듯이 그를 일으켜 세웠다. 그리고 서재에 딸린 그의 침실로 향했다. 마치 말 잘 듣는 아이처럼 그녀를 따라온 그가 순순히 침대에 누웠다. 시트를 덮어 주고 돌아 나가려는 순간, 태인이 그녀의 팔을 잡아당기며 품에 안았다. 당황한 그녀가 몸을 일으키려 하자, 그가 더욱 깊이 끌어안으며 혼잣말처럼 중얼거렸다.

"······말해 봐. 내가 어떻게 하면 좋겠니?"

갑작스럽지만, 그 못지않게 막연한 질문이었다. 서린 역시 그에게 묻고 싶었다. 자신이 어떻게 하면 좋겠냐고.

"처음 한남동에 갔을 때, 이 비서님이 했던 말이 떠올라. 한번 돌아서면 절대 뒤돌아보지 않는 사람이 하서린이라더니, 그 말이 맞았어."

그가 다시 말을 이었다.

"어느덧 1년의 반이 갔으니, 이제 고작 반년밖에 남지 않았어. 우리 그냥 남은 시간, 신경 소모 하지 말고 평범한 부부처럼 지낼까? 그리고 때가 되면 아쉬움 없이 헤어지는 거야. 그게 네가 원하는 거지?"

술을 마셨다고 하지만, 도무지 그의 생각을 따라잡기 힘들었다. 서린이 대답이 없자, 그가 채근하며 다시 물었다.

"이제부터는 네가 원하는 대로 해 줄 거야. 그러니까 솔직히 말해도 돼."

"그래요. 남은 시간만이라도 당신과 편안하게 지내고 싶어요. 저는 일어날 테니. 그만 쉬어요."

서린이 일어나려는 순간, 태인이 그녀의 손목을 붙들었다.

"왜 일어나?"

차갑게 돌변한 그의 태도에 서린이 멍한 얼굴로 그를 바라보았다. 잠시 후, 그녀의 몸을 돌려 눕힌 그가 놀리듯이 말했다.

"평범한 부부가 이렇게 늦은 밤, 뭐 하는지 잊었어?"

"……."

"굳이 떠나겠다는데, 나 역시 매달릴 이유가 없지. 결국, 내가 할 수 있는 건 딱 하나밖에 없네. 남은 시간 동안, 다른 자식 침대로 기어들어 가지 않도록 네 몸을 혹사하는 것 외에는. 이것조차 싫다면 네가 원하는 평화는 없어. 어떻게 할래?"

서린이 눈매를 좁히며 그를 올려다보았다. 결국, 갈 데까지 가보자는 뜻인가, 이런 방식은 싫지만, 못할 것도 없었다.

그를 밀어 내고 침대에서 몸을 일으킨 서린이 입고 있는 가운을 벗었다. 드러난 그녀의 알몸을 훑는 시선에서 남자로서의 욕망이 읽혔다.

그에게 다가간 서린이 다리를 벌려서 그의 무릎 사이에 끼워 넣었다. 그의 허벅지 위에 걸터앉은 채, 하반신을 부드럽게 마찰하자, 그가 자제심을 발휘하려는 듯 깊이 숨을 몰아쉬었다.

"파리에서 배운 게 고작 이따위 짓이야?"

화가 난 목소리가 짐승처럼 으르렁댔다. 서린이 팽팽하게 솟은 그의 바지 앞섶을 손으로 어루만지며 속삭였다.

"당신이 원한다면, 이보다 더한 짓도 할 수 있어요."

"……차윤우의 것도 이렇게 만져 주었니?"

바닥까지 드러내는 말에 화가 나기보다는 서글픈 감정이 들었다. 과거 윤우도 이와 비슷한 말을 한 적이 있었다. 윤우는 술 취한 밤이면 어김없이 태인의 이름을 꺼냈고 과거의 일을 집요하게 추궁했다. 그는 어렸고 가혹했으며 오로지 자신만을 바라봐 주길 원했다. 윤우는 그것이 사랑이라고 했다. 태인 역시 마찬가지가 아닐까. 수시로 드러내는 감정 역시, 욕망과 집착이 만들어 낸 허상이 아닐까.

"그래요. 하루도 빠지지 않고 매일 밤……."

순간, 그녀의 몸이 들리며 침대에 내팽개쳐졌다.

"함부로 지껄이지 마."

예전 같으면 감히 상상할 수도 없는 모습이었다. 차갑고 거칠고 그 못지않게 잔인했다. 그녀 역시 화가 치밀어 올랐다. 그가 힘들어하는 모습에 마음이 쓰였다. 감정을 소모하는 신경전을 멈추고 적당한 타협점을 찾으려 했을 뿐인데, 윤우와의 관계를 들먹이는 그를 이해할 수 없었다. 벗어나려 해도 마치 다람쥐 쳇바퀴 돌듯 돌고 또 도는 관계, 한번 어긋난 관계가 이렇게 커다란 고통으로 다가올 거라고는 생각하지 못했다.

눈 안쪽에서 차오르는 물기를 가까스로 누르며 서린이 그를 노려보았다. 본능적으로 다리를 오므리며 그를 밀어 내려 하자, 더는 참지 못하겠다는 듯, 그가 그녀의 다리를 크게 벌렸다. 동시에 더듬듯이 자신의 바지 지퍼 내렸다. 브리프를 뚫고 나올 듯 묵직하게 솟아오른 성기의 윤곽이 드러나자, 서린이 얼굴을 붉히며 시선을 피했다.

태인이 그녀의 양손을 결박한 채, 위로 끌어 올렸다. 다른 한 손으로 굵은 페니스를 그러쥐고 쿠퍼액으로 번들대는 귀두를 그녀의 입구에 갖다 붙였다. 그녀의 몸을 이미 꿰뚫고 있는 남자였다. 여린 살점을 질척하게 문지르며 그녀의 성감대를 교묘하게 자극했다. 허리가 저절로 들리고 잇새로 신음이 새어 나왔다.

"⋯⋯으으흣."

그의 시선을 피하려 고개를 돌리자, 그가 턱을 단단히 고정한 채, 시선을 마주쳐 왔다.

"어떻게 해 줄까? 원하는 대로 해 줄 테니, 말만 해."

"⋯⋯다 필요 없어요."

"예전에는 넣기만 해도 자지러지게 흐느끼더니, 이제는 내 물건으로는 성에 안 차는 모양이지?"

적나라한 말과는 달리, 행위 자체는 부드럽기 짝이 없었다. 귓불에서 자근대던 입술이 목덜미 깊은 곳에 뜨거운 숨을 쏟아 냈다. 집요하게 성기를 마찰하고도 모자랐는지, 그의 손가락이 흥건하게 젖은 그녀의 입구를 더듬었다 무언가를 확인하는 듯, 집요하게 더듬는 손길이 점점 노골적으로 안을 헤집고 다녔다. 그리고 성감대 부분을 잠깐 자극한 뒤, 교묘하게 빠져나갔다. 까맣게 잊고 있었던 감각이 사나운 파도처럼 다가와서 그녀의 전신을 덮쳤다. 살이 떨리고 뼈가 녹는 느낌, 그가 아니면 줄 수 없는 감각이었다.

"……그렇게 좋았니?"

"……."

"4년이라는 시간을 함께할 만큼?"

과거의 트라우마 때문일까, 윤우와의 잠자리는 매번 실패로 끝나고 말았다. 1년 가까이 노력했지만, 정신적인 문제라 어쩔 도리가 없었다. 그리고 언제부터인가, 윤우의 옷에서 여자 향수 냄새가 끊이지 않았고 자연스럽게 사이가 멀어졌다. 하지만 윤우는 마지막까지도 그녀를 놓아주려 하지 않았다. 윤우의 사랑을 의심하지 않는다. 그는 그 나름대로 최선을 다했고 그래서 더 고통스러웠던 시간이었다.

"……처음은 당신이 가졌지만, 지난 5년 동안 머리부터 발끝까지 윤우가 주는 쾌락에 몸을 떨었어요. 탐하고 또 탐하다가 몇 날 며칠을 침대에서 내려오지 않은 적도 많아요. 누구의 것인지도 모를 신음과 온몸이 땀으로 흠뻑 젖어서 까무러치듯 잠든 날이 셀 수 없이 많았어요. ……당신이 원하는 대답이 이런 거예요?"

그의 눈동자가 서릿발처럼 차가웠다. 서린이 그를 밀치며 뒤로 물러나려 했을 때, 그가 몸을 일으켜 세우며 서린 앞에 우뚝 버티고 앉았다.

"좋아. 제법 놀아 봤으니, 그 잘난 경험을 이용해서 나를 녹여 봐. 실컷 안고서 재미없어지면 바로 놓아줄 테니."

서린이 본능적으로 다리를 오므리자, 그가 양손으로 그녀의 다리를 찢듯이 벌렸다. 검은 음모의 한 오라기와 분홍 속살의 주름까지 더듬는 눈동자는 마치 더럽혀진 무언가를 보는 듯한 혐오와 맘껏 범하고 싶어 하는 잔혹한 욕망이 뒤섞여 있었다. 치부를 드러낸 자세와 끈적하게 달라붙는 시선에 지독한 수치심이 몰려왔다. 순간, 끓어오를 듯한 분노와 상처 입은 만큼 상처 입히고 싶은 비뚤어진 욕구가 심장 한복판에 똬리를 틀었다.

"처음부터 솔직히 말하지 그랬어요. 원하는 게 이런 거라고. 이 정도라면 얼마든지 상대해 줄 수 있는데."

그녀의 말이 끝나는 것과 동시에 팽팽하게 부풀어 오른 성기가 살점을 가르고 단숨에 뚫고 들어왔다. 그녀의 안은 이미 충분히 젖은 상태였지만, 유난히 큰 크기의 성기와 배려 없는 삽입에 아래가 그대로 뚫리는 기분이었다. 빈틈없이 달라붙는 그녀의 속살에 고통스러운지, 그 역시 얼굴이 일그러졌다.

"여전히 뻑뻑하고 여전히 뜨거워. 다른 자식을 상대했다는 게 믿기지 않는 몸이야."

내벽을 틈 없이 채우는 그가 처음처럼 버거웠다. 하지만 몸은 거짓말을 하지 않는다. 그저 하나가 되었을 뿐인데, 몸의 세포 하나하나가 그에게 점령당한 것처럼 짜릿한 전율이 일었다. 썰물처럼 빠져나간 기둥이 또다시 밀물처럼 몰려왔다. 감질날 정도로 느릿한 움직임이 마치 그녀에게 지독한 벌을 주는 것 같았다. 움찔대며 그를 빨아 당기는 부분은 이미 흥건하게 젖은 채, 경련을 계속했다. 박고 빠지는 기계적인 움직임이 계속되었다. 그의 움직임에 따라 그녀의 몸이 들썩였다. 전기에 감전된 듯 머리에서 발가락 끝까지 어느 한군데, 느끼지 않는 부분이 없었다.

허공에 뜬 그녀의 다리가 맥없이 덜렁거리자, 그가 서린의 몸을 옆으로 돌려서 다리 하나는 자신의 어깨 위로 걸치고 나머지 다리의 가는 발목을 움켜잡았다. 옆으로 눕힌 채, 교차하듯 휘젓고 가장 깊은 곳을 찍어 누르자, 그야말로 사지가 뒤틀릴 지경이었다.

"아하…… 아하……. 그…… 그만."

그의 반동에 맞추어 출렁이는 젖가슴이 거슬린다는 듯 그가 한 손에 움켜쥐고 움츠린 유두를 꼬집었다. 이가 딱딱 부딪칠 만큼 강렬한 쾌감이 전신을 뜨겁게 달구었다. 차마 부끄러움도 잊고 그가 주는 기쁨에 서린이 탄성을 내질렀다.

"아아앙…… 으으흑."

거의 절정까지 다다랐을 무렵, 갑자기 그의 동작이 우뚝 멈추었다. 들어올 때와 마찬가지로 그가 한 번에 밀려 나가니, 속이 텅 빈 것처럼 허전한 기분에 사로잡혔다.

"이번엔 네 차례야. 얼마든지 상대해 준다고 장담했으니, 직접 움직여 봐."

분한 마음에 그를 노려보았다. 순간 그의 입꼬리가 삐딱하게 올라갔다. 침실로 다시 돌아갈까 하다가, 느닷없는 오기가 발동했다. 애액으로 번들거리는 페니스가 보기 딱할 지경이었다. 욕구를 채우지 못한 탓에, 그녀 못지않게 갈급한 상태였다.

그의 위로 올라간 서린이 페니스를 한 손으로 거머쥐고 오돌토돌한 귀두 부분을 혀로 핥았다. 그는 무언가 화가 난 표정이었지만, 초점이 풀린 눈동자는 채우지 못한 욕구로 잔뜩 흐려져 있었다. 작은 입에 삼켜지는 자신의 분신을 바라보던 그가 잇새로 알아들을 수 없는 욕설을 내뱉었다.

"……하아, 미치겠네. ……이런 짓까지 서슴지 않고……."

반 정도 머금었을 뿐인데, 귀두 부분이 살아 있는 듯 목젖을 내리눌렀다. 결국, 참다못한 서린이 꿈틀대는 기둥을 급히 빼내고 콜록대자, 그가 등을 부드럽게 쓸어 주었다. 오락가락하는 그의 기분만큼이나 달라지는 행동이 종잡을 수 없었다. 그가 서린의 몸을 일으켜 세워 허벅지 사이에 끼워 놓고 아래턱을 벌려서 입을 벌리게 했다.

"누가 이런 짓까지 하랬어? 입 안이 다 헐어 버리겠어."

서린이 시선을 내리자, 자신을 품느라 붉은 기운이 선연해진 그녀의 입술을 엄지로 쓸었다.

"……그래서 맛있었니?"

점점 달아오르는 뺨을 응시하던 태인이 눈매를 좁히며 희미하게 웃었다.

"이럴 필요 없어. 아무리 그래도 네게 이런 무리한 짓까지 시키고 싶지 않으니까."

잔뜩 도발해 놓고 한걸음 물러나려는 그를 이해할 수 없었다.

"그래서 과거 일까지 끄집어내며 나를 조롱했어요?"

"……이런 순간조차 너는 도망갈 궁리만 하지. 머릿속이 온통 딴생각으로 가득 차서. 내 말이 틀렸어?"

일부는 그의 말이 맞았다. 하지만 건드려서는 안 되는 부분도 있었다.

"이곳에 있는 동안 최선을 다할 생각이었어요. 하지만 과거를 끄집어내는 당신 앞에서 내가 뭘 할 수 있겠어요."

흐린 눈동자에 안타까움이 스쳐 지났다. 미처 하지 못한 말이 있는지, 그가 가만히 한숨을 내쉬며 흘러내린 그녀의 머리카락을 쓸어 넘겨 주었다.

"……나도 내가 왜 이러는지 잘 모르겠다. 나 아닌 누군가가 너를 안고 있는 상상만으로 피가 말라 버리는 기분이었어……."

윤우와 함께 지내는 동안 늘 듣던 말, 마치 데자뷔처럼 같은 일이 반복되었다. 확인하고 싶었다. 마지막까지 갔을 때, 그도 윤우와 같은 반응을 보일지.

발기한 채, 꿈틀대는 그의 페니스를 바라보니, 갑자기 쓴웃음이 나왔다. 윤우보다는 상황이 낫다고 안심해야 하나. 적어도 그는 혈기 왕성하게 발기하고 있으니.

서린이 그의 목덜미에 팔을 감으며 하반신을 밀착했다. 채우지 못한 욕구로 몸이 여전히 달아오른 상태라 삽입은 생각만큼 어렵지는 않았다. 미끄러지듯 그녀 안으로 들어가는 페니스를 그가 풀린 눈으로 응시했다. 한껏 벌려도 전부가 들어가지 않는 기둥이 자궁 깊숙한 곳을 찌르자, 안이 꽉 차서 터질 듯한 기분이었다. 밤낮을 잊고 뒹굴던 과거의 시간이 감각 기관을 통해 하나하나 되살아났다. 순간 절로 탄성이 쏟아졌다.

"아아앙…… 으흐흑!"

서린이 통기듯이 허리를 흔들며 더욱 깊은 삽입을 유도했다. 맞물린 부분에서 시작한 찌릿한 쾌감에 아래가 흠씬 녹아내렸다. 그야말로 사지가 뒤틀리며 흐물거리는 느낌이었다.

"……아아앙."

"……으흑 ……젠장."

받치듯이 서린의 엉덩이를 부여잡은 그가 참지 못하겠다는 듯 낮은 욕설로 신음을 대신했다. 더욱 깊이, 더욱 요란하게 엉덩이를 흔들었다. 살이 마찰하며 찰박대는 소리와 침대 스프링이 삐걱대는 소리까지. 그의 머리를 두 손으로 감싸며 서린이 고통 같은 쾌락을 견뎌 냈다. 안을 가득 채우는 그의 거대한 페니스가 짓이기듯 그녀의 내벽을 긁어 내렸다.

"아아흑…… 하아아."

아래에서 치받는 움직임에 그녀의 몸이 활처럼 휘어졌다. 절정을 향해 달려가는 몸이 제 것 같지 않다고 느껴질 때, 그가 움직임을 멈추고 서린의 턱을 움켜잡으며 맞물린 아랫부분을 눈으로 확인하게 했다. 안을 가득 메우고도 남아 있는 기둥의 뿌리, 그리고 거대한 페니스를 머금은 채, 잔뜩 벌어진 핑크빛 골짜기. 그야말로 포르노 필름의 한 장면처럼 자극적으로 보였다.

"……눈으로 확인해 봐. 너를 가득 채운 게, 누구의 것인지."

이런 순간조차 그는 윤우를 질투하는 것일까. 하지만 이미 달아오른 그녀는 어떤 말도 제대로 들리지 않았다.

"제발……."

서린이 그의 목에 매달리며 더욱 깊이 안아 달라고 속삭였다. 태인이 그녀를 침대에 바로 눕혔다. 그녀의 몸에 들어가 있던 페니스를 빼더니 조금 전과는 비교할 수 없을 만큼 거칠게 밀고 들어왔다. 핏줄이 선 불기둥이 그녀의 속살을 사정없이 짓이기자, 서린이 자지러지듯 신음을 쏟아 냈다.

"으으흑……."

왜 이럴까. 몸은 이렇게 좋은데, 마치 천국에 온 것처럼 사지가 녹아내리는데, 마음은 지옥의 불구덩이에 담금질당하는 기분이었다. 그래서일까, 마치 처음 그에게 안겼던 그때처럼 하염없이 눈 안쪽에 눈물이 차올랐다.

그도 같은 기분을 느꼈을까, 미간을 잔뜩 찌푸린 채, 바라보는 눈빛이 더없이 고통스러워 보였다. 그러나 그는 멈추지 않았고 결국, 짧은 신음과 함께 그녀 안에 자신을 쏟아부었다. 그를 받아들이느라, 예민해질 대로 예민해진 몸이 절정에 치닫자, 까무러치듯 아주 잠깐 정신을 놓았다.

잠시 후, 땀으로 젖은 몸에 차가운 무언가가 닿았다. 그러나 맥이 풀린 탓에 눈꺼풀이 떠지지 않았다.

"서린아."

"……."

"네 말대로 남은 시간을 이렇게 지내자."

그녀가 잠든 척 돌아눕자, 그가 땀에 젖은 그녀의 등에 부드러운 입맞춤을 했다. 그리고 독백 같은 말이 이어졌다.

"짐승처럼 살을 맞대고 밤낮없이 뒹굴면서. 과거를 떠올리기는 커녕 서로 바라만 봐도 질릴 정도로 그렇게……."

짐승처럼 살을 섞자면서 이렇게 다정하게 굴다니, 몸을 닦아 주는 세심한 손길과 부드러운 목소리에 기어코 참았던 눈물이 쏟아졌다. 서린이 그가 눈치채지 않도록 젖은 눈가를 닦아 내었다. 그에게 약한 모습을 보이고 싶지 않았다. 현재 모습이 어떻든, 그가 기억하는 하서린은 늘 밝게 웃는 모습이기를 바랐으니까.

눈을 떠 보니, 조금은 낯선 광경이 시야로 들어왔다. 마치 굶주린 짐승처럼 자다 깨기를 반복하며 새벽녘까지 서로의 몸을 탐하다가, 잠든지도 모르게 잠들고 말았다. 특별한 가구조차 없이 소탈한 느낌을 주는 침실 풍경에 그제야 비로소 강한 현실감이 몰려왔다. 스탠드 옷걸이에 걸려 있는 눈에 익은 재킷과 가지런히 놓여 있는 슬리퍼까지. 이곳은 태인이 이미 결혼 전부터 살던 집이었다. 이렇게 넓은 집이건만, 다섯 평 남짓한 침실에서만, 그가 사는 흔적을 발견한다는 게 묘한 기분을 끌어냈다.

서린이 시트를 걷어 내고 몸을 일으켰다. 여기저기 흩어져 있던 콘돔과 속옷은 그가 이미 치웠는지, 주변은 말끔하게 정리된 채였다. 하지만 누군가에게 맞은 듯 욱신대는 몸과 전신으로 퍼지는 나른한 피로감이 지난밤의 적나라했던 행위를 자연스럽게 연상시켰다. 비슷한 경험을 했지만, 윤우와 태인은 분명하게 달랐다. 직접 눈으로 목격한 경험이 아니기에 가능한 일인지도 모른다. 그래도 확인하고 나니, 다행이다 싶었다.

서재를 나와 욕실로 향하려 할 때, 주방에서 들리는 생경한 소리가 그녀의 발목을 붙잡았다. 소리 나는 방향으로 다가가니, 뒤돌아선 채, 무언가에 열중해 있는 태인의 모습이 보였다. 편안해 보이는 티셔츠에 트레이닝 바지, 평소 경직된 분위기에 익숙해진 탓인지, 눈앞에 펼쳐진 광경이 낯설고 생경하게 느껴졌다.

"⋯⋯뭐 해요?"

서린의 물음에 그가 뒤를 돌아보았다. 어색하게 비켜 가는 시선, 그러나 예전처럼 날이 서 있지는 않았다.

"식사 준비 하고 있어. 냉장고에 반찬이 있어서 밥만 지으면 될 거 같아."

생각해 보니, 오늘은 윤옥이 출근을 하지 않는 주말이었다. 결혼 초반에는 그와 함께 식사 준비를 하곤 했는데, 최근 사이가 소원해 지면서 그마저도 하지 않게 되었다.

"저는 괜찮은데……."

서린이 말을 맺지 못하고 입을 다물었다. 지난밤에 했던 그와의 약속이 떠올랐기 때문이다. 남은 시간을 진짜 부부처럼 지내기로 한 약속.

"뭐 도와줄 거 없어요?"

서린이 앞으로 나서자, 그가 그녀의 벌어진 가운 깃 사이로 보이 는 붉은 흔적을 눈으로 더듬었다. 마치 불도장을 찍듯 그가 새긴 흔적이었다.

"……몸은 좀 어때? 피곤해 보이는데, 좀 더 자지."

"푹 잤어요."

이런 일상적인 대화가 얼마 만인지. 긴장이 빠져나간, 그의 모습 에 가슴 설레는 한편, 마치 살얼음판을 걷는 것처럼 불안하기도 했 다. 남은 시간, 아내와 남편이라는 가면을 쓰기로 했다. 서로에게 지쳐 가는 관계보다는 그편이 훨씬 나을 테니까.

"어서 씻고 와. 식사 준비 해 놓을 테니."

서린이 그를 뒤로하고 욕실로 들어갔다. 가운을 벗고 거울 앞에 서니, 몸 여기저기에 남은 흔적이 지난밤의 낯 뜨거운 행위를 떠올 리게 했다. 부풀어 오른 젖가슴과 가벼운 스침에도 예민하게 곤두 서는 분홍빛 유두, 그리고 여기저기 남아 있는 애무와 키스의 흔적 들, 그뿐 아니었다. 거대한 그가 드나들며 희롱하던 은밀한 부분은 잔뜩 부어올라서 걸을 때마다, 민망한 기분을 끌어냈다.

서린이 욕조에 물을 받고 거품을 낸 후에 몸을 담갔다. 욕조 헤드에 머리를 기대고 지그시 눈을 감으니 전신을 감싸던 피로감이 서서히 빠져나갔다. 그 후, 아주 잠깐 잠이 들었던 것 같다. 문득 눈을 뜨니, 물끄러미 바라보는 검은 눈동자와 시선이 마주쳤다.

"……매번 이런 식이라니까. 왔으면 기척이라도 내든가."

서린이 낮게 중얼거렸다. 딱히 불만은 없지만, 속을 알 수 없는 눈동자를 볼 때마다 긴장되는 것은 어쩔 수 없었다.

"식사 준비를 마쳤어."

그가 변명처럼 말했다. 하얀 거품에 잠겨서 드러날 듯 드러나지 않는 그녀의 가슴골을 내려다보던 태인이 낯을 붉히며 고개를 돌렸다. 밤새도록 짐승처럼 몸을 탐하고도 저런 모습이라니, 불현듯 그를 놀리고 싶은 기분이 들었다.

"……안으로 들어올래요?"

서린이 눈꼬리를 올리며 묻자, 잠시 머뭇거리던 그가 입고 있던 옷을 천천히 벗었다. 티셔츠와 바지가 벗겨져 나가고 마지막 남은 브리프마저 끌어 내렸을 때, 발기한 성기가 체면도 없이 튀어나왔다. 욕조에 들어오라고 말했지만, 막상 살아 있는 듯 꿈틀대는 그의 페니스를 보니 착잡한 기분이 들었다.

"미리 걱정할 필요 없어. 참지 못할 정도는 아니니까."

순간, 웃음이 터져 나왔다. 열여덟 살에 그를 만나, 8년이라는 시간이 흘렀지만, 지금도 그가 풀기 힘든 숙제처럼 어렵게 느껴졌다. 늘 그의 속마음을 궁금해하는 자신과 달리, 그는 서린의 생각을 귀신처럼 읽어 냈다. 출렁하는 물살과 함께 그가 욕조에 들어왔다. 마주 본 자세 그대로 서린을 어린아이처럼 끌어안은 그가 젖은 그녀의 머리카락을 부드럽게 쓸어 넘겨 주었다.

"지난밤에는 내가 좀 심했어. 많이 아프니?"

아픈 것 이상으로 그와의 섹스가 좋았다. 안을 가득 채우고 또다시 마음마저 채울까 두려움도 없지 않지만.

"내가 아프다면 그만둘 거예요?"

"……말했잖아. 질려 버리고 싶을 만큼, 너를 안고 또 안을 거라고."

서린이 그의 목에 팔을 둘렀다. 그리고 넓은 가슴에 머리를 기대며 유혹하듯 속삭였다.

"그럼 안아요. 어서."

자세를 바꾸어 그가 서린을 무릎에 앉혔다. 그리고 목덜미에 입술을 붙이며 달콤하게 속삭였다.

"서두를 필요 없어. 시간은 많으니까."

마사지하듯 느릿하게 움직이는 손길에 그녀의 몸이 반응하며 아랫배에 힘이 잔뜩 들어갔다. 그러곤 은밀한 곳이 조여 왔다.

서린이 그를 올려다보며 나른하게 속삭였다.

"……사람들이 그러데요. 당신이 머리도 좋고 사업적인 능력도 뛰어나고 사람도 잘 다룬다고. 게다가 섹스도 잘하고. 도대체 못하는 게 뭐예요?"

"전부 상대적인 거야. 나보다 머리 좋은 사람도 뛰어난 사람도 많아. 무엇보다 섹스는 상대에 따라서 다르게 반응하지. 나와의 섹스가 좋다면 너라서 몸이 그렇게 반응하는 거야."

가벼운 농담이었는데, 진지한 얼굴을 보니 도리어 그녀가 민망해졌다.

따스한 물의 감촉과 어루만져 주는 손길이 더없이 좋았다. 이대로 눈을 감고 모든 것을 잊고 싶을 만큼 그의 존재가 유혹적이었다. 사실 기다려 주는 사람 하나 없는 타국 땅에 딱히 돌아갈 이유는 없었다. 어쩌면 이런 맹목적인 감정 역시 강박증에 불과한 것인지도 모른다. 하지만 그녀에게 아를 작업실은 부모님이 계신 한국만큼이나 의미 있는 곳이었다. 외로웠던 시간을 견디고 겨우 발돋움한 곳이었다, 이대로 주저앉을 수는 없었다.

"……당신만 괜찮으면 잠시 아를에 다녀왔으면 해요."

그녀의 말에 그의 모든 동작이 일순 멈추었다.

"갑자기 오느라 빠뜨린 것도 많고 친구들의 번호가 입력된 휴대전화도 놓고 왔어요. 제가 갑자기 사라져서 모두 놀랐을 거예요."

"굳이 가지 않아도 사람을 보내면 돼."

그의 말도 맞지만, 하루 이틀이면 갈 수 있는 곳인데, 굳이 그럴 까닭이 없었다. 더는 그와 다투고 싶지 않아서 그의 목덜미에 매달리며 조르듯이 말했다.

"그냥 여행 가는 셈 치고 다녀올게요."

애교 섞인 말에 마음이 풀렸는지, 그가 서린의 젖은 입술을 엄지로 쓸었다.

"가을로 접어들면 일이 좀 정리될 거야. 바쁜 일이 끝나면 같이 다녀오자. 바쁘다는 핑계로 신혼여행도 가지 못했잖아."

느닷없는 말에 약간 당황했지만, 돌이켜 생각하니, 그와 함께 가도 별 상관이 없을 거 같았다.

"그래요. 그럼."

서린이 고집을 부릴 거라 생각했는지, 그는 약간 안심한 눈치였다. 아를에 간다는 말에 화색이 돌아온 서린을 응시하던 그가 씁쓸하게 웃었다.

"그렇게 그곳이 그리웠니?"

"그립다기보다는, 언젠가는 돌아가야 할 곳처럼 느껴져요."

하얗게 올라오는 수증기 때문일까. 그의 눈동자가 뿌옇게 흐려졌다.

"솔직히 좀 이해할 수 없다. 나와의 일은 별개로 이곳은 네가 태어난 곳이고 부모님이 계신 곳인데, 왜 굳이 낯선 나라에 가려고 하는지."

"생각나요? 당신이 예전에 그런 말을 했었어요. 자신이 누군지 알고 싶으면 아주 낯선 곳, 낯선 사람들 틈에서 한동안 있어 보라고. 외부의 소리를 차단한 채, 내면의 소리에 귀를 기울이다 보면 비로소 자신의 본 모습을 발견하게 될 거라고."

열여덟 살 겨울에 눈 덮인 안마당을 보며 그가 해 준 말이었다. 당시는 그 말을 이해하지 못했지만, 지난 5년간, 그가 했던 말을 의지 삼아 내면의 소리에 귀 기울였었다. 그리고 어느 순간, 그가 말했던 마음의 평화가 찾아왔다.

"다른 이유는 없어요. 굳이 의미를 찾지 않아도 제가 저 자신으로 오롯이 있을 수 있는 곳이니까, 돌아가고 싶은 것뿐이에요."

흐린 눈동자가 짙은 속눈썹으로 숨어들었다. 순간, 서린은 문득 깨달았다. 자신이 여전히 그를 사랑하고 있다는 사실을.

젖은 손으로 속눈썹을 쓰다듬고 그의 모양 좋은 입술에 제 입술을 가져다 댔다. 눈을 감고 따스하게 전해지는 숨결에 귀 기울고 있을 때, 그가 서린을 제 품으로 끌어당기며 혼잣말처럼 중얼거렸다.

"……어떻게 하면 좋을지 모르겠어."

한숨 같은 중얼거림이 흔들리는 그녀의 마음을 대변하는 것처럼 들렸다.

'정말 어떻게 하면 좋을까.'

태인이 차려 놓은 식탁에 앉았다. 샐러드에 베이컨, 오믈렛을 곁들인 빵까지, 그의 입맛과는 상관없는 상차림이 의아해서 그를 올려다보았다.

"전주댁 아주머니에게 들었어. 네가 아침 식사를 거의 하지 않는데, 샐러드와 빵을 챙겨 주면 그나마 먹는다고. 그동안 입맛이 바뀌었는지 모르고 내 식대로 상을 차리게 했어."

누군가 챙겨 주어야 먹던 식습관을 혼자 살면서 유지하기 힘들었다. 간소하게 먹거나, 거르던 습관이 몸에 배었고 사실 그런 사소한 부분에 별 의미를 두지 않았다.

"저 때문이라면 이럴 필요 없어요. 어차피……."

서린이 말을 흐렸다. 겨우 찾아온 편안한 분위기를 망치고 싶지 않기 때문이다.

"별일 없으면 오후에는 오랜만에 쇼핑도 하고 바람이라도 쐬고 올까 하는데, 괜찮지?"

"그래요."

서린이 고개를 끄덕이자, 그가 마시던 커피 잔을 내려놓으며 넌지시 물었다.

"혹시 가고 싶은 곳이라도 있어?"

"쇼핑은 다음에 하고 기차 타고 춘천을 다녀오는 게 어떨까요?"

뜻밖의 말이었는지, 그가 물끄러미 바라보았다. 어딘지 모르게 복잡한 표정이었지만, 다행히 싫은 눈치는 아니었다.

"가끔 생각났어요. 젊은 연인들로 가득 찬 기차 안의 활기찬 분위기만큼이나, 창으로 스치는 풍경이 좋았었거든요. 당신이 건네준 삶은 달걀도 맛있고 사이다도 시원했어요."

그의 입꼬리가 부드럽게 올라갔다.

"어머니를 서울로 모시고 나서 춘천은 거의 찾지 않았어. 아마 그곳도 예전과 많이 달라졌겠지."

그가 이 집을 짓고 나서, 어머니 영숙에게도 살기 적당한 집을 마련해 주었다는 이야기를 들었다. 어딘가 좀 서먹해서 자주 연락하진 못하지만, 그래도 가끔 안부 전화 정도는 하고 있었다.

"그럼 이왕 간 거 하룻밤 자고 올까?"

별 뜻 없는 질문이었지만, 새벽까지 몸을 섞던 일이 떠오르자, 저도 모르게 뺨이 달아올랐다. 몇 달째 계속된 냉전이 하룻밤 사이에 역전되고 보니, 어딘가 좀 우습게 느껴졌다. 상황은 아무것도 달라지지 않았는데, 한결 부드러워진 태인을 보니 덩달아 가슴이 설레었다.

"어차피 하루 자고 올 거니까, 오후 늦게 출발하자. 그보다 다른 게 좀 급해졌거든."

그가 자신의 불룩해진 바지 앞섶을 천천히 문질렀다.

"……괜찮지?"

시선 둘 곳이 없어진 서린이 입술을 깨물며 고개를 숙였다. 그가 그녀의 손을 끌어당기며 자신의 허벅지 위에 그녀를 앉게 했다. 샤워 가운 속에 들어온 손이 계속된 정사로 부풀어 오른 젖가슴을 부드럽게 감싸 쥐고 다른 한 손이 허벅지 양쪽을 느긋하게 어루만졌다.

"……이대로 안고 싶어."

목덜미에 입술을 묻은 그가 속삭였다. 양해를 구하는 듯 묻고 있지만, 그의 손가락은 이미 그녀의 여린 살을 더듬고 있었다. 지난밤, 그가 셀 수 없이 드나들며 헤집어 놓은 곳이 아릿한 쓰라림을 동반했지만, 한결 솔직해 보이는 그가 싫지 않았다. 서린이 허락한다는 의미로 그의 목덜미에 팔을 두르자, 그가 거침없이 입술을 부딪쳐 왔다. 질척하게 감아 당기는 혀가 그의 입 안으로 엉킨 혀를 가져갔다. 서린이 그의 잇몸을 핥고 입천장까지 혀로 애무해 주자, 그가 만족스러운 듯 억눌린 신음을 흘렸다.

그녀가 입은 가운의 매듭을 풀고 그가 자신의 바지 지퍼를 열어 속옷을 서둘러 내렸다. 불쑥 튀어나온 페니스가 허벅지 사이를 간질이며 그녀의 입구와 아슬아슬하게 마찰했다. 마치 물속에서 자맥질하듯 찰박이는 소리에 뺨이 잔뜩 달아오를 무렵, 그가 서린의 엉덩이를 양손으로 부여잡고 삽입을 유도했다.

굵은 기둥이 미끄러지듯 들어오자, 내벽 안쪽에서 아릿한 아픔이 느껴졌다. 그러나 그 이상의 만족감이 전신으로 퍼져 나갔다. 절정에서 느끼는 쾌감과는 다른 정신적인 만족감이었다.

"……하아."

그 역시 비슷한 기분을 느꼈는지, 한숨 같은 탄식이 흘러나왔다.

"아무리 안아도 부족하게 느껴져. 그러니까 네가 나를 꽉 물고 놓아주지 마."

잠시 후, 그의 목덜미에 입술을 묻고 서린이 부르르 몸을 떨었다. 마찰하거나 비벼지는 자극 없이도 아랫배가 잔뜩 조여 오며 내부가 경련했다. 마치 몸 전체가 그의 존재로 꽉 들어차서 터질 것 같은 기분이었다.

"······아아앗!"

그녀의 내벽이 단단히 죄어 오자, 절정감에 못 이겨서 탄성을 쏟아 냈다. 순간, 그 역시 못 참겠다는 듯 이를 꽉 물었다.

"안 돼. 이대로는····· 헉!"

그러나 이미 때가 늦은 상태였다. 피임 도구도 없이 그가 자궁 깊은 곳에 사정했고, 서린 역시 맥없이 그를 받아들였다. 이윽고 가임기라는 사실을 깨닫자, 머릿속이 하얗게 비워졌다. 그 역시 당황했는지, 몸을 서둘러 빼내고 정액이 묻은 성기를 바라보았다. 곧이어 고개를 든 그가 물었다.

"혹시······?"

가임기인가를 묻는 말이었다. 서린이 그를 안심시키기 위해서 애써 입술 끝을 들어 올렸다.

"걱정하지 말아요."

이도 저도 아닌, 모호한 말에 그는 어딘가 약간 실망한 눈치였다. 오후에는 그와 여행 약속까지 있기에 서둘러 약 처방부터 받아야 할 거 같았다.

<u>14</u>
사랑은 원래 이기적인 거야

기차역 대합실에 앉은 서린이 성큼성큼 걸어오는 태인을 바라보았다. 평소 정장과 서류 가방을 든 모습에 익숙해진 탓인지, 티셔츠와 면바지 차림을 한 그의 모습이 어딘가 좀 생소해 보였다. 그의 손에 들린 검은 봉투가 시선에 들어왔다. 잠시 기다리라더니, 삶은 달걀과 사이다를 사러 간 모양이었다.

자리에서 일어난 서린이 검은 봉투를 받아 들었다. 주황색 망에 주렁주렁 매달린 달걀을 보니 절로 웃음이 나왔다.

"지나가는 말이었는데, 정말 사 왔어요?"

"파는 곳이 없어서 한참 찾았어."

그의 말대로 한참 찾았는지, 내쉬는 숨이 약간 거칠었다.

"괜히 말했나 봐요."

"지나치게 여위어서 뭐든지 찾아 먹이고 싶어."

"기차에 타자마자, 다섯 개 다 먹을게요. 그럼 됐죠?"

서린이 마치 과거로 돌아간 듯 그의 팔짱을 끼며 눈웃음을 흘렸다. 순간, 멈칫하던 그가 길게 접히는 그녀의 눈꼬리를 검지로 가만히 쓰다듬었다.

"……정말 오랜만에 보는 웃음이야."

쿵쿵. 마치 처음 데이트하는 연인처럼 심장이 제멋대로 두근거렸다.

"사람들로 붐비는 기차보다는 차로 이동할 걸 그랬어."

그 말의 숨은 의미를 깨달았다. '예전에는 손만 잡는 게 고작이었지만, 이제는 그 이상의 너를 원해.' 라고 그의 눈동자가 말하는 것만 같았다.

출발이 늦어진 탓인지, 기차가 춘천에 도착했을 때는 이미 해가 저문 상태였다. 어디로 가기도 애매한 시간이라, 그와의 추억을 더 듬어 보고 싶었다.

"어머니께서 하시던 식당은 지금도 있어요?"

"리모델링 들어간다는 말이 있긴 했는데, 수익성이 떨어지는 지역이라, 생각만큼 쉽지 않았던 거 같아. 어머니를 서울로 모시기 전에, 이웃에게 가게를 넘겼다고 들었는데, 자세히 묻지 않았어."

"오랜만에 국밥이 먹고 싶은데, 그럼 그곳을 잠시 들러 볼까요?"

표정이 어두워지는 것을 보니, 그 시장 골목은 여전히 그에게 아픈 곳인 모양이다. 서린이 서둘러 말을 고쳤다.

"아니면 시내를 좀 둘러볼까요? 닭갈비 골목이 유명하다던데."

"아니, 나도 예전에 살던 곳이 가끔 궁금했어. 이왕 왔으니 잠시 들러 보자."

그가 택시를 불러서 목적지를 말했다. 서린이 차창으로 스치는 밤 풍경을 응시했다. 서울이나, 그의 집이 있는 판교와는 또 다른 느낌, 호반의 도시라는 명칭에 걸맞게 산과 호수가 어우러진 풍경이 빠르게 스쳐 지났다. 호숫가 주변으로 늘어선 새로운 아파트와 잘 가꾸어진 공원 길이 어쩐지 낯설게 느껴졌다.

"처음 왔을 때와 많이 달라 보여요."

"의암호 주변으로 신도시가 들어서고 있어. 한참 아파트를 짓고 있으니, 다음에 오면 더 낯설게 느껴지겠지."

태인의 말에 택시기사가 끼어들었다.

"춘천이 고향인 모양이죠?"

"예."

"아무리 옷을 바꿔 입어도 고향은 고향이죠. 저도 깡촌에서 태어나 서울 물 좀 먹겠다고 일찌감치 고향을 떴는데, 지나고 보니, 사람 사는 곳이 다 거기서 거기더라고요. 인생 뭐 별거 있나요. 정든 곳에서 좋아하는 사람 끼고 사는 게, 으뜸가는 낙이지요."

룸미러에 대롱대롱 매달려 있는 자그마한 액자가 보였다. 50대 중반의 기사와 그의 아내, 그리고 고등학생으로 보이는 여학생이 환하게 웃고 있었다. 혼자가 아니라 셋이라 더 행복해 보였다. 순간, 서린은 기사에게 묻고 싶었다. 혼자가 둘이 되고, 둘이 셋이 되면 더 충만한 행복을 느낄 수 있느냐고.

인상 좋아 보이는 기사가 다시 말을 이었다.

"그보다 두 분 좋아 보이네요. 결혼하신 거 맞죠?"

아마도 태인의 손에 낀 결혼반지를 본 모양이었다. 결혼반지를 고이 모셔 둔 서린과 달리, 그는 결혼반지를 늘 끼고 다녔다.

"네. 제 아내입니다."

태인이 결혼반지를 낀 손으로 서린의 손을 가만히 움켜잡았다.

"제가 객지를 떠돌다 보니, 사람 관상을 좀 볼 줄 아는데, 두 분 분명 백년해로할 겁니다."

"감사합니다."

주거니 받거니 하는 대화가 민망한 기분을 끌어냈다.

택시가 시장 입구에 도착하고 태인이 복채라도 되는 듯 미터기와는 상관없는 넉넉한 택시 요금을 치렀다. 택시가 큰길로 사라지고 태인이 그녀의 어깨를 다정하게 감싸 왔다.

새로운 신도시가 들어선 호숫가 주변과는 달리, 오래전 번창했다는 시장은 옛 모습 그대로였다. 말이 옛 모습이지, 간판도 없는 빈 상가가 늘어나고 오가는 사람 역시 거의 없었다.

태인의 손을 잡고 어두운 시장길을 걸었다. 마치 과거로 이어진 외딴길을 걷듯 그는 상념에 잠긴 채였고 서린 역시 굳이 말을 붙이지 않았다.

시장통 막다른 곳, 희미한 불이 켜진 식당이 보이자, 그제야 서린이 그를 올려다보았다.

"그냥 돌아갈까요?"

"국밥이 먹고 싶다며. 들어가자."

낡은 미닫이문을 열고 안으로 들어갔다. 주인은 어디로 갔는지, 두런두런 모여서 술을 마시던 취객, 몇 명이 들어오는 두 사람을 올려다보았다.

"주인장. 손님 왔소!"

막걸리 잔을 든 손님 한 명이 식당에 딸린 단칸방을 향해 소리쳤다. 부스스한 차림을 한 60대 중반의 여자가 그제야 문을 열고 나왔다. 위아래로 태인을 훑던 얼굴에 반가운 기색이 떠올랐다.

　"이게 누구야. 태인이 맞지?"

　태인 역시 놀랐는지, 고개를 숙이며 인사를 했다.

　"안녕하세요."

　"세상에. 인물 훤한 것 좀 봐. 이곳까지 어쩐 일이야?"

　"제 아내가 국밥이 먹고 싶다기에, 지나다가 잠시 들렀어요."

　서린을 바라보는 여자의 눈동자가 아주 잠깐 흔들렸다.

　"……국밥 좀 말아 올 테니까. 일단 좀 앉아요."

　태인이 서린을 빈 테이블로 안내했다.

　잠시 후, 허둥지둥 주방을 오가던 주인이 뚝배기에 담긴 국밥을 내려놓았다. 어딘가 태인을 어려워하는 기색이지만, 그 못지않게 할 말이 많은지, 두 사람 곁에 다가와 앉았다.

　"맛이 예전만 못할 거야. 생선 가게를 접고 어머니께 식당을 넘겨받았는데, 내가 좀 솜씨가 없어서."

　태인이 건네준 수저를 들어서 국밥을 한입 떠먹었다. 주인의 말과는 달리 국밥은 예전 맛 그대로였다. 서린이 먹음직스럽게 먹자, 그제야 태인이 수저를 들었다.

　"안사람 챙기는 게, 돌아가신 아버지와 똑같네. 시장통에서 금슬 좋은 부부로 소문났었는데, 그리 돌아가시지만 않았어도."

　두서없는 말이 태인의 부모님을 추억하는 것 같았다. 몇 명 되지 않던 손님마저 나가고 무언가 할 말이 있는지 태인의 눈치를 보던 주인이 갑작스러운 화제를 꺼냈다.

"태인이 네 어머니가 이곳을 뜬 지도 벌써 5년이 지났지? 이곳 시장통에는 영영 오지 않을 거라고 짐작했는데, 이렇게 다시 보니 정말 좋네. 당시 어머니가 많이 속상해하셨잖아. 속사정이 있는 것도 모르고 사람들이 김 사장 편만 들면서 그리 수군대며 손가락질을 했으니, 태인이 너를 볼 면목이 없다고 다들 입을 모았어. 그러고 보면 김 사장이 참 양심도 없어. 없이 산다고 무시하는 것도 아니고 몸도 성치 않은 딸을……."

순간, 그가 들고 있던 수저를 가만히 내려놓았다.

"시간이 늦어서 이만 일어나겠습니다."

태인이 자리에서 일어나자, 주인이 당황했는지, 따라 일어났다.

"벌써 가려고?"

그가 지갑에서 수표 몇 장을 꺼내서 주인에게 건넸다. 안절부절못하는 주인을 뒤로하고 밖으로 나왔다.

몇 걸음 걷던 그가 우뚝 걸음을 멈추고 서린을 바라보았다.

"궁금하지 않아? 조금 전 들었던 뒷이야기……."

서린은 의식적으로 다희에 대한 화제를 피했다. 그녀를 떠올릴 때마다 어김없이 끈적하고 불쾌한 기분이 따라붙었기 때문이다.

인사동 갤러리에서 그와 그렇게 헤어지고 태인과의 사적인 만남을 철저하게 피했다. 그를 향한 실망감이나 배신감이 한몫했지만, 그보다는 다른 이유가 있었기 때문이었다. 며칠 동안 몸살을 앓듯이 앓아누웠고 겨우 몸을 추스르고 학교에 간 날, 누군가 자신을 찾아왔다는 연락을 받았다. 교정까지 찾아온 다희를 보는 순간, 맥이 탁 풀리고 까마득한 절망감이 찾아왔다.

차라리 뺨을 때리고 욕설이라도 퍼부었으면 좋으련만, 그녀의 손에 찢겨 나가는 태인의 그림을 보는 동안 마치 자신의 심장마저 갈 가리 찢기는 기분이었다.

"아니요. 저와는 상관없는 이야기잖아요."

"상관없겠지만, 그래도 하고 싶어. 들어 줄 수 있니?"

차분하게 바라보는 시선에 또다시 마음이 흔들렸다.

"그럴게요. 대신 이곳 말고 다른 곳에서……."

자신이 어리석었다. 이곳을 아련한 추억의 장소로 떠올리다니, 그에게는 벗어나고 싶은 끔찍한 곳이었을 텐데. 서린이 그의 팔에 양손을 둘렀다.

"예쁜 조명이 켜진 찻집에서 향이 좋은 차를 마셔요. 그리고 다음 이야기를 들려주세요."

의암호의 밤 풍경이 한눈에 보이는 카페에서 택시가 멈추었다. 운전기사에게 가장 분위기 좋은 카페에 가자고 했더니, 이곳 카페에서 내려 주었다. 번화가에서 꽤 거리가 있는 곳으로 북한강 반대편으로 화려하게 불 밝힌 시가지가 보였다. 은은한 조명이 켜진 야외 테이블에 자리를 잡고 앉았다.

그가 커피 대신 사과 차를 시켰다. 입 안에서 퍼지는 상쾌한 향과 신선한 밤공기에 긴장감이 서서히 빠져나갔다. 특별한 말은 없지만, 그는 마주 잡은 손에 힘을 주거나 찻잔을 내려놓을 때마다 입술을 어루만지는 가벼운 접촉을 했고 바라보는 시선 또한 따스하기 그지없었다.

"……이곳에 오길 잘했어."

그가 말했다. 오늘 들었던 말 중에 가장 듣기 좋은 말이었다. 혹시라도 그가 지난번처럼 이곳에 온 것을 후회할까, 신경이 쓰였었다. 그가 하고 싶다는 말이 무엇일까. 내내 입가에 맴돌던 질문을 이쯤에서 하는 게 좋을 듯싶었다.

"……김다희 씨는 요즘 어떻게 지내요?"

그가 기다렸다는 듯 대답했다.

"너 떠난 후, 아주 연락을 끊었어. 소문으로는 결혼했다는 이야기도 들리던데, 확실한 건 나도 잘 몰라."

헤어진 게 아니고 연락을 끊었다? 어감이 약간 마음에 걸렸다. 그의 대답에 서린이 들고 있던 찻잔을 내려놓았다.

"하고 싶은 말이 그게 끝이에요?"

"아니."

"그럼 김다희 씨와 연락을 끊은 이유가 혹시 저 때문이에요?"

"맞아."

이어지는 단답형의 대답에 서린이 그를 가만히 응시했다. 더 질문해 주길 바라는 건가? 다희의 임신 사실은 당시 서린에게 작지 않은 충격으로 다가왔다. 사실 그를 떠난 이유 가운데 한 부분이었으나, 전부는 아니었기에 굳이 말할 이유가 없었다. 하지만 이제는 가벼운 대화거리로 훌훌 털어 버리고 싶었다.

"당시, 김다희 씨가 당신의 아이를 가졌던 거로 아는데, 아이는 어찌 되었어요?"

"그게 무슨 소리야. 아이라니?"

태인의 날카로운 반응에, 서린 역시 당황스러웠다.

"혹시 당신도 몰랐던 거예요? 솔직히 임신 중이라는 말을 듣고 저도 좀 당황스러웠어요. 미리 알았다면 당신에게 그런 제안을 하지 않았을 텐데."

"그래서 그렇게 말없이 사라졌니?"

"한동안 죄책감에 시달리기는 했지만, 그 이유가 전부는 아니에요. 당신에 대한 배신감만큼이나, 일을 그 지경으로 만든 저 자신이 싫었어요. 게다가 그림마저 잃고 나니……."

서린이 말을 끊었다. 다른 건 몰라도 그림에 관한 이야기만은 하고 싶지 않았다. 한국을 떠나게 된 결정적인 계기가 되었으니까.

"나를 그린 그림이 말이지?"

느닷없는 말에 서린이 미간을 좁혔다.

"약혼을 파기하자는 말에 다희가 찢긴 사진을 보여 주었어. 네가 그림을 찢었다고 하던데, 사실이 아니었니?"

과거의 일이 떠오르자, 갑자기 쓴웃음이 나왔다.

"이제 와 이런 말 하기 좀 그렇지만, 그림을 찢은 것은 김다희 씨였어요. 그녀가 원했기에 제가 그림을 훼손한 거라고 말했고요."

그는 한동안 말이 없었다. 먼 과거 속으로 침잠하는 눈동자는 길고 긴 침묵만큼이나 묵직했고 밤의 호수만큼이나 어두웠다.

잠시 후, 그가 서린을 똑바로 응시하며 말했다.

"다희는 임신할 수 없는 몸이었어. 그리고 지금껏 내가 안았던 여자는 너밖에 없었다."

느닷없는 말에 그녀가 멍한 눈으로 그를 바라보았다. 누구보다 책임감이 강한 성격의 태인이 자신의 아이를 가진 다희와 헤어질 수 없을 거라 생각했다. 지금껏 혼자 사는 그를 보고 궁금증이 생겼지만, 불편한 기분이 들어서 일부러 화제를 피했었다. 다희의 거짓말도 황당하지만, 정작 당황스러운 것은 그가 안았던 여자가 자신밖에 없다는 뜻밖의 고백이었다. 차마 그의 시선을 마주할 수 없어서 서린이 얼버무리며 말했다.

"김다희 씨 말이에요. 저로서는 이해되지 않지만, 그렇게라도 해서 붙잡고 싶을 만큼 당신을 사랑했었나 봐요."

"……누군가를 원하는 감정이 원래 그래. 나 역시 다르지 않았고."

그가 씁쓸하게 웃으며 다시 말을 이었다.

"예전에 네가 그런 말을 했었지? 세상의 드러나지 않은 아름다움을 발견하고 너만의 방식으로 그것을 표현하고 싶다고."

열여덟, 하고 싶은 게 뭐냐는 아버지의 질문에 그런 대답을 했었다. 정작 그녀는 까마득하게 잊고 있었는데, 그는 사소한 말까지 귀담아들은 모양이다.

"생각나요."

"그래서 그 아름다움을 발견했니?"

"아름다움보다는 그 아름다움에 가려진 양면의 모습을 발견했어요. 제가 내린 결론은 절대적인 아름다움은 존재하지 않는다. 부족한 부분을 어떤 시선으로 바라보느냐에 따라, 세상이 얼마든지 달라진다, 정도로 만족했어요. 어차피 삶의 속성은 주관적이잖아요."

그녀의 대답이 만족스러운지, 태인이 어렴풋이 웃었다. 세상을 모르던 시절, 볕 좋은 창가에 앉아서 잡다한 질문을 던지면, 그는 늘 이런 눈동자로 자신을 바라보곤 했다. 절대적인 아름다움은 없지만, 상대적인 아름다움은 있다. 열여덟의 서린에게 스물세 살의 강태인이 그런 존재였다.

"사랑도 그래. 누구나 자신이 경험하는 사랑이 순수하고 아름답기를 원하지만, 그 이면에는 다른 얼굴이 차지하고 있거든. 처음의 순수한 감정이 사라지고 시간이 갈수록 더 많은 것을 상대에게 원하게 되지. 상대를 지배하고 소유하는 것도 모자라서 병적으로 집착할 수도 있어. 그렇게 사랑하는 상대로 인해서 천천히 자신을 잃어 가는 거야."

"……."

"그때 내가 그랬어. 그리고 지금도 다르지 않아."

"……."

"그래도 감히 나는 나 자신을 용서하고 싶어. 그리고 그것을 사랑이라 말하고 싶다."

철컹하며 심장이 내려앉았다. 거침없이 부딪쳐 오는 그에게 압도된 서린은 말문이 막혔다.

'그래도 시간을 거스를 수 없어요.' 라는 말이 혀끝에 맴돌았지만, 진지한 그의 눈동자를 마주하고 있으니, 그 또한 가벼운 말장난처럼 느껴졌다. 차라리 솔직한 심정을 토로하는 편이 옳았다.

"우리가 다시 시작할 수 있다고 생각해요?"

"……힘들겠지."

담배 생각이 나는지, 그가 바지 주머니를 더듬으며 말했다. 하지만 생각으로만 그칠 뿐, 그는 담배를 꺼내지 않았다. 아마도 마주 앉은 자신 때문이겠지.

"저도 지난 5년간 쉽지 않았어요. 뭐랄까. 겨우 알을 깨고 나온 느낌이랄까요. 눈앞에 펼쳐진 세상이 두려웠지만, 어떻게든 제힘으로 멋지게 날아오르고 싶었어요. 날아오르려 할 때마다 매번 바닥

으로 고꾸라졌지만, 누구의 힘도 빌리지 않고 지금껏 견뎌 냈어
요."

"……"

"틈틈이 모은 돈으로 작업실을 얻고 창가에 화분도 들여놓았어
요. 아껴야 하는 빠듯한 생활이지만, 커피 정도는 마음껏 먹을 수
있었어요. 마음이 평온해지니, 화폭 속의 그림도 달라지더라고요.
그렇게 긴 시간을 거쳐 어렵사리 안정을 찾았는데, 모든 것을 되돌
리는 게 쉬운 일이 아니잖아요."

서린에게 강태인은 속을 알 수 없는 남자였다. 그러나 그녀가 한
음절, 한 음절 말을 이을 때마다, 그의 눈동자가 방향을 잃고 정처
없이 흔들렸다. 이런 그의 모습을 보려는 게 아니다. 그의 말대로
그가 스스로를 용서하고 자유롭기를 바랐다.

"강요할 생각은 없어. 다만 네가 세상의 양면을 발견했듯이 나를
조금이나마 이해해 주길 바랐어."

순간, 서린이 바지 주머니에 있는 무언가를 손으로 더듬었다. 집
안 주치의에게 부탁하여 처방받은 사후 피임약이었지만, 막상 입에
넣으려 하니 삼킬 수 없어서 다시 약 봉투에 넣어 두었다. 윤우
의 손을 잡고 한국을 훌쩍 떠났던 그때처럼 무모하고 충동적인 행
동이었다. 시기를 놓치지 않으려면 서둘러 먹어야 한다는 것도 알
았다.

"……혹시 말이에요."

서린이 손끝에 잡히는 알약을 주머니 안쪽으로 꾹 밀어 넣으며
물었다.

"김다희 씨가 진짜 임신을 했었다면 어땠을까요?"

"말했잖아. 지금도 그렇지만, 당시 내 눈에는 너 외에는 보이지 않았다고. 상황이 어찌 되었든 다희와는 결국 헤어졌을 거야. 하지만 아이만은 끝까지 책임을 지려 했겠지."

이런 그를 마주하고 있으니 마음이 흔들리는 게 당연하다. 이대로라면 나머지 6개월조차 버티지 못하고 그의 손을 잡을 것만 같았다. 어째서 자기 자신을 자꾸 시험하려 하는가. 진짜 임신이라도 되면 어쩌려고. 그러나 마음이 갈피를 잡지 못하고 흔들리는 것은 내면이 전하는 다른 목소리 때문이 아닐까. 그때는 모든 것을 내려놓고 운명에 맡겨도 괜찮지 않을까.

"만약 6개월 후에도 제가 당신 곁에 있다면 그건 다른 이유 때문이 아니라, 당신 때문일 거예요."

마치 서린의 마음이라도 읽은 듯이 그가 입꼬리를 끌어 올렸다.

"비겁한 요행을 바랄 만큼, 요즘 내 속사정이 좀 시끄러워."

그가 잠시 말을 끊었다가 다시 이었다.

"너를 곁에 둘 수 있다면, 이유가 뭐든 상관없어. 그만큼 나는 절박하니까."

서린이 지그시 입술을 깨물었다. 자신이 뭐라고 그가 이런 말까지 하는가 싶었다. 곤란해하는 그녀의 표정을 오해한 탓인지, 그가 초조한 안색으로 앞머리를 쓸어 넘겼다.

"피곤해 보이는데, 그만 일어나자."

자리에서 일어난 그가 계산을 치르는 동안, 서린이 내내 손끝으로 만지작거리던 약 봉투를 꺼냈다. 그리고 그것을 미련 없이 휴지통에 버렸다.

태인과의 결혼 생활은 정체된 듯 보이지만, 마치 롤러코스터를 타듯이 아찔하고 숨 가쁜 시간의 연속이었다. 그리고 춘천에 다녀온 후로는 그와의 신경전은 다른 양상으로 바뀌었다. 짐승처럼 살을 맞대고 밤낮없이 뒹굴자고 했던 그의 말처럼 최근 태인은 노골적으로 잠자리를 요구하고 목마른 사람처럼 그녀의 몸을 구석구석 탐했다.

그러나 아무리 시간이 지나도 질릴 기미는 보이지 않았다. 바뀐 관계를 대변하듯 그녀의 몸에도 이상 징후가 발견되었다. 어느 정도 각오는 했지만, 양성 반응이 나타난 임신 진단 키트를 보니, 머릿속이 멍해졌다.

욕실 밖에서 인기척 소리가 들리자, 서린이 손에 들린 키트를 눈에 띄지 않도록 유색 봉투에 돌돌 말아서 주머니에 넣었다. 오늘은 가족 골프 모임이 있는 날이라니, 늦지 않으려면 서둘러 외출 준비를 마쳐야 했다. 서린이 욕실 문을 열고 밖으로 나왔을 때, 기다렸다는 듯 태인이 다가왔다. 키가 크고 반듯한 체격 때문인지, 정장 못지않게 골프 웨어가 잘 어울렸다.

"부킹 시간에 맞추려면 옷 갈아입을 시간이 없을 거 같아. 옷부터 입고 와."

조금 전에 확인한 임신 테스트 때문이지, 그의 눈을 똑바로 볼 수 없었다.

"엄마, 아빠는요?"

"클럽 하우스에서 만나기로 했어."

서린이 드레스 룸으로 향했다. 평소 단정한 디자인의 옷을 즐겨 입지만, 필드에 나갈 때만은 화려한 느낌의 옷을 골라 입었다. 고급스럽고 화려한 취향을 가진 어머니의 잔소리가 유난히 골프장에서는 더 심해지기 때문이다. 돌이켜 보면, 딸을 자랑하고 싶은 부모의 속마음일는지도 모른다. 그래서일까. 최근에는 자신의 취향을 고집하기보다는 흐뭇해하는 어머니의 얼굴을 보고 싶어서 옷을 제대로 갖춰 입으려고 노력했다. 어찌 보면 시간과 함께 철이 드는 모양이다.

태인이 입은 하얀 바지에 검은 티셔츠와 세트를 이루는 것도 좋을 거 같아서, 짧은 기장의 화이트 스커트와 몸에 달라붙는 디자인의 검은색 골프 셔츠를 골랐다. 단순한 색상이지만, 디자인 자체가 노출이 많은 탓인지, 화려하면서도 세련된 느낌을 주었다.

가방을 챙기던 태인이 움직임을 멈추고 서린을 응시했다. 커플룩이라는 걸 눈치챘는지, 그가 눈을 빛내며 희미하게 웃었다. 순간, 서린은 엉뚱한 상상이 떠올랐다. 지금 자신의 배 속에 그의 아기가 자란다는 걸 안다면 그는 어떤 반응을 보일까. 굳이 상상하지 않아도 그의 반응은 불 보듯 뻔하다. 지금과는 비교도 되지 않을 만큼, 환한 웃음을 지으며 자신의 마음을 사정없이 흔들어 놓겠지.

복잡하게 얽혀 오던 상념이 그와 함께 춘천을 다녀온 이후로 거짓말처럼 사라졌다. 특별한 계기는 없었다. 다만 거침없이 속마음을 드러내는 태인이 마음의 틈을 비집고 들어왔고 그를 원망했던 시간 못지않게 그를 여전히 사랑한다는 사실을 깨닫고야 말았다. 마치 강태인이라는 거대한 퍼즐을 모두 맞추고 마지막 몇 개를 손에 쥐고 맞출까 말까를 고민하는 꼴이지만, 그렇다고 완전히 결정을 내린 것은 아니었다.

"굿샷!"

태인의 다섯 번째 티샷이 커다란 원을 그리며 그린 위로 올라갔다. 거리가 멀어서 정확히 알 수는 없지만, 깃대와 가까운 공의 위치를 보면 버디나, 잘하면 이글까지 가능해 보였다.

18홀에서 겨우 다섯 번째 홀을 지났지만, 그의 드라이버 샷은 각도를 잰 듯 정확했고 그린 위의 퍼터는 정교하기 그지없었다. 그가 점수를 올릴 때마다 하 회장은 제 일처럼 만족스러운 미소를 보였고 어머니, 박 여사는 호들갑스러울 만큼 칭찬을 늘어놓았다.

"오늘은 반드시 강 서방을 이긴다고 장담하더니, 보아하니 이미 물 건너갔네요."

"무슨 소리. 아직도 13홀이나 남았는데."

티격태격하는 부모님의 대화에 서린이 가만히 웃었다. 환하게 웃는 모습만큼이나, 아버지의 혈색이 좋아 보였기 때문이다.

그녀의 티샷 차례가 돌아오자, 서린이 골프채를 신중하게 골랐다. 하 회장이 골프를 즐기는 탓에, 그녀 역시 자연스럽게 골프를 배웠다. 사실 그다지 흥미 있는 운동은 아니지만, 매번 자신이 치는 공이 러프나 해저드로 들어가니, 자꾸만 약이 올랐다.

결국, 긴 거리에 적당한 드라이버를 골라서 티 그라운드로 향하려 할 때, 태인이 그녀의 앞을 가로막았다.

"당신에게는 무리야. 욕심내지 말고 아이언으로 잡아."

그가 보조하는 캐디 대신에 골프채를 골라 왔다. 그가 건네준 골프채를 잡고 티 그라운드로 올라갔다. 자세가 불안정해 보였는지 태인이 '그만.' 하고 외친 뒤에, 그녀 가까이 다가왔다. 그리고 뒤에서 안는 자세로 서린의 양손을 붙들었다.

"다리를 좀 더 벌려야 중심을 잡기 수월해. 버티는 힘이 단단해야 상체를 원하는 대로 움직일 수 있거든."

그의 말대로 다리를 좀 더 벌리고 자세를 바로잡았다.

"지나치게 욕심을 부리니까, 공이 자꾸 러프로 빠지는 거야. 너무 먼 거리를 응시하지 말고 차근차근 쳐서 그린에 올린다고 생각해. 이렇게 가냘픈 손목으로는 파 4홀에서 이글은 불가능해. 파도 좋은 점수니까, 느긋하게 생각하고."

단 한 번의 드라이버 샷으로 이글을 눈앞에 둔, 그가 대단하게 느껴지면서도 다른 한편으로는 얄미운 기분이 들었다.

"당신만 이글 하라는 법 있나요? 골프를 시작한 연차로 보면 제가 훨씬 선배인데."

그가 노여움도 타지 않고 크게 웃었다. 가을 햇볕에 드러난 고른 치아가 유난히 하얗게 느껴졌다.

"억울하면 밥도 많이 먹고 운동해서 근육을 좀 더 키워."

두 사람의 대화를 듣고 있던 하 회장이 껄껄대며 웃었다.

"태인이 말이 백번 옳다. 골프라는 운동이 어찌 보면 우리 인생사와 비슷하거든. 샷에 힘이 들어가거나, 지나치게 욕심을 부려서 목표를 멀리 정하면 어김없이 벙커나 해저드로 빠지지. 제 분수에 맞게 채를 고르고 차근차근 목표를 향해 다가가야 해. 특히 서린이 너는 매사 지나치게 멀리 바라보는 경향이 있어. 네가 꿈꾸는 이상도 좋지만, 가장 소중한 것은 가장 가까운 곳에 있다는 사실을 잊으면 안 된다."

잘못된 운동 습관의 지적이 아니라, 지난 일에 대한 아버지의 따스한 충고였다.

"태인이 말에 귀를 기울여라. 언젠가 네가 멋진 샷을 칠 수 있게 된다면, 그건 태인이 덕분일 거다."

태인을 향한 아버지의 신임은 맹목적이었다. 그런 아버지의 믿음이 부럽게 느껴질 정도였다.

"굿샷!"

서린이 던진 공이 페어웨이 중간쯤에 깨끗하게 떨어졌다. 태인의 공과 비교하면 한참 못 미치는 거리였지만, 다음 샷을 준비하기에는 나쁘지 않은 방향이었다. 모두가 다음 샷을 위해 이동했다. 앞서 걸어가는 아버지와 태인의 등을 바라보고 걷고 있을 때, 어머니 박 여사가 서린의 곁으로 다가왔다.

"이제야 좀 사람 사는 거 같아. 너도 이렇게 돌아오고 회사도 안정을 찾아가고……."

무언가 할 말이 있는지, 박 여사가 곁눈으로 서린을 흘금거렸다.

"이제는 손주 볼 일만 남았는데."

흘리는 말이라는 것은 알았지만, 임신 사실을 확인하고 나니, 도무지 흘려들을 수가 없었다.

"소식이 들릴 때도 되었는데, 아직이니?"

대답 대신 가벼운 웃음으로 무마하려 했지만, 그조차도 쉽지 않았다.

"너도 그렇지만, 강 서방도 형제 없이 외롭게 자랐잖니. 사돈께서도 이제나저제나 기다리실 텐데, 이왕이면 좋은 소식 좀 전해 줘라."

태인이 한남동 부모님을 챙기듯, 최근 서린 역시 그의 모친이 서운하지 않도록 자주 연락하며 식사 자리를 만들곤 했다. 양 부모님을 모시고 식사할 때는 어김없이 아이에 관한 이야기가 나와서 민망한 기분이 들곤 했는데, 임신한 지금은 더욱 예사로 들리지 않았다.

"예. 그럴게요."

임신 이야기만 꺼내면 묵묵부답 말이 없던 서린이었다. 결혼 후, 서먹해 보이던 딸 내외가 늘 마음에 쓰였다. 최근 들어 달라진 모습만큼이나 흔쾌한 대답을 들으니, 박 여사의 얼굴이 눈에 띄게 환해졌다.

"그보다 인사동 갤러리는 저대로 그냥 놓아둘 생각이에요? 지난번에 가 보니 건물이 아주 낡았던데요."

"그걸 왜 나한테 물어? 강 서방이랑 상의해야지."

"……무슨?"

"네 외조부께서 사용하던 곳이지만, 지금 경영하는 갤러리만으로 벅차서 강 서방에게 좋은 값을 받고 넘겼어. 팔 생각은 없었지만, 워낙 마음에 들어 한 눈치라, 어쩔 수 없었어."

서린이 사라지고 종이 한 장 치우지 못하게 했다는 말을 그냥 흘려들었다. 그의 명의였으니 아무도 손댈 수 없었던 모양이다.

"공부만 하던 강 서방이 갤러리가 왜 필요하겠어. 작업실을 만든 것처럼 어떻게든, 네 마음을 잡아 보려고 사들였겠지."

하 회장 못지않게 사람 보는 안목이 있는 박 여사는 서린이 떠나고서야 태인의 참모습을 발견했다. 한때, 그의 자라 온 환경을 못마땅하게 여겼지만, 사람 자체가 어디 내놓아도 손색없을 만큼 똑똑하고 반듯했다. 또한, 서린을 생각하는 마음이 깊고 또 깊어서 그를 볼 때마다, 미안하기도 하고 안타까운 기분이 들곤 했다.

"부모 마음이 그래. 아무리 네가 허물이 있어도, 차마 강 서방에게 너를 포기하라는 말까지는 못하겠더라. 강 서방이 곁에 딱 버티고 서 있으니, 금방이라도 네가 돌아와서 우리 손을 잡아 줄 것 같았거든."

어머니의 말에 가슴이 먹먹해졌다. 아버지는 물론, 어머니까지 한 번도 그간에 있었던 일을 따로 입에 담거나 나무라지 않았다.

"아까 아버지가 하는 말을 들었지? 가장 소중한 것은 가장 가까운 곳에 있는 법이니까, 지금껏 너를 기다려 준 강 서방에게 정말 잘해야 한다."

서린이 앞서 걸어가는 태인의 뒷모습을 바라보았다. 아버지와 무슨 말을 하는지, 언뜻 보이는 옆얼굴이 사뭇 진지해 보였다. 아버지의 말을 경청하며 눈을 빛내기도 하고 서린이 잘 따라오는지 간간이 뒤돌아보는 것도 잊지 않았다. 단단해 보이는 어깨와 곧게 편 등의 그가 살아온 과정만큼이나 당당하고 듬직해 보였다.

서린의 시선을 의식한 듯, 앞서 걷던 그가 걸음을 멈추고 손을 내밀었다. 이끌리듯 다가가서 손을 마주 잡았다. 성큼 다가온 가을이지만, 내리쬐는 햇볕이 여전히 따가웠다. 그가 만들어 준 넉넉한 그늘로 숨어드니, 마음마저 여유로워지는 기분이었다. 이 손을 과연 놓을 수 있을까. 어쩐지 자신이 없어졌다.

부모님을 태운 차가 떠나고 두 사람 역시 대기해 놓은 차에 올랐다. 운전대를 잡은 태인이 시동을 걸고 차가 막 출발했을 때 그녀의 가방에 든 휴대 전화가 요란하게 울렸다. 발신인을 확인한 순간, 서린이 반사적으로 태인의 눈치를 살폈다. 역시나 눈치 빠른 태인이 먼저 말을 꺼냈다.

"……괜찮으니까. 받아 봐."

서린이 발신 버튼을 눌렀다. 기다렸다는 듯 익숙한 목소리가 흘러나왔다.

— 어디야?

"골프 약속이 있어서 잠깐 나왔어. 어쩐 일이야?"

이쯤에서 그만두자는 말에, 윤우는 생각해 보겠다고 말했었다. 지금쯤 그 나름대로 결론을 내렸을까.

— 하고 싶은 말이 있는데, 시간 좀 내 줄 수 있어?

점점 굳어져 가는 태인의 표정을 지켜보기 힘들었다.

"전화로 하면 안 되는 이야기야?"

— 혹시 강태인 옆에 있어?

"응."

— 강태인에게 전해 줘. 내주에 프랑스로 다시 돌아갈 생각이니까, 얼굴 정도는 보게 해 달라고.

윤우답지 않은 말에 서린이 곁눈으로 태인을 바라보았다.

통화 내용을 듣고도 그는 아무 말이 없었다. 어떻게 대답할지 망설이고 있을 때, 태인이 휴대 전화를 달라는 듯 손을 내밀었다. 전화를 넘겨주고도 한참이나 말이 없던 태인이 윤우의 이름을 불렀다.

"차윤우."

— …….

"지난번 알아듣게 말했어. 그 정도로 부족해?"

호텔에서 부딪친 후, 두 사람이 따로 만난 것일까. 궁금증이 생겼지만, 어쩐지 묻고 싶지 않았다.

― 그래서 부탁하잖아. 서린이 얼굴만 보고 떠날 거야.

눈에 띌 정도로 싫은 눈치였지만, 고개 숙인 서린의 옆모습이 신경 쓰이는지, 그가 한숨을 내쉬며 그녀에게 휴대 전화를 건네주었다. 다른 말 없이 시간과 장소를 전해 들은 서린이 전화를 서둘러 끊었다.

내내 좋았던 분위기가 아쉬울 만큼, 어색한 침묵이 감돌았다. 휴대 전화를 만지작거리던 서린이 차창으로 시선을 돌리려 할 때, 그가 서린의 손을 감싸 쥐고 자신의 입술에 가져갔다. 말캉한 입술이 손바닥을 간지럽히듯 비비고 손가락 마디마디에 뜨거운 입김이 전해졌다. 최근 그가 습관처럼 하는 행위가 그 어느 때보다 반갑고 안심이 되었다.

"……좀 더 여유를 부리고 싶은데, 윤우의 목소리만 들으면 나도 모르게 예민해져."

행위만큼이나 솔직한 표현 역시 최근 눈에 띄게 달라진 그의 모습이었다. 최근 그는 윤우에 관한 화제를 일체 피했지만, 이제는 오해를 풀고 싶었다.

"지난번 호텔에서 벌어진 일 때문이라면……."

순간, 태인이 갑자기 브레이크를 밟았다. 놀란 서린이 그를 바라보자, 그의 속눈썹이 파르르 떨렸다.

"이미 지난 일이야. 그때는 불같이 화가 났지만, 곰곰이 생각하니 내가 화낼 자격조차 없다는 사실을 깨달았어. 아무리 급한 일이라도, 너를 홀에 혼자 남겨 두는 게 아니었는데. 만약 네가 윤우와 다시 만났다면 그럴 만한 이유가 있었을 거야. 어찌 보면 솔직하지 못한 나보다, 윤우에게 끌리는 게 당연했을 테니까."

뭐라고 말할 수 있을까. 그는 여전히 윤우와의 관계를 오해하는 눈치였지만, 그 오해조차 자신 때문이라고 책망하는 듯 보였다.

"몰래 만났다는 윤우의 말을 정말 믿는 거예요?"

아니라고 대답해 주길 바랐다.

"솔직히 말할게. 아니라고 대답을 못 하겠어, 하지만 너를 못 믿기 때문이 아니야."

"그게 무슨 뜻이에요?"

"내가 윤우를 처음 만난 건 너를 만나기 훨씬 전부터였어. 어린 나이인데도 자신감 있는 말투와 거침없는 태도가 주변을 압도하는 매력을 가진 녀석이었어. 모든 면에서 나와 비교가 되었지."

서린이 서운한 마음을 거두고 그의 말에 집중하려고 노력했다.

"알고 있니? 그런 윤우가 너와 비슷한 눈동자를 가진 것을?"

"……"

"그래서일까, 윤우와 함께 있는 너를 보면 늘 초조하고 불안했어. 나와는 태생부터가 다른 너희 두 사람이 금방이라도 내 눈앞에서 사라질 거 같았거든. 지금도 마찬가지야. 아무리 좋은 옷을 입고 좋은 집에 살아도 나를 둘러싼 모든 것이 내게 어울리지 않는 것처럼 느껴져. 다른 건 어느 정도 극복했는데, 너에 관한 일이라면 늘 자신이 없어. 그래서 확실한 대답을 할 수 없는 거야."

자신의 노력으로 여기까지 올라온 남자였다. 단단한 어깨와 곧은 등, 우아한 거동을 지닌 그는 누구보다 고급스러운 정장이 어울리는 남자였다. 한 번의 드라이버 샷으로 사뿐하게 공을 그린에 올려놓는 남자가 이렇게 앓는 소리를 하다니, 어쩐지 우습게 느껴졌다.

윤우를 사랑했다. 하지만 태인과는 분명히 다른 감정이었다. 쌓인 우정에 동질감과 죄책감이 섞이고 그것이 하나로 뭉뚱그려져서 딱히 표현할 수 없는 감정이 되어 버렸다.

어쩌면 윤우가 그녀를 끝까지 안지 못했던 것은 태인에게 받은 트라우마 때문이 아닐는지도 모른다. 그녀 마음속에 각인된 태인의 존재가 참을 수 없었던 것은 아니었을까.

"그런 열등감은 윤우도 있었던 모양이에요."

여전히 그의 입술에 머물러 있는 손을 펴서 그늘진 그의 눈가를 더듬어 보았다.

"이상하게 들리겠지만, 윤우는 저를 끝까지 안지 못했어요. 의사는 정신적인 문제라고 했지만, 그래도 윤우는 포기하지 못했어요. 다른 여자를 안으면서도 현실을 인정하지 않았죠."

담담한 그녀의 말에 태인이 다시 브레이크를 밟았다. 도저히 운전할 수 없는지, 그가 갓길에 차를 붙였다.

"그럼 4년을 줄곧 그렇게 지냈다는 거야?"

서린이 씁쓸한 미소로 대답을 대신했다.

"왜 진작 말하지 않았어?"

"지난번 일로 자꾸 오해하는 거 같아서 이런 말까지 꺼냈지만, 사실 윤우와 저 둘 사이의 사적인 문제잖아요."

그는 어딘가 안타까워하는 눈빛이지만, 동시에 기뻐하는 기색도 엿보였다.

"처음부터 내 잘못이었어. 아무리 너를 원해도 그런 짓까지 해서는 안 되는 건데."

"누구의 잘못도 아니에요. 당신이 그랬잖아요. 사랑은 원래 이기
적인 거라고."

태인의 말이 맞았다. 누구나 순수하고 아름다운 사랑을 꿈꾸지
만, 사랑 앞에서 누구도 자유로울 수 없었다. 서로에게 상처를 주
고 상처를 입었다. 그러나 또다시 사랑할 수밖에 없는 이유는 우리
가 모두 불완전한 인간이기 때문이리라.

<u>15</u>

Adieu

"……파리가 그리워."

라운지 바의 긴 의자에 걸터앉은, 윤우가 중얼거렸다. 술을 즐기는 선에서 그칠 뿐, 좀처럼 취한 모습을 보이지 않던 그는 평소와 약간 달라 보였다. 내주에 파리에 간다면서 연신 파리가 그립다고 중얼거리는 모습 또한 이상하기는 마찬가지였다.

"곧 갈 거라면서."

"내가 그리워하는 파리는 어디에도 없어. 너의 흔적을 발견할 수 없으니까."

아를로 거처를 옮겼을 때도 그는 가끔 전화해서 이런 말을 하곤 했다. 서린은 그때와 마찬가지로 어떤 말도 하지 않았다. 대신 테이블에 놓인 칵테일 잔을 만지작거렸다. 한 모금 정도는 마셔도 괜찮겠지만, 홑몸이 아니라는 사실이 부담감으로 다가왔다.

"윤우야."

"응?"

"나 아무리 생각해도 한국을 떠날 수 없을 거 같아."

"그럴 줄 알았어."

예상했다는 듯 그가 희미하게 웃었다.

"솔직히 너와 파리는 어울리지 않았거든. 언제 사라져도 이상하지 않을 만큼 늘 딴생각에 잠겨 있었잖아."

그랬었나. 태인에게도 늘 비슷한 말을 들었는데, 그러고 보면 가까이 있는 것의 소중함을 모르고 늘 먼 곳만을 본다는 아버지의 충고가 틀린 말이 아니었다.

술잔을 기울이던 윤우가 턱에 손을 괴고 지그시 서린을 바라보았다.

"그때는 왜 그랬을까. 너를 혼자 내버려 두고, 보란 듯이 다른 여자 만나고 다녔어. 그러면서도 네가 보이지 않으면 초조해서 여기저기 찾아다니곤 했지. 그런 생활을 4년 가까이 했으니, 나도 나지만, 너도 어지간히 독했어. 그치?"

외롭기는 해도 그를 원망하지는 않았다. 그만큼 윤우의 존재가 편하고 허물없었다.

"만약 우리가 5년 전으로 다시 돌아간다면 지금과 다른 선택을 했을까?"

"아니. 나는 같은 선택을 했을 거야. 우리 나름대로 열심히 노력했잖아."

스치듯 다가온 입술이 가벼운 입맞춤을 했다. 그리고 귓가에 깊은 한숨을 쏟아 냈다.

"……*J'ai une infinie tendresse pour toi, j'aurai toujours, toute ma vie.*(너에게 무한한 애틋함을 느껴, 앞으로도 평생 그럴 거야)"

서린이 좋아하던 프랑스 영화의 대사였다. 불어 자체가 부드럽고 달콤하지만, 윤우 목소리로 말하는 불어는 더욱 그러했다.

"*Prenez soin de vous.*(잘 지내기를 바라)"

서린 역시 마지막 인사를 전하고 자리에서 일어났다.

출입문으로 향할 때까지 윤우는 시선을 돌리지 않았다. 호텔 직원이 막 문을 열어 주려는 순간, 시선을 느낀 서린이 뒤를 돌아보았다. 그가 손에 들린 위스키 잔을 들어 올렸다.

"*Adieu.*(안녕)"

소리 없는 입 모양으로 그가 이별을 고했다. 다시 보자는 'Au revoir'가 아니라 기약이 없는 이별을 전하는 'Adieu'에 가슴 한편이 서늘해졌다.

희미한 간접 조명에 반사된 얼굴이 쓸쓸해 보이지만, 어디에서나 스포트라이트를 받는 잘난 차윤우답게 이내 고개를 돌렸다.

호텔 밖으로 나오자, 눈에 익은 블랙 세단이 미끄러지듯 그녀 앞에 멈추어 섰다. 운전석에서 나온 태인이 보조석 문을 열어 주었다. 괜찮다고 해도 약속 시각에 맞추어 호텔 앞에 그녀를 내려놓은 태인이 한 시간 가까이 차 안에서 기다리고 있었던 모양이다.

"택시 타고 가면 되는데, 뭐 하러 시간 낭비 해요."

"어차피 뭘 해도 손에 잡히지 않았을 거야."

서린이 멀어지는 호텔을 백미러로 바라보고 있을 때, 태인이 넌지시 물었다.

"윤우는 좀 어때?"

"내일 파리행 비행기를 탄대요."

"……서운해?"

예전과 달리, 어떤 감정도 실리지 않는 건조한 말투였다. 그에 맞추어 서린 역시 담박하게 대답했다.

"네. 서운해요."

짧지 않은 시간을 함께한 사람이었다. 서운하지 않은 게 이상하다. 반지 낀 손이 초조하게 핸들을 두드렸다. 차 안에서 내내 이런 모습을 하고 있었을까. 서린이 핸들에 있는 그의 손을 감싸 쥐었다.

차창으로 별 한 점 없는 흐린 밤하늘이 스쳐 지났다. 지루한 여름이 지나고 가을로 접어든 탓인지, 지나는 사람들의 옷차림 역시 묵직해 보였다.

"지난번 아를에 함께 가자고 했었지. 다음 주에 출발할까?"

느닷없는 말에 서린이 그를 향해 고개를 돌렸다. 말을 꺼낸 건 그녀가 먼저였는데, 정작 본인은 까맣게 잊고 있었기 때문이다.

"회사 일로 바쁠 텐데, 괜찮겠어요?"

태인과 아버지가 하는 대화를 어깨 너머로 종종 듣곤 했다. 회사가 안정을 찾으면서 그는 해외 대형 수주 건에 바짝 공을 들이는 모양이었다. 집에까지 일을 가지고 온 적이 없는 그였지만, 밀리는 일 때문인지 최근 서재에 틀어박혀 서류를 검토하는 일이 잦아졌다.

"좀 더 시간을 내고 싶지만, 이달에 중요한 출장이 잡혀 있어서 열흘밖에 시간을 못 낼 거 같아."

"서두를 거 없어요. 천천히 가도 돼요."

"약속은 약속이니까. 그리고 아무리 바빠도 너와의 약속은 지키고 싶어."

무언가를 말하려던 서린이 입술을 달싹이다 말았다.

프랑스로 다시 떠나는 대신, 한국에 남기로 결심했다. 윤우에게도 했던 말을 어째서 그에게 쉽사리 할 수 없을까. 임신 사실과 함께 알린다면 그는 아마도 아이 때문에 자신이 그런 결정을 했다고 오해하지 않을까. 우선 프랑스의 집부터 정리하고 싶었다. 그리고 그의 손에 이끌려서가 아닌, 제 발로 그에게 다가가고 싶었다.

"그럼 저 먼저 아를로 출발할게요."

순간, 그의 눈동자가 차갑게 식었다. 아차, 싶어서 서린이 서둘러 말을 이었다.

"다른 뜻은 없어요. 가서 잡다하게 처리할 일이 많아요. 정리를 마칠 때쯤 당신이 오면 좋은 곳으로 제가 안내할게요."

"네게는 그곳이 돌아가고 싶은 그리운 곳이겠지만, 나에게는 떠올리기조차 싫은 곳이야. 그런 곳에 너를 혼자 보내기 싫어서 같이 움직일 뿐, 솔직히 어떤 흥미도 없어. 그러니까 같이 움직여. 잡다하게 처리해야 할 일이 뭔지는 모르겠지만, 필요하다면 도울게."

최근 태인은 눈에 띄게 달라졌지만, 차윤우와 프랑스, 이 두 가지 화제만 나오면 여전히 신경을 곤두세우고는 했다.

서린이 대답이 없자, 그가 곁눈으로 그녀를 바라보았다. 그리고 마치 고집 피우는 아이를 달래듯 말했다.

"……아무리 그래도 이번엔 양보 못 해."

그가 이렇게 싫어하는데, 굳이 고집을 부리고 싶지 않았다. 가만히 한숨을 내쉰 서린이 어쩔 수 없다는 듯 대답했다.

"알았어요."

태인이 그녀의 기분을 풀어 주려는 듯, 카스테레오 CD를 골랐다. 흘러나오는 경쾌한 노랫소리를 듣는 순간, 저도 모르게 웃음이 새어 나왔다. 한때 그녀가 열광하며 쫓아다녔던 아이돌, 대니얼의 맑은 목소리가 새삼 흘러간 시간의 흔적을 더듬게 했다. 이미 오래전에 은퇴한 대니얼은 기획사를 차려서 후배를 양성한다는 기사를 어디선가 본 기억이 있다.

"꽤 오래된 CD인데, 아직도 이런 걸 들어요?"

"네가 연신 흥얼거리던 노래잖아. 내 취향과는 거리가 멀지만, 우울할 때 가끔 꺼내 들으면 기분이 좋아지곤 했어."

세월과 함께 음악 취향이 변한 그녀에게 대니얼은 이미 관심 밖의 대상이 되었지만, 태인은 여전히 오래된 CD를 간직하고 있었다. 어쩌면 마음이 변하는 건, 흐르는 시간 때문이 아니라, 시시각각 흔들리는 마음 자체의 속성 때문인지도 모른다. 한결같은 마음으로 긴 시간을 기다려 준 사람, 만약 그 마음을 측정할 수 있다면, 어느 정도의 무게가 될까. 버티고 선 바위처럼 무겁고 아무리 헤엄쳐도 닿을 수 없는 바다처럼 깊고 또 깊지 않을까.

"……아를을 거쳐서 핀란드의 라플란드에 다녀올까요?"

"라플란드?"

"한여름의 백야가 사라지고 지금쯤이면 오로라를 볼 수 있을 거예요. 한겨울만큼의 장관은 아니지만, 그래도 당신과 함께 오로라를 보고 싶어요."

그리고 말하고 싶었다. 긴 시간 변치 않고 기다려 줘서 고맙다고. 매 순간 마음이 흔들리지만, 한 자리를 우뚝 버티고 선 당신으로 인해, 새로운 삶을 시작할 용기가 생겼다고. 마치 그녀의 소리 없는 목소리에 대답하듯 그가 이를 드러내며 환하게 웃었다.

"그래. 그러자."

출입문 입구에 서자, 1층 노인의 개가 컹컹 짖어 댔다. 낯선 사람을 경계하는 개 짖는 소리에 그제야 아를로 돌아왔다는 현실감이 들었다. 고작 몇 개월 지났을 뿐인데, 비행기를 탈 때도, 마르세유 공항에 도착해서도 낯선 도시에 도착한 여행자처럼 서먹한 기분이 들었다. 그 서먹한 기분이 또 서먹하여 내내 입을 다물고 있었더니, 그런 서린의 모습이 신경 쓰이는지, 태인이 연신 담뱃갑이 들어 있는 주머니를 더듬었다.

건물 관리인에게 건네받은 열쇠와 우편물을 받아 들고 2층 계단을 올랐다. 매달 내는 집세가 아깝기는 했지만, 떠나올 당시는 무리해서라도 이곳을 있는 그대로 남겨 두고 싶었다. 현관문을 여니, 익숙한 광경 못지않게 그리운 냄새가 코로 스며들었다. 타인의 체취가 사라진 자신만이 공간, 물감과 종이와 커피가 섞인 미묘한 향이 하서린이라는 한 인간이 가진 고유한 향처럼 느껴졌다. 안으로 들어가기가 망설여지는지, 그가 현관 앞에서 잠시 머뭇거렸다.

"안으로 들어와요."

이곳 작업실이 처음이 아닌데도 그는 마치 처음 온 사람처럼 서먹한 눈으로 작업실 안을 둘러보았다. 여기저기 흩어져 있는 그림과 화구, 불어를 익히기 위해서 산 원서가 꽂힌 책장과 싸구려 장식품까지. 하나라도 놓칠세라 세심하게 관찰하던 시선이 이미 말라 죽은 제라늄 화분에서 멈추었다. 물이 없어도 꽤 오랫동안 버티는 식물이 제라늄이었다. 그 제라늄이 목말라 죽었으니, 서린은 자신의 무신경함에 새삼 한숨이 나왔다.

화분을 치우기 위해 창가로 갔을 때, 어느 틈에 다가왔는지, 태인이 화분을 받아 들었다.

"……아무리 예뻐도 화분을 들이는 게 아니었는데."

서린이 시무룩하게 중얼거렸다. 순간, 그가 무언가를 발견했는지, 탁자 위에 제라늄 화분을 내려놓았다. 그리고 마른 꽃잎 끝에 매달려 있는 깃털 달린 무언가를 손가락으로 떼어 냈다. 그녀의 손바닥을 펴게 한 후에 그것을 조심스럽게 내려놓았다.

"이것 봐. 제라늄은 죽지 않았어. 이렇게 작은 씨앗을 남기고 잠시 떠났을 뿐이야."

서린이 깃털 달린 씨앗을 바라보았다.

"흙에 묻고 물을 주면 곧 새로운 싹이 나올 거야."

무거웠던 마음이 그의 말 한마디에 씻은 듯 사라졌다.

"이게 씨앗인지 어떻게 알았어요?"

"집을 짓고 정원을 가꾸다 보면 자연스럽게 알게 되지."

태인이 파란 수국을 피우기 위해 석회 가루까지 뿌렸다는 정옥의 말이 떠올랐다. 학구적인 기질대로라면 모르긴 몰라도 그는 이미 식물에 대해서 모르는 것이 없을 터였다.

"정말 이 작은 씨앗을 심으면 예전처럼 예쁜 꽃을 볼 수 있을까요?"

시무룩하던 서린이 눈을 빛내자, 그가 소리 없이 웃었다.

"사람과 다르지 않아. 나의 씨를 네 안에 심으면 제라늄만큼이나 아름다운 귀한 생명이 태어나는 것과 같은 원리지."

철없는 열여덟 소녀에게 말하듯, 그가 차분하고 다정한 목소리로 말했다. 순간, 서린이 저도 모르게 자신의 아랫배를 쓰다듬었다.

"섹스가 그렇게 멋진 거야. 결실 없는 행위로 그칠 수 있지만, 생명을 잉태할 수 있다는 자체만으로 그 행위가 경이롭게 느껴질 때가 있어."

지나치게 이상적인 말이었다. 그러나 그의 말은 늘 묘한 설득력과 사람을 기분 좋게 하는 면이 있었다. 맹목적으로 그를 따랐던 시절처럼, 이렇게 가슴이 뛰고 행복감에 젖어 드는 것을 보면.

"제라늄이 싹이 돋고 꽃 피울 때가 되면, 당신이 제게 뿌린 씨앗도 눈으로 확인할 수 있을 거예요."

말의 의미를 파악하려는 듯, 그가 눈매를 좁히며 그녀를 바라보았다. 복잡하게 얽히는 그의 머릿속의 회로가 고스란히 표정으로 드러났다. 순간, 참지 못하고 서린이 웃음을 터트렸다.

"놀리지 마. 괜스레 가슴 설레잖아."

무언가 실망한 기색이지만, 그녀의 웃음소리에 이내 긴장한 표정이 풀렸다. 가까이 다가간 서린이 태인에게 몸을 기댄 채, 다정하게 끌어안았다. 사방이 고요한 탓에 그의 심장 박동이 고스란히 그녀에게 전해졌다. 그녀의 등을 어루만지는 손을 끌어다가 자신의 아랫배에 가만히 갖다 댔다.

"아를로 출발하기 전에 병원을 다녀왔어요. 지금 제 귀에 들리는 당신의 심장 소리만큼이나 힘차고 분명한 소리였는데, 그게 겨우 8주에 접어든 아기의 심장 소리래요."

그는 한동안 말이 없었다. 잠시 후, 그가 아주 짧은 말로 마음속의 소회를 전했다.

"……염치없지만, 지금 미칠 만큼 기쁘다."

우편물을 확인하고 가까운 친구들에게 전화로 안부를 전하고 묵은 먼지를 털어 냈다. 어색해하던 처음 태도를 뒤집고 태인은 집안 정리를 자처하며 나섰고 먼지를 맡으면 안 된다며 청소하는 동안 서린을 밖으로 내보기까지 했다.

아를에서 예정된 시간이 고작 닷새 정도여서, 그림과 꼭 챙겨야 할 짐을 서울로 옮길 준비를 해야 했다. 임신 사실만 알렸을 뿐, 이곳 생활을 정리한다는 말을 따로 하지 않아서일까, 태인은 기쁜 내색을 감추지 못하면서도 무언가를 고심하는 눈치였다. 그러나 서두를 필요는 없었다. 이곳에서 며칠 지내면서 앞으로의 일을 그와 찬찬히 상의하고 싶었다.

간단하게나마 청소를 마치고 나니, 어느덧 해 질 무렵이었다. 샤워를 마치고 거실로 나왔을 때, 책장 앞에 서서 책을 들춰 보는 태인이 옆모습이 시선에 들어왔다. 인기척을 느꼈는지, 그가 고개를 돌렸다. 수건으로 말아 올린 젖은 머리와 샤워 가운을 입은 서린을 훑는 눈동자가 더없이 부드러웠다.

"불어를 좀 배워 볼까 봐. 종이가 낡을 정도로 손이 많이 간 거 같은데, 불어를 잘 몰라서 내용을 알 수가 없어."

서린이 이끌리듯 소파로 다가갔다. 그가 펼쳐 든 책은 우연하게도 언젠가 그의 서재에서 꺼내 보았던 사강의 소설이었다. 단지 번

역서가 아니라, 불어로 된 원서일 뿐.

"어떤 글인지 궁금한데, 읽어 줄 수 있어?"

외로울 때마다, 마음을 달래 주던 글귀였지만, 어쩐지 지금은 읽기가 망설여졌다. 책을 건네받은 서린이 그의 허벅지에 걸터앉았다. 그리고 불어로 먼저 읽고 한국말로 번역해서 다시 한번 읽었다.

「전화를 건 사람이 뤽이라는 것을, 그리고 그 사실이 이젠 그리 중요하지 않다는 사실을 깨달았다. 뭔가가 내게서 사라져 버렸다. ……미소 짓는 내가 보였다. 미소 짓는 나 자신을 막을 수 없었다. 나는 깨달았다. 내가 혼자라는 사실을. 나는 나 자신에게 말하고 싶었다. 혼자라고, 그러나 결국 그게 뭐 어떻단 말인가. 나는 한 남자를 사랑했다. 그저 단순한 이야기였다. 얼굴을 찌푸릴 이유가 없었다.」

다른 여자를 사랑하는 뤽과의 여름휴가, 하지만 여대생 도미니크의 첫사랑은 짧은 열병으로 그치고 말았다. 거울 앞에 선 도미니크의 독백이 가슴 깊숙한 곳에 와닿아, 읽을 때마다 벌어진 마음의 상처를 가만히 어루만져 주는 것 같았다.

그가 아무 말 없이 책의 모서리 부분을 한참이나 만지작거렸다. 그리고 나지막한 목소리로 말했다.

"어쩐지 기운 빠지게 하는 글이야."

말을 마친 태인이 테이블에 있는 노트와 펜을 끌어다가 무언가를 끄적였다. 매사 빈틈없고 깔끔한 것을 좋아하지만, 글씨체만은 휘갈기듯 알아보기 힘든 글씨였다. 그가 노트를 찢어서 조금 전 서린이 읽은 문구 사이에 책갈피처럼 꽂았다. 뭐라고 썼을까 궁금하여 서린이 책 사이를 펼쳐 들었다.

그녀가 사라진 빈자리에 홀로 남았다. 그는 그녀를 잃고 나서야 자신에게 향하던 미소의 소중함을 뼈저리게 깨닫고 말았다. 목 놓아 울 수도, 과거의 잘못을 빌며 용서를 구할 수도 없었다. 오직 할 수 있는 것을 기다리는 것뿐. 그 외에는 아무것도 할 수 없었다.

"……마찬가지로 기운 빠지게 하는 글이에요."

서린의 말에 그가 미소 지었다. 소설 주인공인 도미니크의 미소를 떠올리게 하는 쓸쓸해 보이는 미소여서, 그녀가 서둘러 말을 이었다.

"마음을 흔들어 놓을 목적이었다면, 꽤 효과가 있었어요."

"다행이야. 수단과 방법을 가리고 싶지 않을 만큼 초조한 기분이었거든."

말만큼이나 초조한 얼굴로 그가 작업실을 서성였다.

"프랑스에서는 여자 혼자 아이를 키우는 경우가 많다고 들었는데, 틀린 말은 아니지?"

뜬금없는 질문이지만, 동시에 속이 훤히 보이는 질문이기도 했다.

"맞아요. 한국과 달리 미혼모에 대한 편견이 없고 사회적인 배려가 많은 나라예요."

그가 애써 미소를 지어 보였다.

"아무리 그래도 부모가 함께 아이를 키우는 편이 아이 정서에 좋을 거야. 나 역시 아버지가 일찍 돌아가신 탓에, 늘 채워지지 않는 결핍감을 느끼며 살았으니까."

"……."

"약속한 1년에 한참 못 미치지만 더는 기다릴 수 없을 거 같아. 네게 확실한 대답을 듣고 싶어."

"춘천에 갔을 때 제가 했던 말을 기억해요? 어떤 결정을 내리든, 그건 다른 어떤 이유 때문이 아니라, 당신 때문일 거라고 했었죠."

"그랬었지."

"사실은 이곳에 먼저 도착해서 주변 정리를 하고 싶었어요. 그리고 홀가분한 마음으로 당신과 함께 앞으로의 일을 상의할 계획이었어요. 이곳 생활을 정리하고 한국으로 갈 거예요. 아이 때문이 아니라, 지금껏 저를 기다려 준 당신 때문에."

굳었던 표정이 눈에 띄게 밝아졌다.

"너를 사랑하고 한 번도 마음에 쉼을 얻은 적이 없었던 거 같아. 매 순간, 가슴이 떨리고 그 못지않게 조마조마하고 불안했어."

서린이 그의 목덜미에 팔을 두르며 뒷머리를 부드럽게 어루만졌다. 그녀의 목덜미에 얼굴을 묻은 그가 그제야 안심한 듯, 가만히 한숨을 내쉬었다.

"……저도 그래요."

좁은 침대에 서린을 눕힌 태인이 그녀가 입은 가운을 벗겼다. 배꼽 주변을 맴도는 손이 더없이 조심스러웠다.

"조금도 티 나지 않는데, 정말 이 안에 우리의 아기가 있는 걸까?"

우리의 아기라는 말에 코끝이 시큰거렸다.

"여행을 마치고 함께 병원에 가요. 심장 소리도 아기 모습도 초음파로 볼 수 있어요."

한참이나 아랫배를 어루만지던 그가 평상시보다 부풀어 오른 서린의 젖가슴을 부드럽게 감싸 쥐었다.

"원래 이런가? 배는 별 차이가 없는데, 가슴은 예전보다 더 커진 거 같아."

흐려지는 눈동자에서 가까스로 누르고 있는 그의 욕구가 훤히 읽혔다. 과격한 행위만 아니면 임신 기간에도 섹스를 즐길 수 있다고 들었다. 허벅지를 찔러 오며 욕망을 숨기지 않는 분신과 달리, 그의 손은 무언가를 망설이듯 배와 가슴 주변만을 맴돌 뿐이었다. 감질나는 행위에 그녀 역시 서서히 몸이 달아올랐다. 그의 목덜미에 팔을 두른 서린이 유혹하듯 하반신을 밀착하자, 당황한 그가 몸을 약간 뒤로 물리며 거친 호흡을 가다듬었다.

"……괜찮을까? 혹시라도……."

겁먹은 아이 같은 표정에 서린이 가까스로 웃음을 참았다. 그를 처음 만난 날, 대문 앞에 서서 멍하니 바라보던 모습과 자연스럽게 겹쳤다. 동시에 장난기가 많던 과거로 돌아간 것처럼 그를 놀리고 싶은 충동을 자극했다.

"으음…… 아무래도 좀 그렇겠죠? 아기가 태어날 때까지 조심하는 게 좋겠어요."

가운 깃을 여미며 일어나려 하자, 그가 다급하게 손목을 붙들었다. 자못 억울한 듯, 눈동자를 굴리는 모습이 지켜보기 딱할 지경이었다.

"내가 아는 상식으로는 임신 중에도 가능하다고 들었어. 그러니까 내 말은……."

서린이 웃음을 참기 위해서 시선을 내리깔았다.

"……이랬다, 저랬다 저보고 어쩌라고요?"

"조심할게. 내가 정말 조심할 테니까, 어떻게 안 될까?"

안절부절, 애걸복걸하는 모습에 기어코 웃음이 터져 나왔다. 그제야 놀린다는 것을 눈치챘는지, 그의 뺨이 붉게 달아올랐다. 서린이 누운 자세 그대로 달아오른 뺨을 가만히 쓸어 주었다.

"안될 리가 있겠어요. 저 역시 당신 못지않게 원하고 있는데."

순간, 맥이 탁 풀렸는지, 그가 숨을 쏟아 냈다. 이윽고 다가온 입술이 서린의 귓불을 가볍게 깨물고 귀 안쪽에 미끈한 혀를 밀어 넣었다. 타액만큼이나 축축한 숨소리가 거칠어질 무렵, 그가 서린의 가운 깃을 풀어내고 시트로 아랫배를 감쌌다.

"……늘 이런 식이야. 짓궂고 제멋대로인 데다가, 사람 애간장까지 녹여. 항복할 때까지 마음을 뒤흔들고 결국, 감쪽같이 빠져나가지."

거친 숨이 관자놀이를 지나서 입술을 더듬었다. 그리고 마치 벌을 주듯, 도톰한 그녀의 아랫입술을 자근자근 깨물었다.

"그런 꾐에 말려드는 당신이 잘못이에요."

사람의 마음을 뒤흔드는 것은 그의 전문 분야가 아닌가. 어린 소년처럼 부끄럼을 타다가도 언제 그랬냐는 듯 이렇게 노골적인 욕망을 드러내니 말이다. 입술이 부풀어 오를 만큼 빨아 대던 혀가 잇새를 가르고 입 안으로 밀려 들어왔다. 입 안을 샅샅이 훑고도 부족한지, 그가 달아나려는 그녀의 혀를 뭉근하게 감아서 제 입 안으로 끌어들였다.

누구의 것인지도 모를 만큼 끈끈하게 섞이는 타액을 가득 삼키고 나서야 겨우 입술이 떨어졌다. 그리고 지나치리만큼 길고 또 부드러운 애무가 계속되었다. 해가 완전히 저물어 어둑해진 방에 그녀의 헐떡이는 숨소리만이 가득했다. 그녀의 몸을 훤히 꿰뚫고 있는 그는 서두를 필요 없다는 듯, 그녀가 느끼는 부분을 가장 적절한 방법으로 끄집어내고 어루만지고 사랑해 주었다. 달라진 몸은 더욱 예민하게 그의 행위에 반응했다.

그의 혀와 손이 지나는 자리마다 뜨거운 불씨를 놓은 것처럼 파르르 달아오르고 사지가 오그라들었다. 부풀어 오른 젖가슴과 빳빳하게 선 유두를 지분대던 입술이 한참이나 같은 자리를 떠나지 못하고 달라진 그녀의 몸이 신기하다는 듯 세심한 눈으로 바라보았다. 동시에 그가 자세를 바꾸며 미끄러지듯 그녀의 허벅지 안쪽으로 파고들었다. 불거진 성기를 가볍게 마찰하자, 익숙한 기대감에 전신이 잘게 떨려 왔다.

"……아아 ……아하."

더없이 조심스럽고 부드러운 동작으로 그가 충분히 젖은 그녀의 입구에 귀두 부분을 밀어 넣었다. 우지끈하게 밀려 들어오는 감각과 함께 안이 꽉 찬 느낌에 서린이 가쁜 숨을 쏟아 냈다. 온몸으로 퍼지는 충만감은 그가 아니면 줄 수 없는 감동이었다.

뜨거운 절정 끝에 고요한 평화가 찾아왔다. 서린을 끌어안은 채, 창밖을 응시하던 그가 독백처럼 중얼거렸다.

"……사람의 마음이 참 간사해. 이곳을 떠올릴 때마다, 늘 불편한 기분이 들곤 했는데, 이제는 네 향기가 떠도는 이곳이 오래전부터 알아온 곳처럼 친숙하게 느껴져."

그의 손을 잡고 포럼 광장으로 달려가고 싶었다. 별이 빛나는 밤을 올려다보며 하릴없이 걷고 싶었다. 반고흐가 즐겨 가던 카페에서 커피를 마시고 고대 로마의 영광이 살아 숨 쉬는 원형 경기장에 서서 아를의 시내를 한눈에 굽어보고 싶었다. 그리고 그 이상으로 좁고 밀폐된 이 공간에 강태인이라는 남자를 가두고 그를 독점하고 싶었다.

"내일 아침 눈을 뜨면, 마음으로 그리던 아를이라는 사실에 새삼 가슴이 두근거릴 거예요."

"……."

"그리고 제 곁에 누운 사람이 당신이라는 것을 깨닫고 심장이 제멋대로 뛸 거예요. 제 마음도 이렇게 간사해요."

서린의 말에 그가 나지막하게 웃었다.

그에게 아를 시가지를 구석구석 안내하려던 계획은 결국, 무산되고 말았다. 좁은 작업실에서 그와 한가로운 시간을 보내는 것만으로 충분히 만족스러운 시간이었다. 하루 정도는 날을 잡아서 관광지를 돌았지만, 그는 유명 관광지보다는 서린이 아르바이트하던 곳이나, 자주 가던 카페, 시장 등에 더 관심을 보였다. 잡다한 짐은 필요한 이웃에게 나누어 주고 그동안 그렸던 그림과 화구 정도만 챙겨서 서울로 부칠 준비를 마쳤다.

경유지인 핀란드로 출발하기 전날, 한쪽 구석에 놓인 미완의 작품을 관심 있는 눈으로 주시하던 태인이 그녀에게 물었다.

"형태는 사람인데, 피부 빛깔이 여러 색으로 겹쳐 있어서 신비로워 보여."

"이곳에 처음 온 날, 당신이 그 그림을 보고 다른 남자가 있느냐고 대뜸 물었잖아요. 기억나요?"

"당시에는 어떤 그림을 봐도 비슷한 반응을 보였을 거야."

그가 자조 섞인 미소를 지었다.

"창조주가 자신의 형상을 본떠서 인간의 몸을 빚었다고 하잖아요. 저는 인간의 형상에 창조주의 색을 담고 싶었어요. 제가 경험한 색채 가운데, 가장 아름답고 신비로웠던 색이 북극해에서 보았던 오로라였는데, 어떤 재료로도 그 빛깔을 표현할 수 없었어요."

서린의 말을 경청하는 눈빛이 사뭇 진지해 보였다.

"그래서 라플란드에 가자고 했었군."

"다시 한번 눈으로 확인하고 그림을 완성하고 싶어요."

그제야 이해했다는 듯 그가 고개를 끄덕였다.

16
—
신의 영혼

하늘에서 내려다본 극지방은 온통 순백의 눈으로 덮여 있었다. 비행기가 제설 작업을 마친 활주로를 미끄러지듯 하강했다. 입국 심사를 마치고 공항을 빠져나올 때, 서린이 입은 얇은 겉옷이 신경 쓰이는지 태인이 입은 옷을 벗어서 어깨에 걸쳐 주었다.

"어디 가서 두꺼운 옷부터 사야겠어."

"로바니에미에 가면 쇼핑센터가 있어요."

유럽 최북단에 있는 라플란드는 겨울 여행의 최적지로 손꼽히는 곳으로 추운 극지방이라, 9월 초에 첫눈이 내리고 10월부터 본격적인 겨울이 시작되는 곳이었다. 따스한 기후를 가진 남프랑스에서 라플란드로 넘어오니, 얼떨떨할 정도로 기온 차가 심했다. 넉넉하지 않은 일정 탓에, 갈아입을 옷조차 제대로 챙겨 오지 못했다.

택시를 타고 공항에서 가까운 쇼핑센터가 있는 로바니에미로 향했다. 산타 마을이 유명한 곳으로 본격적인 관광 시즌이 시작되었는지, 눈 덮인 시내에는 오가는 사람들로 북적였다. 쇼핑센터에 들러 든든한 겨울 점퍼와 몇 벌의 옷을 사고 서둘러 최종 목적지인 칵슬라우타넨으로 이동했다.

차창 밖으로 빠르게 하얀 숲이 지났다. 핀란드는 국토의 3분의 2가 침엽수와 자작나무로 숲을 이루는 나라였다. 빽빽하게 늘어선 침엽수와 새하얀 눈이 어우러진 풍경은 폐 안쪽까지 찬 공기를 불어 넣는 것처럼 그 특유의 시린 아름다움이 있었다.

"이런 곳에 혼자 여행을 왔었어?"

태인이 물었다. 서린이 골라 준 두꺼운 이글루 점퍼를 입은 그는 달라진 옷차림 때문인지, 나이보다 한참 어려 보였다. 털 달린 모자까지 푹 씌워 주고 나니, 풋내가 가시지 않은 소년처럼 귀여워 보이기까지 했다.

"성격 탓인지, 그림에 몰입하다 보면 감정 기복이 심해져요. 그럴 때는 혼자 가는 여행처럼 좋은 약이 없어요."

"그래도 이제부터는 같이 다녀. 쥐 죽은 듯 옆에만 있을 테니까."

"당신이 저보다 훨씬 더 바쁘면서."

"회사가 정상 궤도에 오를 때까지만이야. 그 뒤에는 너와 함께 인생을 즐기며 살 거야."

오래전 그가 했던 말이 떠올랐다. 끈질기게 달라붙는 가난이 싫었다고, 그 가난에서 벗어나는 유일한 방법이 공부였고 그래서 공부에 전념했을 뿐이라고. 하지만 서린은 그것이 전부가 아니라는 것을 알고 있다. 두꺼운 법전을 읽던 그의 눈동자는 어느 때보다

빛났고 그의 친구들과 어울려 법률에 관한 이야기를 할 때는 더없이 즐거워 보이기까지 했다.

가난을 벗어나고 싶다면서 그는 인권 변호사가 되고 싶다고 했었다. 앞뒤가 다르고 말과 행동이 맞지 않는다고 느껴지곤 했지만, 돌이켜 생각하면 스물세 살의 그 역시 꿈과 현실이 상충하는 지점 어딘가에서 누구보다 많은 고민을 안고 살았으리라.

지난 5년간, 그가 밤낮없이 회사 일에 쫓기면서 지냈다는 말을 정연에게 들었다. 무엇이 그의 꿈을 접게 했는지 모르겠지만, 지금도 늦지 않았다는 생각이 들었다.

"인권 변호사가 되고 싶어 했잖아요. 왜 굳이 아빠 회사에 들어간 거예요?"

서린의 물음에 그의 눈빛이 미묘하게 흔들렸다.

"당시는 다른 선택지를 생각할 여유가 없었어. 그만큼 절박했으니까."

그가 생략한 말을 흔들리는 눈빛으로 확인했다. 자신의 꿈을 포기하면서까지, 그녀의 빈자리를 지키려 했던 그 마음의 무게가 심장을 무겁게 짓눌러 왔다.

"이제라도 늦지 않았어요. 당신이 정말 하고 싶은 일을 해요."

순간, 그가 입꼬리를 말아 올리며 소리 없이 웃었다.

"지금 그 일을 하고 있잖아."

"제 말은……."

서린이 말을 잇기도 전에 그가 잡은 손에 힘을 주며 말했다.

"꿈은 얼마든지 달라질 수 있어. 모두가 힘을 모아 어렵게 일궈 놓은 회사잖아. 오히려 위기를 겪으면서 지금 하는 일에 소중함을 깨닫는 계기가 되었어. 현재로서는 너와 함께 가정을 꾸리면서 힘 닿는 데까지 회사를 돌볼 생각이야. 은퇴하고 기회가 된다면 가까운 친구들과 무료 법률 사무소를 꾸려 보는 것도 좋겠지."

누구보다 속 깊은 남자였다. 쓸데없는 노파심으로 괜한 말을 꺼낸 거 같아서 약간 후회가 되었다. 태인과 이런저런 이야기를 나누다 보니, 어느새 예약한 리조트가 시야에 들어왔다. 오로라 감상을 위해 최적화된 리조트로 각 객실이 이글루 형식의 유리 돔으로 지어진 곳이었다. 침대에 누워서 오로라를 감상할 수 있다는 것만으로도 충분히 매력적인 곳이라, 오로라 시즌이면 관광객이 끊이지 않는다고 들었다.

리셉션을 통해 체크인을 마치고 예약한 객실로 향했다. 통나무 캐빈과 유리 돔이 연결된 구조의 객실은 시설 자체는 소박하지만, 개인 사우나와 벽난로까지 갖추어져 굳이 관광 목적이 아니라도 휴양 시설로 무리가 없어 보였다. 짐을 풀고 그와 함께 샤워를 마치고 나니, 갑자기 시장기가 몰려왔다.

"배고픈데 저녁부터 하러 갈까요?"

그녀의 젖은 머리를 꼼꼼하게 말려 주던 그가 드라이어를 내려놓았다. 그리고 샤워 가운 속으로 손을 집어넣고 그녀의 아랫배를 조심스럽게 어루만졌다. 이맘때면 입덧이 심하다고 들었는데, 어째선지 그녀는 입덧은커녕 식욕이 끊임없이 돌았다. 오는 내내 군것질을 하고도 배가 고프다고 하니, 그가 슬그머니 웃으며 말했다.

"이 녀석이 엄청난 먹보인가 봐."

"게다가 식성이 당신을 닮았나 봐요. 평소 먹지도 않던 음식이 생각나는 걸 보면."

"어떤 음식이 생각나는데?"

"녹두 빈대떡이나 비빔밥, 얼큰한 생선찌개, 뭐 그런 거요."

"이곳에도 그런 음식을 파는 식당이 있을까?"

도심에서 거리가 먼 핀란드 시골 마을에 한국 식당이 있을 턱이 없었다. 스치는 말조차 지나치지 못하고 고심하는 그를 보니, 고마우면서도 안타까운 기분이 들었다.

"한국에 돌아가서 실컷 먹으면 되죠."

리셉션에 딸린 아늑한 레스토랑에서 느긋한 저녁 식사를 즐겼다. 객실로 돌아오자마자, 아를에서 챙겨 온 캔버스와 화구를 꺼냈다. 비록 시간이 넉넉하지 않지만, 가능하다면 이곳에서 미처 그리지 못했던 그림을 완성하고 싶었다. 짧은 해가 온전히 기울고 사방이 어두워진 상태였지만, 투명한 유리 이글루에서 보는 바깥 풍경은 밤과 낮의 미묘한 경계에서 줄다리기하듯, 하얀 눈 속에 파묻혀 있었다.

홀린 것처럼 바깥 풍경을 바라보고 있을 때, 파닥대며 불꽃 튀는 소리가 들렸다. 소리가 나는 쪽으로 다가가니, 벽난로에 불을 지피는 태인의 뒷모습이 시선에 들어왔다. 그녀의 작업에 방해되지 않으려는 듯, 그는 식사 시간 이후로 되도록 말을 삼가는 것처럼 보였다.

그 옆에 다가간 서린이 무릎을 세운 채, 쪼그리고 앉았다. 장작불에 반사된 그의 옆모습이 붉은빛으로 일렁였다. 반듯한 이마만큼이나 곧게 뻗은 날렵한 콧날에 키스를 퍼부어 주고 싶을 만큼 선이 단정한 얼굴이었다.

"……의자를 가져다줄까?"

"잠깐만 이러고 있을게요."

미완의 그림처럼 늘 마음 한편에 간직된 욕구. 타닥타닥 타는 장작을 바라보던 서린이 나지막하게 말했다.

"……부탁이 있어요."

그가 시선을 돌려서 서린을 응시했다.

"당신을 다시 한번 그리고 싶어요."

잠시 머뭇거렸지만, 그가 이내 입꼬리를 끌어 올렸다.

"좋아. 대신 나도 한 가지 부탁이 있어."

그가 서린의 흘러내린 머리를 쓸어 넘기며 다시 말을 이었다.

"한국으로 돌아가면 인사동 갤러리를 개축할 예정이야. 나에게 특별한 추억이 깃든 곳이니까. 네가 그 일을 맡아서 진행해 줘."

인사동 갤러리는 그녀 역시 특별한 추억이 깃든 곳이었다. 그에게도 특별한 장소가 되었다니, 단지 그 사실만으로 기쁜 마음을 감출 수 없었다.

"당신에게 특별한 추억이 있는 곳이라니, 열심히 해 볼게요."

선이 분명한 입술이 다가와서 스치듯 부드러운 입맞춤을 했다.

오로라가 떠오른 것은 자정을 넘어서 새벽 한 시를 바라보는 시각이었다. 새하얀 눈에 반사된 알몸의 그를 그리다가 문득 고개를 드니, 청푸른색의 눈부신 오로라가 그의 정수리 부근에서 용트림하듯 하늘로 길게 뻗어 있었다.

"저기 봐요. 오로라예요!"

서린이 유리 돔 너머로 보이는 오로라를 가리켰다. 뒤돌아선 태인이 치맛자락처럼 넓게 펼쳐진 오로라를 올려다보았다. 그의 매끈한 살갗이 푸른 형광의 오로라 속으로 녹아들었다. 서린이 그 장면을 놓치지 않고 빠른 손놀림으로 붓질을 했다. 펄펄 날뛰는 극치의 빛깔이 아름다움을 만나고 감동이 또 다른 감동을 낳았다. 눈을 따라가지 못한 손이 덜덜 떨릴 지경이었다. 몰입한 그대로 시간을 잊고 공간을 잊었다.

얼마나 시간이 흘렀을까. 쏟아질 듯이 빽빽한 별 무리 속으로 고고한 빛이 사그라졌을 때, 맥이 탁 풀린 그녀가 붓을 내려놓았다. 무슨 생각을 하는지, 우두커니 밤하늘을 배경으로 서 있던 태인이 고개를 돌렸다.

"……이곳 사람들은 오로라를 가리켜 신의 영혼이라고 한다지? 분명 두 눈으로 보았는데, 눈으로 본 것이 믿기지 않아."

세상에는 숱한 아름다움이 존재한다. 또한, 세상에 존재하는 모든 것은 저마다 고유한 특성과 아름다움을 지니고 있다. 그러나 화폭에 담고 싶을 만큼 진한 감동을 주는 대상은 생각만큼 많지 않았다. 어쩌면 아름다움을 발견하고 표현하려는 행위 자체가 누군가를 사랑하는 것만큼이나, 운명적이고 필연적인 일인지도 모른다.

서린은 화폭을 통해서 표현하고 싶은 대상을 상상할 때마다, 늘 태인을 떠올리곤 했다. 그것은 그를 미워하고 원망했던 시절조차 변치 않던 감정이었으니까.

자리에서 일어난 서린이 태인의 곁으로 다가갔다. 그리고 조금 전에 자신이 느꼈던 감동을 확인하려는 듯 선이 곧은 등을 어루만졌다. 그가 기다렸다는 듯, 다가온 서린을 끌어안았다.

"이 먼 극지방에 온 것은 그림 때문만은 아니었어. 내 말이 틀리니?"

"맞아요. 제가 느낀 감동을 당신에게 선물하고 싶었어요."

녹을 듯이 애틋하고 달콤한 시선에 기어코 그녀의 눈가에 눈물이 맺혔다.

"……서린아."

"……."

"하서린."

습관처럼 반복해서 부르는 이름과 젖은 눈가를 핥는 입술에 마음마저 녹아내렸다.

"왜 자꾸 이름을 불러요."

마치 열여덟 살로 돌아간 것처럼 그녀가 애교 섞인 목소리로 눈을 흘겼다.

"……좋아서 ……환장할 만큼 좋아서."

그의 눈시울이 붉어지는가 했더니, 그 자리에 촉촉한 물기가 배어 나왔다. 감정을 보인 것이 부끄러운지, 그가 이내 눈꺼풀을 드리우며 고개를 숙였다.

"……사랑해요."

서린의 말에 그가 고개를 들었다.

"진한 커피 향보다, 고흐가 걷던 밤거리보다, 별이 빛나는 밤보다, 볕이 잘 드는 창가보다. 북극해의 오로라보다…… 훨씬 더 당신을 사랑해요."

홀린 듯 서린을 바라보던 눈동자가 둥근 선을 그리며 길게 휘어졌다.

"……그 모든 것을 합쳐서, 그것을 한 번 더하고 백 번 곱한 것 이상으로 너를 사랑해."

태인의 대답에 서린이 쿡쿡대며 웃자, 그가 이마를 마주 대며 달콤하게 속삭였다.

"울다가 웃으면 어떻게 되는지 알아?"

"……어떻게 되는데요?"

"요기 요 방망이로 네 엉덩이를 찰싹 때려 줄 거야."

그가 발기한 성기를 바라보며 장난스럽게 대꾸했다. 서린이 지지 않고 대답했다.

"맘대로 해 보든가."

한 남자를 사랑했다. 말이 아닌 눈빛으로 마음을 전하던 남자. 한결같은 인내와 사랑으로 자신을 기다려 준 남자. 이제는 감히 말할 수 있다. 강태인, 그가 자신이 꿈꾸는 세상이고 발견해야 할 삶의 진실이라고.

북극해의 시린 겨울 속에서 두 사람은 아주 오랫동안 서로를 마주 보았다. 그리고 원래가 하나였던 것처럼, 또다시 하나가 되었다.

— *The end*

작가 후기

언젠가 읽었던 글귀가 기억납니다.

우리가 머릿속으로 상상하는 모든 것은, 드넓은 우주 공간 어딘가 실존한다고.

허무맹랑한 이야기가 될 수 있지만, 제가 쓰는 소설 속의 주인공이 우주 공간 어딘가에 살아 숨 쉬고 있다는 상상만으로, 때로는 아이처럼 가슴이 뛰곤 합니다.

우주 공간 어딘가에는 수많은 이야기가 넘치고 또한, 새로운 이야기 나타날 예정이라면, 저는 그 가운데서 조금 모자라고 아픈 아이들만 제 품으로 데려오고 싶습니다.

제 머릿속의 상상은 이야기가 됩니다. 상처투성이의 주인공을 이해하고 보듬고 사랑하다 보면, 어느새 책 한 권으로 엮어집니다. 그것만으로도 세상 전부를 얻은 것 같은데, 활자로써 독자님과 만날 수 있으니, 저는 분명 행복한 사람입니다.

세상에 떠도는 온갖 말 중에 저는 개인적으로 '인연'이라는 말을 가장 좋아합니다. 얼굴을 마주하지 않아도 느끼는 서로의 기운, 아마 이 후기를 읽고 있는 독자님과 저의 인연이 꽤 깊었나 봅니다. 가족에게도 부끄러워서 보이지 못하는 글을 이렇게 끝까지 읽어 주셨으니까요.

진심으로 감사합니다.
미흡하고 부족하더라도 부지런히 노력해서 좋은 글로 보답하겠습니다.

온갖 번거로운 일 마다치 않고, 늘 든든한 친구가 되어 주시는 박경희 팀장님, 예쁜 표지 만들어 준 디자이너님, 책 출간을 위해서 함께 힘써 준 출판사 관계자님, 모두 정말 감사합니다.

후기를 쓰는 지금, 연일 한파가 기승을 부린다는 뉴스가 흘러나옵니다. 예상대로라면 출간일이 겨울 끝자락에 걸려 있을 테니, 봄을 기다리는 마음으로 출간을 기다리게 될 겁니다.

본문에 수록된 프랑스 영화의 대사를 마지막 인사로 대신합니다.

J'ai une infinie tendresse pour toi, j'aurai toujours, toute ma vie.

너에게 무한한 애틋함을 느껴. 앞으로도 평생 그럴 거야.

<391페이지, '프랑수와즈 사강'의 소설 '어떤 미소'를 일부 발췌함〉

Scarlet
스카렛

www.bbulmedia.com